Manuela Steidl

Partyservice für eine Tote

ECON **Krimi**

Zum Buch:

Einen Leichenschmaus zum Tod der Lieblingslehrerin ihres Sohnes Arch auszurichten, empfindet Goldy Bear, Inhaberin von »Goldilock's-Partyservice«, nicht gerade als Vergnügen. Besonders als ihr Ex-Schwiegervater dort nach dem Genuß es Kaffees beinahe stirbt. Dies ist nur der Auftakt einer Reihe mysteriöser Geschehnisse in diesem Krimi mit vielen Kuchenrezepten.

Diane Mott Davidson ist eine der vielversprechenden Neuentdeckungen der amerikanischen Krimi-Szene. Geboren in Honolulu, lebt sie jetzt in Evergreen, Colorado. Von der Presse wird sie als »Miss Marple der neunziger Jahre« gefeiert.

Diane Mott Davidson

Partyservice für eine Tote

Aus dem Amerikanischen
von Dietlind Kaiser

ECON Taschenbuch Verlag

Sonderausgabe

Deutsche Erstausgabe

First published in USA by St. Martin's Press
Titel des amerikanischen Originals: *Catering to Nobody*
Aus dem Amerikanischen übersetzt von Dietlind Kaiser

3. Auflage
Umschlaggestaltung: Molesch/Niedertubbesing, Bielefeld
Satz: Formsatz GmbH, Diepholz
Druck- und Bindearbeiten: Ebner Ulm
Printed in Germany
ISBN 3-612-27999-8

Die Autorin dankt den folgenden Personen für ihre Hilfe: Jim Davidson; Jeffrey Davidson; Sandra Dijkstra; Katherine Goodwin; John William Schenk von J. William's Catering in Bergen Park, Colorado; John B. Newkirk; William Harbridge; Charles Blakeslee; Dr. Emerson Harvey; Dr. John Hutto; Dr. Alan Rapaport; Doug Palcynski; Deidre Elliot, Karen Sbrockey und Elizabeth Green; Kitty Hirs und der Schriftstellergruppe, die sich in ihrem Haus getroffen hat; und Ermittler Richard Millsapps vom Sheriff's Department von Jefferson County in Golden, Colorado.

Kaltes Büfett
für
vierzig Personen

Pochierter Lachs

*

Mayonnaise mit Wildheidelbeeren

*

Spargel in Vinaigrette mit Tomatenwürfeln

*

Wildreissalat

*

Kräuterbrötchen und Honigmuffins

*

Erdbeertortenbüfett

*

Vouvray, Limonade, Kaffee und Tee

Einen Leichenschmaus auszurichten machte mir wenig Spaß.
Am schlimmsten war die kurze Vorbereitungszeit. Jemand starb. Drei Tage später war die Beerdigung. In diesem Fall war die Leiche am Montag gefunden worden, Dienstag Autopsie, Beerdigung am Samstag, sieben Tage nach dem mutmaßlichen Todestag. In Colorado nannten wir ein Büfett nach der Beerdigung nicht Leichenschmaus. Aber ob man es nun einen Empfang nannte oder ein Beisammensein bei ein paar Häppchen, es bedeutete auf jeden Fall, daß vierzig Trauergäste bewirtet werden mußten.
Ich warf einen aufgegangenen Teigklumpen, weich wie Fleisch, auf die Eichenplatte. Essen, dachte ich, war eine Methode, den Tod zu leugnen.
Ich hatte sie gekannt. Ich wollte jetzt nicht darüber nachdenken. Meine Finger formten weichen Teig um Dillzweige herum und setzten die kleinen Brötchen dann auf ein Backblech, auf dem sie aussahen wie winzige grün-weiße Sofakissen. Das waren die letzten zwei Dutzend. Ich rieb mir den Hefeteig von den Händen und hielt sie unter das kalte Wasser.
Wer einen Partyservice betreibt, muß den Kopf bei der Arbeit haben, nicht bei ihrem Anlaß. Der Oktober war in Aspen Meadow allgemein ein schlechter Monat fürs Geschäft. Trotz

der Tatsache, daß Goldilocks' Catering, alles vom Feinsten, der einzige professionelle Service dieser Art war, den die Stadt zu bieten hatte, war es eine unsichere Sache, wenn man davon leben wollte. Ganz gleich, ob es mir gefiel, ich brauchte das Geld, das diese Bewirtung nach der Beerdigung mir einbrachte.

Trotzdem. Laura Smiley wäre mir lebendig lieber gewesen. Im letzten Jahr, in der fünften Klasse, hatte sie Arch unterrichtet. Sie war auch in der dritten seine Lehrerin gewesen, als er sich von der Scheidung erholte. Sie hatten sich angefreundet, sich gemeinsam Spiele für drinnen und draußen ausgedacht. Im Sommer hatten sie sich Briefe geschrieben. Ich sah Laura Smiley mit meinem Sohn vor mir, ihr Arm um seine schmalen Schultern, wie ihr Wasserfall aus dunkelblonden Locken seinen Scheitel streifte.

Psychologen und Sozialarbeiter waren am Montag, als der Tod von Ms. Smiley bekannt wurde, in die Schule gekommen, um mit den Kindern zu sprechen. Ich wußte nicht, was sie zu Arch gesagt hatten oder er zu ihnen. Die ganze Woche lang war er, wenn er von der Schule nach Hause kam, mit etwas zu essen in sein Zimmer gegangen und hatte die Tür zugemacht. Manchmal hörte ich ihn am Telefon, wie er einen Kerkermeister spielte oder bei einem Quiz über Fernsehsendungen mitmachte. Vielleicht belastete ihn der Verlust von Ms. Smiley nicht besonders. Es war schwer zu sagen.

Aber weil sie gestorben war, hatten wir jetzt diesen Auftrag, der dazu beitragen würde, die Rechnungen für den Oktober zu bezahlen. Laura Smileys Tante aus Illinois, als Vertreterin der schon lange toten Eltern, hatte das Essen bestellt und mir per Eilboten einen Scheck über achthundert Dollar geschickt. Das löste mein zweites Problem, normalerweise mein erstes, nämlich Geld.

Über dem Edelstahlspülbecken, einem von mehreren, die das County für einen kommerziellen Partyservice vorschrieb, zeigte der Terminkalender zwischen morgen, dem 10. Oktober, und dem 31. nur zwei Partys. Ein Gewinn von vierhundert Dollar bei jeder der beiden plus vierhundert Dollar bei dem Büfett von morgen würden reichen bis zu der Zeit zwischen Halloween und Weihnachten, in der ich soviel verdiente, daß es Arch und mich fast bis Mai über die Runden brachte. Ich hatte schon lange gelernt, mich nicht auf regelmäßige Unterhaltszahlungen von Archs Vater zu verlassen, obwohl er als Gynäkologe ein Einkommen hatte, das so sicher war wie die Fortpflanzung. Die Zahlungen kamen stets in der falschen Höhe und stets zu spät. Aber Streit zwischen uns war schlecht für Arch und gefährlich für mich. Friede war ein niedrigeres Einkommen wert. Ich schaute den Kalender grimmig an. Jede Menge Partys zwischen Halloween und Weihnachten. Das war die Garantie für finanzielle Sicherheit.

Problem Nummer drei nach der Zeitknappheit und Geld bestand darin, alle Zutaten für den Auftrag zu bekommen. Meine Lebensmittellieferantin machte eine Extrafahrt für mich, weil sie die Finanznöte einer alleinerziehenden Mutter auch erlebt hatte. Eben jetzt ratterte vermutlich ihr Lieferwagen von Denver hierher und brachte einen Lachs und, obwohl nicht die Jahreszeit dafür, Spargel und Erdbeeren. Beim Abliefern würde sie mir einen Vortrag über das Ausgehen halten. Sie würde sagen, so schwer sei es doch gar nicht, sich zu amüsieren.

Aber damit hatte ich sowenig im Sinn wie mit dem Brötchenbacken in der Mikrowelle. Und ich hatte keine Zeit für einen Vortrag über mein gesellschaftliches Leben, denn ich brauchte nicht nur dringend die Zutaten, ich hatte eben für die Brötchen den letzten Honig verbraucht. Das hieß, daß ich die Muffins auf später verschieben mußte. Den Honig bezog ich von einem gutaussehenden Kerl namens Pomeroy, hinter dem jede ungebundene Frau im ganzen County her war, eine Tatsache, auf die meine Lieferantin unweigerlich immer wieder zu sprechen kam. Leider hatte Pomeroy gesagt, er könne eine Zeitlang nicht kommen, um meinen Vorrat aufzustocken. Das ungewöhnlich warme Wetter habe ein Raubtier herausgelockt, das einen

seiner Bienenstöcke geplündert habe. Und er habe alle Hände voll zu tun.
Womit, hätte ich gern gefragt, hatte es aber gelassen. Dann mußte eben Zucker für die Muffins genügen.
Das Telefon klingelte.
»Goldilocks' Catering«, sagte ich in den Hörer, »alles vom –«
»Erspar mir das, Goldy«, ertönte die Stimme Alicias, meiner Lieferantin. »Ich habe bei Northwest Seafood angerufen. Der Fisch gehört dir.«
»Du bist großartig.«
Sie machte »mhm« und sagte dann gar nichts mehr.
»Was ist?« fragte ich.
»Wie gut hast du diese Laura gekannt?«
»Sie war Archs Lehrerin. In zwei Klassen.«
»Jung?«
»Anfang vierzig«, sagte ich. »Sie gab sich jung.« Ich machte eine Pause. »Ich habe sie gekannt.«
Sie ächzte und sagte, sie sei in einer Stunde da.
Ich machte den Kühlschrank auf, einen begehbaren, den ich für das Geschäft brauchte. John Richard Korman, mein Exmann, hatte den Preis dieses Geräts für absurd gehalten. Genau wie die Kosten für den Lieferwagen, die vorgeschriebenen neuen Spülbecken und insektensicheren Regale zum Lagern von Lebensmitteln. Zu anderen Anschaffungen aus der Scheidungsabfindung von sechzigtausend Dollar gehörten ein sechsflammiger Herd, ein zweiter Backofen, ein Kühler und Kochutensilien, die für die Haushaltswarenabteilung eines Kaufhauses ausgereicht hätten. Es war nicht besonders schwierig gewesen, unser altes Haus oberhalb der Main Street von Aspen Meadow entsprechend umzumodeln.
Schwierig war jedoch gewesen, den Hörer aufzulegen, wenn John Richard abwechselnd brüllte oder bettelte, und schließlich die Schlösser auswechseln zu lassen, nachdem er immer wieder aufgetaucht war, zwei Dinge im Sinn. Zunächst versuchte er, mich zu verführen, obwohl wir uns getrennt hatten.

Manchmal mit Erfolg, muß ich zu meiner Schande gestehen. Oder er fing Streit an, um zu demonstrieren, daß er etwas gegen meine finanzielle Unabhängigkeit hatte. Und wenn ich demonstrieren sage, meine ich nicht, er habe es Gandhi nachgetan.
Im Kühlschrank griff ich nach Butter, Eiern, Sahne. Ich ging rückwärts hinaus und stieß die Tür mit dem Fuß zu, betrachtete dann auf der spiegelnden, schwarzen Fläche meinen Balanceakt. Blonde Locken. Sommersprossen auf einem Gesicht, das seit drei Jahren keinen blauen Fleck mehr hatte. Braune Augen. Die mich anschauten und sagten: Denk jetzt nicht darüber nach, mach dich ans Backen. Ich war mit dreißig ganz gut dran, alleinstehend, aber mit guten Freunden, und nur eine Spur pummelig von der ganzen aufwendigen Kocherei, mit der ich den Lebensunterhalt für Arch und mich verdiente.
Aber ich bereitete einen Leichenschmaus vor für eine Frau, die ich gekannt hatte. Anfang vierzig. Auch alleinstehend. War sie gewesen.
Für die Torten zum Nachtisch benutzte ich einen alten Trick: riesige Böden. Auch das hatte ich in diesem Geschäft gelernt: Der Kunde muß mit innerer Beteiligung essen. Ein Festessen soll gut aussehen, riechen, schmecken, sich gut anfühlen. Action nach Bedarf. Bei einem Polterabend dürfen die Gäste mit dem Essen nicht zuviel Mühe haben, weil sie schon mit den Geschenken beschäftigt sind. Aber bei einem Leichenschmaus ist es unerläßlich, die Leute auf Trab zu halten. Es lindert die Trauer, wenn man beschäftigt ist, genau wie Arbeit. Wenn sie Kuchen zerteilen, Beeren und Sahne darauf häufen müssen, lenkt das die Trauernden vom Tod ab.
Sich ablenken. Nicht einfach.
Laura hatte breit gelächelt und Blätter mit Archs Zeichnungen von der Tierwelt der Berge geschwenkt, wenn ich in die Elternsprechstunde kam, immer allein, weil John Richard damit nicht belästigt werden durfte. Arch ist so begabt, einer der außergewöhnlichsten Schüler, die ich je gehabt habe. Wirklich schade, daß er nicht mehr Freunde hat.

Der Knethaken der Küchenmaschine surrte und schnitt sich durch Butter und Mehl. Bald würde die Küche himmlisch duften. Arch konnte ein warmes Stück Biskuit bekommen, wenn er aus der Schule kam. Vielleicht aß er es in der Küche, statt in seinem Zimmer zu verschwinden.
Das Telefon klingelte wieder.
»Goldi-«, fing ich an, wurde aber unterbrochen.
»Klappe, ich bin's!« rief Marla Korman, John Richards zweite Exfrau, jetzt eine gute Freundin von mir. »Arch schon zu Hause?«
Ich reckte mich, um aus dem Fenster zu schauen, das auf die Main Street hinausging, dann lauschte ich auf den Bus. Gelbes Espenlaub, so leuchtend wie Zitronenscheiben, bebte in der warmen Brise. Keine Kinderrufe kündigten den Nachmittagsbus an. Statt dessen hörte ich nur das Röhren eines Motorrads und das Tosen des Cottonwood Creek, der schon eisig war vom Oktoberschnee im Hochgebirge.
Ich sagte: »Noch nicht. In etwa zehn Minuten.«
»Ich war einkaufen«, sagte Marla, »weil ich nicht an Laura denken will. Jetzt, wo die Touristen fort sind, sind die Läden leer. Sie haben nicht viel übriggelassen.«
»Vielleicht war von Anfang an nicht viel da«, sagte ich.
»*Diese Stadt*«, stöhnte Marla.
Ich goß mir eine Tasse Kaffee ein und stählte mich für das bevorstehende Trommelfeuer aus Klagen. Die Stadt war das Aufwärmtraining für den Exmann.
Sie sagte: »Wie demoralisierend, in einer unheilbar idyllischen Westernkulisse zu leben.«
Ich stieß mitfühlende Laute aus.
»Natürlich weiß ich sowieso nicht, wozu ich ein Cowgirlkostüm Größe 50 brauchen sollte«, jammerte Marla, »ich gehe ja doch nicht zu dem Remmidemmi morgen. Der Kotzbrocken kommt auch, nicht wahr?«
»Ganz bestimmt«, sagte ich. »Aber ich lasse das Nudelholz zu Hause.«

Schechter Witz, aber wir glucksten trotzdem. Marla hatte unseren gemeinsam Exmann den Kotzbrocken getauft. Sie verabscheute seinen Anblick so heftig, daß schwer zu verstehen war, warum sie soviel über ihn redete. Sieben Monate, nachdem meine Scheidung rechtsgültig war, beendete John Richard ein Techtelmechtel mit einer verheirateten Frau, die im Kirchenchor sang, und heiratete Marlas Umfang und Geld. Die Scheidung war fünfzehn Monate später, und sie und ich wurden Partner im Zorn. Aber davor hatten seine außerehelichen Umtriebe Marla so angewidert, daß sie noch einmal dreißig Pfund zugelegt hatte, Gewicht, das ihr zugute kam, als er mit einem Nudelholz auf sie losging. Es war ihr gelungen, ihn gegen eine Hängepflanze zu schleudern und ihm die Schulter auszurenken.

Ich schaute auf meinen linken Daumen, der sich immer noch nicht richtig krümmen ließ, seit John Richard ihn mit einem Hammer an drei Stellen gebrochen hatte.

»Das Nudelholz«, sagte Marla zwischen Kicherlauten, »das verfluchte Nudelholz. Damit könntest du ihm doch einen Tomatenkuchen backen.«

Ohne etwas zu denken, schaute ich auf die Speisekarte. Tomaten. Verflucht. Bei dem ganzen Gemecker, das ich von John Richard zu hören bekommen hatte, war er besonders erpicht darauf gewesen, mich an seine Allergie gegen Schokolade und Tomaten zu erinnern. Letztere wollte ich kleinschneiden und die roten Würfel der Farbe wegen in die Vinaigrette zum Spargel streuen. John Richard mußte Pilze bekommen, wenn ich nicht wollte, daß ihm übel wurde. Oh, dachte ich, als ich den Kaffee in den Ausguß schüttete, was für Zugeständnisse wir doch machen, wenn wir erst einmal geschieden sind.

Marla hatte aufgehört zu lachen. »Ich habe Neuigkeiten«, verkündete sie. »Er bringt seine neue Freundin mit . . .«

Ich schüttelte den Kopf und löffelte Teig in Backformen.

»Überleg's dir«, fuhr Marla fort, »du könntest beide vergiften.«

»Wär' das nicht schön für dich«, murmelte ich.
»Wenn ich darüber nachdenke, reicht vielleicht ein Todesfall erst mal für eine Weile«, sagte Marla. »Weil die Beerdigung morgen ist, wird heute abend wohl nichts aus unserer Frauengruppe.«
»Ich schwimme in Arbeit«, sagte ich wahrheitsgemäß. »Wie wär's gegen Monatsende?«
»Weiß nicht, ob ich so lange warten kann. Ich muß Kekse bestellen.«
Ich sagte: »Können wir später darüber reden? Im Moment habe ich schrecklich viel zu tun.« Ich klemmte den Hörer zwischen Kinn und Schulter und kratzte den letzten Teig heraus. Er gab einen Schmatzlaut von sich, ehe er in die Form plumpste.
»Das mit den Keksen hat Zeit. Meine Speisekammer quillt sowieso über. Du regst dich auf, weil wir über du weißt schon wen gesprochen haben. Tut mir leid.«
»Kein Grund zur Sorge«, sagte ich. »Wenn ich nicht so versessen auf eine Familie gewesen wäre, hätte ich gar nicht erst den Fehler gemacht, ihn zu heiraten.«
Marla seufzte. »O Gott, denk an Laura. Die hatte nicht mal die Chance zum Heiraten.«
Ich schaute im Wärmfach nach; die Dillbrötchen waren aufgegangen. Ich schaltete den Backofen auf Vorheizen.
Ich sagte: »Ich denke daran. Ich denke an sie. Schließlich liefere ich das ganze Essen, nicht wahr?«
»Wo ist denn deine Hausgenossin? Wie heißt sie, Patty Sue? Kann sie dir nicht helfen? Was ist mit Arch? Muß er mit an die Front?«
»Patty Sue hilft mir morgen«, sagte ich. »Jetzt ist sie beim Arzt. Korman senior. Arch muß mir auch helfen. Ich tue ihm das ungern an, weil er Laura so mochte. Und dann hat die Tante auch noch beschlossen, daß der Empfang in Lauras Haus stattfindet, was alles noch schlimmer macht. Moment mal.« Ich stöhnte. Mit der freien Hand fuhr ich am Vorratsregal entlang.

»Großer Gott«, sagte ich, »jetzt ist zwar wenig los, aber ich habe meine Vorräte schlecht aufgestockt. Mir sind der Honig *und* der Zucker ausgegangen.«

»Kein Honig und kein Zucker«, bemerkte Marla. »Da muß es dir ja schlechtgehen. Und wie Laura gesagt hätte, du benimmst dich auch nicht gerade *zucker*süß, Goldy. Ich ruf dich an, wenn du bessere Laune hast. Sag mir, wie die Chose gelaufen ist.« Sie unterdrückte ein Lachen. »Laura hätte das alles für einen Riesenwitz gehalten, weißt du. Sie hätte gesagt: ›Mannomann, das ist ja eine *sterbens*langweilige Party.‹«

»Tschüs, Marla.«

Die Haustür ging auf und ließ einen Schwall nach Espen duftender Oktoberluft herein. Arch schlurfte in die Küche und warf seinen Ranzen auf eine Arbeitsplatte, ehe er auf den Kühlschrank zuging.

Ich sagte: »Wie war's heute?«

Er stöhnte. »Scheußlich. Wie immer.«

Er wandte mir das kleine, ernste elfjährige Gesicht zu, voller Sommersprossen, mit braunem Haar und einer Hornbrille.

Er sagte: »Larry und Sean sind über mich hergefallen. Sie haben gesagt, ich bin blöd, weil ich mich an Halloween noch verkleide. Sie sagen, ich bin überhaupt blöd, nur sie blicken durch. Wir haben noch nicht einmal Halloween!« Er schüttelte angewidert den Kopf. »Sie haben gesagt, das ist, wie wenn man an den Nikolaus glaubt. Schau, sie haben mein Hemd zerrissen.« Er befingerte einen Riß im blau-roten Flanell.

»Hm.«

Er schenkte mir einen grimmigen Blick. »Und erzähl mir bloß nicht das ganze Zeug darüber, die andere Wange hinzuhalten, denn das habe ich schon versucht, und es hat nicht geklappt. Ich muß mir etwas anderes einfallen lassen.«

Ich sagte: »Tut mir leid. Möchtest du in zwei Minuten ein Stück warmen Biskuit?«

»Geht nicht.« Seine Stimme kam aus dem Kühlschrank. »Todd ruft an, sobald er zu Hause ist. Wir machen ein Rollenspiel und dann ein Quiz über Fernsehsendungen. Ich habe die ganze Woche ein Buch über alte Shows gelesen.« Er kam mit einer Kanne Pfefferminztee heraus, seinem Lieblingsgetränk. »Mach dir keine Sorgen. Ich nehme die zweite Leitung, falls Kunden anrufen.«

Er lächelte, und ich hätte ihn am liebsten umarmt, samt zerrissenem Hemd und Kanne. Aber er war in dem Alter, in dem ihm dabei unbehaglich zumute war, deshalb hob ich nur eine Augenbraue beim Blick auf den Tee.

»Hast du dafür den letzten Zucker verbraucht?«

»Irgendwas mußte ich doch nehmen«, verteidigte er sich. »Ich brauchte ihn.«

Ich schüttelte den Kopf und fing damit an, den Lauch für den Wildreissalat zu hacken. Der üppige Duft des Biskuits im Ofen erfüllte die Küche. Arch packte Hafermehlplätzchen auf einen Teller, ein sicheres Anzeichen dafür, daß er nicht vorhatte, hierzubleiben und sich mit mir zu unterhalten.

»Hör zu«, sagte ich. »Du weißt, daß du mir morgen helfen mußt?« Er nickte. »Und jetzt«, fuhr ich fort und gab ihm zwei Dollarscheine, »ist es bitte deine Aufgabe, daß du zum Laden gehst und mir eine Tüte Zucker holst. Und mach sie auf dem Heimweg nicht auf, wenn du Heißhunger auf Süßes bekommst. Ich brauche ihn für die Muffins, die Erdbeeren und die Limonade.«

Er seufzte dramatisch und stapfte hinaus, rief mir über die Schulter zu, Todd auszurichten, daß er in einer halben Stunde wieder anrufen solle.

Ich wusch die Küchenmaschine aus und fing mit der Mayonnaise an. Als Todd anrief, sagte ich ihm Bescheid. Als ich mittendrin war, das Olivenöl zuzugeben, schlug die Haustür hinter Alicia zu. Bei so vielen Unterbrechungen hatte ich noch Glück, wenn ich am Ende nicht Essig unter die Schlagsahne rührte.

»Stellen wir sie auf die Arbeitsplatte«, schrie ich über das Surren und Schmatzen der Küchenmaschine hinweg.

Wir hievten eine Styroporkiste neben den Berg aus gehacktem Gemüse für Salat. Darin war der Lachs, in Folie gewickelt und in Eis verpackt. Ich wollte ihn heute abend pochieren und morgen früh die Erdbeeren schneiden, die Sahne schlagen und die Limonade zubereiten. Lauras Tante stellte den Vouvray und die Teller. Ich brachte die Tassen mit. Arch und Patty Sue, die seit zwei Monaten bei uns wohnte, würden beim Servieren helfen, und wir würden es hinter uns bringen.

»Toll«, sagte Alicia, nachdem sie das Stück Biskuit verdrückt hatte, das ich ihr angeboten hatte. »Wie ist dein Liebesleben?«

»Keine druckreifen Nachrichten.«

Sie musterte mich. »Verschweigst du mir was?«

Ich sagte: »Möglich.« In einem Klatschnest spricht man nicht über gesellschaftliche Hoffnungen. »Mach dir keine Sorgen«, sagte ich. »Irgendwann gehe ich schon mal aus.« Sie seufzte und ging.

Der silbrige Lachs klatschte gegen meine Hände, als ich ihn abwusch und in Musselin wickelte. Auch er hatte sich hingebungsvoll gepaart und fortgepflanzt, und jetzt sah man, was er davon gehabt hatte.

Arch marschierte herein und warf eine Kilotüte Zucker auf einen Stuhl, ehe er zum Telefon in seinem Zimmer stürzte. Aus der offenen Tüte rieselte ein Teil des Inhalts auf den Küchenboden.

»Die Meisterschaften im Fernsehraten fangen gleich an«, brüllte Arch, der von seiner Sauerei nichts gemerkt hatte, über die Schulter.

Die Brötchen hüllten die Küche in einen Dillgeruch. In einer großen Steingutschüssel mischte ich Öl, Eier und Zucker für die Muffins und wollte eben das Mehl zugeben, als mein Geschäftstelefon wieder klingelte.

»Goldilocks' Catering – «

»Halt.«

Wieder Marla. Ich schüttete das Mehl in die Schüssel, aber etliches stäubte mir in die Nase und über den Zucker auf dem

Boden. Pulverschnee auf verharschtem Schnee. Bald konnten wir in der Küche skilaufen.
»Was ist denn jetzt?« fragte ich.
»Erzähl mir bloß nicht, du hast das Neueste nicht gehört.«
»Woher denn? Ich habe doch erst vor einer Stunde mit dir gesprochen.«
»Er heiratet dieses Mädchen.«
Ich stellte die Schüssel ab.
»Goldy, hörst du mich?«
Ich griff nach den Pilzen.
»Goldy, glaubst du das?«
Ich sagte: »Hm.«
»Und, meine Liebe«, wollte sie schrill wissen, »was sollen wir tun?«
»Sie bemitleiden. Ihm keine Tomaten geben«, antwortete ich, als ich mit dem Hacken anfing.
»Jedenfalls«, fuhr Marla fort, »war der Gedanke an eine dritte Schwiegertochter für Vonette zuviel. Sie hat sich besoffen, ich meine, sie war völlig hinüber, und Fritz hat die Bullen gerufen und sie in die Ausnüchterungszelle in Furman County bringen lassen.«
»Nicht schon wieder«, sagte ich, während Pilzstückchen von meinem Messer wegfielen. »Hat jemand sie abgeholt?«
»Ja, sie ist zu Hause, es geht ihr besser. Sie kommt morgen zum Leichenschmaus. Fritz ist trotz seines ganzen Altherrencharmes nicht gerade mitfühlend. Muß in der Familie liegen.«
Ich sagte: »Soll ich versuchen, Vonette vom Vouvray fernzuhalten?«
»Nützt nichts«, sagte Marla schnaubend. »Ich kann nicht glauben, daß du in deinen acht Jahren mit John Richard nie Vonettes Flachmann gesehen hast. Sie hat ihn in der Handtasche. Du mußt blind sein.«
»Ich bin nicht blind«, erwiderte ich, bevor ich auflegte, »aber ich bin pleite, wenn ich mit dem Essen für diese Party nicht fertig werde.«

Als die Pilze gehackt und eingewickelt und die Muffins im Ofen waren, ging ich den Flur entlang zu Archs Zimmer, die Zuckertüte in der Hand.

»Ist dir klar, was für eine Schweinerei du angerichtet hast, weil du die Tüte aufgerissen hast?« wollte ich wissen, als ich geklopft hatte, eingetreten war und ihm die Tüte als Beweisstück hinhielt. Er sagte Todd, er solle dranbleiben, und legte die Hand auf die Muschel.

»Bitte, Mom«, sagte er und hielt ein Buch hoch, etwas über Fernsehdaten. »Laß mich reden. Außerdem war ich das nicht. Schau«, sagte er und schob die Zunge mit einer nassen, rosa Masse heraus, »ich hatte doch einen Kaugummi im Mund.«

Ich legte den Kopf schief. »Arch, ein Alibi ist wie das Essen von einem Partyservice. Es muß nicht nur gut aussehen und halten, es muß einem auch schmecken. Und deins«, fügte ich hinzu, »sieht nicht einmal gut aus.«

»Tut mir leid, Mom«, sagte er. »Wirklich. Ich mach's weg.«

Ich hätte gern seinen Kopf aufgemacht und hineingeschaut, um zu sehen, was er wirklich dachte, wie er mit allem zurechtkam. Ich hätte gern gefragt: Ist alles okay? Und gern gehört: Ja, Mom.

»Brauchst du nicht«, sagte ich. »Ich habe es aufgefegt. Aber sei etwas vorsichtiger, ja?«

Er nickte feierlich und sagte nichts. Und dann wandte ich mich ab. Ich wußte nicht, wie sich die Trauer eines Jungen äußerte, dessen Lieblingslehrerin Laura Smiley sich vor erst sechs Tagen die Pulsadern aufgeschnitten hatte und verblutet war.

Ich bin am Verhungern«, sagte Patty Sue, als sie am nächsten Morgen auf Zehenspitzen in einem rüschenbesetzten rosa Morgenmantel in die Küche kam. Ich war eben mit dem Schneiden der Erdbeeren fertig und bot ihr ein Schälchen an. Patty Sue Williams, eine schlaksige Zwanzigjährige mit der Figur von Twiggy und dem Stoffwechsel von Mary Decker, war auf Vonette Kormans Bitte hin seit dem 10. August meine Hausgenossin.

»Sie hat sonst einfach keine Bleibe hier, Goldyschätzchen«, hatte meine Exschwiegermutter gesagt, »und sie muß von Fritz behandelt werden. Nimm sie eine Weile auf. Gib ihr was zu tun. Sie hat da draußen im Osten von Colorado nie etwas getan, hat bloß bei ihren Leuten herumgehangen. Das Mädchen will was lernen, Goldy. Du kannst ihr was beibringen.«

Das bezweifelte ich allmählich, dachte ich, während ich Zitronenhälften für die Limonade ausspreßte. Patty Sue war von ihren Eltern so behütet worden, daß sie sich jedem neuen Vorhaben mit Schüchternheit, Verwirrung oder beidem näherte. Sie hatte »eine Zeitlang«, wie sie vage sagte, ein Gemeindecollege besucht, als habe das, wie alles andere in ihrem Leben, nicht so recht geklappt. Als sie ankam, hatte sie mir alles über sich erzählt, einschließlich der Tatsache, daß sie noch Jungfrau war. Dr. Fritz Korman, John Richards Vater und die zweite

Hälfte von Korman und Korman, Frauenärzte und Geburtshelfer, behandelte Patty Sue wegen Amenorrhö. Was hieß, daß sie seit einem Jahr keine Monatsblutung mehr gehabt hatte.

»Ist das was Schlimmes?« hatte Marla beim letzten Treffen von »Amour anonym« gefragt, unserer Frauengruppe.

»Es muß behandelt werden«, erwiderte ich. »Ihr Arzt in Fort Morgan hat sie zu Fritz geschickt, der behauptet, dafür eine Art Spezialist zu sein. Es ist immerhin so ernst, daß ihre Mutter ihr erlaubt hat, herzukommen und bei mir zu wohnen, obwohl sie jede Woche anruft, um sich zu vergewissern, daß ich sie nicht verderbe.«

»Da sehe ich leider keine Chance«, sagte Marla. »Vielleicht könnten wir sie als Sonderfall in unsere Gruppe aufnehmen.«

Ich bezweifelte, ob sich Patty Sue in der Literatur über liebessüchtige Frauen, die unsere »Amour anonym« gewissenhaft liest, wiedererkannt hätte. Manchmal fragte ich mich, ob sie sich überhaupt als irgend etwas erkannte. Sie war groß, hübsch und unbeleckt bis zu dem Punkt, daß sie noch nie eine Geschirrspülmaschine bedient hatte. Sie wollte Auto fahren lernen, ließ sich aber von einem Schweinebraten mit Kruste einschüchtern. Anfangs war sie ziemlich erpicht darauf gewesen, mein Geschäft zu erlernen. Sie hatte mit einem strahlenden Lächeln betonähnliche Brotlaibe und verbrannte Hamburger hergestellt. Aber als sie gerade etwas geschickter wurde, war sie in einen geistesabwesenden Zustand verfallen.

Im September hatte sie damit angefangen, meinem Blick und meinen Fragen auszuweichen. Vielleicht dachte sie über ihre Krankheit nach. Es war seltsam, weil sie nicht krank aussah. Körperliche Fitneß war sogar das einzige, wovon sie besessen war. Sie hatte darum gebeten, ihren ersten Lohn als Gehilfin bei einem Partyservice dafür zu verwenden, Mitglied in einem Sportclub zu werden. Trotz des Stimmungsumschwungs, den sie bedauerlicherweise nicht auf das prämenstruelle Syndrom schieben konnte, arbeitete sie sich immer noch in der Turnhalle aus. Aber ihre Energie war fiebrig geworden statt begeistert.

Und ihre Kochkünste, so bescheiden sie auch gewesen sein mochten, waren ganz zum Teufel.
»Das war herrlich«, sagte Patty Sue jetzt und leckte sich die Erdbeerreste von den Fingern. »In dieser Küche riecht es immer super.«
Ich stellte das Schälchen weg und schlug drei Eier in eine Gußeisenpfanne, dann preßte ich weiter Zitronen aus, bis es Zeit war, die Eier zu wenden. Von Patty Sue konnte ich das nicht erwarten. Meine Versuche in den letzten beiden Wochen, ihr etwas Schwierigeres beizubringen als Toast, von Eiern ganz zu schweigen, waren nicht gut ausgegangen. Wörter wie *marinieren* oder *schmoren* waren jenseits ihres Horizontes. Ich hatte sie gefragt, ob sie Heimweh habe. Sie hatte nein gesagt und weiterhin den Deckel der Küchenmaschine offengelassen, wenn sie mit Mehl arbeitete, was kleine Schneestürme hervorrief.
Deshalb setzte ich sie beim Servieren ein, als Bezahlung für Miete, Essen und das Recht, sich im Sportclub auszutoben. Bei Laura Smileys Leichenschmaus war sie für das Erdbeertortenbüfett zuständig. Da war nicht viel mehr zu tun, als die Platte mit Böden und die Schüsseln mit Erdbeeren und Schlagsahne aufzufüllen.
»Wo ist Arch?« fragte ich, während ich neben jedes Gedeck ein Gläschen Orangensaft stellte.
Patty Sue sagte: »Ich glaube, am Telefon.«
Weil sie offensichtlich nicht vorhatte, ihn zu holen, ging ich durch den Flur zu seinem Zimmer. Auf dem Weg warf ich einen Blick auf die Zeichnungen von Bergblumen, die er im letzten Frühling gemacht hatte. Laura hatte ihn nach seinen Skizzen von der Tierwelt des Hochgebirges zum Zeichnen ermuntert. Diese zarten Arbeiten mit Bleistift und Tusche zeigten Glockenblume, Weidenröschen, Gänseblümchen, Frauenschuh – allesamt Teil eines Projekts über Nektarproduzenten. Arch hatte auf der Zunge herumgekaut und die Stirn gerunzelt, während er die Einzelheiten der Staubgefäße zeichnete.
Arch war der zweite Problemfall im Haus. Er war nie sehr

gesellig gewesen, wirkte aber noch isolierter, seit die Schule wieder angefangen hatte. Zweimal war er mit einem blauen Auge nach Hause gekommen und einem Brief des Rektors, in dem stand, er sei an einer Prügelei beteiligt gewesen. Ich war so klug, ihn nicht auszufragen. Oder ihn davor retten zu wollen, was noch schlimmer gewesen wäre. Ich wollte nur wissen, was mit ihm los war.
Seit Lauras Tod hatte er sich noch mehr zurückgezogen. Wenn ich in der Nähe war, wurde seine Stimme am Telefon leiser. Seine Augen wurden vor Gleichgültigkeit immer glasiger, als nähme er Unterricht bei Patty Sue. Die Tage, an denen wir Löffel gezählt, Geschichten erzählt, vor dem Kürbisberg im Gemüseladen gestanden hatten, um genau den richtigen für seine Laterne auszusuchen – diese Tage waren vorbei. Er tauchte in Fantasy-Rollenspiele, bereitete komplizierte Abenteuer auf dem Papier vor, die er nachlebte und deren Sinn mir entging. Als ich mich von den Zeichnungen abwandte und seinem Zimmer näherte, hörte ich die gebieterische Stimme, mit der er stets sprach, wenn er bei einem solchen Abenteuer das Kommando führte.
Ich machte die Tür einen Spalt auf.
». . . und weil du widerrechtlich bis zu ihrer Höhle vorgedrungen bist«, verkündete er, »wird dich eine Staffel von Stachelrochen angreifen –«
»Arch!« Ich steckte den Kopf ins Zimmer. »Tut mir leid, muß stören. Frühstück.«
Er schaute von seinem sauber gemachten Bett zu mir auf. Er trug schon das weiße Hemd und die schwarze Hose. Bald kam zu dieser Aufmachung noch eine unserer weißen Kochschürzen.
»Fortsetzung folgt«, sagte er und legte auf. Die Augen hinter den Brillengläsern waren unergründlich.
»Alles in Ordnung?« sagte ich, halb Feststellung, halb Frage.
»Ich bin nicht hungrig«, sagte er ruhig, ohne den Mund zu verziehen. »Nicht auf Eier oder sonstwas. Laß uns so abfahren.«

Und das taten wir auch. Patty Sue aß alle Eier. Wir packten den Lieferwagen und fuhren los.

Die Luft war kühl, aber mild, ganz anders als das fauchende, frostspeiende Ungeheuer, das ein Oktobertag sein kann. Bei zweieinhalbtausend Metern über dem Meeresspiegel fallen Kuchen so unerwartet in sich zusammen, wie der Schnee fällt. Nach elf Jahren hatte ich gelernt, wie ich Rezepte abwandeln mußte, aber es blieb eine Herausforderung, den Lieferwagen durch Stürme und über Eis zu fahren. An diesem Tag bewegte das Espenlaub sich träge, als der Lieferwagen aus dem Staub der Einfahrt heraustuckerte. Der Himmel über uns war blau und wolkenlos, als halte die Natur vor den ersten Stürmen den Atem an. Als wir zur Main Street hinunterfuhren, kamen wir an einem leeren Grundstück vorbei und erhaschten einen Blick in die Ferne.

»Oh«, sagte Patty Sue, »was ist das?«

Sie zeigte auf die Namenspatronin der Stadt, auf Aspen Meadow, jetzt ein breiter Streifen Gold, eingerahmt von grünbraunen Bäumen, etwa elf Kilometer entfernt. Dieser Flickenteppich aus Herbstfarben schmiegte sich an den Fuß der Berge, die schon eine weiße Schneedecke hatten. Ich erklärte ihr, dieses Gebiet sei das Naturreservat von Aspen Meadow. Dort, fügte ich hinzu, während ich in die Main Street einbog, sei der Wald so dicht, daß in Trockenperioden auch Wanderern der Zutritt verwehrt werde, aus Angst vor Waldbränden.

»Arch weiß alles über das Reservat«, erklärte ich, in der Hoffnung, ihn aus seinem Schweigen herauszulocken. »Er hat Zeichnungen davon gemacht, für die Schule.«

»Wirklich?« Patty Sue drehte sich um und schaute ihn an. »Hast du?«

»Ja, schon«, sagte Arch mit lustloser Stimme. »Die Wälder sind wirklich dicht. Man kriegt jede Menge Hirsche und Wapitis zu sehen und Füchse und so. Fritz angelt im Sommer am oberen Cottonwood Creek, und Pomeroy Locraft züchtet Bienen.« Er dachte einen Augenblick lang nach und erklärte Patty Sue

dann: »Pom habe ich letztes Frühjahr bei den Bienenstöcken geholfen, als ich mich mit Bienen beschäftigt habe.«
»Und mit Blumen«, fügte ich hinzu.
»Bist du gestochen worden?« fragte Patty Sue. »Hast du Fische gefangen?«
»Ich habe ein paar Forellen gefangen«, sagte Arch. Er dachte einen Augenblick lang nach. »Die Bienen haben mich nie gestochen.« Ich schaute ihn im Rückspiegel an. Er schüttelte den Kopf über Patty Sue, als wäre er zwanzig und sie elf. Er erklärte: »Man lernt, daß man vorsichtig sein muß. Pomeroy hat mir zum Beispiel beigebracht, daß man weiße Sachen tragen muß, wenn man bei den Bienen ist.« Arch seufzte. »Er hat mir viel beigebracht.«
»Dieser Pomeroy«, sagte ich, um Patty Sues nächster Frage zuvorzukommen, »gibt an der High School Fahrunterricht und spielt im Sommer den Imker. Pomeroy ist außerdem frisch geschieden.« Ich hielt vor der einzigen Ampel in der Main Street und lächelte meine Hausgenossin an. »Auch ein neuer alleinstehender Mensch in der Stadt kann ein interessanter Teil der Landschaft sein.«
»Oh«, sagte Patty Sue.
»Wird Dad bei Ms. Smiley sein?« fragte Arch.
»Ja«, sagte ich und legte von den knirschenden Gängen des Lieferwagens den ersten ein. »Vonette und Fritz auch. Und alle Lehrer aus allen Schulen.«
Patty Sue sagte: »Ich habe noch nie eine Leiche gesehen.«
»Keine Bange«, versicherte ich ihr, »wir gehen nicht in die Kirche. Außerdem ist es nicht diese Art von Trauergesellschaft. Sie sind beim Gedenkgottesdienst und bei der Beerdigung, während wir den Tisch decken. Wir bekommen nur lebendige Menschen zu sehen.«
Patty Sue machte eine Pause und sagte dann plötzlich: »Ich habe noch niemanden gekannt, der sich umgebracht hat.«
Ich gab keine Antwort, sondern schaute Arch wieder im Rückspiegel an. Er sah aus dem Fenster, spürte aber meinen Blick.

»Okay, Mom«, sagte er. »Du kannst darüber sprechen.«
»Ich weiß nur«, sagte ich ruhig, »was ich gehört habe. Am Samstag morgen hat sie Besorgungen gemacht. Am Montag kam sie nicht in die Schule und hat nicht angerufen. Sie haben eine Vertretung geholt.« Ich schmeichelte den Lieferwagen in den zweiten Gang und bog in den Homestead Drive ein, ehe ich fortfuhr. »Offenbar ging eine Lehrerin zur Mittagessenszeit vorbei, um nach ihr zu schauen und ihr ein paar Aufsätze zum Korrigieren zu bringen. Die Tür war offen. Laura lag in der Badewanne. Tot. Mit einem Rasierer in der Hand, überall eingetrocknetes Blut, nehme ich an. Es gab eine Autopsie.« Ich räusperte mich. »Ich glaube, das ist in solchen Fällen üblich. Jedenfalls hat der Typ gesagt, es war Selbstmord.« Ich machte eine Pause. »Wahrscheinlich wirkt es deshalb so traurig. Zu früh.«
Ich warf Arch einen Blick zu. Er vertiefte sich in den Blick aus dem Fenster. Der Lieferwagen wirbelte eine weitere Staubwolke auf, als wir in den Piney Circle einbogen, einen Feldweg, an dem holzverschalte Häuser hinter Tannen und Fichten hervorschauten.
»Du hast sie also gekannt?« fragte Patty Sue.
Alicias Frage. Warum fragten die Leute derart mißtrauisch nach der Bekanntschaft mit einem Selbstmordopfer? Wollten sie Schuldgefühle wecken? Wenn man sie besser gekannt hätte, dann hätte sie das vielleicht nicht getan? Wenn man sie überhaupt nicht gekannt hätte, wäre man dann aus dem Schneider?
»Sie war letztes Jahr und vor zwei Jahren Archs Klassenlehrerin«, erwiderte ich. »Ich habe sie bei den Elternsprechstunden gesehen. Ich habe sie manchmal in den Aerobicstunden gesehen. Das war alles.« Ich dachte einen Augenblick lang nach. »Sie hatte Sinn für Humor. Sie konnte einen zum Lachen bringen, wenn sie darüber geredet hat, daß sie Steuereintreiberin für das Finanzamt wird. Solche Sachen. Und für Arch war sie etwas ganz Besonderes.«
Ich schaute wieder in den Spiegel. Mein Sohn hielt sich die

Hand vor die Augen. Ich hielt auf dem gekiesten Seitenstreifen, drehte mich um und schaute Arch an.
»Arch«, sagte ich. »Du mußt das nicht machen. Hör zu, wir kommen schon zurecht, wenn nur Patty Sue und ich servieren. Du brauchst überhaupt nicht mitzukommen.«
Patty Sue und ich saßen dabei, während Arch leise schluchzte. Ich gab ihm ein Papiertaschentuch. Er putzte sich die Nase und hustete, wie das Leute tun, wenn sie so aussehen wollen, als hätten sie in Wahrheit vereiterte Nebenhöhlen, kein gebrochenes Herz.
»Es ist schon in Ordnung«, sagte er. Er räusperte sich. »Fahr weiter. Bitte.«
Ich sagte: »Du mußt wirklich nicht mitkommen.«
»Doch«, sagte er, »ich muß.«
Wir bogen vom Piney Circle ab und in die Pine Needle Lane ein. Wer auch immer die Straßennamen erfunden hatte, er hatte uns daran erinnern wollen, daß wir in den Bergen waren. Das hier war ein Feldweg, der uns zu Lauras Haus führen würde. Sie hatte nicht weit vom Stadtzentrum entfernt in einer bergigen Gegend gewohnt, die früher mit Blockhäusern gesprenkelt gewesen war. In den vierziger Jahren war Aspen Meadow ein ländlicher Erholungsort für die Reichen aus Denver gewesen. Jetzt pendelte der größte Teil der Einwohner eine Stunde lang zum Arbeiten nach Denver. In Lauras Wohngegend klemmten kleine Spitzdachhäuser und holzverschalte Häuser, die in den fünfziger und sechziger Jahren gebaut worden waren, die verbliebenen Blockhäuser ein. Der architektonische Mischmasch, der sich daraus ergab, machte die Gegend nicht zu einer guten Investition für die Pendler, sondern zu einem Paradies für Lehrer, Künstler, Kellner und andere, die sich eine elegantere Umgebung nicht leisten konnten.
Der Lieferwagen wurde durchgerüttelt, als wir die steile, staubige Zufahrt zu Lauras Bungalow hinunterfuhren. Die Tante aus Illinois war hergeflogen und hatte ein Auto gemietet. Es stand vor der offenen Garage, weil sie vorgehabt hatte, mit

einer Staatskarosse zur Beerdigung zu fahren. Sie hatte uns genug Platz gelassen, so daß ich den Lieferwagen gerade noch an dem Mietwagen vorbei in die Garage manövrieren konnte. Zum Glück hatte die Tante außerdem daran gedacht, die Tür unverschlossen zu lassen. Wir schoben uns hinein, mit unseren Kisten, Schachteln, dem Essen, den Schüsseln und Tassen.

Als ich erst einmal drinnen war, holte ich tief Luft. Eine Putzkolonne aus Denver war dagewesen und hatte saubergemacht. Zu ihrem Auftrag gehörte, wie Lauras Tante mir munter mitgeteilt hatte, die verbluteten Badezimmerfliesen zu desinfizieren und neu zu verkitten. Das mußte jetzt das fünfte Mal sein, daß ich im Haus eines Menschen, der gestorben war, einen Leichenschmaus ausrichtete. Ich erschauderte bei der Vorstellung, irgendwo hänge noch der Geruch oder das Gefühl des Todes.

Aber nichts davon war da. Große Blumensträuße, Floristenarrangements aus Nelken und Gladiolen, Löwenmäulchen und Schleierkraut standen auf den Arbeitsplatten in der bunt tapezierten Küche. Nur der Zimtgeruch der Nelken und der Tannennadelduft des Desinfektionsmittels hingen in der Luft.

Das Haus war klein. Wir trugen die Schachteln durch die Garage in die Küche, die an ein größeres Wohn- und Eßzimmer stieß. Die Gäste würden neben dem Haus parken, neben dem Auto der Tante. Auf dieser Seite gab es einen Fußweg zur Vordertür, die direkt in den Wohn- und Eßbereich führte. Ich schätzte das Zimmer ab, um herauszufinden, wie ich die Tische aufstellen und die Blumen zwischen den Tellern und dem Essen plazieren sollte. Wie ein Ermittler an einem Unglücksort wollte ich nicht an die Tragödie denken, die sich hier abgespielt hatte. Wir mußten unsere Arbeit machen. Die Lebenden brauchten etwas zu essen.

Als ich zum Maßnehmen im Wohnzimmer herumlief, spürte ich trotzdem etwas Unheimliches im Haus. Was mich tatsächlich verstörte, war der Umstand, daß mir das ganze Haus so entsetzlich gemütlich vorkam. Zwei Wohnzimmerwände, getäfelt mit abgeschliffenem Holz, schimmerten grüngolden in der Sonne. Regale und Schränkchen überzogen die anderen Wände. Eine Fotowand war da. Ein dicker blauer Teppich bedeckte den Boden, wo er nicht aus Holz bestand. Zusätzlich zu den Fotos gab es gemalte Bilder verschneiter Berge, verschneiter Felder und von Bächen mit verschneiten Ufern. Die beiden Schaukelstühle sahen neu bezogen aus, genau wie die beiden alten, aber nicht antiken Zweisitzersofas. Der Stoff auf den Möbeln und den losen Kissen war mit Frühlingsblumen bedruckt – Vergißmeinnichtblau, Malvenrosa, Butterblumengelb. Mit dem blauen Teppich und den Regalen und Schränkchen aus Holz sprühte das große Zimmer vor Leben. Das Braun, das Grau, das Schwarz, der Dreck oder die Vernachlässigung, die man bei einer selbstmörderischen Persönlichkeit erwartet, waren nirgends zu sehen.

Die drei von Mountainside Rental gemieteten Tische lagen wie Felsplatten auf dem blauen Teppich. Sie würden alle hineinpassen. Wir schoben die Zweisitzer und Schaukelstühle zu Gesprächsecken zusammen, dann stellten wir die Tische auf und arrangierten sie hufeisenförmig. Arch entfaltete die Tischtücher, während Patty Sue und ich damit anfingen, das Essen auszupacken.

»Hört euch das an«, sagte ich kurz darauf. Ich hatte eben den Kühlschrank zugemacht und überflog die selbstgemachten Magnetbilder und Zeichnungen, mit denen Laura die Tür überzogen hatte. Arch und Patty Sue deckten im Wohnzimmer zwischen den Blumengestecken die Tische mit Silber und Tellern.

Ich las: »Dieser Kühlschrank ist cooler als Dave Brubeck.« Na ja. »Eine Frau ist kein niedliches Vorzeigestück, das man ins Kabinett stellt. Sie sollte im Kabinett sitzen.« Sehr witzig. »Ich KOCHE nur auf der Autobahn.« Ha! Ich drehte mich zum Wohnzimmer um, wo Patty Sue und Arch ein Verlängerungskabel für die Kaffeemaschine entrollten. »Wie konnte ein witziger Mensch solche Depressionen bekommen?«

Einen Augenblick später sagte Arch: »Ach, Mom, das weißt du doch. Sie hat immer Witze gemacht. ›Eine Schule ist was für Fische‹, lauter solches Zeug.«
»Stimmt«, murmelte ich, dann las ich über dem Herd: »Wie wird ein Schwein zum Hund? Wenn es sich in einen Hot dog verwandelt.« Über der Spüle: »Ich war beim Klempner und habe verlangt, daß er aus meinem Wasserhahn eine Wasserhenne macht.«
Patty Sue kam zu mir. Ihr Gesicht war bleicher als sonst. »Irgendwie spukt es hier. Sag mir bitte noch einmal, was ich tun soll. Wenn die Leute kommen, meine ich.«
Ich erklärte ihr noch einmal ihre Pflichten, dann zeigte ich ihr das Bad, falls danach gefragt wurde. Zu meiner Erleichterung hatte die Tante oder die Putzkolonne einen undurchsichtigen weißen Duschvorhang angebracht, dessen Geruch nach neuem Plastik überwältigend war. Er war vor die Wanne gezogen. Ich konnte nicht anders: Ich steckte den Kopf durch den Vorhang, während Patty Sue im Spiegel ihren Lippenstift überprüfte. Die Badewanne war makellos sauber. Ich wußte nicht, was ich erwartet hatte. Ich drängte Patty Sue hinaus in die Küche, um ihr zu zeigen, wo alles war. Arch war damit beschäftigt, Zitronen in Scheiben zu schneiden, die in den Limonadenkrug kommen sollten. Als Patty Sue im Wohnzimmer damit anfing, Weinflaschen zu öffnen, sagte Arch zu mir: »Du weißt, daß Dad eine neue Freundin hat.«
Ich sagte: »Ich weiß.«
Ich suchte in Lauras Speisekammer nach Zucker, für den Fall, daß wir noch mehr Limonade brauchten. Ich hatte den Rest der neuen Tüte mitgebracht, aber weil es ein warmer Tag war, wurde vielleicht mehr getrunken. Ich fand nur Mehl in einem Behälter, auf den sie sinnigerweise eine Ähre gemalt hatte. Weil mir kein Piktogramm für Zucker einfiel, gab ich es auf.
»Vielleicht kommt sie her«, sagte Arch.
»Stimmt«, sagte ich und drehte mich zu ihm um. »Die Freundin. Macht es dir etwas aus?«

Er starrte auf die Zitronen hinunter, und es tat mir sofort leid. Ich wußte, daß seine Warnung mich vorbereiten sollte, nicht ihn.

»Tut mir leid, Schatz«, sagte ich. »Ich habe einfach soviel im Kopf.«

»Kommt Vonette her?« fragte er. »Ich wollte gestern mit ihr sprechen, aber Fritz hat gesagt, sie war wieder krank.«

Arch benützte keine Wörter wie Oma oder Großvater, weil John Richard und ich ihm das nie beigebracht hatten. Er empfand eine kindliche Liebe zu seiner Großmutter, die ihn vergötterte. Fritz war immer zu sehr mit seiner Praxis beschäftigt gewesen, als daß er seinem Enkel Aufmerksamkeit geschenkt hätte, die übers Erkennen hinausging. Aber daß Vonette »krank« war, das war ein Euphemismus der Erwachsenen, den Arch gewöhnt war und der besagte, daß ihre Cocktailstunde um elf Uhr morgens anfing. Ich fragte mich oft, ob Arch die Wahrheit kannte oder ahnte.

»Wieder krank«, wiederholte ich, während ich die Küche musterte.

»Sie kommen«, rief Patty Sue aus dem Nebenzimmer.

»Schnell, Junge, zieh die Schürze über«, sagte ich zu Arch. »Dann gehst du zur Tür und begrüßt die Leute. Sag ihnen, sie sollen die Mäntel, wenn sie welche anhaben, in Lauras Schlafzimmer ablegen, das ist auf der anderen Seite vom Wohnzimmer.« Ich zögerte. Dann sagte ich: »Und zeig ihnen, wo das Bad ist.«

Er hatte die Schürze an; beim Wort Bad schaute er mit ängstlichen braunen Augen zu mir auf.

Ich legte die Hände auf seine Schultern. »Ich habe nachgeschaut; alles ist sauber.«

Er sagte: »Mir gefällt das gar nicht. Ich habe Angst.«

Und so ging es mir auch, wenn auch aus anderen Gründen.

Petersilienzweige umrahmten den Lachs und das rosa Filetstück, als ich die Silberplatte auf dem Tisch für den Hauptgang abstellte. Ich löffelte die Mayonnaise in eine Kristallschale und stellte sie neben den Lachs. Dann trug ich den Spargel und das übrige auf, darunter ein Schälchen mit den Pilzen, die ich für den Kotzbrocken als Ersatz für die Tomaten gehackt hatte. Arch hatte die erste Gruppe in Lauras Schlafzimmer geführt, zum Ablegen der Mäntel. Das Stimmengemurmel und das Klacken von Absätzen auf dem Backsteinweg sickerten durch die Luft.

Ich ging rückwärts in die Küche und musterte das Zimmer schnell, ehe ich meine Schürze anzog. Partyservice bei einem Empfang war ähnlich wie Regie bei einem Theaterstück: Die Requisiten und die Schauspieler mußten alle zur Stelle sein, ehe die Vorstellung beginnen konnte.

Meine Hände zitterten, meine Ohren brannten. Unerklärlicherweise tat mir plötzlich die rechte Schulter weh. Ich mußte mich in den Griff bekommen. Reiß dich zusammen, sagte ich mir. Aber die alten Ängste stiegen wieder auf.

Gegen Ende meiner Ehe hatten John Richard und ich einen Streit, bei dem ich rückwärts in die offene Geschirrspülmaschine fiel. Meine rechte Schulter wurde von einem herausragenden Messer aufgeschlitzt, sie mußte genäht werden, und ich

brauchte eine Schlinge. Während ich mich erholte, aber ehe ich bewußt begriff, wie schlimm es geworden war, hatte ich den häufig wiederkehrenden Alptraum, vergewaltigt zu werden. Der Mann im Alptraum war ein berühmter Footballspieler namens John. Wenn die Vergewaltigung vorbei war, sagte eine Stimme: »Ruf den Klempner an.« Dann war mir eines Morgens plötzlich klar, daß der John im Traum mein Gatte John und es mein Leben war, was davonfloß.
Ich reichte die Scheidung ein, dann stürzte ich mich mit dem Eifer einer Liebenden in das Cateringgeschäft. Obwohl ich schließlich weiterstudiert hatte, als Arch in die erste Klasse kam, um meinen Abschluß in Psychologie zu machen, bot mir der Partyservice die schnellste Möglichkeit finanzieller Sicherheit. Die Unterhaltszahlungen für das Kind, falls sie kamen, deckten etwa ein Drittel der Abzahlungen für das Haus. Neue Rezepte, neue Aufträge, die Buchführung, das Arbeiten in der Küche und vor allem die materielle Unabhängigkeit von John Richard, das alles genoß ich. Meine Schulter heilte; meine Arbeit war meine Liebe. Wenn ich jetzt einen Alptraum hatte, bestand er darin, daß mir das Geschäft so weggenommen wurde wie mein Traum vom Familienleben.
Ich holte tief Luft. Mein Herz schlug wild. John Richard würde hier sein, und ich verstand, warum Marla wegblieb. Er würde sich charmant benehmen, seine übliche Show des hübschen Kerls vor den Frauen abziehen. Ein paar Augenblicke später würde er bei mir sein und eine schneidende Bemerkung machen. Er würde mir nicht weh tun, jedenfalls nicht körperlich, nicht hier vor all den Leuten. Ich preßte die Lippen zusammen. Geh und begrüß die Gäste, sagte ich zu mir, aber ich konnte es nicht.
Ich schaute in die Küchenschubladen, fand ein Päckchen Zigaretten, zündete mir eine an und inhalierte tief. Himmlisch. Ich betrachtete die Küchenwände, die Laura mit einem Muster aus Eiswaffeln in neapolitanischen Farben tapeziert hatte. Genau das Richtige für eine Lehrerin. Aber wenigstens hatte sie ge-

raucht. *Rauchen ist Selbstzerstörung. Laura Smiley war selbstzerstörerisch, weißt du noch?*
Aber sie hatte keinen Exmann gehabt, der auftauchte, um sie zu quälen, antworte ich meiner inneren Stimme.
Woher willst du wissen, was sie gequält hat? fragte die Stimme.
Ich drückte die Zigarette aus und schlüpfte ins Wohnzimmer. Vielleicht schaute ich mir in der Pause die Fotowand näher an, um herauszufinden, wer die Menschen in Laura Smileys Leben gewesen waren. Aber ich konnte keine Pause machen, wenn ich nicht mit der Arbeit anfing.
»Trixie«, sagte ich zum Rücken einer großen, muskulösen Frau. Trixie Jackson fuhr aus dem Mantel und drehte sich um. Sie war Aerobiclehrerin im Sportclub von Aspen Meadow, ich hatte sie jedoch etwa ein Jahr lang nicht gesehen und gemeint, das liege an einer veränderten Gruppeneinteilung. Sie schaute mich mit zusammengekniffenen Augen an. Sie kann die Zigarette riechen, dachte ich.
»Schön, dich zu sehen«, sagte ich. »Wie war die Beerdigung?«
»Deprimierend«, erwiderte sie. Sie zog eine Augenbraue hoch. »Dein Exmann war da. John Richard.«
Ich unterdrückte die Frage, ob es deshalb deprimierend gewesen sei, und winkte Arch, ihr den Mantel abzunehmen. Weitere Leute schoben sich zur Tür herein, und ihre leisen Stimmen gurgelten in dem Zimmer wie Wasser, das einen vereisten See auftaut. Trixie ging auf den noch bedienungslosen Getränketisch zu.
Vonette Kormans schrille Stimme trieb von draußen herein. »Es macht mich einfach so traurig«, sagte sie, »und sie war doch noch so jung. Gut, vielleicht nicht mehr ganz so jung. Aber trotzdem. Sie war ein so teilnahmsvoller Mensch. Und es ist traurig.«
Ich steckte fest in einem dunklen Gedränge von Mänteln, die an diesem warmen Tag unnötig gewesen wären, wenn eine Beerdigung die Trauernden nicht zum Frösteln brächte. Vonettes stark geschminktes Gesicht und orangerotes Haar tauch-

ten neben Trixie und den Weißweingläsern auf. Ich fädelte mich zum Essen hindurch und behielt dabei meine Exschwiegermutter im Auge, indem ich so tat, als überprüfte ich, ob die Tischtücher auch gerade lagen. Und da kam es, genau wie Marla es beobachtet hatte. So schnell und verstohlen wie ein Zauberer zog Vonette einen mit Leder überzogenen Flachmann aus der Tasche und goß eine klare Flüssigkeit in ihr Weinglas. Es mußte Wodka oder Gin sein. Anders als bei einer Zaubernummer änderte der Glasinhalt die Farbe nicht, aber ich nahm an, er habe sich in einen Martini verwandelt.

»Mom«, drang Archs schrilles Flüstern an mein Ohr, »was soll ich jetzt tun?«

»Kümmere dich um die Getränke«, flüsterte ich zurück. »Den Wein können sie sich selbst einschenken. Du übernimmst die Limonade und den Kaffee.« Ich schaute zum Tisch zurück. »Und den Tee. In der zweiten Kanne ist heißes Wasser, und die Teebeutel liegen daneben. Zucker und Sahne stehen auf dem Tisch. Du mußt nur dafür sorgen, daß immer Nachschub da ist.«

Er nickte und wandte sich ab.

»Das Büfett ist eröffnet«, sagte ich zu einem Grüppchen. Und damit hatte die Vorstellung begonnen. Wenn sie sich die Bäuche gefüllt hatten, war der Erfolg gesichert. Das hoffte ich.

»Na so was, wenn das nicht das kleine Frauchen mit dem Kochlöffel ist«, meldete die sich nur allzu vertraute Stimme. Ich hatte keine Ahnung, wie er mich so schnell gefunden hatte. »Vielleicht fehlt mir nicht viel«, sagte John Richard mit einem Lachen, das mehr wie ein Schnauben klang, »aber manchmal fehlt mir deine Küche.«

»Wirklich?« erwiderte ich. »Seltsam, mir fehlt gar nichts.«

Ich schaute zu meinem Exmann auf. Obwohl es mir während unserer Ehe gleichgültig gewesen war, was er trug – er sah in allem wie ein Dressman aus –, hatte ich jetzt ein zwanghaftes Interesse daran, seine Garderobe einzuschätzen. Vielleicht lag es daran, daß er sich neuerdings so auffällig kleidete. *Er möchte jünger aussehen.* Oder am Leder, der Wolle, gelegentlich Seide: *Er verdient ein Schweinegeld.* Wenn ich glaubte, es sei Polyester, genoß ich einen inneren Sieg: *Die Praxis geht miserabel.* Ich schaute jetzt von den maßgefertigten Cowboystiefeln über die anthrazitgraue Wollhose zu dem seidenen Cowboyhemd und der Navajoschalkrawatte auf. Den Schal hielt ein Silberring zusammen, den ein Riesentürkis zierte, in der Farbe seiner Augen. John Richard war groß und blond, hatte breite Schultern und schmale Hüften. Er war eher wie ein Preisboxer gebaut als wie ein Arzt. Was aber, wie ich dachte, seinem Wesen eher entsprach.

Er zog den Krawattenschal zurecht.

Er sagte: »Aufmachung okay?«

Ich holte tief Luft. Ich war zu wütend, als daß ich zugegeben hätte, er sehe fabelhaft aus. Ich schloß die Augen und heuchelte Gelangweiltheit.

»Du weißt doch«, sagte ich, »ich bin aus New Jersey. Dort trägt man höchstens bis zur vierten Klasse Cowboykleidung. Aber mach doch, was du willst.«

Er ging weg. Er hob die Hand zu einem spöttischen Gruß. »Genau das tu' ich auch.«

Ich schaute auf das auf dem Tisch aufgebaute Essen, dann suchte ich nach Patty Sue. Sie sprach mit Pomeroy, dem Imker. Wenigstens eine von uns führte ein vernünftiges Gespräch mit einem Mann. Auch Fritz Korman schob sich neben Patty Sue. Konnte er sich bei den Besuchen zweimal wöchentlich nicht an ihr sattsehen? Mir fiel außerdem auf, daß Vonette ihn beobachtete.

Weil ich keine Studentin gesellschaftlicher Beziehungen war, machte ich mich an die Arbeit. Außerdem wollte ich nicht so wirken, als hielte ich Ausschau nach John Richard.

»Kommen Sie, essen Sie etwas«, lud ich ein neues Grüppchen ein, das den Lachs beäugte. »Komm, Trix«, sagte ich, weil sie wieder neben mir war.

Trixie streckte einen langen Arm, der Jane Fondas würdig

gewesen wäre, nach einem Teller aus. Ich hob Lachsfleisch von den Gräten.
»Spargel?« fragte ich.
»Selbstverständlich«, sagte sie. »Aber kein Brot.«
»Warst du mit Laura befreundet?« fragte ich.
»Ich habe sie gekannt«, sagte sie vage, während ich auf den korallenfarbenen Fisch einen Klecks Mayonnaise setzte. Trixie schaute mich an, dunkle Augen in einem Gesicht, das blondes Haar mit eingefärbten Strähnchen rahmte. Sie sagte: »Nicht zuviel Mayo, das macht dick.« Sie dachte einen Augenblick lang nach. »Laura kam zum Unterricht. Manchmal haben wir uns hinterher unterhalten. Sie war komisch, ein bißchen verdreht, hab' ich gedacht, aber nicht . . . Sie ist nie zu den Clubpartys gekommen. Sie war wie du, ist kaum mit Männern ausgegangen.«
Ich murmelte etwas und wandte den Blick ab, um das Gespräch zu beenden. Das war nicht die Einschätzung meines gegenwärtigen gesellschaftlichen Lebens, die John Richard hören sollte. Die Tante kam her und fragte, wie alles laufe, machte uns dann Komplimente über das Essen, das sie erst noch kosten mußte. Sie war eine kleine Frau mit blassem Make-up und zu schwarzem Haar, streng ums Gesicht herum abgeschnitten.
»Danke«, sagte ich. »Bleiben Sie lange hier?«
Sie schüttelte den Kopf. »Ich fliege heute abend nach Chicago zurück. Das Haus wird am Montag zum Verkauf ausgeschrieben. Sie hat mir ihre Sachen hinterlassen, aber ich weiß beim besten Willen nicht, was ich damit anfangen soll. Ich komme im November zurück, um die Formalitäten abzuschließen.« Sie schenkte mir ein einschmeichelndes Lächeln. »Ihr Sohn ist wirklich ein kleiner Schatz. Und wie reizend, daß er Ihnen im Geschäft hilft.«
Ich nickte und machte ihr einen Teller zurecht, dann schaute ich in Archs Richtung, der mit John Richard sprach, vielmehr John Richard mit ihm. Arch nickte, das Gesicht schmerzlich verzogen. Ich konnte mir die Fragen vorstellen. Hast du es mit

Fußball probiert? Wirst du Football spielen? Hast du schon mal an Basketball gedacht? Warum nicht? Der Kotzbrocken hatte die Tatsache nie akzeptiert, daß sein Sohn nicht geschaffen war für die nationale Footballiga.

Ich versicherte der betuchten Tante, der Partyservice bedeute mir viel, genau wie Arch. Sie schenkte mir einen mitfühlenden Blick und schlüpfte davon.

Jetzt konnte ich John Richard spüren, ihn hören, sehen, wie er sich in der Schlange am Büfett voranschob, die nun recht lang war, etwa zehn Leute. Bei diesem Andrang richtete ich die Teller jetzt im voraus an, ganz gleich, ob die Gäste Spargel wollten oder nicht. Ich hörte ihn wieder und schaute auf. Er sprach mit Fritz. Zweifellos ein medizinisches Gespräch. Neben dem Kotzbrocken stand die neue Freundin, eine unscheinbare Brünette, von der ich vage im Gedächtnis hatte, sie sei Lehrerin.

Ich zählte die Teller bis zu dem für John Richard. Acht. Ich holte das Pilzschälchen hervor. Es hatte keinen Sinn, dafür zu sorgen, daß ihm von den Tomaten schlecht wurde, das hätte ihn nur noch zorniger gemacht, obwohl ich bei dem Gedanken kichern mußte. Ich streute die Pilzstückchen über John Richards Spargelvinaigrette und bereitete weitere Teller vor. Dann schaute ich wieder die Schlange an. Um Himmels willen! Die Freundin stand jetzt vor dem Kotzbrocken, also bekam sie jetzt die Pilze und er doch noch die Tomaten. Ich vertauschte die Teller, und das war mein Fehler.

John Richard schob sich an den Kopf der Schlange und zog sich wieder den Krawattenschal zurecht, als er auf die Teller schaute. Dann hob er das breite Handgelenk und zählte dramatisch die Gäste in der Schlange.

»Okay, Goldy«, sagte er mit einem tiefen Seufzer, als er nach dem Teller mit den Pilzen griff. »Was willst du mir denn da verpassen?«

»Das ist nicht für dich. Das ist für deine Freundin. Ein Aphrodisiakum. Sie könnte es brauchen.«

»Dann hast du doch sicher nichts dagegen, wenn ich das ins Labor schicke und analysieren lasse«, entgegnete er.

»Sei nicht so paranoid.« Ich packte den Tellerrand. »Das sind bloß Pilze statt Tomaten, weil ich nicht wollte, daß dir übel wird.«

Er zog den Teller zu sich heran. Der Lachs rutschte gefährlich nahe an das seidene Cowboyhemd heran.

»Hörst du jetzt auf?« knurrte ich durch zusammengebissene Zähne. »Ich mach dir einfach einen neuen Teller.«

»Den Teufel wirst du«, sagte er. Er zog am Teller, als ich losließ. Die Vinaigrette ergoß sich über die Seide.

John Richard fluchte.

Ich hielt seinem vernichtenden Blick stand und sagte: »Schick mir die Rechnung für die Reinigung.«

Er murmelte etwas und verzog sich.

Patty Sue tauchte neben mir auf und beschwerte sich, daß bis jetzt niemand einen Nachtisch wolle.

»Übernimm die Schlange hier«, befahl ich. »Ich brauche eine Pause. Beerdigungen der falschen Leute deprimieren mich.«

Als sie meinen Platz eingenommen hatte, schaute ich mir die Fotowand an. Ich stellte mich in die Kaffeeschlange und goß, als ich an der Reihe war, die dunkle Flüssigkeit in zwei tiefe Styroportassen mit meinem Logo darauf. Eine war für mich, eine für Vonette, die jetzt vermutlich Koffein brauchte. Aber ehe ich den Kaffee bei ihr abliefern konnte, sah ich, daß Fritz Korman wieder mit Patty Sue schwatzte. Das hieß, daß Patty Sue mit dem Servieren nicht nachkam. Ich schlenderte zurück.

»Hallo, Goldy«, sagte mein Exschwiegervater mit seinem patentierten, zähnebleckenden Grinsen. Die weißen, sorgfältig über den kahlen Schädel gekämmten Haarsträhnen glänzten im Licht. Seine Zähne blitzten, als er sein Lächeln wieder Patty Sue zuwandte, der Wolf, der Rotkäppchen begrüßt. John Richard hatte die kräftige Statur von Fritz geerbt, der sie eindrucksvoll vorführte, ebenfalls im Seidenhemd mit Fransenweste und -hosen.

Ich sagte: »Fritz, du siehst aus, als ob du direkt von den Dreharbeiten zu *Bonanza* kämst.«
Er kraulte mich am Kinn, nicht die Spur gekränkt. Fritz war wie jemand, der ständig für ein Amt kandidiert, und er behandelte mich immer, als wären wir alte Freunde, ein Liebespaar oder beides.
»Hat Patty Sue dir erzählt«, fing ich an, als ich die Tassen abstellte, »daß ihr Vater auch Arzt ist?«
»Na so was, nein«, sagte Fritz verblüfft.
»Ist er ja auch nicht«, sagte Patty Sue.
»O doch«, fuhr ich fort, während ich cremige Mayonnaise auf Lachsportionen klatschte. »Patty Sues Vater, der Arzt, arbeitet in Washington, D. C. Bedeutende Persönlichkeit. Proktologe, um genau zu sein.«
»Was?« sagten Patty Sue und Fritz unisono.
»Proktologe im Pentagon«, machte ich weiter, »der auch politische Ratschläge gibt. Er sagt den Generalen, die sich mit der Iran-Politik befassen: Schiebt's euch weiter hinten rein, bis es weh tut.«
Ein voller Erfolg. Über das Gesicht von Fritz ging ein verwirrter Ausdruck, ehe er wegging. Einen Augenblick später servierte Patty Sue weiter.
»Du mußt Mayonnaise aus der Küche holen«, erklärte ich ihr, als ich ihr die Schüssel reichte. »Schnell.« Als sie wiederkam, brachte ich den lauwarmen Kaffee zu Vonette hinüber, die Pomeroy Locraft die Ohren vollredete.
»Es macht mich einfach so traurig«, sagte Vonette, voll in Form. Je kläglicher und trauriger ihr zumute war, desto mehr trank sie.
Ich sagte: »Was macht dich so traurig?«
»Oh, Goldy, hallo«, erwiderte sie. Pomeroy, groß, dunkel, in den Dreißigern, im Flanellhemd, nickte mir zu.
Vonette sprach weiter. »Hab ich gehört, daß du da drüben mit Fritz über Iran geredet hast? Schätzchen, Fritz interessiert sich nicht für Außenpolitik.« Ein Schluck. »Er hat bei der letzten

Wahl nicht mal für Bush gestimmt.« Noch ein Schluck. »Er ist immer noch sauer, weil Nixon nach China gereist ist.«
»Was?« sagte Pomeroy.
»Warum?« fragte ich.
»Na, du weißt ja, wie sauer er werden kann«, sagte sie mit rollenden Augen, »und diese Rotchinesen, ich meine, als ob es nicht reicht, daß sie Kommis sind« – wieder ein Schluck –, »haben doch diese Politik mit der Zwangsabtreibung.«
Pomeroy schüttelte den Kopf, stand auf und ging weg.
»Mein Honig ist immer noch alle«, rief ich hinter ihm her. Er drehte sich um. Ich gab Vonette den Kaffee und ging hinüber. Pomeroy war mir ein Rätsel, war es immer gewesen. Offenbar vermittelte er diesen Eindruck auch den anderen Frauen in der Stadt, die ihm den Spitznamen Eisblock gegeben hatten. Er hatte nichts von der gespielten Schüchternheit beim Flirten, die John Richard Frauen gegenüber mit so viel Erfolg einsetzte. Andererseits vergötterte Arch Pomeroy. Etwas an seiner Aura der Ruhe, an seinem Leben in einem abgelegenen Blockhaus, an seinem Umgang mit den Bienen zog meinen Sohn magnetisch an. In dem Jahr, in dem ich Kindergottesdienst gehalten hatte und Arch in meiner Gruppe gewesen war, hatte ich nur wenige Anhaltspunkte dafür, daß sich Arch mit dem Leben der Heiligen beschäftigte. Trotzdem hatte er nach seinem Frühjahrsprojekt gesagt, Pomeroy sei wie der heilige Franziskus. Er liebt alle Tiere, hatte Arch gesagt, er versteht die Natur.
Pomeroy interessierte mich also nicht nur aus reiner Neugier. Ich war nicht bereit gewesen, mit Alicia über ihn zu reden, weil ich nicht wußte, was für Chancen ich bei einem Eisblock von Imker hatte. »Sie sind ja ungeheuer schnell von diesem Gespräch weggerannt«, sagte ich zu ihm.
Er schüttelte den Kopf. »Ich muß ihr nicht zuhören, wenn sie so ist, oder wenn sie über . . . dieses Thema spricht. Das muß niemand.«
»Na schön. Mal abgesehen von Vonette, wie geht's Ihnen denn so?« fragte ich mit einem strahlenden Lächeln.

Er sagte: »Warum interessiert Sie das?«
Soviel zum geselligen Austausch. Ich sagte: »Ich weiß nicht«, und ging zu meiner Exschwiegermutter zurück.
»Wie schmeckt der Kaffee, Vonette?« fragte ich. Er stand auf dem Tisch, sah unberührt aus. Unter dem Tisch war die Tasche mit dem Flachmann.
»Glaubst wohl, ich hab ihn nötig?« fragte sie, die Stimme immer noch voller Selbstmitleid. Der Kopf mit dem wilden roten Haar schwankte leicht. Ich winkte zu den Tischen mit dem Dessert und den Getränken hinüber, wo Arch und Patty Sue jetzt fieberhaft versuchten, den Strom der Leute abzufertigen, die mit dem Hauptgericht fertig waren.
»Nein«, sagte ich, »aber jetzt stellen sich alle für die Törtchen an, und Kaffee wollen sie auch. Ich habe dir welchen gebracht, damit du nicht aufstehen mußt.« Aber natürlich brauchte sie ihn. Dieser Tag war auch ohne einen weiteren Ausflug in die Ausnüchterungszelle schlimm genug.
Arch machte an der Kaffeemaschine ein verzweifeltes Gesicht; ich ging zu ihm.
»Mom«, sagte er, »ich brauche mehr Zitronen. Ich weiß nicht, warum alle plötzlich Limonade wollen.«
»Das mach' ich. Halt sie einfach weiter mit Kaffee und Wein bei Laune, wenn sie welchen wollen.«
In der Küche fand ich meine Zitronenpresse und drückte ein Dutzend Zitronen aus, dann schnitt ich zwei weitere mit einem Messer von der Halterung an der Wand in papierdünne Scheiben.
Kurz darauf kam Arch herein.
»Was ist denn jetzt?« fragte ich. Er machte die Schränke auf und schaute hinein.
»Jetzt will plötzlich jemand Kräutertee«, sagte er, zog einen Küchenstuhl heran und stieg darauf, damit er mehr sah. »Wir haben bloß normalen.« Er streckte sich, um in die oberen Schränke schauen zu können. »Also muß ich welchen auftreiben.«

Ich ließ die Zitronen liegen und half Arch bei der Suche. In deren Verlauf fand ich eine Dose, auf der ein Zeitschriftenfoto von Sugar Ray Leonard klebte. Das kam gelegen, falls der Sturm auf die Limonade anhielt und der mitgebrachte Zucker aufgebraucht war.

Aber Kräutertee war keiner da.

»Schau, ob dieser Jemand das hier mag«, sagte ich und gab ihm einen Beutel Pfefferminztee. »Ich komme gleich mit der Limonade nach.«

Er ging. Das laufende Wasser schäumte über Zucker und Saft. Als ich den Krug ins Wohnzimmer brachte, war Arch wieder verschwunden, und in der Essensschlange standen nur noch wenige Leute.

Ich hoffte, die Limonadenknappheit war für heute die letzte Krise.

Nach zwanzig Minuten waren fast alle Teller geleert. Kleine Grüppchen fanden sich zu Gesprächen zusammen. Ruhig sammelte ich Teller und Aschenbecher ein und trug sie in die Küche. Kunden mögen keine schmutzigen Teller auf einer Party, aber sie wollen auch nicht hören, wie sie abgewaschen werden. Zum Glück war eine Tür zwischen Küche und Wohnzimmer, und ich konnte mit dem Spülen anfangen, ohne zu stören.

Ich ließ eben heißes Wasser und Spülmittel über das Silber laufen, als ich einen Laut hörte, der mich schaudern machte. Jemand stöhnte.

Ich stellte das Wasser ab. Aus dem Wohnzimmer kam derselbe Laut, ein tiefes Ächzen, das man in Verbindung bringt mit . . . In Verbindung . . .

Ich wollte das nicht einmal denken. Wenn jemand auf einer Party kotzte, die ich ausgerichtet hatte, war das das Ende des Geschäfts.

Jedenfalls so gut wie.

Ich schob mich durch die Tür ins Nebenzimmer. Das Ächzen wurde zum Stöhnen. Um das Geräusch herrschte Gedränge, und mehrere Leute kamen schnell auf mich zu, sagten, sie wollten –

»Wasser –«

»Telefonieren –«

»Handtuch –«

Mein Gesicht war plötzlich kalt von Angstschweiß, während ich betete, *bitte nicht Arch, bitte, laß ihn gesund sein.* Ich ging wie in Zeitlupe an Tischen und Stühlen vorbei. *Bitte, laß mein Kind gesund sein.* Am Rand des Gedränges hörte ich Vonettes hohes Wimmern, Worte wie: *Was ist denn, Schätzchen? Oh, was ist denn bloß, Schätzchen?*

»Lassen Sie mich durch«, flehte ich die Leute an, an denen ich mich vorbeidrängte, hielt überall Ausschau nach Arch. Als erstes sah ich den Pfefferminztee auf dem Getränketisch. *Laß nicht zu, daß er verletzt ist. Laß nicht zu, daß er Schmerzen hat.* Das gequälte, gutturale Ächzen riß nicht ab. Es war zu tief für ein Kind.

Ich keuchte und bettelte, mich durchzulassen, dann, vorn in der Menge, fragte ich: »Was ist denn?«

Fritz Korman lag auf dem Boden. Seine stattliche Gestalt wand sich auf dem blauen Teppich. Er hielt sich den Magen. Entsetzen und Verzweiflung durchfuhren mich – Fritz gehörte zur Familie, er hatte dazugehört. Und er hatte furchtbare Schmerzen.

»Zurück, zurück!« brüllte mein Exmann über das allgemeine Stimmengewirr und das Ächzen von Fritz hinweg, das unvermindert weiterging. John Richard wedelte mit den Händen, um die Leute von Fritz wegzuscheuchen, der jetzt zusammengerollt dalag wie ein Fötus. Arch zerrte an meiner Schürze. Ich preßte ihn an mich.

»Was ist denn los?« fragte ich in das allgemeine Chaos hinein. John Richard schrie sofort los, als er mich sah.

»Das warst du, du Miststück! Du hast meinen Vater vergiftet! Hattest du es auf mich abgesehen und versehentlich ihn erwischt?«

Ich spürte, wie mein Mund aufging, wie mein Kopf hin und her schwankte.
John Richard kreischte: »Du warst es, und ich sorge dafür, daß sie dich kriegen!«

Erst glaubte ich, John Richard beschuldige mich, weil er unter Schock stand. Aber nach seinem Ausbruch drehte er mir den Rücken zu und weigerte sich, auch nur meine Anwesenheit zur Kenntnis zu nehmen. Was schlimmer war: dem flotten, stets selbstbeherrschten Fritz ging es in keiner Weise besser. Um mich herum drehten die Leute die Köpfe weg und murmelten. Jemand telefonierte nach Hilfe, andere behandelten Fritz mit feuchten Tüchern und stellten Fragen. Lag es an der Mayonnaise, an der Sahne, am Fisch? Für mich gab es nichts zu tun. Das war auch gut so, denn ich hätte sowieso nichts tun können. Mir war schrecklich zumute und schwindlig von einem unklaren Schuldgefühl . . . Hatte Fritz auch eine Lebensmittelallergie?

Ich führte Arch in die Küche zurück, fand das Päckchen Zigaretten und rauchte eine nach der anderen, bis Patty Sue hereinkam und sagte, Fritz sei auf dem Weg ins Krankenhaus. Sie fügte zögernd hinzu, John Richard habe die Polizei gerufen, sie komme her. Jetzt wo mein Exmann fort war, ging ich ins Wohnzimmer. Daß er die Polizei gerufen hatte, war unglaublich. Was hatte er ihnen denn gesagt? Hatte er auch nur annähernd überzeugend gewirkt? Würden sie glauben, daß ich versucht hatte, jemanden zu vergiften? Ich, die eben noch versucht hatte, einen unflätigen Exmann vor einer allergischen

Reaktion auf Tomaten zu bewahren? Würden sie mir glauben, einer Köchin? Oder ihm, einem Arzt?

Ich fragte mich, wie das Essen im Gefängnis sein mochte.

Ermittler Tom Schulz vom Revier des County-Sheriffs in Furham wurde uns von einem anderen Polizisten vorgestellt, dessen ehrfürchtiger Ton besagte: Hier kommt der liebe Gott. Schulz war ein Hüne. Als er Laura Smileys Haus betrat, mit federndem Schritt, das Gewicht von einem Fuß auf den anderen verlagerte, sah er wie ein Held aus alten Filmen aus, der mit Mantel und Degen Schurken bedroht, Zweifler in die Schranken weist und ein eindrucksvolles Selbstbewußtsein vermittelt. Bloß brauchte Tom Schulz weder Mantel noch Degen. Er hatte seine Körpergröße.

Im allgemeinen fühle ich mich schwergewichtigen Leuten gegenüber stark. Sie schätzen mich hoch, weil ich eine erfahrene Köchin bin. Aber in den fünf Minuten, in denen ich zuschaute, wie Schulz die Tische musterte, die Gläser, die Kaffeetassen und die Versammlung zitternder Gesichter, schwand meine Zuversicht.

Er zog die Gästeliste zu Rate, die Lauras Tante ihm gegeben hatte. Dann wies er gebieterisch mit dem Daumen auf die erste Person, die er befragen wollte, zog den Gürtel fester, als ob er ein Halfter wäre, und verschwand in der Küche, dem improvisierten Verhörraum.

John Richard hatte darauf bestanden, Fritz im Notarztwagen zum Lutheran Hospital zu begleiten. Das Lutheran war in Wheat Ridge, einem Vorort im Westen von Denver, eine Dreiviertelstunde von Aspen Meadow entfernt. Das Zentrum für Vergiftungen in Denver hatte das empfohlen, es sei ratsamer als ein Brechmittel oder eine andere Behandlung. Der Gast, der beim Zentrum für Vergiftungen angerufen hatte, erklärte, eine Stunde nach Fritz' Einlieferung ins Krankenhaus stehe durch Blut- und Urinuntersuchungen die Ursache fest.

Vonette saß zusammengesackt in einem Schaukelstuhl, überwältigt. Ich wäre gern hingegangen und hätte sie getröstet, ihr gesagt, Fritz habe vielleicht nur eine Magengrippe, aber die beiden uniformierten Polizisten, die mit Schulz gekommen waren, hatten angeordnet, daß wir nichts anrühren und nicht miteinander reden durften.

»Wir« waren zu jenem Zeitpunkt die vierzig Trauergäste, jetzt Zeugen von etwas, was ich noch nicht genau wußte. Aber ich würde es herausfinden müssen. Fritz tat mir leid, ich hatte Angst um ihn. Er hatte Schmerzen und war möglicherweise in Gefahr. Aber da war noch etwas. Dieser Vorfall war eine unmittelbare Bedrohung für mein Geschäft. Leider konnte ich nichts unternehmen, während wir alle mit schuldbewußten Gesichtern und schweigend herumsaßen, als müßten wir in der Schule nachsitzen. Ein Polizist nahm mich beiseite und sagte mir, Schulz habe angeordnet, das Gesundheitsamt von Colorado anzurufen, damit das ganze Essen abgeholt und analysiert werden konnte.

Wunderbar. Was für Mikroben das Gesundheitsamt wohl finden würde? Ehe ich mir darüber Sorgen machen konnte, rief Schulz eine zweite Person zum Verhör, dann eine dritte. Manche kamen gleich wieder heraus: Sie hatten nichts gesehen. Patty Sue ging hinein und kam mit verwirrtem Gesicht wieder heraus. Arch und ich waren die letzten. Als Arch an der Reihe war, deutete Tom Schulz' Daumen an, ich solle mitkommen.

»Ich habe gedacht, Sie wollen uns einzeln«, murmelte ich, als wir uns auf Lauras rotlackierte Küchenstühle gesetzt hatten, Stühle wie in einer Eisdiele.

Schulz setzte sich auf dem zu kleinen Stuhl zurecht. Er sah, wie ich etwas widerstrebend zur Kenntnis nahm, gut aus und hatte außerdem Charisma. Das Wohnzimmer war voller Männer gewesen, die in ihrer Westernkleidung wie Machos aussehen wollten. Tom Schulz war der echte Westernheld. Trotz Jacke, Pullover und Krawatte hatte er die gebieterische Aura des Vorarbeiters auf einer Ranch. Im karamelfarbenen Oktoberlicht, das die Küche erfüllte, glänzte sein Haar goldbraun. Es war kurz geschnitten, seitlich gescheitelt und schwungvoll über den buschigen Augenbrauen nach oben gekämmt. Wenn er zuhörte oder sprach, hoben und senkten sich diese dichten Haarbüschel. Er hatte ein schiefes Lächeln, das sich schnell einstellte und Sinn für Humor verriet. Die grünen Augen behielten alles eine Spur länger als nötig im Blick, als könne er Dinge und Menschen durchschauen, wenn er sich nur stark genug konzentriere. Er grinste mich breit an, aber mein Gesicht war starr vor Angst.

»Ihr Junge ist minderjährig. Sie müssen dabei sein, wenn ich mit ihm rede.«

Die grünen Augen musterten mich. Er fügte hinzu: »Gesetzliche Vorschrift.«

Ich nickte, aber mir war übel.

Schulz hielt Arch die fleischige Handfläche hin.

»Ich heiße Tom Schulz«, sagte er, als er Archs kleine Hand schüttelte, »und ich muß dir ein paar Fragen über das stellen, was heute hier geschehen ist.«

Arch setzte sich auf einen roten Stuhl, rückte sich die Brille gerade und sagte: »Okay.«

Schulz notierte unsere Namen und die Adresse. Er wirkte etwas verwirrt über meinen Namen, Gertrude Bear. Ich sagte ihm, bei zwei weiteren Mrs. Korman in der Stadt hätte ich es für besser gehalten, das Geschäft unter meinem Mädchennamen zu führen.

Er sagte: »Wovon ist Goldy die Kurzform?«

»Von gar nichts«, sagte ich und spürte, daß meine Wangen heiß wurden. »Seit über zwanzig Jahren hat mich niemand mehr Gertrude genannt. Als ich klein war, hatte ich blondes Haar –«

»Haben Sie immer noch«, bemerkte Schulz.

»Es war nur ein Spitzname, der hängengeblieben ist. Mir hat er jedenfalls besser gefallen als Gertrude.«

Er nickte.

Ich sagte: »Das Geschäft heißt Goldilocks'. Aus Werbegründen, damit man mich mit dem Partyservice in Verbindung bringt.«

Schulz nickte wieder. Er sagte, er werde Arch nur ein paar

Fragen stellen, dann könne er gehen, und ich sei an der Reihe. Dann legte er das Notizbuch weg.
Er fragte: »In welcher Klasse bist du, Arch?«
»In der sechsten, Sir.« Archs Stimme zitterte leicht. Er schlug die Beine übereinander und schaute in seinen Schoß, ehe er den Blick zu Schulz hob.
»Spielst du Fußball?«
Sport, das unvermeidliche Thema. Ein gequälter Ausdruck ging über das Gesicht meines unsportlichen Sohnes. Dieser Versuch, Arch zu beruhigen, würde nicht funktionieren.
»Nein, Sir«, sagte Arch.
»Was machst du denn gern? Magst du Spiele?«
»O ja«, antwortete Arch und wurde munterer.
»Was für welche?«
»Fantasy-Rollenspiele. Haben Sie davon gehört? Zum Beispiel Verliese und Drachen und Top Secret? Wissen Sie etwas darüber?«
»Ein bißchen was«, sagte Schulz und lehnte sich zurück. »Wie gehen die? Spielst du sie mit deinen Freunden?«
»Dazu braucht man ganz bestimmte Würfel«, fing Arch mit typischer Begeisterung an, »zum Beispiel mit zehn, zwanzig oder dreißig Augen, verstehen Sie, damit wird gewürfelt, welche Rolle man spielt. Dann bestimmt man, was für Eigenschaften sie hat. Ich meine, man würfelt noch einmal, um das herauszufinden. Es gibt Karten und Sachen dafür. Für die Rollen, meine ich.« Er schaute Schulz mitleidig an, nicht viel anders, als er auf der Herfahrt Patty Sue angeschaut hatte. »Das kann ganz schön schwierig werden«, sagte er.
»Mhm. Und was macht man dann?«
»Dann«, sagte Archie, »dann zieht man los zu Abenteuern.«
Ich dachte, das müsse einen Polizisten langweilen, aber er wiederholte: »Abenteuer.«
»Ja«, erklärte Archie, »mit den anderen Spielern. Bis zu fünf können mitspielen. Meistens spiele ich nur mit einem. Einer denkt sich das Verlies aus oder einen anderen Ort, und dann

zieht man los und kriegt raus, was aus der Figur wird, die man spielt. Dazu benützt man auch den Würfel.«

Jetzt war Arch entspannt.

Gute Arbeit, Schulz.

»Spielst du mit den Kindern in deiner Klasse?« fragte Schulz.

»Mit manchen«, antwortete Arch. »Es ist wirklich ziemlich schwierig. Die meisten Kinder interessieren sich nicht dafür.«

Schulz verlagerte auf dem kleinen Stuhl das Gewicht. Er langte an sich hinunter und schnippte unsichtbare Fusseln vom hafermehlfarbenen Pullover. Er fragte: »Hast du je mit deinem Großvater gespielt?«

»O nein«, sagte Arch. »Der hat viel zuviel zu tun.«

»Mit deiner Großmutter?«

»Nein. Sie ist oft krank.«

»Mit deiner Mom? Mit anderen Erwachsenen?«

»Nein.« Arch schaute entschuldigend zu mir auf. »Meine Mom interessiert sich überhaupt nicht dafür. Mein Dad auch nicht. Meistens mögen das nur Kinder. Zum Beispiel mein Freund Todd Druckman. Er ist auch in der sechsten Klasse.« Er dachte einen Augenblick nach. Er sagte: »Ms. Smiley hat sich dafür interessiert.«

»Ms. Smiley«, sagte Schulz, »in deren Haus wir sind.«

»Ja. Sie war letztes Jahr meine Lehrerin. Sie ist tot.«

»Stimmt. Und deshalb sind wir hier, nicht wahr? Weil Ms. Smiley gestorben ist und allen fehlt.«

»Nehme ich an.«

»Hilfst du deiner Mutter gern in ihrem Geschäft? Hilfst du gern bei solchen Partys wie dieser hier?«

Jetzt war es an mir, die Beine übereinanderzuschlagen. Ich konnte mir nicht vorstellen, worauf er hinauswollte.

»Na ja«, sagte Arch langsam, »besonders gern mache ich es nicht. Aber ich mache es, wenn sie mich darum bittet.«

»Wie heute.«

»Ja.«

»Glaubst du, du bist eine gute Hilfe für sie?«

»O ja«, sagte Arch selbstbewußt. »Ich weiß alles über das Servieren.«
»Was hast du bei dieser Party für eine Aufgabe gehabt?« fragte Schulz.
»Die Getränke. Kaffee, Tee und Limonade. Den Wein nicht«, erklärte er und schob sich die Brille auf die Nase zurück, »dafür bin ich noch zu jung.«
Gott sei Dank, daß er das hinzugefügt hat, dachte ich. Wenigstens habe ich gegen *dieses* Gesetz nicht verstoßen.
Schulz schenkte mir ein kurzes Lächeln.
»Bist du bei der Kaffeemaschine geblieben?« fragte Schulz. »Die ganze Zeit, meine ich.«
»Nein. Ich mußte mich doch auch um die Limonade kümmern, und wir hatten nur zwei Krüge. Deshalb mußte ich manchmal zum Nachfüllen in die Küche.«
»Hast du gesehen, was dein Großvater gegessen oder getrunken hat?«
Arch dachte nach. »Ich glaube, Fritz hat etwas gegessen, weil er sich ein Glas Wein geholt hat. Aber ich habe nicht gesehen, ob er etwas gegessen hat. Später wollte er eine Tasse Kaffee. Ich glaube, er mag keine Limonade.«
»Fritz.«
»So nenne ich ihn«, sagte Arch. »Meinen Großvater.«
»Er hat seine Großeltern immer beim Vor-«, wollte ich erklären.
Schulz hob die Hand.
»Hast du gesehen, wie Fritz den Wein getrunken hat?« fragte Schulz. »Hast du gesehen, was er mit seinem Glas gemacht hat?«
»Nein«, sagte Arch. »Beides habe ich nicht gesehen.«
»Ehe Fritz schlecht wurde, hat er da etwas anderes getrunken?«
»Moment mal«, sagte Arch. »Okay, jetzt weiß ich es wieder. Die Limonade ist uns ausgegangen, und meine Mom hat in der Küche frische gemacht. Viele Leute wollten Limonade. Fritz, Moment mal, Fritz hat sich mit Trixie unterhalten, der Sportlehrerin, wissen Sie? Und als sie herkam und Kaffee wollte . . .«

Arch legte eine Denkpause ein. »Nein, Augenblick, sie trinkt keinen Kaffee. Ich weiß es jetzt wieder, weil sie Limonade wollte. Wir hatten noch keine frische, deshalb hat sie mich gefragt, ob wir Kräutertee haben.«
Schulz zog die Augenbrauen zusammen. Er sagte: »Kräutertee.«
»Ja, sie hat mich gefragt, ob wir Kräutertee haben. Ich habe gesagt, ich glaube nicht. Dann kam Fritz her und hat gelacht und hat gesagt, Trixie hält viele Dinge für schädlich. Aber er will trotzdem welchen. Kaffee. Also habe ich ihr heißes Wasser eingegossen und ihm Kaffee. Und dann hat Trixie gesagt, ich soll doch in der Küche nachschauen, ob Ms. Smiley Kräutertee hatte. Und ich bin hereingekommen und habe gesucht.«
Schulz beugte sich eine Spur näher zu Arch heran. »Und wo war da der Kaffee von Fritz? Hat er gleich getrunken, als du ihm die Tasse gegeben hast?«
»Nein«, sagte Arch langsam. »Ich habe beide Tassen, den Kaffee und das heiße Wasser, nebeneinander auf den Tisch gestellt. Dann bin ich hier hereingekommen und habe nach dem Tee gesucht.«
»Die beiden Tassen standen nebeneinander?«
»Stimmt«, sagte Arch. »Ich habe gedacht, ich bin gleich wieder da, und sie haben sich miteinander unterhalten.«
»Hast du Kräutertee gefunden?«
»Nein. Ich habe überall gesucht, und Mom hat mir geholfen.«
Schulz sagte: »Deine Mutter war da also auch in der Küche?«
»Ja«, sagte Arch, »sie hat Limonade gemacht. Wir haben nach irgendeinem Tee gesucht. Dann hat sie mir einen Beutel Pfefferminztee gegeben. Und dann sind Patty Sue die Erdbeeren ausgegangen, und ich habe ihr eine Weile geholfen. Und dann habe ich gesehen, daß meine Mom Aschenbecher leert und schmutziges Geschirr einsammelt . . . Ich glaube, ich habe den Tee einfach vergessen. Als ich zurückgekommen bin, hat jemand am Tisch mich wieder nach der Limonade gefragt.«
»Wieviel Zeit ist verstrichen von dem Augenblick, in dem du

Fritz den Kaffee gegeben, das heißt, den Kaffee für Fritz und das heiße Wasser für den Tee der Frau auf den Tisch gestellt hast, bis du dann wieder nach Limonade gefragt worden bist?«

Arch zuckte die Achseln. »Ich weiß nicht. Lange, glaube ich. Zwanzig Minuten? Ich weiß es nicht mehr. Mom sagt, gegen Ende einer Party muß man nicht mehr so aufmerksam zu den Gästen sein. Aber ich habe den Tee vergessen.« Er schaute mich an. »Tut mir leid.«

Schulz blickte Arch an. »Als du wieder da warst, wer hat dich da nach Limonade gefragt?«

»Vonette, glaube ich. Wir hatten noch keine, deshalb hat sie gesagt, macht nichts, dann trinkt sie Kaffee.«

»Was ist als nächstes passiert?« fragte Schulz.

»Ich bin aufs Klo gegangen.« Wieder schaute er mich entschuldigend an.

»Hast du Trixie noch einmal am Getränketisch gesehen?«

»Nein, sie war fort, ehe ich aufs, äh, Sie wissen schon, gegangen bin.«

»Weißt du, was aus dem heißen Wasser geworden ist?«

»Welches heiße Wasser?« Arch zog die Nase kraus. »Ach, das von Trixie. Nein.«

»Und was war dann?«

»Dann habe ich gehört, wie Fritz stöhnte. Deshalb bin ich wieder ins Wohnzimmer gekommen.«

»Mhm. Das ist jetzt wichtig, Arch. War irgend jemand sonst in der Nähe des Getränketisches, als du in die Küche gegangen bist, um Tee zu suchen?«

Arch schloß die Augen.

»Da waren so viele Leute.«

»Fällt dir irgendein Gesicht ein?«

Arch dachte nach. Er sagte: »Nein.«

»Okay«, sagte Schulz, »nur noch ein paar Fragen. Kannst du dich daran erinnern, mit wem außer Trixie dein Großvater gesprochen hat?«

»Mit Vonette, glaube ich. Und mit meinem Dad.«

»Hat sich Fritz mit jemandem gestritten, irgend etwas in der Art?«

Arch seufzte. »Nein. Alle haben nur über Ms. Smiley geredet, gesagt, wie nett sie war. Und daß es wirklich unheimlich ist, daß sie sich umgebracht hat, wo sie doch, wissen Sie, so ein witziger Mensch war. Niemand hat sich gestritten.« Arch schaute mich hinter den Brillengläsern an. Er senkte die Stimme. »Bis auf meine Mom und meinen Dad. Sie haben gestritten.«

Ich ächzte, ging hinüber zum Schrank, wo ich die Zigaretten gelassen hatte, nahm mir eine, zündete sie an.

»Darüber weiß ich Bescheid«, sagte Investigator Schulz. »Weißt du, worüber deine Mom und dein Dad sich gestritten haben, Arch?«

Arch schaute wieder Schulz an. »Nein. Mein Dad hatte seine neue Freundin dabei. Ich glaube, darüber hat sich meine Mom aufgeregt. Meine Mom und mein Dad sind geschieden, wissen Sie.«

Ich inhalierte tief und schaute durch das Fenster auf die Espen, die in der Brise bebten. Ich stellte mir vor, wie dort draußen schmutzige Wäsche zum Lüften aufgehängt wurde.

Arch sagte: »Kann ich jetzt gehen?«

»Nur noch eine Frage, Arch. Weißt du, ob irgend jemand böse auf Fritz war? So böse, daß er wollte, er wird krank?«

Arch zögerte. »Na ja, der einzige Mensch, der Fritz irgendwie nicht mochte . . . es klingt blöd. Ich weiß es eigentlich nicht genau . . .«

»Es ist in Ordnung«, sagte ich. »Sag es Mr. Schulz, was es auch ist.«

»Na ja«, sagte Arch wieder, »ich glaube, Ms. Smiley konnte ihn nicht besonders gut leiden. Ich glaube, Vonette mochte sie auch nicht.«

Ich verschluckte mich an dem Zigarettenrauch. Das war mir neu. Ich sagte: »Ms. Smiley? Hat Fritz Korman nicht gemocht? Und Vonette? Hat sie die beiden denn überhaupt gekannt?«

Schulz sagte: »Mrs. Korman. Miss Bear. Goldy. Bitte.«

»Das habe ich gemeint«, sagte Arch. »Ich habe doch gesagt, daß es blöd klingt.«
»Weißt du, weshalb sie auf sie böse war?« fragte Schulz.
»Nein.«
»Wann hat sie dir gesagt, daß sie die Kormans nicht mag?«
Arch schloß wieder die Augen. »Das weiß ich nicht mehr. Ich weiß nicht einmal genau, ob sie mir das gesagt hat.«
Schulz stand auf. »Arch, vielen Dank. Du hast mir sehr geholfen. Ich gebe dir eine Karte mit meiner Nummer, behalte sie in der Tasche. Wenn dir noch etwas einfällt, ruf mich an.«
»Bin ich jetzt dran?« fragte ich.
Schulz schaute mich mit den durchdringenden grünen Augen an. Eine unerwartete und unerwünschte erotische Welle ging über mich hinweg.
Schulz sagte: »Darauf können Sie wetten. Fangen Sie damit an, ob Ihnen am Essen irgend etwas Verdächtiges aufgefallen ist.«
Ehe ich mit der langen Erklärung über John Richards Tomatenallergie anfangen konnte, unterbrach uns einer der uniformierten Polizisten.
»Schulz, das sollten Sie sich besser anschauen.«
Tom Schulz stand auf und verließ die Küche. Das erinnerte mich an die vielen Anrufe, die John Richard zu Hause bekommen hatte, immer von Frauen mit irgendeinem Wehwehchen, und nur selten, wie ich herausgefunden hatte, echte Patientinnen.
Ich schüttelte das ab und ging ins Wohnzimmer. Die Gäste waren gegangen, und zwei Männer, vermutlich vom Gesundheitsamt, etikettierten alles und packten die Behälter in Kisten. Schulz konferierte mit seinem Untergebenen, die Stimmen gesenkt.
Draußen hörte ich Patty Sue lachen, deshalb ging ich nachsehen. Sie saß neben der Espengruppe in Lauras Vorgarten auf einer Holzbank. Neben ihr saß Pomeroy Locraft.
Er grinste. Daß ich ihn mit Patty Sue sah, hob meine Stimmung nicht. Im letzten Frühling hatte ich mehrere Andeutungen

fallenlassen, Pom, Arch und ich könnten nach ihrer gemeinsamen Arbeit eine Pizza essen oder ins Kino gehen. Vielleicht war ich zu subtil vorgegangen. Vielleicht war Pom begriffsstutzig oder desinteressiert oder beides, so wie er sich heute benommen hatte. Jetzt führte er ein lebhaftes Gespräch mit Patty Sue. Ich hatte den wenig tröstlichen Gedanken, daß sie mindestens zehn Jahre zu jung für ihn war.

Ich ging durch das lange, trockene Gras, das die Sommerhitze zu Gold verbrannt hatte, auf die beiden zu. Hier und dort zerrten Büsche, von der Herbstsonne zu dornigen Stöcken verwandelt, an meinen Strümpfen. Über mir segelten Wolkenbäusche über einen tiefblauen Himmel. Die Luft war schwer vom süßlichen Geruch des welkenden Espenlaubs und vom Rauch eines Holzfeuers, vermutlich am frostigen Morgen angezündet. Aber der Tag war warm und schön geworden, und die Ruhe nach dem Durcheinander im Haus war verwirrend.

»Hallo, Mom!« brüllte Arch von irgendwoher, wo ich ihn nicht sehen konnte.

»Wo bist du?« rief ich zurück.

»Hier!« johlte er triumphierend von der mittleren Höhe einer Kiefer herunter, in der Nähe der Bank. Ich sehe es ganz und gar nicht gern, wenn Arch auf den schwachen Ästen von Nadelbäumen herumklettert. Wie als Antwort auf meine Sorgen stieß er einen Schrei aus.

»Hilfe!« rief er. »Ich falle!«

Ich sah, wie sein Körper kippte, hörte knackende Zweige. Ich war zu weit weg, aber ich rannte trotzdem los.

Mit verblüffender Schnelligkeit war Pomeroy unter dem Baum, wo er Arch am Arm zu fassen bekam und auffing. Als ich zu der Kiefer kam, lachten sie beide. Ich fand es nicht komisch, daß ich schon zum zweiten Mal aus Sorge um das Wohlergehen meines Kindes dem Herzstillstand nahe gekommen war.

Ich sagte: »Danke, Pom.« Er hatte Arch die Brille zurückgegeben und bürstete Rindenstücke von Archs ehemals weißem Hemd.

»Schon okay«, sagte er, zu Arch wie zu mir. »Man kann es einem Jungen nicht verübeln, wenn er gern auf Bäume klettert, nicht wahr?«

»Nein«, sagte Arch.

»Doch«, sagte ich.

»Oh, Arch und ich sind Kumpel«, sagte Pomeroy mit der Andeutung eines Lächelns. »Stimmt's, Kumpel?«

Arch nickte und ging auf die Drosselbeerbüsche zu, die Laura Smileys Einfahrt säumten.

»Danke, daß Sie nett zu ihm sind«, sagte ich. »Danke, daß Sie so ein guter Fänger sind.«

»Ich mag Kinder.«

»Das sehe ich.«

Pomeroy schenkte mir noch einen verlegenen Blick – nicht den rosigen der Schüchternheit, sondern einen tiefroten, der seine Haut zum Erglühen brachte. Ich konnte mir nicht vorstellen, was er hatte, also ließ ich es auf sich beruhen.

Pomeroy setzte sich wieder auf die Bank, dann wandte er sich mir zu und lächelte. Er hatte die Fassung zurückgewonnen, und das lausbübische Lächeln und die Sommersprossen auf den bleichen Wangen gaben ihm das Aussehen eines Kindes. Aber das gute Aussehen und der braune Schnurrbart waren unverkennbar erwachsen, genau wie der schlaksige Körper auf den Bankbrettern. Seine braunen Augen hielten meine fest, und ich wußte nicht, was ich als nächstes sagen sollte.

Er sagte: »Ehe wir unterbrochen wurden, hat Patty Sue mir erzählt, daß sie nicht Auto fahren kann.«

»Sie hat ein paar Versuche mit dem Lieferwagen ihres Vaters gemacht, glaube ich«, sagte ich.

Patty Sue ächzte.

»Ich habe überlegt«, sagte Pomeroy. »Vielleicht könnte sie zu meinen Fahrstunden kommen. In der High School.« Er grinste leicht. »Für so was rückt das County nicht viel Geld raus, und manche Autos sind ganz schön alt, aber lernen könnte sie es trotzdem.«

»Klingt wunderbar«, sagte ich mit falscher Begeisterung. Meinem Exmann wäre es zuzutrauen gewesen, daß er High-School-Einrichtungen für Verabredungen mißbrauchte. Aber wenn Pomeroy sich in meine Hausgenossin verknallt hatte, fielen meine Hoffnungen, mein geselliges Leben mit ihm zu führen, so schnell in sich zusammen wie ein Soufflé. Schulz erschien am Ende der Einfahrt und winkte mich ins Haus zurück.

Ich sagte: »Ich muß gehen.«

»Ich kümmere mich um die Haftpflicht und so weiter«, rief Pom mir nach. »Ist Freitag Ihnen beiden recht?«

Ich drehte mich um und stemmte die Hand in die Hüfte. »Wozu brauchen Sie denn *mich*?«

Er grinste wieder, breit und etwas verlegen, und ich spürte, wie ein Teil des Eises in meinem Herzen schmolz. Vielleicht gab es doch noch Hoffnung. Er sah immer noch gut aus und war immer noch zu haben. Vielleicht dehnte sich lediglich sein Geschick im Umgang mit Kindern, was seine Beziehung zu Arch bewies, auch auf Patty Sue aus.

Er beugte sich zu mir und sagte: »Jemand muß ihr doch eine Genehmigung für den Fahrunterricht besorgen und sie zur High School bringen.«

Ich nickte und stapfte zu Schulz zurück, der hineingegangen war.

»Kommt Ihnen das bekannt vor?« sagte er und zeigte auf eine meiner Styroportassen. »Nicht anrühren«, ermahnte er mich. »Nur hineinschauen.«

Ich tat, wie mir aufgetragen war, und sah eine fast leere Kaffeetasse mit etwa zwanzig grünen Körnchen auf dem Boden.

»Ich weiß nicht«, sagte ich.

Schulz grinste mich an, so breit, daß sein Gesicht auseinanderging.

»Miss Goldy«, fing er an. »Entschuldigung, Ms. Ihr Geschäft ist bis auf weiteres geschlossen. Sie haben diesen Kaffee serviert, Sie sind verantwortlich, bis ich etwas anderes herausfinde. Ich frage mich, ob ich morgen vorbeikommen und Ihnen ein paar

Fragen stellen könnte? Im Augenblick bin ich etwas knapp dran mit meiner Zeit.« Er winkte einem Untergebenen, die Tasse wieder an sich zu nehmen.
»Um Gottes willen«, protestierte ich, »was ist denn in der Tasse?«
Er war schon im Gehen, aber auf meine Frage hin drehte er sich um. »Oh«, sagte er, »Sie sind eben bei der Kriminalistikprüfung durchgefallen. Diesen Kaffee hat Dr. Korman getrunken, aber er wußte nicht, was auf dem Boden war. Sieht ganz danach aus, als ob jemand, wer auch immer was gegen ihn hatte, Rattengift benützt hätte.«

Der Samstag endete nach dem großen Knall mit einem leisen Wimmern. Als Pomeroy ging, erklärte ich sowohl Patty Sue als auch Arch unsere plötzlich katastrophal gewordene Finanzlage. Patty Sues Miete bestand in ihrer Arbeit für den Partyservice, und ohne das Geschäft mußten wir beiden jede Arbeit annehmen, die wir finden konnten, damit wir Lebensmittel kaufen und die Novemberhypothek bezahlen konnten. Arch nahm es mit grimmigem Schweigen hin, daß sein Taschengeld gestrichen wurde.
Selbst unser Essen war an jenem Abend ein Problem. Ich erinnerte Patty Sue und Arch daran, als wir in unsere Einfahrt einbogen. Nach einem Auftrag gönnten wir uns meistens einen Festschmaus aus den Resten. Jetzt wurden die Reste vom Gesundheitsamt analysiert.
Arch erbot sich, Chili in der Mikrowelle warmzumachen. Ich glaubte nicht, es könne noch schlimmer kommen, bis er auf einen riesigen Trockenblumenstrauß auf unserer Veranda deutete. Verflucht. Ein Arrangement für die Beerdigung oder die Party war versehentlich hier abgeliefert worden.
Aber nein. Der Umschlag war an mich adressiert. Drin war eine Botschaft ohne Unterschrift.
»Keine Sorge um Fritz, Süße. Er hat es verdient.«

Wie hast du es gemacht?« wollte mein Exmann am nächsten Morgen am Telefon wissen. »Hast du deine saublöde Hausgenossin dazu gebracht, daß sie das Zeug hineingetan hat? Hast du ihr erzählt, das sind Süßstoffkapseln?«

»Oh, hör auf«, sagte ich. »Sag mir nur, wie es Fritz geht.«

»Erst, wenn du meine Frage beantwortet hast.«

»Meine Hausgenossin ist eine Patientin deines Vaters«, erinnerte ich ihn, »und sie wohnt hier, weil deine Mutter darum gebeten hat. Sie ist ein reizendes Mädchen, das deinen Vater respektiert und es nicht verdient hat, daß du über sie herziehst.«

Er fing zu brüllen an, und ich hielt den Hörer von meinem Ohr weg. Es war erst sieben, aber John Richard und ich waren beide Frühaufsteher. Im ersten Jahr unserer Ehe hatte das Liebe am Morgen und frische Brötchen bedeutet, sobald die ersten Sonnenstrahlen die Hausmauern berührten. Später fingen nur noch die Kräche früher an; bei Sonnenaufgang kamen die gegenseitigen Beschuldigungen, und ich lernte, der Bratpfanne voll von heißem Speck und Fett auszuweichen.

Tatsächlich, dachte ich, als ich mich in der Küche umschaute, während ich seine kreischende Stimme immer noch auf Armlänge von mir fernhielt, war das erste, was ich nach seinem

Auszug hatte renovieren lassen, dieser Raum hier gewesen, in dem ich mir jetzt meinen Lebensunterhalt verdiente. Ich fuhr mit dem Fuß über die glatten schwarzweißen Fliesen, die den backsteinfarbenen Vinylbelag ersetzt hatten. Die Wände und die Vorhänge schimmerten jetzt in einem gedämpften Rot mit weißem Karomuster. Denk an etwas anderes, sagte ich mir, während John Richard weiterschrie. Frühstück.

»Bist du noch dran?« sagte der Kotzbrocken.

»Wenn du mir nicht sagen willst, wie es Fritz geht, dann muß ich das Frühstück machen«, sagte ich trocken. »Du kannst mir aber noch was sagen. Warum benimmst du dich nie so in der Öffentlichkeit? Die Leute fragen sich, warum wir geschieden sind. Hör mal. Du hast angerufen. Was willst du eigentlich von mir?«

»Nichts«, sagte er. »Nicht den geringsten Scheißdreck.«

Er legte auf.

Ich rieb mir die Schläfen, nahm Brötchen, Speck und Kaffee aus dem Kühler und konzentrierte mich auf den Tag, der vor mir lag. Das Beste daran war vermutlich, daß die Broncos gegen Green Bay spielten, was ein leichter Sieg zu werden versprach. Es war gut, daß die eigentliche Saison angefangen hatte. Ich mochte die Vorsaison nicht, in der die Mannschaftsstärke zwangsläufig schrumpfte. Vermutlich war das so ähnlich wie eine Scheidung.

In der Zeit vor dem Anstoß mußte ich Anrufe machen, der Reihe nach Partys absagen und Lieferungen abbestellen. Wenn man mit dem Kotzbrocken sprach, war das, wie wenn man aufwachte und einen Alptraum nicht abschütteln konnte. Noch schlimmer, wurde mir bewußt, als mir ein scharfer Schmerz durch die Brust fuhr, war der neueste Alptraum, der wahr geworden war: Mein Geschäft und ich waren voneinander getrennt.

Ich mußte nachdenken. Die Dinge aus der richtigen Perspektive sehen. Für den Anfang mußte ich herausbekommen, was Fritz der Meinung des Blumensenders nach verdient hatte. War der Blumensender der Täter mit dem Rattengift? Das bevorstehende Verhör durch Schulz war eine weitere dunkle Wolke am emotionalen Horizont des Tages. Wenn die Broncos nicht gewannen, war der Tag eine totale Pleite.

Alles schön der Reihe nach. Patty Sue und Arch schliefen noch. Ich stählte mich für den ersten Anruf. Davon hing der Ton des Tages vor allem ab.

»Vonette«, sagte ich munter nach ihrem verschwommenen Gruß. »Goldy hier. Sag mir, wie es Fritz geht.«

»Bestens, Schätzchen. Mein Gott, wie spät ist es?« Sie tastete herum und murmelte. »Ja, Fritz. Kann mir nicht vorstellen, was mit ihm passiert ist.«

Es tat mir leid, sie zu wecken, aber nur so konnte ich sicher sein, daß ich sie nüchtern antraf. Ich sagte: »Wie war es im Krankenhaus? Haben sie ihm irgend etwas gegeben?«

»O ja, irgendwas. Er hat ein Riesentheater gemacht, ach, du lieber Gott. Weiß nicht mehr, was er nach der Beerdigung getrunken hat. Sie haben gesagt, es ist eine Art Rattengift. Hat dieselbe Wirkung oder so.«

»Hat was für eine Wirkung?«

Sie gähnte. »Verursacht innere Blutungen oder so was. Aber mach dir keine Sorgen, er hat keine Blutungen mehr. Das Zeug hat sein Magengeschwür aufgebrochen und ihm weh getan, aber jetzt geht es ihm bestens. Du bist größer als so ein Nagetier, habe ich zu ihm gesagt. Das bringt dich nicht um. Goldy, ich rufe dich gleich zurück. Muß mir erst mal Kaffee machen.«

Ich legte auf, mahlte Kaffeebohnen und füllte die Cappuccinomaschine. Vonettes Ton war seltsam. Vielleicht war sie nur müde. Die Maschine dampfte und keuchte. Als ich das Ergebnis in kleinen Schlucken trank, rief Vonette zurück.

Ich sagte: »Ist ihm immer noch schlecht? Ist er durcheinander?«

»Ah«, sagte sie mit einem Gähnen, »heute bleibt er zu Hause, schaut sich das Spiel an, du weißt ja, vielleicht ruht er sich ein paar Tage lang aus. Sie wollten, daß er es eine Woche lang langsam angehen läßt, und ich habe gelacht. Herr im Himmel, wie ich gelacht habe. Sie wissen doch, wie wichtig ihm seine

Praxis ist, habe ich zu den Typen im Krankenhaus gesagt. Ärzte können stur sein, habe ich gesagt.«

»Arch hat etwas darüber gesagt, daß ihr Laura gekannt habt.«

»Der kleine Arch«, sagte sie. Ich spürte ihr Lächeln durch das Telefon. »Ich habe zu Fritz gesagt, er muß unbedingt mit ihm reden, aber ich glaube nicht, daß er es getan hat. Und dann brach plötzlich die Hölle los.«

»Habt ihr Laura Smiley schon lange gekannt?«

Eine Pause. Sie sagte: »Vor langer Zeit haben wir sie gekannt.«

»Wie kam das?«

»Oh«, sagte sie, »eine Zeitlang hat sie irgendwie für uns gearbeitet. Sie war ... Lehrerin und dann eine ... eine ... wie nennt man das heutzutage? Eine Zeitlang eine Art Kindermädchen. Als wir in Urlaub gefahren sind.«

»Wann war das?«

Ein längeres Schweigen entstand. »Weißt du, Goldy«, sagte Vonette, plötzlich verwirrt, »ich möchte jetzt nicht mehr reden. Ich spüre, daß ich starkes Kopfweh bekomme.«

Das war eine schlechte Nachricht. Vonettes chronische Kopfschmerzen hatten sie über Aspirin hinaus zu Darvon, Valium, Librium und zu jedem neuesten Wundermittel geführt. Gelegentlich habe sie solche Schmerzen, hatte sie zu mir gesagt, daß Fritz ihr Demerol spritze. Und das zusätzlich zu den beträchtlichen Alkoholmengen, die sie sich täglich einflößte. Warum sie an dieser Mischung nicht schon lange gestorben war, ging über meinen Verstand; ich vermutete, sie habe Giften gegenüber eine unglaubliche Toleranzschwelle. Ich hörte, wie sie etwas schluckte, und ich wußte, unser Gespräch über Laura war zu Ende, jedenfalls für den Augenblick.

»Laß mich aushelfen«, bot ich an. »Ich meine«, fügte ich hastig hinzu, »ich könnte euch die Mahlzeiten vorbeibringen, wenn du das möchtest.«

»Ich möchte schon, Schätzchen«, sagte sie in einem leiseren Ton, »aber du weißt doch, daß sich John Richard furchtbar über das Essen von gestern aufregt. Herr im Himmel! Was soll

denn Goldy gegen Fritz haben, habe ich ihn gefragt. Überhaupt nichts, so ist das.« Wieder ein Gähnen. »Ich habe zu John Richard gesagt: Du weißt ganz gut, mein Junge, daß viele Frauen deinen Daddy für eine Ratte gehalten haben.« Sie kicherte. Das Schmerzmittel wirkte.
»Vonette«, sagte ich, ehe das Gespräch noch mehr verkam, »ich komme am Dienstag vorbei und bringe Fritz ein paar Sachen zu essen mit, von denen ich weiß, daß er sie mag. Ist dir das recht?«
Sie kicherte wieder.
»Du kannst sie vorkosten«, sagte ich, »und außerdem möchte ich dich sowieso gern besuchen. Sorg dafür, daß der gute alte Fritz mir nichts übelnimmt.«
Vonette holte Luft. Sie sagte: »Goldyschätzchen, danke. Wie reizend von dir. Ich koste die Sachen, wenn du willst. Teufel, ob ich sterbe, ist allen egal. War natürlich nur Spaß. Laura Smiley hatte diese Einstellung, und das war ihr Ende, nicht wahr? Na ja, wer weiß. Und weißt du noch was? John Richard übernimmt sowieso die ganze Praxis, ein paar Tage lang, und vertritt Fritz, er ist also nicht da und kann dich nicht belästigen. Du weißt schon.«
Und ob ich das wußte. Vielleicht sollte ich mir Marlas Einstellung zu eigen machen und John Richard bewußt aus dem Weg gehen. Das hätte mein Leben viel einfacher machen können. Jedenfalls war es gut, wenn der Sohn aus dem Weg war, während ich mich mit der Mutter unterhielt. Ich verabscheute es zwar, Vonette anzuzapfen, aber ich brauchte Informationen, über die sie möglicherweise verfügte. Ich wußte nicht, was in aller Welt hier gespielt wurde. Irgendwo mußte ich anfangen.
»Weißt du was?« sagte ich. »Die Bullen schließen mein Geschäft, bis das alles aufgeklärt ist. Vielleicht könntest du mir ein bißchen unter die Arme greifen.«
»Ach, Schätzchen«, sagte sie, »von mir bekommst du alles Geld, das du brauchst. Es muß nur unser kleines Geheimnis bleiben.«
»Nein, nein, nein. Ich meine, danke, wirklich, aber ich rede

nicht von Geld. Ich will nur mit dir reden, über ein paar Möglichkeiten. Darüber, wer Fritz das angetan haben könnte.«
»Goldyschätzchen, ich sage es dir doch dauernd. Fritz geht es bestens. Soll sich doch die Polizei darum kümmern.« Sie schwieg einen Augenblick lang. Dann sagte sie: »Weißt du was? Vielleicht wollte ihm niemand etwas tun. Vielleicht hat das jemand getan, damit dein Partyservice ruiniert ist. Hast du daran schon gedacht?«
Ehrlich gesagt, nein. Wer außer John Richard haßte mich? Die Blumen von gestern schienen darauf hinzuweisen, daß ich nicht das Ziel war. Es war jedoch nicht nötig, Vonette damit zu verwirren.
Ich versprach, in zwei Tagen zu ihr zu kommen, legte auf und rief Marla an.
»Du wirst nie erraten, was Fritz Korman passiert ist«, fing ich an.
»Pfft!« antwortete sie. »Alte Kamellen, Süße. Nach dem, was ich gehört habe, sollst du es gewesen sein.«
Moment mal.
»Schön, *Süße*«, sagte ich, »offen gesagt, ich habe mich gefragt, ob du was damit zu tun hast.«
»Red keinen Quatsch«, sagte Marla. »Um Himmels willen, ich war ja noch nicht einmal dort.« Sie begann, auf etwas herumzukauen. »Trixie hat gesagt, der Typ vom Büro des Sheriffs hat wie ein überdimensionaler Mann aus den Bergen ausgesehen. Dieses knochige Miststück. Sie glaubt, alle Menschen, die nicht aussehen, als ob sie aus einem Flüchtlingslager kommen, sind übergewichtig.« Weiteres Kauen. »Erzähl mir also was über den Kerl.«
»Welchen Kerl?«
»Den Bullen.«
»Marla«, sagte ich mit einer essigsauren Stimme, »sag mir, warum du mich ›Süße‹ genannt hast.«
»Das weiß ich nicht. Macht dir das zu schaffen? Glaubst du, ich bin eine Lesbe oder so? Ich habe dich eben nach einem

Polizisten gefragt. Sie hat gesagt, er ist Investigator und heißt Schulz.«

Ich beschrieb ihr kurz den Ermittlungsbeamten und erzählte ihr dann von den Blumen und der Botschaft, mit »Süße« darin.

»Unheimlich«, sagte sie nach einem Augenblick.

»Mehr fällt dir dazu nicht ein? Gott im Himmel, mein ganzes Leben bricht auseinander!«

»Ich habe sie jedenfalls nicht geschickt«, protestierte sie. »Hat John Richard dir je Blumen geschickt?«

»Nur, wenn er wegen irgendeines Seitensprungs ein schlechtes Gewissen hatte«, sagte ich. »Dir?«

»Nein, nicht mehr, nachdem ich ihm gezeigt habe, daß Kapuzinerkresse eßbar ist.«

Ich sagte: »Ist es möglich, daß der Kotzbrocken sie geschickt hat? Ich meine, kriegt der Kerl eine weiche Birne oder so?« Ich erzählte von der Tomatenallergie und von meinem harmlosen Versuch, die Tomaten durch Pilze zu ersetzen. »Als Fritz schlecht wurde, hat John Richard einen Wutanfall bekommen und mich beschuldigt, wegen der Pilze, falls du das fassen kannst.«

Marla sagte: »Okay, okay. Du hältst nach wie vor durch dick und dünn zu mir und ich zu dir. Es wird schon alles gut werden. Laß uns nachdenken.« Sie machte eine Pause, um etwas zu trinken. »Der Kotzbrocken ist stinksauer auf dich. Ist das was Neues? Aber sieh's mal so. Vielleicht war er's. Er gibt dir die Schuld, sorgt dafür, daß es so aussieht, als ob du es warst, und schlägt einen Höllenlärm. Also sagt niemand: ›Wer steckt denn die meiste Zeit mit Daddy zusammen?‹ Merkst du, worauf ich hinauswill?«

Eine neue Sichtweise. Alle Welt hatte eine Theorie. Ich konnte es gar nicht erwarten, das alles an Schulz auszuprobieren. Beim genaueren Nachdenken konnte ich es jedoch durchaus erwarten.

»Bring ihn ins Gefängnis, ja?« bettelte Marla. »Ich bin es leid, ihm aus dem Weg zu gehen.«

Als ich aufgelegt hatte, überlegte ich. Hatte Schulz an diese Möglichkeit gedacht? Vielleicht noch nicht.
Den Rest des Morgens verbrachte ich damit, die Kunden anzurufen, deren Partys ich im nächsten Monat ausrichten sollte. Beim Absagen kam ich mir vor, als würfe ich Geld zum Fenster hinaus. Noch schlimmer war, daß meine Kunden zu meiner Überraschung alle erpicht darauf waren, Partyservices aus Denver auszuprobieren. Schlechte Nachrichten sprechen sich schnell herum. Dann schaute ich nach dem Kontostand. Dreihundertneunzig Dollar. Noch schlechtere Nachrichten, auch wenn die Unterhaltszahlung für den November pünktlich kommen sollte, was unwahrscheinlich war. Ich rechnete aus, was ich für die Novemberhypothek und Lebensmittel brauchte.
Ich hätte Mathematik studieren sollen, war mir eine Woche, nachdem ich wieder allein war, durch den Kopf gegangen. Der Abschluß in Psychologie hatte mir nicht nur den deprimierenden Beweis dafür geliefert, daß ich einen gewalttätigen, egozentrischen Narzißten geheiratet hatte, er hatte mir außerdem kein Geld eingebracht.
Mein Notnagel, wenn das Geschäft mit dem Partyservice nicht lief, war das Putzen, das mir zuverlässig acht Dollar pro Stunde einbrachte. Patty Sue und ich mußten je drei Häuser in der Woche putzen, damit die Novemberhypothek bezahlt werden und ich Lebensmittel kaufen konnte. Zum Glück war es nie schwierig, Kunden zu finden, deren Häuser ein Chaos waren. Kritisch war nur die monatliche Mitgliedsgebühr für den Sportclub. Wenn ich diese Zahlung unterließ, hieß das, daß ich die Eintrittsgebühr von vierhundert Dollar noch einmal zahlen mußte, was ich auf keinen Fall wollte. Aber ich brauchte den Club, um aus der Küche herauszukommen. Arch genoß im Sommer den Pool.
Ich rief an und bekam ausgerechnet Trixie Jackson an den Apparat.
»Oh, Trix«, sagte ich beiläufig, »ich muß mit Hal sprechen.«
Hal gehörte der Club; ich wußte, daß er der einzige war, mit

dem ich wegen des Beitrags einen Tauschhandel machen konnte.
»Er ist zum Spiel gegangen«, erwiderte sie. Und dann: »Ich komme gar nicht über den Schlamassel von gestern weg. Fritz, der sich auf dem Boden windet wie eine Frau in Wehen. Da hat er mal gemerkt, wie das ist.«
Soweit ich wußte, hatte Trixie keine Kinder. Woher wußte sie, wie das war? »Sag mir bitte, wann Hal zurückkommt«, sagte ich.
»Oh, nicht vor morgen. Warum? Hast du irgendein Problem?«
»Hör mal, Trixie«, sagte ich, »richte ihm aus, ich will in diesem Monat irgendwas für ihn tun, was meinen Beitrag ersetzt. Saubermachen oder sonstwas. Krieg einfach raus, was er dazu sagt.«
Sie war einverstanden. Wir beschlossen, uns am nächsten Tag ausführlicher zu unterhalten, in der Aerobicstunde am Morgen, die sie von einer anderen Lehrerin übernommen hatte. Danach rief ich Alicia an und stornierte alle Lieferungen für den kommenden Monat. Arch und Patty Sue wanderten in die Küche und übersäten sie mit Krümeln von Zimtbrötchen, Schachteln mit Frühstücksflocken und fettgetränktem Küchenpapier. Um eins klingelte es an der Haustür.
Tom Schulz.
Er schlenderte herein. Weil ich seine erste Frage spürte, brachte ich ihn schweigend in die Küche, damit er sich umsehen konnte. Er lächelte Patty Sue und Arch höflich an, nahm nickend die Töpfe und Pfannen zur Kenntnis, die Schränke und Arbeitsflächen, sagte »Mhm-mm« und »hier riecht es ja herrlich« und musterte alles gründlich mit den grünen Augen. Dann führte ich ihn ins Wohnzimmer, das ich nach der Scheidung in eine Orgie aus Gelb- und Orangetönen verwandelt hatte. Der Eukalyptus in dem geheimnisvollen Trockenblumenbukett parfümierte das Zimmer.
»Hübscher Strauß«, sagte er.
»Ein seltsamer Strauß«, sagte ich und erzählte ihm, wie er plötzlich aufgetaucht war, mit anonymer Botschaft. Er wollte

die Karte sehen. Ich gab sie ihm, und er steckte sie ein. Dann nahm er schweigend eine optische Bestandsaufnahme des ganzen Zimmers vor, ehe er sich auf die zitronengelbe Couch setzte.
»Miss Goldy«, fing er an, »könnten Sie mir als erstes etwas über Ihren Mann erzählen? Über seine Unterstellung?«
»Mein Exmann«, sagte ich, plötzlich wütend, »ist ein –« Ich brach ab und schaute auf meine Hände. »John Richard Korman«, fing ich von neuem an, »hat ein übles Mundwerk. Er macht mir angst. Ich wollte ihm Pilze statt Tomaten geben, gegen die er allergisch ist.« Ich schaute Schulz an. »Glauben Sie mir«, sagte ich, »ich habe nichts gegen Fritz Korman. Er ist bloß ein alter Charmeur, dessen Frau eine Alk –« Ich machte eine Pause. Ich sagte: »Fällt nicht in meinen Zuständigkeitsbereich, wie ein Polizist sagen würde.«
Schulz verzog den Mund zu einem kleinen O. Er beugte sich zu mir herüber und hob die zeltähnlichen Augenbrauen.
Er sagte: »Beruhigen Sie sich erst einmal.« Er lehnte sich wieder zurück. »Fangen wir vorn an. Fürs erste könnten Sie mir eine schöne Tasse Espresso anbieten und ein paar von diesen Brötchen, die da draußen in der Küche verdrückt werden. Normalerweise nehme ich im Haus von Verdächtigen nichts zu mir, aber ich mache eine Riesenausnahme, weil es hier so gut riecht.«
Sein Wunsch war mir Befehl. Irgendwie war es ermutigend, daß er Appetit auf etwas hatte, was von mir zubereitet worden war, daß er etwas von mir Zubereitetem traute.
Er lächelte mich zwischen Schlucken und Bissen an.
»Das ist wirklich ein hübsches Haus«, sagte er. »Ich mag diese alte Gegend. Hat eine Menge Charme. Genau wie manche Bewohner.« Er ließ etwas sehen, was entweder ein verschmitztes Zwinkern war oder ein Tick des linken Auges.
Was in aller Welt war mit ihm los? Einen Augenblick später fragte ich: »Wollen Sie mir nun eigentlich Fragen stellen?«
»Aber klar doch«, sagte er langsam und wischte sich sorgfältig

jeden einzelnen Finger an der Serviette ab, die ich ihm gegeben hatte. »Aber Sie regen sich nicht auf, okay?«
Ich nickte.
Er sagte: »Haben Sie eine schädliche Substanz in Fritz Kormans Essen getan, damit ihm übel wird oder um ihn umzubringen?«
Ich schaute Schulz direkt in die grünen Röntgenaugen.
»Nein«, sagte ich. »Das habe ich nicht getan.«
»Haben Sie eine schädliche Substanz in John Richard Kormans Essen getan, damit ihm übel wird oder um ihn umzubringen?«
Ich sagte: »Das habe ich nicht getan. So etwas würde meinem Geschäft schaden, das meine einzige Einkommensquelle –«
Schulz schnalzte mit der Zunge. »Es hat Ihrem Geschäft schon geschadet. Es ist vielleicht das Ende Ihres Geschäfts. Bitte, versichern Sie mir, daß an den Pilzen nichts faul war.«
»Es waren ganz normale Pilze.«
»Gut. Morgen oder übermorgen bekommen wir Bescheid vom Gesundheitsamt. Das Essen hat übrigens auch gut ausgesehen, ich hab's mit Bedauern abholen lassen. Pochierter Lachs. Erdbeertörtchen.« Er holte tief Luft und lehnte sich zurück, um seinen Gürtel hochzuziehen. »Ich war noch nie auf einer Party, die Sie ausgerichtet haben.«
»Und?«
»Ich will bloß sagen, Miss Goldy, Sie scheinen eine gute Köchin zu sein. Sie haben einen Ruf zu verlieren.«
Ich sagte: »So wie Sie das sagen, klingt es, als ob ich auf den Strich gehe.«
»Jetzt geht das schon wieder los.« Er schloß die Augen, dann machte er sie auf und schaute sich im Zimmer um. Sein Blick verweilte an einem leuchtend orangen Allerheiligenbild, das Arch gemalt hatte, als ich Kindergottesdienst hielt. Weil Arch zu jenem Zeitpunkt noch nichts über echte Heilige wußte, stellte sein Bild eine Gruppe aus Mom, Dad, Vonette, Fritz und Mutter Teresa dar. Ich erklärte das alles Schulz, als er danach fragte.
»Interessant«, sagte er. »Jetzt hören Sie. Sie brauchen nicht

sauer zu werden. Was Ihr Geschäft anlangt. Ich wollte bloß sagen, es ist schwer, eine gute Köchin zu finden. Sie backen großartige Zimtbrötchen.«
Er machte eine Pause und bewegte einen Augenblick lang die Kinnlade.
»Jetzt sagen Sie mir, warum eine gute, unverheiratete Köchin, die einen Ruf zu verlieren hat, sich so aufregt, wenn sie mit einem Bullen redet, der versucht, ihr zu helfen?«
Ich schüttelte den Kopf. Ich sagte: »Tut mir leid. Es regt mich auf, über meinen Exmann zu sprechen.« Ich holte tief Luft. »Darum ging es jedenfalls bei unserem Streit. Der Kotzbrocken und keine Tomaten. Dieser Scheißkerl. Ihm ist überhaupt nichts passiert.«
»Aber etwas ist passiert.«
Ich schaute Schulz an. »Ich habe John Richard überhaupt nichts getan. Ich habe es für unpassend gehalten, daß er eine neue Freundin, auch noch seine Verlobte, ich bitte Sie, zu einem Empfang nach der Beerdigung einer Lehrerin seines Sohns mitbringt. Dann kam er her und hat mich beleidigt. Und dann haben wir Streit wegen der Pilze bekommen. Aber das war alles.«
Er verlagerte das Gewicht auf die Seite und schlug die Beine übereinander. Er trug hellbraune Cordhosen, einen grauen Pullover und eine Krawatte: recht flotte Kleidung für einen Mann der Berge. Er hob die Augenbrauen und die Schultern, breitete fragend die Hände aus.
Ich sagte: »Die Typen vom Gesundheitsamt werden in diesem Abfallhaufen nichts finden.«
»Hoffen wir es.«
Ich war plötzlich erschöpft. Noch schlimmer war, daß mir gar nicht gefiel, wie Tom Schulz mit mir umging. Er brachte mich dazu, daß ich ihm gern vertraut hätte, und das war gar nicht so einfach für mich.
Ich sagte: »Ich komme also ins Gefängnis?«
Er schüttelte den Kopf und lächelte. »Nein. Aber der zweite

Vorfall ist etwas anderes. Bei einem Vergiftungsversuch gibt es Vorschriften. Tut mir leid, aber Ihr Geschäft muß geschlossen bleiben. Eine Zeitlang. Bis wir das mit dem Rattengift herausgefunden haben, wer das getan hat und warum. Es muß sein.«

»Bitte, tun Sie mir das nicht an«, flehte ich. Mein Blick suchte seinen. »Jetzt kommt die beste Jahreszeit für mich. Arch und ich sind auf das Einkommen im November und Dezember angewiesen, damit wir im nächsten Jahr leben können. Je länger ich nicht arbeiten darf, desto schlechter wird unsere Finanzlage. Mit dem Putzen allein komme ich nicht über die Runden.«

Er zuckte die Achseln. »Mir bleibt nichts anderes übrig, tut mir leid. Jedenfalls bis diese üble Geschichte mit Fritz Korman aufgeklärt ist.«

»Wie lange wird das dauern?«

»Das kommt darauf an.«

Ich beugte mich vor. »Ich kann Ihnen helfen. Wirklich. Übermorgen gehe ich hin, um mit Vonette zu reden.«

Schulz hob eine Augenbraue, legte den Kopf schief.

Er sagte: »Um mit Vonette zu reden. Hören Sie. Wenn ich in diesem Fall Hilfe brauche, sage ich es Ihnen.«

Jetzt war ich mit dem Achselzucken an der Reihe.

Er sagte: »Okay, Goldy. Wissen Sie, wer mit Doktor Korman nicht auskam? Es klingt so, als ob Sie jede Menge Leute kennen.«

»Na ja«, fing ich an. Ich empfand eine Welle des Mitgefühls für Vonette. Wie konnte ich ihr gegenüber unloyal sein? Was konnte ich sagen?

Ich schüttelte den Kopf.

»Sehen Sie«, sagte ich, »die ganze Stadt kennt Fritz. Die meisten Leute unter zwanzig hat er entbunden, lieber Gott.«

»Kennen Sie jemanden, der ihn nicht für einen guten Arzt hält? Jemanden, der auf der Party war?«

»Nein.«

»Waren gestern Patientinnen von ihm dort?«

Ich dachte nach. »Ich glaube, Trixie Jackson ist eine Patientin von ihm. Die Aerobiclehrerin.«
»Ja«, sagte Schulz. »Ich kenne sie aus dem Sportclub. Verheiratet?«
»Ja«, sagte ich, »ich glaube, sie ist verheiratet. Ich habe sie in der Praxis der Kormans gesehen. Aber das ist lange her, als ich noch verheiratet war.« Ich runzelte die Stirn. Ein Knoten aus Schuldgefühl zog sich in meinem Magen zusammen. Ich durfte Trixies gynäkologische Krankengeschichte Schulz nicht erzählen. Nach der Scheidung hatte ich den Arzt gewechselt; ich ging jetzt zu einer Frauenärztin in Denver. Ich war über die Praxis der Kormans nicht auf dem laufenden.
Schulz sagte: »Wer noch?«
»Warum beschlagnahmen Sie nicht einfach seine Kartei?« Ich hörte meiner Stimme an, wie entnervt ich war. Vor einem Augenblick hatte ich ihm meine Hilfe angeboten. Jetzt wollte ich nur noch, daß er ging.
»Okay«, fuhr ich müde fort. »Patty Sue Williams. Meine Hausgenossin. Er behandelt sie wegen Amenorrhö. Das steht im Wörterbuch. Ihr Arzt in Ostcolorado hat sie hergeschickt, damit Fritz sie behandelt.« Ich sprach leiser. »Glauben Sie mir, so wie Patty Sue zu ihm aufschaut, könnte Fritz der Gouverneur sein. Sie bekäme einen Panikanfall, ehe sie ihm Gift in den Kaffee täte.«
Er klopfte mit den Fingern auf den Mahagonicouchtisch. »Und die Ehefrau?« Er schaute an die Decke, als wälze er Dinge im Kopf. »Vonette.«
»Hören Sie«, sagte ich, »das können Sie irgendwo in Ihren Akten überprüfen. Vonette ist Alkoholikerin. Fritz hat sie vor ein paar Nächten in die Ausnüchterungszelle sperren lassen. Das kommt hin und wieder vor. Aber das heißt nicht, daß sie versucht hat, ihm etwas anzutun.« Ich machte eine Pause. »So tickt sie nicht. Wenn sie eine Wut auf Fritz hat, läßt sie es an sich aus. Sie trinkt.«
»Wenn es Ihnen nichts ausmacht, ziehe ich hier die Schlußfol-

gerungen.« Er lächelte. »Was ist mit dieser Laura? Warum hat Ihr Sohn gesagt, daß sie Korman nicht mochte?«

»Ich kriege raus, was Vonette darüber weiß«, erwiderte ich. »Ich weiß über Laura nur, was ich bei den Elternsprechstunden erfahren habe, im letzten Jahr und zwei Jahre davor, als sie Archs Lehrerin war.«

»Wie stand Ihr Sohn zu Ms. Smiley?«

»Sie standen sich sehr nahe. Sie haben sich Witze erzählt, Briefe geschrieben.« Ich machte eine Pause. »Er ist ganz verstört, weil sie sich umgebracht hat. Jedenfalls wirkt er so.«

Schulz räusperte sich. »Ich habe etwas über diese Fantasyspiele gelesen«, sagte er. »Manche Kinder steigern sich richtig in sie hinein. Sie halten sie für real.«

»Erzählen Sie mir lieber was, was ich noch nicht weiß.«

»Ihr Sohn war zuständig für den Kaffee. Ms. Smiley war seine Freundin, und aus irgendeinem Grund hat er geglaubt, Fritz Korman war ihr Feind. Es fällt ihm schwer, mit ihrem Tod fertigzuwerden, aber er ist begeistert von Fantasyspielen, in denen Zaubertränke und dergleichen vorkommen. Möglich, daß das eine Gefahr für seinen Großvater sein könnte?«

Ich starrte Schulz mit offenem Mund an.

Ich sagte: »Mein Sohn ist kein Lügner.«

»Er hat mir nicht gesagt, daß er es nicht getan hat.«

»Sie haben ihn nicht danach gefragt.« Ich spürte, daß mir die Ohren brannten.

»Arch!« rief ich in Richtung Küchentür. »Arch, der Polizist möchte dich noch etwas fragen!«

Arch steckte den Kopf ins Wohnzimmer.

»Was?« sagte er.

Schulz sagte nichts. Er schaute Arch lediglich wohlwollend an.

»Schatz«, sagte ich sanft, »hast du etwas in Fritz' Kaffee getan?«

»Hm?«

»Hast du« – ich fing noch einmal an und machte die Augen weit auf –, »hast du etwas in Fritz' Kaffee getan, damit ihm schlecht wird?«

Archie lief rot an. »Nein«, erwiderte er. »Warum? Hast du geglaubt, ich habe das gemacht?«
»Nein«, sagte ich erleichtert und warf einen Blick auf Schulz, der Archs Gesicht musterte. »Du kannst gehen. Wenn Mr. Schulz keine weiteren Fragen hat.«
Er schüttelte den Kopf. Arch ging, und ich stand auf.
Tom Schulz warf mir einen langen Blick zu. Dieses Mal hatte ich das Gefühl, die Röntgenaugen seien nicht auf das gerichtet, was mir durch den Kopf ging. Ich hatte das Gefühl, er suche etwas anderes, aber ich wußte nicht recht, was.
Er sagte: »Wir bleiben in Verbindung.«

Der Montagmorgen kam grau und frostig. Von meinem Schlafzimmerfenster aus war ein Nebelschleier zu sehen, der die Berge in der Ferne einhüllte. Graue Wolkenfetzen trieben herunter und strichen über die gelben Wipfel im Naturreservat. Das Fenster klemmte, als ich daran zog; schließlich ging der Flügel knarrend auf und ließ einen Schwall Luft herein, die so kalt und süßlich war wie der Kirschwein, den die Farmer von Colorado um diese Jahreszeit vom Lastwagen aus verkaufen.

Arch hatte keine Schule, weil Columbus Day war. Da Fritz sich zu Hause erholte, ging Patty Sue erst wieder am Mittwoch zu ihm. Als einziger wacher Mensch wollte ich nicht riskieren, daß John Richard wieder frühmorgens am Telefon zuschlug. Ich machte das Fenster zu und schlüpfte in Rollkragenpullover und Jeans, ehe ich hinausging und mich aufmachte zur Wärme in der Konditorei von Aspen Meadow.

Die frische Luft traf mein Gesicht wie ein Schlag. Vielleicht war es keine besonders gute Idee, Geld für das Backwerk anderer Leute auszugeben, überlegte ich, während ich über den bereiften Kies der Auffahrt knirschte und die Main Street entlangging, vorbei am Grizzly Bear Restaurant und Darlenes Antiquitätengeschäft. Aber die verlockende Aussicht auf warme Brötchen und Kaffee siegte. Der Weg dauerte zwanzig Minuten.

Zu meiner Erleichterung war niemand, den ich kannte, in dem kleinen Laden.
»Das mit Ihrem Geschäft tut mir leid«, lautete die bekümmerte Begrüßung von Murray, dem Konditormeister.
Ich sagte: »Ich liebe das Kleinstadtleben.«
Murray machte ein verwirrtes Gesicht. »Hören Sie«, verteidigte er sich, »mir macht das auch was aus. Wenn jemand diesen Arzt umbringt, verliere ich die halbe Kundschaft.«
Ich nickte. Der Laden lag im Erdgeschoß eines langen, zweistöckigen, holzverschalten Gebäudes. Oben war die Frauenarztpraxis von Fritz und John Richard. Jetzt dauerte es noch zwei Stunden, bis John Richard kam. Aber eine Viertelstunde, nachdem er aufgemacht hatte, würde eine Schwangere nach der anderen in den Laden kommen. Ich kannte den Ablauf: Sie aßen vor dem Wiegen in der Praxis nichts. Wenn sie beim Arzt gewesen waren, watschelten sie die hölzerne Außentreppe hinunter und stürzten ausgehungert in die Konditorei. Ich hatte mich oft gefragt, ob das der Grund dafür war, daß Murray seinen Laden hier eingerichtet hatte.
»Keine Sorge«, sagte ich, bevor ich bestellte, »bald geht es ihm wieder bestens und Ihrem Geschäft auch.«
Kurz darauf stippte ich eine Klaue des köstlichen Backwerks, das Bärentatze genannt wird, in den Kaffee und las im *Mountain Journal* von letzter Woche über Laura Smileys Tod. Die nächste Ausgabe erschien erst im Lauf der Woche und würde zweifellos über das Fiasko nach der Beerdigung berichten. Das war etwas, worauf ich warten konnte. Jetzt las ich über Laura Smiley, die überaus beliebte Lehrerin an der Grundschule von Furham, die in Denver geboren und in Aspen Meadow aufgewachsen war, bis sie die Universität von Illinois besuchte. Danach war sie Grundschullehrerin in Carolton geworden, ebenfalls in Illinois. Der Name der Stadt hatte etwas Vertrautes. Als Lauras Eltern bei einem Autounfall auf dem Highway 285, den ein betrunkener Fahrer verursacht hatte, in der Nähe von Conifer ums Leben kamen, zog sie

zurück ins Haus der Familie und war von da an Lehrerin an der Grundschule von Furham.

Ich starrte auf das Bild. Der schwarze Raster des Zeitungsdrucks zeigte Laura mit einem sonnigen Lächeln. Plötzlich trübte sich der Raster.

Du bist deprimiert, sagte ich zu mir, trink einen Schluck Kaffee. Ich schaute zu Murray auf, der mir sein bestes mitfühlendes Zwinkern schenkte. Ich hielt mir die Zeitung vors Gesicht. Ms. Smiley, fuhr das *Journal* fort, war von ihrer Kollegin Janet Heath gefunden worden, Autopsie angeordnet, durchgeführt vom neuen Stellvertreter des Chefs der Gerichtsmedizin. Beerdigung Samstag, statt Blumen Spenden für die Pazifistenvereinigung oder den nationalen Frauenverband. Aber manche Leute hatten trotzdem Blumen geschickt. Und nicht nur ihr.

Im Rest des Artikels stand, was ich bereits wußte. Aber die Worte »war ein großer Schock für ihre Schüler und alle, die sie kannten« machten mir schwer zu schaffen. Ich dachte wieder an die fröhlichen Sprüche auf den Magneten und die heiteren Landschaftsbilder in Lauras kleinem Haus.

Vor dem Fenster der Konditorei unterbrachen alte Ladenfassaden aus Holz den Blick auf ferne, verschneite Gipfel. Die meisten Leute zogen wegen dieser Aussicht und wegen des geruhsameren Lebens in die Berge. Jetzt war alles still auf dem Homestead Drive und der Main Street. Die einzigen Geräusche waren das sanfte Geplätscher des Cottonwood Creek und das gelegentliche Hupen von Autofahrern, die an einer nahen Tankstelle auf sich aufmerksam machten.

Vielleicht hatte Laura nach heiterer Beschaulichkeit gesucht, als sie nach dem Tod ihrer Eltern in Aspen Meadow geblieben war. Als sie die dritte Klasse an der Grundschule von Furham unterrichtete, war Arch in dieser Klasse gewesen; ich hatte zum ersten Mal das Gefühl gehabt, daß ein Lehrer ihn schätzte. In der ersten Elternsprechstunde hatte sie mir erzählt, wie ihre Freundschaft angefangen hatte.

An einem verschneiten Novembermorgen war er schüchtern

vor dem Unterricht zu ihr gekommen. Ein Nachbar mit einem neuen Auto hatte seine Kinder und Arch zur Schule gefahren, weil der Bus Verspätung hatte. Der Nachbar hatte gesagt, das Auto habe einen Airbag. Arch hatte Laura gefragt, wozu ein Auto Luft in der Tüte brauche. Dann hatte sie ihm erzählt, sie habe schon einmal eine Erdbeermaus gegessen. Verwandte Seelen. Sie hatten sich Witze und Verschen geschrieben und später Briefe, und sie hatten auch noch gemeinsam gelacht, als er in die vierte Klasse gekommen war. Im Jahr darauf bekam Laura eine fünfte Klasse, und Arch war wieder ihr Schüler.
Manchmal hatte ich geglaubt, sie verbrächten zuviel Zeit zusammen. Er war mit merkwürdigen Geschichten nach Hause gekommen. Ms. Smiley hatte sich über den Präsidenten lustig gemacht. Wenn schon, das tat jeder. Aber einem Fünftkläßler gegenüber? Als im Winter ihre Straße nicht geräumt wurde, hatte sie Arch erzählt, sie miete einen Bagger und lasse eine Tonne Schnee vor das Büro der Stadtverwaltung kippen. Wenn ich sie nach diesen Geschichten fragte, tat Laura sie nur lachend ab. Mir kam nie in den Sinn, sie könne tatsächlich nicht ganz normal sein. Nach dem Selbstmord hatte ich mir natürlich Gedanken darüber gemacht.
Und der arme Arch. In diesem Jahr hatte es ihn in die feindliche Umgebung einer großen sechsten Klasse verschlagen. Er reagierte darauf, indem er noch verschwiegener und ernster wurde, noch versessener auf die komplizierten Fantasyspiele, noch rebellischer auf dem Weg in die Pubertät. Er hatte keine Lehrerin mehr, mit der er darüber reden konnte, Fantasyschnee auf seine neuerdings grausamen Altersgenossen zu kippen.
Ich schaute auf die Zeitung auf dem Tisch, dann wieder aus dem Fenster. Die Sonne hatte den Nebel aufgelöst und schien nun in einem flüssigen Blau. Es war schwer, sich vorzustellen, wie jemand vor dem letzten Gang ins Badezimmer zu einem solchen Himmel aufschaute.
Marla durchbrach die Stille, als sie in den Stuhl mir gegenüber plumpste.

Sie summte, als sie ihr Frühstück aufbaute, zwei glasierte Berliner, einen mit Sahne gefüllten Long John – die hiesige Version eines Eclairs – und eine Tasse Kaffee, in die sie sofort Zucker und Sahne schaufelte. Sie hörte auf zu summen und sah mich anklagend an.

»Du solltest nicht allein essen«, warnte sie. Sie schüttelte die dicken Hängebacken. Sie trug einen paillettenbesetzten Jogginganzug, und die Hälfte des krausen, braunen Haars war zum Pferdeschwanz gebunden. Der Rest machte sich in alle Richtungen selbständig. Sie war jedoch tadellos geschminkt. Sie biß vorsichtig in einen Berliner, um den scharlachroten Lippenstift nicht zu verschmieren, dann sprach sie mit vollem Mund weiter. »Das ist, wie wenn man allein trinkt. Ein schlechtes Zeichen, ganz schlecht.« Sie tupfte mit der Serviette um den Mund herum. »Vor allem morgens.«

»Und warum bist du dann hier?« fragte ich. Ich trank einen Schluck Kaffee, dann biß ich eine Klaue der Bärentatze ab.

Sie kniff die Augen zusammen und kaute nachdenklich, dann leckte sie mit der Zunge einen Sahneklecks ab, der aus dem Long John herausgequollen war.

»Ich bin es gewöhnt, allein zu essen«, erwiderte sie. »Du nicht.« Sie schaute auf die Zeitung, die aufgeschlagen vor mir lag, und schüttelte wieder den Kopf. »Heiland. Allein essen und etwas über Selbstmord lesen.«

»Laß mich in Frieden, Marla.«

»He! Ich versuche doch nur, dich aufzuheitern!«

Ich lächelte und schaute auf die Berliner hinunter. »Was hast du überhaupt hier verloren?« fragte ich. »Ich dachte, deine Speisekammer quillt über.«

»Du wirst es nicht glauben«, sagte sie zögernd, »aber ich kann nicht zu Hause essen. Mäuse.«

»Mäuse?« sagte ich und starrte sie an.

Sie trank wieder einen kräftigen Schluck von dem sahnigen Kaffee und fuhr sich mit der freien Hand durch das krause Haar. »Ja, na und? Es wird kalt draußen. Die Mäuse kommen herein. Sie haben Hunger. Sie machen mir angst. Ich rufe den Kammerjäger. Was hast du dagegen? Du bist heute morgen wirklich ganz schön gereizt.« Sie deutete auf die Zeitung. »Hör auf, das über Laura zu lesen. Dadurch fühlst du dich nur noch schlechter.«

Ich schaute sie stirnrunzelnd an. Wie auch immer, sie war meine Freundin.

Ich sagte: »Der, der versucht hat, Fritz Korman umzubringen, hat Rattengift benützt.«

Marla schloß die Augen, machte sie wieder auf. »Ich war's nicht, Goldy.«

»Tut mir leid«, murmelte ich.

Sie lehnte sich über den Tisch. »Hör zu«, sagte sie. »Fritz ist mir völlig egal. Und dir sollte er es auch sein. Je mehr du dich mit dieser Geschichte beschäftigst, desto deprimierter wirst du werden. Das ist, wie wenn man John Richard an sich heranläßt. Es macht alles nur noch schlimmer. Laß die Polizei ihre Arbeit machen.«

»Ich muß ihnen helfen«, sagte ich. »Mein Geschäft und mein Lebensunterhalt stehen auf dem Spiel.« Auf diesen Gedanken wäre Marla natürlich nie gekommen, denn sie hat ihr Geld auf die leichte Tour verdient: Sie hat es geerbt.

Sie zuckte die Achseln und klopfte mit einem fetten Finger, an dem Saphire blitzten, auf das Zeitungsbild von Laura. »Das ist ein Rätsel, das zu lösen solltest«, sagte sie. »Warum hat sie es getan? Ich habe eine Theorie.«

»Was für eine?«

»Unerwiderte Liebe.«

Ich schaute sie verständnislos an. »Was?«

Marla erwiderte den verständnislosen Blick und murmelte etwas Vages darüber, sie sei sich nicht *völlig* sicher, als die Ladentür aufflog, gegen unseren Tisch stieß und sich eine Kaffeeflut über das Resopal ergoß.

»Ich hab doch gewußt, daß du hier bist«, verkündete Arch triumphierend, als er mit Patty Sue im Schlepptau hereinmarschierte. »Du kommst immer hierher, wenn du keine Arbeit hast.«

Ich warf Marla einen bedauernden Blick zu, legte einen Stapel Servietten auf den Kaffeesee auf dem Tisch, dann stand ich auf, um unsere Tassen nachfüllen zu lassen und zu bezahlen, was auch immer Arch wollte. Er bestellte eine Zuckerbrezel und Saft. Nachdem Patty Sue festgestellt hatte, sie habe kein Geld dabei, bestellte sie einen Long John, eine Blätterteigtasche mit Quark und einen Liter Milch.

»Wie bleiben Sie bloß so dünn?« wollte Marla wissen. »Ich meine, haben Sie in Ostcolorado nichts zu essen gekriegt, ehe Sie hergekommen sind, um sich von Fritz behandeln zu lassen, oder was?«

»Ich habe was zu essen gekriegt. Und ich versuche, kochen zu lernen«, sagte Patty Sue, aus meiner Sicht eine erstaunliche Untertreibung. »Einmal war Dad lange krank, und dann mußte ich kochen, weil Mom auch krank wurde. Ich habe Tiefkühlsachen gekocht, so Fertigmenüs.«

Marla sagte: »Was hatte sie denn? Skorbut?«

Es kam keine Antwort. Patty Sue und Arch starrten Lauras Bild in der Zeitung an. Patty Sue legte die Blätterteigtasche auf den Teller und schaute aus dem Fenster. Ich griff nach der Zeitung.

»Stell dir vor«, sagte ich, um Arch abzulenken, »Marla hat Mäuse.«

»Oh, geil«, sagte er mit echter Bewunderung. »Haben Sie auch Wüstenspringmäuse?«

Marla richtete einen angewiderten Blick auf mich.

»Arch«, erklärte Marla, während sie mit dem restlichen Berliner gestikulierte, »es gibt gute Mäuse und böse Mäuse. Gute Mäuse leben in Käfigen und Kinderbüchern. Böse Mäuse beißen und verbreiten Krankheiten, fressen deine besten Kekse und Cracker und machen eine Sauerei. Ganz davon zu schweigen, daß du, wenn deine ganzen Kekse fort sind, in die Konditorei gehen und dich von deiner besten Freundin fragen lassen mußt, ob du Menschen Rattengift gibst.« Sie machte eine

Pause, um Kaffee zu trinken. »Und Wüstenspringmäuse habe ich keine.«
Arch nickte. »Haben Sie beim Amt für Naturschutz angerufen, um sie loszuwerden?«
Marla und ich fanden das beide komisch. Die Falten der Verwirrung auf Patty Sues Stirn wurden tiefer. Ich war mir nicht sicher, aber es sah so aus, als sei sie den Tränen nahe.
»Arch, mein Schatz«, sagte ich mit einer Stimme, von der ich hoffte, daß sie nicht überheblich klang, »man ruft beim Amt für Naturschutz an, wenn es um einen Bären geht, einen Waschbären oder einen Puma. Aber nicht wegen Mäusen und ähnlich gewöhnlichen Tieren.«
Arch sagte: »Ich glaube nicht, daß du recht hast, Mom.«
Marla schaute auf die Uhr. »Oh«, sagte sie, den Mund voller Berliner, »was für ein Witz. Zeit für die Sportstunde.«
Ich nickte. Ich mußte immer noch herausfinden, ob Hal an meinem Putzangebot interessiert war, deshalb drängte ich Patty Sue und Arch, sich zu beeilen. Als sie aufstanden, wandte ich mich Marla zu.
»Was ist das mit Laura?« fragte ich leise.
»Ich habe so manches gesehen und gehört«, flüsterte Marla.
»Dann sag's mir.«
»Nicht jetzt«, sagte Marla. Sie dachte nach. »Laß mich im Club herumfragen. Dort habe ich etwas gesehen, was mich nachdenklich gemacht hat.«
»Nachdenklich worüber?«
»Laß mich erst herumfragen, ja, Goldy? Ich hasse Klatsch.«

Wir brachen zum Sportclub von Aspen Meadow auf, der die beiden obersten Stockwerke in einem stromlinienförmigen Backsteingebäude voller Glas und grotesk abgewinkelter Wände einnimmt. Die anderen vier Stockwerke dieser unpassenden Modernität beherbergten die First Bank of Colorado, Maklerbüros und auch unsere Filiale von Merrill Lynch. Das Bauwerk und die Leute darin waren ein Zeichen der urbanen Zukunft, ein Zeichen, das der kleinen Bevölkerung, die hierhergezogen war, um dem allen zu entkommen, nicht allzu willkommen war. Innen kam die Sportstätte einem Yuppieparadies näher als alles andere in Aspen Meadow. Plexiglaswände umschlossen reinweiße Racquetballplätze, ein hochmodernes Tonsystem dröhnte in der Turnhalle; Geräte und Gewichte waren über einen weiteren Raum verteilt, der wie eine Ausstellung moderner Plastik wirkte. Für die Entspannung nach dem Training gab es ein Dampfbad, eine Sauna und Badewannen in einem Umkleideraum, der die Architekten der römischen Bäder sprachlos gemacht hätte.

Einer Köchin ist wohler dabei, wenn sie Fett hinzugibt, als wenn sie es entfernt, deshalb war es immer ein seltsames Gefühl gewesen, zu einem schicken Sportclub zu gehören. Als ich mich durch die Glastür schob und über den beige und burgunderrot gestreiften Teppich ging, erinnerte mich Marlas Bemerkung an den zweiten Grund, aus dem ich mich hier fehl am Platz fühlte. Der Club war *der* Ort in Aspen Meadow, wo sich, wie nach Absprache, alle Singles treffen konnten, die weder auf Bars noch auf Kirchengruppen zurückgreifen wollten.

Mich trieb nur Pflichtgefühl, Sport zu treiben, und auch das nicht allzusehr. Bis vor ein paar Tagen war ich wegen meines Geschäfts hergekommen. Außer im Pool zu planschen, genoß es Arch, auf dem Racquetballplatz Bälle zu schlagen, deshalb bezahlte ich den Mitgliedsbeitrag auch ihm zuliebe. Aber wenn ich nicht bald Arbeit bekam, mußten wir austreten. Ich verabscheute es, mich arm zu fühlen. Deshalb grollte ich John Richard noch mehr als sonst.

Natürlich machte ich von dem gesellschaftlichen Leben, das der Club zu bieten hatte, keinen Gebrauch. In mir erhob sich jedoch eine leise Stimme der Unsicherheit, ganz ähnlich wie mein Interesse für Pomeroy. Im Verlauf der Jahre hatten mich etliche der auf Muskeln versessenen Typen eingeladen, mit ihnen auszugehen. Ich hatte abgelehnt, hatte mir eingeredet, ich sei noch nicht soweit.

Aber ich gehörte zum Club, und wie eine Frau auf Diät, die köstliche Desserts anstarrt, hatte ich wilde Phantasien.
Diese gemischten Gefühle legten sich nicht, als Patty Sue, Marla, Arch und ich die Schließfachschlüssel von Hal entgegennahmen, einem zottelhaarigen Sportsmann, der sich von einem Herumtreiber am Strand in einen Clubeigentümer verwandelt hatte, ohne die Figur des Strandjungen einzubüßen. Er war am Telefon und flüsterte mir zu, er werde später mit mir sprechen. Der Club war voll, weil Feiertag war. Als ich in den Geräteraum schaute, war natürlich der erste Mensch, den ich sah, Pomeroy Locraft. Heute kein Unterricht, weil die High School geschlossen war. Er winkte uns herzlich zu, was, weil mir ein solches Winken noch nie gegolten hatte, vermutlich für Patty Sue bestimmt war. Sie winkte zurück, während Arch zum Plaudern hinüberschlenderte, wahrscheinlich über die Imkerei.
In der Umkleidekabine sagte Marla: »Ich weiß nicht, ob ich das nach zwei Berlinern und einem Long John schaffe. Was ist das überhaupt für ein unpassender, phallischer Name für einen Eclair?« Sie quälte sich in ein pfirsichfarbenes Trikot, in dem sie noch runder und schwammiger aussah, als sie ohnehin schon war.
»Okay, Mädchen«, rief Trixie, nachdem wir die Sehnen gestreckt und die Bänder gelockert hatten, »auf geht's!«
Das hieß, zusammen mit dem Erschallen der Titelmelodie von *Top Gun*, daß der Zellulitis der Krieg erklärt wurde. Ich hatte ziemlich lange keine Stunde bei Trixie mehr gehabt. Ich war mir nicht sicher, ob ich dem gewachsen war.
Kaum war es losgegangen, wurde überdeutlich, daß seit meiner letzten Aerobicstunde zuviel Zeit verstrichen war, ganz gleich, um welche Lehrerin es sich handelte. Die erbarmungslose Spiegelwand vor uns zeigte jeden Fettansatz. Meine Schenkel sahen neben den schlanken von Patty Sue so aus, als ob sie mit Reispudding gepflastert wären. Mein Bauch war eine Eisbombe.

»Kommt schon, Mädchen!« mahnte Trixie. »Her mit der Energie!« Sie ballte die Hände zu Fäusten und zielte auf die Luft unter der Decke. »Los! Los!«
Neben mir hopste und sprang Patty Sue. Von Pomeroy und Arch war nichts zu sehen. Ich musterte die Reihen von Frauen. Ich wollte das nicht, ich wollte das nicht.
Die Frauen waren wie Nudelsorten, meinte ich. Die hinterste Reihe aus übergewichtigen Neuankömmlingen wackelte mühselig, Manicotti im heißen Wasser. Dann kamen Lasagne, breit von einer Seite, dünn beim Umdrehen. Die Linguini vor ihnen verfügten über dieselben dünn-breiten Dimensionen, nur nicht mit so auffälligen Proportionen. Dann ging es weiter zu den Spaghetti und schließlich zu den Vermicelli, dünnen, langen Röhrchen wie Patty Sue und Trixie. Wie Patty Sue soviel essen und so dünn bleiben konnte, ging über mein Vorstellungsvermögen. Ich war in dieser Reihe ein Ausrutscher, klein und rund. Vielleicht ein Makkaroni mit Knick.
Nach der Stunde streckte ich mich im Dampfbad auf einem Handtuch aus, wo ich bald Gesellschaft von Patty Sue, Marla und Trixie bekam.
»Freut mich, daß du wieder da bist«, sagte Marla zu Trixie.
»Oh«, entgegnete Trixie hochmütig, »ich bin schon seit ein paar Wochen wieder da.«
»In Kampfform«, sagte ich, als wir alle uns in dem dunklen Raum mit den Dampfschwaden zurechtlegten.
Trixie sagte: »Was soll das heißen?«
»Verflucht noch mal, gar nichts«, sagte ich. »Was ist denn los?«
»Verflucht noch mal, gar nichts«, äffte sie mich nach. Einen Augenblick später hörte ich sie schnüffeln.
Ich fragte: »Hab' ich was Falsches gesagt?«
Trixie rastete aus: »Halt einfach die Klappe, Goldy.«
Ich verstand das alles nicht: »Weshalb bist du denn so wütend?«
Trixie fragte zurück: »Seit wann bist du denn Seelenklempnerin?«
»Friedlich, Mädchen, friedlich«, sagte Marla.

Ich ließ eine Schweigeminute verstreichen. Dann sagte ich: »Könnte mir bitte jemand sagen, was eigentlich los ist?«
»Nicht jetzt«, sagte Trixie.
Ein weiteres unbehagliches Schweigen entstand, währenddessen sich Patty Sue mehrmals räusperte.
»Ich habe mir überlegt, Trixie«, sagte Marla schließlich, »vielleicht möchtest du gern in unsere Gruppe kommen. Erzähl ihr davon, Goldy.«
Das tat ich, aber ich wußte nicht, warum. Ich erklärte, wir äßen Nachtisch und redeten. Falls sie irgendwelche Probleme habe, sagte ich zartfühlend, helfe es manchmal, darüber zu sprechen.
»Ich denke darüber nach«, sagte Trixie. »Wann trefft ihr euch?«
»Wir treffen uns am Donnerstag, dem 22.«, sagte ich. »Und dann wieder am Freitag, dem 30..«
»Hm«, sagte Patty Sue, »kann ich auch kommen?«
»Klar«, sagte ich. »Trix?«
»Ich gebe donnerstag abends und samstags morgens Unterricht«, sagte sie, »also vielleicht der Termin vor Halloween. Ende des Monats verreist Martin – das wäre eine Möglichkeit. Ich denke darüber nach.«
»Was für eine Begeisterung«, sagte Marla. Zu mir sagte sie: »Ich bin froh, daß das übernächste Treffen gleich vor Halloween ist. Ich brauche eine Überdosis Zucker, ehe die ganzen Knirpse aus der Nachbarschaft anrücken und von mir verlangen, daß ich Bonbons verschenke.«
Als ich mich angezogen hatte, machte ich mich auf die Suche nach Hal und fand ihn. Wir unterhielten uns hinter dem Tresen, während er weiter Schlüssel aushändigte. Ich sagte ihm, wir seien knapp bei Kasse, könnten den Beitrag nicht bezahlen, und ich hätte auch schon geputzt, nicht nur gekocht, sei also qualifiziert für beides. Und meine Preise seien ununterbietbar.
»Ich sag Ihnen was«, sagte Hal, als er nach einem Schlüssel griff, »wir geben immer eine Halloweenparty, am 31., und lassen uns

das ganze Essen von einem Laden liefern. Schokoladenkekse, Kürbiskuchen, jedes Jahr dasselbe abgedroschene Zeug. Und dieses Jahr haben wir auch noch das Problem, daß unsere Putzkolonne nur sonntags kommt, wenn wir geschlossen haben. Halloween fällt auf einen Samstag, deshalb brauchen wir jemand, der am Freitag putzt, sobald wir schließen. Ich hab gedacht, ich muß das machen. Wenn Sie für das Futter und das Gesöff sorgen und vorher saubermachen, können Sie Ihren Beitrag für Oktober und November vergessen.«
Ich sagte ihm, das County habe mir den Partyservice verboten. Für den Augenblick.
»He«, sagte Hal und verzog entrüstet das gebräunte Gesicht, »wen schert schon, was das County sagt? Sie machen das für mich. Und ich tue was für Sie. Seit ich meinen Einberufungsbescheid verbrannt habe, ist mir das Gesetz scheißegal.«
»Hängen Sie es aber nicht an die große Glocke, daß ich das mache, sonst ist der Teufel los.«
»Ich tue Ihnen einen Gefallen«, sagte er. »Machen Sie sich nicht soviel Sorgen! Das ist schlecht fürs Herz.«
Mir war übel, aber ich schob es auf zu viele Unterleibsübungen. Wir besprachen, wie viele Leute kamen und was für Essen er wollte – chinesisches, mild, mexikanisches, scharf, amerikanisches, süß.
»Klingt, als ob es drei Mädchen wären«, sagte er.
Ich erklärte ihm, die Bargeldbeschaffung sei ein ernstes Problem. Er zockelte fort, um mir fünfzig Dollar für die Zutaten aus der Kasse zu holen.
Während ich auf ihn wartete, schaute ich auf das Brett mit den glitzernden Schlüsselreihen. Schließfachschlüssel waren wie Schlüssel zum inneren Selbst, Lösungen äußerer und innerer Rätsel. Aber das wahre Rätsel in meinem augenblicklichen Leben – wer hatte Fritz vergiftet? – baumelte nicht am Brett. Falls doch, konnte ich es nicht sehen. Wer auch immer den Schlüssel zu den Giftkörnchen haben mochte, entschied außerdem über meine geschäftliche Zukunft. Warum hatte je-

mand das getan? Mir fielen die Schlüssel von Fritz und meinem Exmann auf, die unter K hingen. Warum vergiftete man jemanden nach einer Beerdigung? Noch dazu nach der Beerdigung einer Selbstmörderin?
Was hatte Arch gesagt? Daß Laura mit Fritz und Vonette nicht ausgekommen war. Carolton, Illinois, hatte in der Zeitung gestanden.
Carolton, Illinois. John Richard und ich waren in einem Sommerurlaub einmal an dieser Stadt vorbeigefahren. In der Nähe des Highways hatte sein Vater vor langer Zeit eine Praxis gehabt.
Ich schaute mich nach Hal um. Er war in ein Gespräch mit einem Kunden verwickelt, der Gewichte trug.
Was war im Leben von Laura und der Kormans vorgefallen, ehe sie nach Aspen Meadow kamen? Wer wußte das? Wenn . . .
Wenn der Versuch, Korman zu vergiften, etwas mit Lauras Tod zu tun hatte. Das hätte erklärt, warum jemand sich die Mühe gemacht hatte, es in ihrem Haus zu versuchen, nach ihrer Beerdigung, während ihr Geist oder was auch immer noch dort war.
Und was war überhaupt mit Lauras Tod? Wie unwiderlegbar war der Befund des Gerichtsmediziners, fragte ich mich. Wie kamen sie ohne Abschiedsbrief auf die Idee, es sei Selbstmord gewesen?
Das war noch nicht einmal eine Theorie. Der Gedanke war verrückt. Die Polizei war mit dem vergifteten Kaffee beschäftigt. Sie hatte schon entschieden, daß Laura Smiley von eigener Hand gestorben war.
Aber die Polizei bekam ihr Gehalt unabhängig davon, ob sie recht hatte, was den Tod einer Frau anlangte, oder dahinterkam, wer mit Giftkörnern im Kaffee herumgespielt hatte. Die Antwort auf diese Frage betraf unmittelbar meinen Lebensunterhalt. War ich bereit, mein Einkommen und das von Arch der Intelligenz und der Hartnäckigkeit eines anderen Menschen anzuvertrauen?

Ich war nicht dazu bereit. Ich spürte Schweiß auf der Kopfhaut; meine Finger zitterten.

Hal sprach immer noch mit dem Kerl mit den Gewichten. Ich konnte diesem Drang nicht gleich nachgeben. Ich mußte warten. Warten, bis es still im Club, bis er leer war. Immerhin, ein Anfang war es.

Mit einer schnellen Bewegung griff ich nach den Schlüsseln unter S und nahm einen vom Haken: den von Laura Smiley.

An jenem Abend starrte ich zu Hause den Schlüssel an und fragte mich, ob ich ein Verbrechen begangen hatte. Bis jetzt war das Detektivspielen weder vergnüglich noch produktiv. Der Grand Marnier, den ich normalerweise für Käsekuchen aufhob, gluckerte, als ich ihn in eins der Likörgläser von meiner Großmutter goß. Der Geschmack nach Rauch und Orangen brannte auf dem ganzen Weg hinunter.

Ich griff nach dem Schlüssel und spürte, wie sich die Kanten in meine Hand bohrten. Denk nach. Ich mußte warten, bis ich Lauras Schließfach durchsuchte, warten, bis der Sportclub menschenleer war. Es hätte mehr Fragen aufgeworfen, als die Sache wert war, wenn ich dabei erwischt worden wäre, wie ich die Sachen einer Toten durchwühlte. Heute war Montag. Die beste Gelegenheit war am Samstag, in fünf Tagen. Wenn sie die Wahl hatten, würden die meisten Leute an einem Samstag morgen lieber einkaufen als schwitzen.

Der Likör half nichts gegen eine weitere unruhige Nacht. Wie die meisten Schlaflosen fiel ich bei Sonnenaufgang wie tot in einen Tiefschlaf. Zu meinem Kummer ruinierten zwei Störungen das, was ein erholsamer Schlummer hätte sein können.

Die erste war ein Zusammenstoß mit Arch, an den ich mich kaum erinnern konnte. Ehe der Bus kam, hatte er im Haus einen Riesenlärm gemacht, auf der Suche nach Körnern für . . . Milch? Das war es gewesen, das hatte mich so verwirrt, daß ich wieder zu Bett gegangen war. Er hatte gesagt, er brauche sie für einen Zaubertrank für die Ungläubigen, was noch unglaubwürdiger wirkte.

Für das zweite rohe Wecken sorgte das Telefon.

»Was ist denn?« wollte ich vom Hörer wissen.

»Oho, die gutgelaunte Dame vom Partyservice, das merke ich«, sagte Tom Schulz. »Ruhen Sie sich aus, weil Sie irgendwo geputzt haben? Oder haben Sie Zeit zum Reden?«

»Was können Sie um diese Tageszeit schon wollen?«

»Es ist neun, Goldy. Ich könnte eine Menge Dinge wollen.«

Ich setzte mich im Bett auf, benommen und unangenehm heiß. Entweder flirtete dieser Kerl mit mir, oder meine Paranoia ging in Wahnvorstellungen über.

»Hören Sie«, fuhr er fort, »ich habe über etwas nachgedacht, was Ihr Sohn gesagt hat. Seltsame Geschichte mit Ihrem Jungen. Er ist trotz seiner Eltern ein kooperativer und höflicher Mensch geworden.«

»Schulz«, sagte ich, »ich kann so kooperativ und höflich sein wie Nancy Reagan.«

»Was nicht viel heißen will.«

»Das sollte ein Witz sein. Es geht nur darum, daß ich kochen muß.«

»Wirklich? Für wen kochen Sie?«

»Wie ich Ihnen schon einmal gesagt habe, besuche ich meine Exschwiegereltern. Ich bringe ihnen einen Korb mit Eßbarem mit. Und das hat nichts mit meinem Geschäft zu tun, falls Sie das glauben sollten. Es ist nur –« Ich suchte nach Worten. Ich wollte nicht, daß Schulz von meinen Plänen wußte, nicht nur Fragen zu stellen, sondern auch zu schnüffeln. »Nur weil ich eben doch ein netter Mensch bin. Und falls dieses Mal Gift in der Mokkatorte sein sollte, wissen Sie, daß ich es war.«

»Mhm. Ich würde eher sagen, Sie wollen herumschnüffeln, um selbst rauszukriegen, was im Busch ist. Egal, was Sie sagen, Sie trauen der Polizei nicht zu, daß sie ihre Arbeit tut. Goldy will

ihr Geschäft ohne die Hilfe vom Arm des Gesetzes wieder aufmachen, das höre ich heraus.«
»Ich könnte Ihnen besser helfen, als Sie glauben.«
»Wirklich«, sagte er wieder, nicht überzeugt. Eine Pause entstand.
»Sie sind eine Verdächtige, wissen Sie?«
»Ja, aber Sie wissen, daß ich es nicht war. Im Innersten Ihres Herzens.«
»Im Innersten meines Herzens, sagt sie. Worüber sie so viel weiß.«
»Machen Sie halblang, Schulz.«
Wieder eine Pause. Dann sagte er: »Schön. Sie wollen sich an der Untersuchung beteiligen? Ich gebe Ihnen eine Chance, das zu tun.«
»Okay, was soll ich tun?«
»Eine Chance, habe ich gesagt. Das heißt, daß wir zusammenarbeiten. Auf dem Boden des Gesetzes.«
»Aha. Ich darf meine Uzi nicht mitnehmen, wenn ich Zeugen verhöre.«
Er seufzte. »Es gibt etwas, was Sie vielleicht klären könnten. Es geht um das, was Ihr Sohn gesagt hat, daß Laura und Fritz und Vonette nicht miteinander ausgekommen sind. Es hat sich herausgestellt, daß alle drei eine Zeitlang in derselben Stadt gewohnt haben. Fritz und Vonette sind 1967 aus Carolton, Illinois, hierhergezogen. Ms. Smiley kam etwa ein Jahr später, als ihre Eltern starben. Nicht daß uns das irgend etwas sagt, es ist nur ein seltsames Bindeglied.«
»Sie haben sich gekannt«, sagte ich. »Danach habe ich Vonette schon gefragt. Laura war während eines Urlaubs ihr Babysitter. Aber das war vor zwanzig Jahren.«
»Trotzdem«, sagte er, »es ist ein Bindeglied. Ich rufe in Carolton an und versuche, etwas über den Hintergrund von Laura Smiley herauszubekommen, vielleicht auch über den der Kormans. Ich frage nach, ob noch jemand aus dieser Stadt hierhergezogen ist. Ob es noch mehr seltsame Bindeglieder gibt.«

»Zum Beispiel, ob jemand vor zwanzig Jahren eine Nagetierplage im Haus hatte.«

Er gluckste. »Demnächst werde ich Ihnen mal erzählen, warum Sie so abgebrüht sind.«

Ich kaute an der Innenseite meiner Backe und antwortete nicht.

»Jedenfalls«, fuhr er fort, »habe ich gedacht, Sie brennen darauf, uns zu helfen. Genau das könnten Sie bei Ihrem heutigen kleinen Schwatz mit Ihren Exschwiegereltern tun.«

»Geritzt«, sagte ich. »Und da gibt es etwas, was ich gern herausfinden möchte. Ich habe mich gefragt, ob Sie mit dem stellvertretenden Gerichtsmediziner sprechen könnten oder mit wem auch immer, der gesagt hat, Laura hat Selbstmord begangen. Ich möchte wissen, warum er gesagt hat, daß es Selbstmord war.«

»Mal sehen.« Er räusperte sich. »Ich beteilige Sie daran«, fuhr er fort, »weil ich Ihnen helfen möchte. Und natürlich, weil mir etwas an Ihnen liegt. Als Steuerzahler, versteht sich.«

»Ihnen liegt etwas an mir, weil Sie Steuerzahler sind oder weil ich es bin?«

»Als Steuerzahler tragen Sie zu meinem Gehalt bei, Goldy«, sagte er mit einem Grinsen, das ich hören konnte. »Ohne Einkommen zahlen Sie weniger Steuern, und futsch ist mein Gehalt. Ich sag Ihnen was. Wie wär's, wenn wir uns bei chinesischem Essen heute abend ausführlicher darüber unterhielten? Wir könnten unsere Notizen vergleichen, ich lade Sie ein. Um sechs im besten asiatischen Restaurant von Aspen Meadow.«

»Sie meinen, im einzigen asiatischen Restaurant von Aspen Meadow.«

»Aua«, sagte er, »Sie können einem auch den Spaß an allem verderben.«

Ich dachte nach. Vermutlich würde es lange dauern, bis ich wieder eine Chance bekam, zum Abendessen eingeladen zu werden. Trotzdem, es war ungewohnt. Möglicherweise fiel ich durch, aus Mangel an gesellschaftlichem Schliff.

»Es ist nur ein Abendessen«, sagte er. »Kommen Sie schon.« Ich konnte Spaghetti für Patty Sue und Arch kochen. Ich konnte sogar zu Fuß zum Dragon's Breath gehen, weil es gleich hinter der Main Street lag.
Ich sagte: »Bis sechs«, und legte auf.

Um einen klaren Kopf zu bekommen, gibt es nichts Besseres als Rühren und Backen, dachte ich, nachdem ich geduscht und einen Liter Kaffee in mich hineingeschüttet hatte. Patty Sue hatte beschlossen, einen Langstreckenlauf zu machen, wie sie mir mit ungewohnter Ausführlichkeit erklärte, damit sie in Form für das Skifahren kam. Bestens. Die nächsten Stunden Küchenarbeit in einem ruhigen Haus erstreckten sich vor mir wie ein trockener Weg nach einem Gewitter.
Goldilocks' Aufheiterungskorb enthielt im allgemeinen folgendes: drei verschiedene Sorten Backwerk, frisches Obst je nach Jahreszeit, mindestens zwei teure Käsesorten, eine Suppe oder ein Gericht, die tiefgefroren sein konnten, und einen Blumenstrauß.
Was die Suppe betraf, hatte ich Glück. Ich hatte eine große Menge von Goldilocks' Gourmetspinatsuppe vorgekocht und eingefroren. Dieses Rezept hatte ich der Tatsache zu verdanken, daß ich mich gründlich verrechnet hatte, als ich die Füllung für Julia Childs Vorspeisencrêpes mit Spinat und Pilzen zubereitete. Während ich die Crêpefüllung machte, versuchte ich, Arch bei seinen Rechenaufgaben zu helfen, und schließlich stand ich mit der vierfachen Menge Füllung da. Nach der ersten Verzweiflung hatte ich die Käse- und Gemüsemischung mit Hühnerbrühe verdünnt, und das Ergebnis war phantastisch gewesen. Die Kunden waren hingerissen. Ich bereitete die Suppe regelmäßig in großen Mengen zu, ohne Crêpes, damit ich sie zur Hand hatte. Fritz und Vonette bekamen also etwas davon.
Die Kormans senior schwärmten außerdem für glasierte Torten. Manchmal sah ich Fritz in der Konditorei von Aspen

Meadow, wie er sich ein glasiertes Zimttörtchen gönnte. Falls ich nicht bei ihr anrief, stand Vonette nie so früh auf, daß sie ein normales Frühstück zu sich nehmen konnte, aber meine Kuchen schmeckten ihr zu jeder Tageszeit. Also holte ich die Buttermilch heraus, ließ Sahnequark auftauen, und buk einen neuenglischen Rührkuchen mit Glasur, gewürzt mit Ingwer und Muskat.

Die *pièce de résistance* war Goldys Traumtorte. Auch das war ein Kochbuchrezept, bei dem ich gepfuscht hatte, mit glücklischem Ausgang. Ich baute die Zutaten auf, überprüfte, ob der Sahnequark auch aufgetaut war, und warf einen Blick auf die Rezeptkarte.

Ergibt zwei Torten. Backofen auf 180 Grad vorheizen. Zwei Springformen (25 cm Durchmesser) einfetten. 500 g Mehl mit 300 g Zucker vermischen. 250 g Butter in kleinen Stückchen dazugeben. Ein Viertel der Mischung beiseite stellen. Zum restlichen Teig zwei geschlagene Eier geben, 300 ml Sauerrahm, ½ Teelöffel Salz, 2 Teelöffel Backpulver und 2 Teelöffel Mandelextrakt. Mischen. In die vorbereiteten Formen geben, an der Seite hochstreichen.

Dann 500 g Sahnequark mit ¼ Teelöffel Vanille, 2 geschlagenen Eiern und 100 g Zucker verrühren. Jeweils die Hälfte auf den Teig in den Formen geben.

In jede Form 2 Eßlöffel Johannisbeergelee über die Quarkmischung geben.

100 g Mandeln grob mahlen. Mit restlicher Mischung vermengen und als Streusel über das Gelee auf beiden Torten geben. 45-55 Minuten backen. Mit Zahnstocher überprüfen, ob durch. Vor dem Servieren mindestens eine halbe Stunde abkühlen lassen. Am besten im voraus backen und in den Kühlschrank stellen.

Vonette und Fritz bekamen keine im voraus gebackene Torte. Die zweite konnten Patty Sue und Arch heute abend nach den Spaghetti als Nachtisch essen. Gut, daß die beiden so dünn waren.
Ich wog ab und mischte die Zutaten. Alles glich einem Kuchen, dachte ich. Die üble Geschichte mit Fritz, die Unbekannten über Laura. Es war, als hätte man eine Menge Zutaten und wisse nicht, wie man sie kombinieren solle.
Und was war mit Schulz? Er wollte mir vertrauen, wollte, daß ich ihm bei diesem Fall half. Nach John Richard war ich Männern und ihren Motiven gegenüber mißtrauisch geworden. Bei »Amour anonym« witzelten wir manchmal darüber, wir seien süchtig nach Haß. Wir machten uns Sorgen, Männerfeindschaft bringe uns zusammen. Ich wollte doch wieder ein gesellschaftliches Leben führen, nicht wahr? Ich wollte, daß sich jemand um mich kümmerte.
So war es doch?
Ich krümelte eben die Mandelstreusel auf die Torten, als der Summer meldete, der Rührkuchen sei fertig. Als ich ihn auf ein Abkühlgitter gestellt hatte, sah ich kurz mein Spiegelbild in der schwarzen Kühlschranktür. Heute abend ging ich tatsächlich aus. Ich mußte etwas mit meinem Haar machen und ein anderes Kleidungsstück als einen Cordrock auftreiben. Ich ging unter Leute, und nicht, um Kunden zu bedienen. Ich ging mit einem Mann aus, von dem ich wußte, daß er mich mochte. Urplötzlich war mir schlecht.
Vier Stunden später quälte sich der Lieferwagen die steile Zufahrt zum Wohngebiet in der Nähe des Country Club von Aspen Meadow hinauf. Diesen Club mit dem halbherzigen Angebot, Golf und Tennis spielen zu können, einen *Country* Club zu nennen, war eine Übertreibung. Der Country Club von Aspen Meadow würde sich nie mit seinen Gegenstücken im Osten messen können, was Zuzügler aus Rumson, Chevy Chase und Lake Forest rasch feststellten. Aber schließlich waren wir hier im Westen. Schon die Idee eines Country Club war impor-

tiert. Der Snobismus des Ostens tat den Leuten in Colorado körperlich weh, und die Einheimischen produzierten eine Menge Autoaufkleber, die ihrem Abscheu darüber Ausdruck verliehen. Der frechste lautete: Sie lieben New York? Ab nach Osten, Highway 40!

Ich schaute auf den Korb auf dem Nebensitz. Die Kuchen und der Behälter mit Suppe glitzerten in Zellophanverpackungen, verschnürt mit gelben, orangen und braunen Schleifenbändern. Ein kleines Arrangement aus getrockneten Blumen vom letzten Jahr, die aus meinem Garten stammten, war in denselben Herbstfarben gehalten. Apropos Trockenblumen, vielleicht fand ich heute nachmittag heraus, was Fritz verdient hatte.

»Tag, Goldyschätzchen«, begrüßte mich Vonette, nachdem ich an der massiven Tür zu ihrem modernen Holzhaus eine Klingel à la Big Ben geläutet hatte. »Du siehst ja reizend aus! Hast du eine Verabredung oder so?«

Ich zuckte zusammen. War die Tatsache, daß ich geduscht hatte, frisiert war und mich in ein schwarzes Wollkleid geworfen hatte, das ich selten trug, so etwas Außergewöhnliches? Etwas ganz Neues?

Vonettes leuchtend rotes Haar war zerzauster als üblich, aber vielleicht wirkte es auch nur so, weil es sich mit dem Purpurrot ihres Hauskleides aus Alcantara biß.

Sie sagte in vertraulichem Ton: »Ich mixe mir gerade Margaritas. Willst du eine, ehe du zu Fritz gehst?«

Ich geriet in Versuchung. Gleich würde ich einen Arzt besuchen, von dem die halbe Stadt glaubte, ich hätte ihn umbringen wollen, der jedoch einen Denkzettel verdient hatte, wie mein anonymer Blumensender meinte. Mehr noch, in ein paar Stunden ging ich zu meiner ersten Verabredung seit fünf Jahren, mit dem Cop, der in dem Fall ermittelte. Wenn ich erst mal einen Schluck Salz, Limone und Tequila genommen hätte, würde der Durst nur zahlreiche Margaritas später nachlassen und das Kopfweh anfangen. Und zu dem Zeitpunkt säße ich vor Frühlingsrollen und Schweinefleisch Mu-schu, mit einem verschwommenen Kopf wie Eigelbschlieren in einer Bouillon. Diese unerfreuliche Aussicht bewog mich, um Kaffee zu bitten. Vonette war dagegen keinerlei Sorge wegen asiatischer Küche oder des bevorstehenden Katers anzumerken. Ich folgte ihr in die riesige Küche. Sie wedelte fröhlich mit der freien Hand, während sie auf Mikrowellenknöpfe drückte, um Wasser für den Kaffee heißzumachen. Sie nahm einen langen Zug grünlicher Flüssigkeit und fing an zu reden.

»Ich weiß einfach nicht, was ich machen soll, wenn er zu Hause ist. Er macht ein Riesentheater und schimpft den ganzen Tag, weiß der Himmel, worüber. Daß John Richard sich nicht um alle seine Patientinnen kümmern kann. Daß er dort gebraucht wird. Die Praxis, die Praxis. Plapperplapperplapper. Daß irgendein Arzt in *Donahue* ein Idiot ist. Herr im Himmel! Wenn sie ihm bloß eine Spritze gegeben hätten, damit er das Maul hält!«

»Ich weiß, daß er seine Arbeit liebt«, sagte ich und dachte an Patty Sue und ihre Termine zweimal pro Woche. »Wann ist er denn wieder auf dem Damm?«

»Morgen. Gott sei Lob und Dank.« Sie machte eine Pause und schaute zum ersten Mal meinen Korb an. »Was hast du denn da gebracht? Ach, du bist ja so lieb.«

Ich erklärte ihr den Inhalt und machte den Kühlschrank auf, um die Sahnequarktorte hineinzustellen. Die Fächer waren voll von den Vorräten einer Frau, die nicht kochte. Teurer geschnittener Schinken, Räucherlachs, Hering in Sauerrahm und angebrochene Päckchen Brie, Samsoe und Port Salut kämpften um Platz gegen Bier, Wein und Mixbechern jeder Art. Womöglich hatte John Richard eine Frau geheiratet, die kochen konnte, weil er von einer Frau aufgezogen worden war, die es nicht konnte.

»Kann ich Fritz besuchen?« fragte ich.

Sie nickte. »Warte einen Augenblick«, sagte sie. »Ich will erst hören, ob es ihm etwas ausmacht. Vermutlich nicht, aber du

weißt ja, wie etepetete er sein kann. Er hat gesagt, er will duschen, und deshalb könnte es etwas dauern.«
»Ich warte im Arbeitszimmer«, erklärte ich und schlüpfte in den getäfelten Raum neben der Küche.
Als Vonette verschwunden war, zog ich langsam die Schreibtischschubladen auf. Nimm nur deine Dusche, Fritz. Mein Herz pochte laut, und mir war kalt. Vonette kam nicht sofort zurück. Das Geschäft muß wieder aufgemacht werden, sagte ich zu mir. Schulz braucht davon nichts zu wissen. Fang mit den Ermittlungen an.
Offenbar hielt Vonette von Ordnung ebensowenig wie vom Kochen. Briefe, Papier und Fotos waren in jede der kleinen Schubladen hineingestopft wie Fülle in einen zu kleinen Truthahn. Ich hörte mein Blut in der Kehle und in den Ohren pochen. Ich wußte nicht, wonach ich suchte und woran ich erkennen sollte, ob ich etwas gefunden hatte.
Es war keine Zeit, Briefe zu lesen oder Rechnungen zu mustern, aber vielleicht stieß ich auf ein paar Namen, irgendwas in dieser Richtung. Drohungen, sagte ich mir, Leute, die ihn nicht mochten. Danach mußt du suchen. Aber ob etwas Derartiges hier war? Hob ein Arzt so etwas zu Hause auf? Nicht eher in seinem Büro in der Praxis?
Ich entdeckte eine Schachtel mit alten Fotos. Da war mein Exmann, unverkennbar, etwa sechs Jahre alt, reizend im Matrosenanzug. Und da war er wieder vor einer Geburtstagstorte, im Begriff, die vier Kerzen auszublasen. Hinter ihm stand ein Mädchen, ein Teenager. Der Babysitter? Es war ein weiteres Bild von diesem Mädchen da, diesmal allein auf einem jener altmodischen, steifen Porträts, die in der High School gemacht wurden. Sie hatte eine Hochfrisur, die Haarspitzen nach oben gekämmt. In einer großen, runden, weiblichen Handschrift stand darauf: »Liebe Mom, ganz gleich, was kommt, ich bin immer noch Dein Baby.« Unsigniert. Als ich das Foto anstarrte, war mir, als hätte es etwas Vertrautes, etwas, das ich nicht festmachen konnte. Ich kannte das Mädchen nicht, hatte es nie

gekannt. Sie war nicht Laura Smiley. Aber irgendwo hatte ich schon einmal ein Bild von diesem Gesicht gesehen, vielleicht während meiner Ehe mit John Richard. Ausgeschlossen, daß ich aus ihm herausbrachte, wer das war.

Ich schlich schnell in die Küche und schob das Foto in meine Tasche. Ich machte eine Tasse Wasser für Pulverkaffee heiß, als Vonette ein wenig schwankend zurückkam und sich gegen die Arbeitsplatte lehnte, ehe sie sich die nächste Margarita eingoß.

»Er telefoniert eben mit John Richard«, sagte sie. »Lassen wir ihm noch etwas Zeit. Du weißt, wie er es haßt, wenn er gestört wird.«

Ich nickte und schaute Vonette an, deren übertrieben toupiertes Kupferhaar im Nachmittagslicht glänzte. Eigentlich wußte ich wenig über sie. Wenn wir an Feiertagen oder bei anderen Anlässen mit den Kormans senior zusammenkamen, hatte John Richard seine Mutter schweigend ignoriert, während sie trank und unerhörte Bemerkungen machte. Fritz schien ihr ebenfalls nie viel Aufmerksamkeit zu schenken. Ich kam mir immer vor wie ein einköpfiges weibliches Publikum, sagte »mhm« und »ich weiß, was du meinst« und wünschte mir, ich könnte sie zu einer Entziehungskur schicken. Aber sie hatte mir nie viel Persönliches erzählt. Ihre Schmähreden richteten sich gegen Leute in der Kirche, die sie nicht leiden konnte, gegen das Schulsystem, das Straßenbauamt oder die republikanische Partei.

»Vonette«, sagte ich, »weißt du, wer Fritz dieses Zeug in den Kaffee getan hat?«

Sie wandte sich ab und machte das Gefrierfach des Kühlschranks auf. »Nein«, antwortete sie, ohne mich anzuschauen. »Genau, wie ich zu diesem Bullen gesagt habe.« Sie holte eine Dose gefrorenen Limonenextrakt heraus und schälte den Plastikverschluß ab.

»Aber du mußt doch wissen, was für Feinde er hat«, hakte ich nach. »Du mußt wissen, wer von den Trauergästen ihn nicht leiden kann.«

Sie bohrte mit einem Blechlöffel heftig in dem gefrorenen Konzentrat und sagte: »Feinde? Komm schon, Schätzchen. Wofür hältst du das, für einen Krieg?«
»Was ist mit seinen Patientinnen? Bitte, Vonette«, bettelte ich, »hilf mir. Ich kann ohne den Partyservice nicht genug Geld verdienen, um Arch und mich zu ernähren, und die Polizei hat mein Geschäft geschlossen. Du mußt etwas wissen.«
Schließlich drehte sie sich um und schaute mich an. »Goldy«, sagte sie, »ich weiß nichts. Jedenfalls nicht viel. Und nach allem, was passiert ist –«
Sie zuckte die Achseln und ließ Wasser laufen, um das Limonenkonzentrat zu verdünnen. Sie sagte: »Im Grunde will ich es gar nicht wissen.«
»Nach allem, was passiert ist, Vonette? Du meinst Fritz und das Rattengift?«
Sie warf die Büchse in das Spülbecken. »Gottverflucht noch mal, ich habe Kopfschmerzen. Wenn du Fritz besuchen willst, Goldyschätzchen, geh nach hinten. Wenn du Geld brauchst, ruf mich später an. Aber jetzt muß ich mich hinlegen.« Und sie wankte aus der Küche, ehe ich die Chance hatte, etwas zu sagen.
Großartig. Irgend etwas war passiert. Wenn sie daran dachte, bekam Vonette Kopfschmerzen. Und jetzt mußte ich Fritz allein gegenübertreten. Ich griff nach dem Korb.
»Hallo, Goldy«, sagte Fritz, nachdem ich geklopft hatte und in ihre riesige Schlafzimmersuite getreten war, in Rosa, Grün und Weiß gehalten. »Oder sollte ich Rotkäppchen sagen?«
Ich wußte nicht, wo Vonette sich hingelegt hatte. Fritz saß aufgestützt da, mindestens ein halbes Dutzend Kissen im Rükken. Sein fast kahler Schädel glänzte wie ein Babypopo im grauen Licht aus dem Fernseher, in dem zwar das Bild lief, aber kein Ton. Um seinen Schoß herum waren die Zeitung, ein Tablett mit Tellern und Tassen und die Fernbedienung für den Fernseher ausgebreitet. Er trug einen hellblauen Pyjama, bedruckt mit winzigen, dunkelblauen bourbonischen Lilien. Ein französischer König in Ruhepose, ohne Perücke.

Ich musterte ihn. Er war ein gutaussehender Mann. Es gibt Menschen, denen das Altern nicht bekommt, und Menschen wie Fritz, die in Schönheit altern. Das silberne Brusthaar, das aus dem V-Ausschnitt des Pyjamaoberteils herausschaute, paßte zu dem Silberhaar über seinen Ohren. Sein Gesicht erstrahlte in der starkknochigen Hübschheit, die der Mann, den ich acht Jahre liebte, geerbt hatte.

»Zieh dir einen Stuhl heran«, sagte er, »und na so was, du hast mir etwas mitgebracht. John Richard würde jetzt sagen, ich darf nichts essen, was du mir bringst.« Er zwinkerte, nachdem ich mich steif auf den Rand einer Chaiselongue gesetzt hatte. »Weißt du, was ich zu ihm gesagt habe? Sohn, habe ich gesagt, mach dir darüber keine Sorgen. Goldy und ich kommen hervorragend miteinander aus. So ist es doch?«

Ich nickte, zählte die Sachen im Korb auf und sagte ihm, die Torte stehe im Kühlschrank. Er bedankte sich bei mir, und dann entstand eine Pause, während Seifenopernfiguren sich schweigend auf dem flackernden Bildschirm befehdeten.

»Patty Sue läßt grüßen«, log ich.

»Wirklich?« Seine Augen blitzten. »Tolles Mädchen. Wunderbare Patientin. Sie muß dir eine große Hilfe sein.«

Ich wollte nicht schwierig wirken und widersprechen. »So«, sagte ich schließlich. »So, so.« Ich mußte hier raus. Ich bekam selbst Kopfschmerzen, und bald traf ich mich mit Schulz. Ich lächelte Fritz an und sagte: »So, John Richard glaubt immer noch, daß ich dir das angetan habe?«

Fritz setzte sich kerzengerade im Bett auf und verzog das Gesicht zu einer drohenden Grimasse. Er schüttelte den Kopf. Seine Augenbrauen bildeten direkt über der Nase eine buschige Linie, und sein Mund verzog sich über dem sauber geschnittenen Kinn nach unten.

»Mach dir keine Sorgen darüber, Goldy, hörst du?«

»Okay«, sagte ich und bewegte die Knie vor und zurück. Die Wolle juckte. »Es tut mir wirklich leid, daß dir das passiert ist. Ich habe immer noch das Gefühl, daß wir irgendwie verwandt sind.« Ein unbehagliches Schweigen. »Vielleicht sollte ich jetzt gehen.« Ich stand auf. »Ich hoffe, du fühlst dich besser«, sagte ich, als ich die Schlafzimmertür aufmachte.

»Reg dich über John Richard nicht auf«, sagte Fritz mit einem Lächeln voller Charme. Ich nickte, wieder sprachlos. »Ich hab' zu ihm gesagt«, fuhr er fort, und dann entspannte sich sein Gesicht plötzlich, und er lachte leise, »schließlich, Sohn, bist du der einzige, der etwas zu gewinnen hat, wenn ich abtrete.« Er lachte wieder, etwas wild.

»Wiedersehen«, sagte ich und trat auf den Flur hinaus.

»Ich habe gesagt: ›Sohn, paß auf!‹« rief er mir nach. »›Schlag dir das mit Goldy aus dem Kopf, ja? Wenn ich sterbe, erbt nicht sie die Praxis. Die erbst du!‹«

Trotz des Namens wurde in dem chinesischen Restaurant Dragon's Breath nicht strikt nach der Küche Szechwans gekocht. In einer Kleinstadt konnte ein Lokal es sich nicht leisten, diejenigen zu vergraulen, die eine Vorliebe für mildere Gerichte haben, deshalb bot der Inhaber zusätzlich zu den Menüs mit Essig, Senf und Peperoni auch kantonesische an. Das war gut, denn meiner Meinung nach überließ man die scharfe Küche besser den Mexikanern. Ob Tom Schulz Mildes bevorzugte, wußte ich nicht. Daß er mich zum Abendessen einlud, wies eher auf das Gegenteil hin.

Den Eingang zum Restaurant bildete ein holzgeschnitzter Drachenkopf. Wenn ich durch das Türmaul mit den Pyramidenzähnen kam, empfand ich immer Mitgefühl mit Jona. Es wurde erzählt, beim Umbau des Lokals habe ein hiesiger Holzschnitzer diese Scheußlichkeit im Austausch gegen ein Jahr kostenloses chinesisches Essen geschaffen. Der arme Mann, hatte ich immer gedacht, er mußte schrecklichen Hunger gehabt haben. Innen leuchteten mehreckige Lampen und brachen sich glitzernd in Spiegeln mit Zierrahmen, Vasen mit Glasblumen und glänzend roten Kunststoffnischen. Aus der Küche kam das einladende Zischen von pfannengerührtem Fleisch. Während ich mich an den Tischen vorbeischlängelte, fiel mir wieder ein, daß das Dragon's Breath auch wunderbare krabbengefüllte

Frühlingsrollen und hausgemachte Mandelplätzchen servierte. Vor zwei Jahren hatte ich um das Mandelplätzchenrezept gebeten und es auch bekommen, nachdem der lächelnde Koch meine Frage erst einmal verstanden hatte. Dann hatte ich anstelle von Mandeln kandierte Kirschen in die Mitte gedrückt und die Plätzchen zu Weihnachten meinen Kunden serviert. Weihnachtspartys, nieder mit dem Gedanken. Viel Arbeit, noch mehr Einkommen. Und es lag in der Macht von Ermittler Schulz, mir zu sagen, ob ich mit der Planung anfangen konnte.

»Sie runzeln die Stirn«, sagte er, als ich ihm gegenüber in die Nische schlüpfte. Er lächelte mit unerschütterlicher Freude und erhob sich respektvoll zur Hälfte. Als er wieder saß, seufzte er.

»Jetzt schon sauer«, sagte er. »Ein schlechtes Zeichen. Was ist Miss Goldy denn jetzt schon wieder über die Leber gelaufen?«

Ich mußte einfach bemerken, wie sich das graue Hahnentrittjackett an seine Schultern schmiegte, wie geschickt sich sein massiger Körper bewegte. Die Nähe seiner stattlichen Gestalt hatte etwas Tröstliches. Er entfaltete eine riesige weiße Serviette, die er über den burgunderroten Noppenpullover legte. Das war, dachte ich, eine überraschend attraktive Kleidung für einen Bullen.

»Der Gedanke an die Weihnachtspartys, die ich vielleicht nicht ausrichten kann«, sagte ich, während er Tee einschenkte. »Wenn Sie, wenn wir diese Vergiftung nicht aufklären können. Vielleicht können Sie meinen Exmann festnageln.« Ich erzählte ihm von der Erbschaftshypothese.

»Meinen Sie nicht, wenn ein Arzt jemanden vergiften will, dann macht er es auch richtig? Und nicht vor so vielen Leuten?« Er fuhr fort, immer noch grinsend. »Erzählen Sie mir von Ihren Weihnachtspartys, damit ich Appetit bekomme. Vielleicht heitert es Sie auf, über Essen zu reden.«

Ich schilderte die Plätzchen, statt Mandeln mit Kirschen, und die duftenden Lebkuchenhäuser, die ich nach den Häusern der Gastgeberinnen modellierte. Ich sagte ihm, daß ich bei solchen Anlässen viel Geld verdiente, Geld, das ich brauchte.

Er sagte: »Ich habe noch nie eine Frau gesehen, die sich solche Sorgen um ihren Lebensunterhalt macht.« Normalerweise hätte mich eine solche Bemerkung gekränkt, aber seine braunen Augen blickten sanft und gütig, und er neigte mitfühlend den Kopf.

»Ich muß Arch und mich ernähren«, sagte ich. »Die Bereitschaft meines Exmannes, pünktlich Unterhalt für das Kind zu zahlen, ist recht schwach. Ich muß Partys ausrichten, wenn ich überleben will.« Ich befingerte die dicken, jadefarbigen Glasblätter der Tischdekoration. »Es kommt aber noch etwas dazu.«

»Noch etwas?«

»Ja.« Mir war plötzlich unbehaglich zumute, als böte ich eine Erklärung an, wo gar keine erforderlich war. »Ich liebe meine Arbeit. Sie füllt ein Loch. Es ist schwer, wenn sie mir weggenommen wird. Das reißt das Loch wieder auf.«

»Es wird nicht lange dauern«, sagte er leise. »Das habe ich im Gefühl. Erzählen Sie weiter von den Partys.«

»Einmal«, sagte ich, »habe ich eine Weihnachtsparty sogar umsonst ausgerichtet. Für die Kirche. Ich habe damals noch Kindergottesdienst gehalten, versucht, dieses normale Leben weiterzuführen. Dann hat John Richard etwas mit einer Sopranistin im Kirchenchor angefangen. Er hat sich sogar während der Kaffeepause bei der Chorprobe zu Miss Stimmband hinaufgeschlichen. Es war widerlich.« Ich brach ab, trank Tee. »Aber an die Party für die Kindergottesdienstgruppe kann ich mich gut erinnern. Ich war die halbe Nacht auf und habe Jesuskinder aus Eischnee gebacken. Die Kinder waren begeistert.«

»Sie sind also Kirchgängerin?« fragte er überrascht.

»Nicht mehr«, erwiderte ich und griff zur Speisekarte. »Bringen wir das hinter uns, okay?«

»Meine Güte, das klingt ja, als ob es eine Tortur wäre, mit mir zusammenzusein.« Er strich sich den Pullover glatt und überflog die Speisekarte. »Lassen Sie einfach mich bestellen und sich überraschen. Dann sind Sie einmal nicht für das Essen zuständig.«

Die schlaflosen Nächte, die Sorge, das Backen für die Kormans und der Besuch bei ihnen – das alles hatte mich zu müde zum Streiten gemacht. Jedenfalls zum Streiten über das Essen. Die Kellnerin kam, und ich wollte Sherry. Tom Schulz bestellte Scotch. Dann erschien der Essenskellner, und Schulz bestellte Frühlingsrollen, eine Platte Pu-pu, scharfe und süßsaure Suppe, gedämpfte Forelle, Schweinefleisch mit Brokkoli und Bambussprossen, Krabben Mu-schu und Huhn in roter Sauce.

Ich sagte: »Wie viele Leute kommen denn noch?«

Schulz schaute mich einen Augenblick lang schweigend an, dann schob er das Kinn vor.

»Entspannen Sie sich. Okay, Goldy?« Das ewige Grinsen. »Wir wollen uns ein schönes Essen gönnen. Wir wollen uns unterhalten. Ich mag Sie, aber Sie machen es mir bei Gott nicht leicht. Versuchen Sie, sich daran zu erinnern, daß wir uns gegenseitig helfen wollen.«

»Ach ja? Dann stellen Sie sich mal vor, daß ich Ihnen keine fünf Cent für das ganze Sheriffbüro von Furham County gebe.«

Die Getränke kamen, und Schulz trank einen Schluck Scotch. »Schön«, sagte er, »dann wissen wir jetzt ja genau, wo wir stehen.«

»Es ist Dienstag«, erwiderte ich, »und diese Sache ist am Samstag passiert, und was haben Sie herausgefunden? Für mich ist es wichtig, mein Geschäft wieder aufzumachen, und Sie haben nichts zu bieten als merkwürdige Bindeglieder und Pu-pu vom Grill.«

»Sachte, sachte«, sagte er. »Erinnern Sie sich an das Gespräch mit Ihrem Sohn, der gesagt hat, die Kormans und Laura Smiley seien nicht miteinander ausgekommen? Ich habe in Illinois angerufen. Es hat sich herausgestellt, daß Korman senior nicht gerade der allseits beliebte Onkel Doktor war. Das heißt, ehe er vor zwanzig Jahren von dort weggezogen ist. Der Typ, mit dem ich gesprochen habe, sagt, da ist noch mehr, aber ich muß mit dem Mann sprechen, der damals die Ermittlungen geleitet hat, und der ist in eine andere Stadt versetzt worden. So was passiert Bullen in Kleinstädten, wissen Sie. Sie verhaften den Sohn eines Stadtrats, weil er besoffen Auto gefahren ist. Am nächsten Tag können Sie sich einen neuen Job suchen.«

Ich ächzte, als die Reihe von Vorspeisen kam.

»Worum ging es bei dieser Ermittlung?« fragte ich.

Schulz reichte mir die Platte mit den Frühlingsrollen, und ich nahm eine. Er tunkte eine in braunen, nebenhöhlenreinigenden chinesischen Senf, mampfte sie knirschend und wandte sich dann den Rindfleischspießen zu.

»Das weiß ich noch nicht«, sagte er und zog die Brauen in eine gerade Linie. »Zwanzig Jahre alte Akten kommen auf Mikrofilm und dann ins Lager. Ich brauche eine Erlaubnis und einen Mikrofilmspezialisten, um sie herauszusuchen. Sie arbeiten daran, keine Sorge. Sie rufen mich zurück. Auf alle Fälle hatte unsere Freundin Laura Smiley irgend etwas damit zu tun. Das ist alles, woran der Typ sich erinnern konnte.«

»War's das?«

»Hören Sie. Bei solchen Recherchen muß man mit dem Kriminalbeamten reden, der den Fall bearbeitet hat. Selbst wenn sie mir die Akte am Telefon vorlesen, sagt mir das nicht soviel, wie der zuständige Beamte mir sagen könnte. Und den finde ich.«

Er teilte die Suppe aus und sagte dann: »Da ist noch etwas, was damit zusammenhängen könnte. Ihre sportliche kleine Freundin Trixie hat eine Vorstrafe wegen Körperverletzung. Seit kurzem.«

»*Was?*«

Er zuckte die Achseln und schluckte etwas Suppe, gestikulierte dann mit dem Porzellanlöffel. »Sie hatte mit einem Nachbarn Streit, wegen einem Hund oder so. Er, der Hund, hat gebellt und sie zum Wahnsinn getrieben. Hat sie jedenfalls behauptet. Also hat sie einen Stein nach dem anderen nach dem Tier geworfen, bis es unter die Veranda seines Besitzers gerannt ist. Dann stürzte der Hundebesitzer heraus, brüllte Trixie an, und sie hat ihm mit einem footballgroßen Quarzklumpen eins übergebraten.« Er gluckste. »Diese Frau muß verflucht stark

sein. Der arme Teufel mußte mit achtzehn Stichen genäht werden.«
Ich hatte aufgehört zu essen. »Was in aller Welt ist dann passiert?«
»Essen Sie Ihre Suppe, ehe sie kalt wird. Sie hat sich schuldig bekannt und Bewährung bekommen. Keine Vorstrafen, und sie hat gesagt, sie war mit den Nerven am Ende, weil sie schwanger war.«
»Schwanger?«
»Ihr Kind ist einen Monat später tot zur Welt gekommen«, sagte er. »Sie haben gesagt, Sie haben sie eine Zeitlang nicht gesehen, und das war der Grund. Sie hatte hohen Blutdruck, trotz der ganzen Fitneß. Hoher Blutdruck, reizbares Temperament, Risikoschwangerschaft.«
Das hatte Marla also mit »Du bist wieder da« gemeint. Und deshalb war Trixie so gereizt gewesen. Wenn ich es nur gewußt hätte. Arme Trixie.
»So weit bin ich bis jetzt gekommen«, sagte er. »Aber ich arbeite daran, ich wollte Sie nur auf dem laufenden halten. Ob, schauen Sie, hier kommt unser Kellner.«
Ich seufzte. Bei diesem Tempo bekamen wir die Antwort auf das, was letzten Samstag passiert war, am Valentinstag.
Die Hauptgerichte kamen. Schulz verblüffte mich, indem er mir riesige Mengen auf den Teller schaufelte. Dann murmelte er etwas, das wie »Waschlappen« klang, und winkte die Stäbchen weg, die der Kellner anbot. Er nickte mir zu, ehe er seine Forelle in Angriff nahm. Ich lächelte, dachte an John Richards Selbstsucht beim Essen. Falls er je mir zuerst auftat, dann immer nur kleine Portionen. Meistens tat er sich jedoch riesige Mengen auf und reichte mir, was übrig war, während er zu essen anfing.
Ich schaute von meinem Teller auf den von Schulz.
Ein besorgter Blick ging über sein Gesicht. »Was ist«, sagte er, »mögen Sie es nicht?«
»Es ist gut«, sagte ich und versuchte, Schweinefleischstückchen

mit den Stäbchen aufzunehmen. »Es ist hervorragend. Wirklich.«

Er gluckste zwischen den Bissen. »Ich wette, Sie kochen einfach so viel, daß Sie sich aus Essen nicht mehr viel machen, stimmt's?«

»O nein«, sagte ich. Ich spießte das Schweinefleisch auf. »Ehrlich. Ich bin nur mit den Gedanken woanders.«

Wir aßen eine Zeitlang schweigend, machten gelegentlich eine Bemerkung über die Größe und Frische der dicken Krabben, die perfekt gewürzte Forelle. Wieder spürte ich, wie ein seltsames – weil ungewohntes – Vertrauen meinen Widerstand zum Schmelzen brachte.

Nach einer Weile sagte ich: »Als ich heute Fritz und Vonette besuchte, habe ich mich ein bißchen umgeschaut. Ich habe gedacht, vielleicht finde ich heraus, wer ihre Feinde sind, wenn ich ihren Schreibtisch durchsuche.«

Er spülte seinen Bissen mit Tee hinunter und sagte: »Sie haben ihren Schreibtisch durchsucht? Als ich gesagt habe, Sie können mir helfen, habe ich damit nicht gemeint, daß Sie dort einbrechen, um Himmels willen.«

Ich mußte wider Willen lachen. »Hören Sie gut zu, Bulle, ich habe vor, auch Laura Smileys Sachen zu durchsuchen.«

»Allmächtiger.«

»Schauen Sie«, sagte ich, »ich weiß es zu schätzen, daß Sie Ferngespräche führen, um Leute zu finden, die umgezogen sind, und Akten auf Mikrofilmen.« Ich lächelte. »Sie haben sogar Ihren Widerwillen überwunden, mich an dem Fall mitarbeiten zu lassen. Aber ich brauche mehr, wenn wir vorankommen wollen.« Dann fragte ich, was ich mehr von mir wissen wollte als von ihm: »Warum esse ich Ihrer Meinung nach mit Ihnen zu Abend?«

»Miss Goldy«, sagte er, während er mir Tee nachschenkte, »entschuldigen Sie. Ich habe gedacht, wir sind wenigstens zum Teil aus gesellschaftlichen Gründen hier.«

»Ausgehen mit einer Verdächtigen? Ist das legal?«

Er verharrte mit der Teekanne in der Luft. Mein Gesicht war warm.
Er sagte: »Ich will Ihnen mal was sagen, lassen Sie es meine Sorge sein, was legal ist. Zum Beispiel breche ich nicht in die Schreibtische anderer Leute ein und durchwühle ihre Sachen. Aber ich hätte Sie nicht an dem Fall mitarbeiten lassen, wie Sie es nennen, wenn es nicht legal wäre. Ich darf über unsere Arbeit Informationen an Sie weitergeben, wenn ich glaube, daß das bei der Ermittlung hilft.«
»Sie sagen also, Sie sind aus gesellschaftlichen Gründen mit mir zusammen, und weil es hilft.«
Er nickte. »Ermittler dürfen sich aus jeder Quelle Informationen beschaffen, solange sie gesetzlich ist. Was Einbruch nicht einschließt, möchte ich hinzufügen. Aber es könnte einschließen, Ihren Sohn etwas schärfer im Auge zu behalten.«
Ich schenkte ihm einen stocksauren Blick.
Er aß ein Stück Schweinefleisch und schüttelte den Kopf. »Nur vorsichtshalber. Kriegen Sie raus, ob er wirklich total verrückt nach diesen Spielen ist. Die meisten Kinder sind das nicht. Aber vielleicht gibt es etwas, was er mir nicht sagt oder Ihnen nicht sagt.« Er dachte nach. »Es gibt Leute, die in diesen Fall verwikkelt sind und vielleicht unbefangener mit Ihnen reden, das ist alles.«
»Was für Informationen erwarten Sie von mir?«
Er zuckte die Achseln. »Ich will Sie nicht kränken, Goldy, aber Sie wissen ja, wie Frauen reden –«
»Sie kränken mich.«
»Ich will Ihnen mal was sagen«, sagte er, »lassen Sie mich versuchen, Ihnen das zu erklären, wenn wir das nächste Mal zum Essen ausgehen.«
»Nein, ich glaube nicht, daß ich . . .«
»Kino?«
»Nein . . .«
»Ein Spiel der Broncos?«
Ich zögerte.

»Sie halten sich dieses Jahr gut, haben am letzten Sonntag Green Bay geschlagen. Das Revier kriegt ein paar Karten. Sagen Sie mir, an welchem Sonntag. Falls Sie frei sind, meine ich.«
»Schauen Sie«, sagte ich. Mein Kopf schwamm. Ich war auf das alles nicht gefaßt. Ich mußte mit meiner Gruppe reden. »Ich bin einfach nicht versessen auf gesellschaftliches Leben«, sagte ich zu ihm. »Im Moment möchte ich bloß dieses Verbrechen aufklären und wieder mit dem Geldverdienen anfangen.«
»Dann klären wir es eben auf.«
»Wie? Wir haben, ich habe ein Riesenproblem am Hals, und Sie benehmen sich, als ob es ein Langzeitprojekt wäre, Informationen darüber zu sammeln.«
Er winkte dem Kellner, die Rechnung zu bringen.
»Was wollen Sie wissen?« fragte er.
Ich holte tief Luft. »Okay. A: Jemand hat versucht, Fritz zu vergiften. B: Dieser Jemand hat es in Laura Smileys Haus nach Laura Smileys Beerdigung getan. C: Niemand scheint zu wissen, warum Laura sich umgebracht hat, und sie hat keinen Abschiedsbrief hinterlassen, der uns das sagt. Und D: Laura und die Kormans hatten ein schlechtes Verhältnis. Jetzt E: Sie erzählen mir, die Sache zwischen den dreien hat eine lange Vorgeschichte. Vielleicht hängen also die beiden Ereignisse, Lauras Tod und die Vergiftung von Fritz, zusammen.« Ich schloß die Augen und nickte. Das klang logisch, nicht wahr?
»Ich habe es Ihnen schon einmal gesagt, es könnte helfen, wenn wir wüßten, was die Gerichtsmedizin zu Laura Smileys Tod gesagt hat. Wenn sie keinen Abschiedsbrief hinterlassen hat, warum haben sie es dann Selbstmord genannt?«
»Meine Liebe«, sagte Schulz, während er auf die Rechnung schaute, »ein Abschiedsbrief heißt noch lange nicht, daß alles geklärt ist. Gott im Himmel, ich habe schon fotokopierte Abschiedsbriefe gesehen. Und überall Blut. Ich habe den Gerichtsmediziner angerufen. Sie hat sich die Pulsadern aufgeschnitten, keine Anzeichen eines Kampfes, kein Einbruch, gar nichts. Das ist das, was ich weiß. Wir behandeln einen Selbst-

mord wie Mord, ehe wir es nicht besser wissen. In diesem Fall kam der Gerichtsmediziner zu der Schlußfolgerung: Selbstmord. Zugegeben, der Kerl ist neu. Und davor war er in einer Kleinstadt in den Bergen im Westen.« Schulz schloß die Augen und rieb sich die Schläfen.

Ich sagte: »Wären Sie bereit, der Sache noch etwas weiter nachzugehen? Ich meine, wenn Sie mir bei dieser Geschichte wirklich helfen wollen. Und ich kümmere mich um die weibliche Perspektive. Ich bringe es zur Sprache, kriege raus, was mit Trixie los ist, ob sie sich deshalb mit Gewichten ausarbeitet, weil sie ihre Aggression Menschen gegenüber loswerden will. Abgemacht?«

Er nickte.

»Übrigens, hat das Gesundheitsamt etwas gefunden?« fragte ich.

»Nein. Das ist vermutlich so, wie wenn man dem Labor der Kriminalpolizei etwas schickt.« Als ich ein verwirrtes Gesicht machte, sagte er: »Man muß ihnen sagen, achtet auf dies, achtet auf das. Wenn Sie ein weißes Pulver haben, das Kokain ist, und sagen, suchen Sie nach Heroin, dann schicken Sie Ihnen den Koks zurück und sagen, kein Heroin. Selbes Prinzip.«

Ich lächelte. »Danke für das Abendessen.«

Er sagte: »He, noch was. Ich muß mehr über Vonette wissen. Irgendwas ist da faul, ich weiß nicht, was. Und gern geschehen. Wir sollten das bald mal wiederholen.«

Ich nickte, obwohl der Gedanke, Vonette mehr zu entlocken, nicht besonders reizvoll war. Ich nahm einen Glückskeks vom Tablett mit der Rechnung.

»Schauen Sie«, sagte er, als er seinen Keks aß und die Losung wegwarf, »vielleicht stehen wir vor einem größeren Problem. Vor allem dann, wenn wer auch immer das Zeug in Fritz' Kaffee getan hat, ihn tatsächlich umbringen will.«

»Wieso ist das ein Problem?«

Er sagte geduldig: »Wenn jemand versucht hat, ihn umzubringen, wird er es wieder versuchen.«

»Wenigstens kann das niemand auf einer Party versuchen, die ich ausgerichtet habe«, erwiderte ich, und dann fiel mir die Halloweenparty in drei Wochen ein. Ich wurde nicht eigentlich dafür bezahlt, es ging nur um meinen Clubbeitrag. Trotzdem. Es war besser, das Schulz gegenüber nicht zu erwähnen, der so an der Legalität klebte.

»Wir werden das alles bald aufklären«, sagte Schulz zuversichtlich. »Vertrauen Sie dem Büro des Sheriffs.«

Ich faltete meine Losung auseinander.

Da stand: »Im Augenblick brauchst du am allermeisten den Glauben.«

Wie Schulz warf ich den Papierstreifen weg.

Zu Hause nahm ich deprimiert zur Kenntnis, daß die Sauerei der Spaghettireste im Spülbecken bestens zum rotweißen Dekor der Küche paßte. Wirklich, diese Patty Sue. Wenn sie den ganzen Nachmittag lang laufen konnte, warum war sie dann nicht dazu imstande, sich beim Kochen oder Saubermachen auch nur ein bißchen Mühe zu geben? Ich versuchte, mich daran zu erinnern, wie ich mit zwanzig gewesen war. Hatte ich wirklich nie das große Bild im Kopf gehabt, einen Haushalt zu führen, bis ich ein Kind bekommen hatte? Vermutlich nicht.

Im Haus war es still. Ehe ich zu Bett ging, schlich ich den Flur entlang, um mich zu vergewissern, daß Arch auch gut schlief. Das war meine Gewohnheit seit seiner Geburt. John Richard hatte mich als Hubschraubermom bezeichnet: Ich schwebte über meinem Sohn.

Arch schlief nicht, sondern murmelte aufgeregt ins Telefon.

»Das klingt toll«, sagte er. »Aber was ist mit dem Zaubertrank?«

Eine Pause.

»Nein, dazu muß man Milchwurz nehmen. Für tödliche Aufträge ist das das einzig Richtige.« Er hörte einen Augenblick lang zu, dann sagte er: »Damit willst du doch nicht sagen, daß ich das auch noch auftreiben soll? Weißt du denn gar nichts darüber, wie man sich Gegner vom Hals schafft?«

Wieder eine Pause. Ich spürte eine Enge in der Brust. Das Blut pochte in meinen Ohren.
»Oh, Todd!« sagte Arch gereizt. »Ich kann's nicht fassen, daß ich die Waffe auftreiben soll, den Bann übernehmen und den Zaubertrank mixen soll. Ich habe keine Zeit, das alles zu erledigen.«
Ich klopfte heftig gegen Archs einen Spalt offene Tür. Vielleicht lag es nur an dem Hämmern in meinem Kopf, daß das Geräusch wie ein Donnerschlag wirkte. Dann machte ich die Tür sperrangelweit auf, ohne daß ich eine Antwort bekam.
Er hatte den Hörer aufgelegt.
»Was ist denn hier los?« wollte ich wissen.
»Mom«, sagte er. Er schaute mich an, mit zerzaustem Haar, schiefsitzender Brille. Sie schien nicht zu dem Flanellschlafanzug mit aufgedruckten Basebällen zu passen. In seinem Schoß lagen ein Anleitungsbuch und ein Hefter für seine Spiele. »Du bist zu Hause!« Eine Pause. »Äh, ich bin aufgeblieben.«
»Ja«, sagte ich und kam mir plötzlich fehl am Platz vor. »Ich bin nur hereingekommen, um zu sehen, ob du schon schläfst. Ich habe dich am Telefon gehört. Ging es um dein Spiel?«
Er wandte sich wieder den Papieren auf seinem Schoß zu. »Ja«, sagte er ungeduldig. »Aber ich rufe ihn morgen zurück.«
»Okay«, sagte ich. Ich stand an seiner Tür, unfähig, Worte zu finden.
»Mom?«
»Ja?«
Er hatte den Mund zu einer geraden Linie verzogen und die Arme über der Brust gefaltet.
»Bitte«, sagte er, »schleich nie wieder so hinter mir her.«

Am nächsten Tag gelang es mir, zwei Putzaufträge in der Gegend des Country Club zu bekommen, einen für heute, den zweiten für morgen. Weil Fritz wieder auf den Beinen war, brachte ich Patty Sue zu ihrem Termin und trug ihr auf, zu Fuß nach Hause zu gehen, während ich zum Schrubben, Scheuern und Staubsaugen weiterfuhr. Bis Arch in die Schule ging, redete ich nur das Nötigste mit ihm. Wenn er es für Nachschleicherei hielt, daß ich mich um ihn kümmerte, waren Fragen Schnüffelei. Ich entlockte ihm das Versprechen, daß er mich am Wochenende in ein Rollenspielabenteuer einbeziehen würde. Es war an der Zeit, daß ich herausfand, was es mit diesen Spielen auf sich hatte. Oder daß ich es wenigstens versuchte.

Das Haus, das ich putzen sollte, war ein weitläufiges Gebäude im Ranchstil, von oben bis unten nach Westernart dekoriert, mit Halftern, Cowboyhüten, Sombreros und Hufeisen an den Wänden. Die Reinigung dieser Ranchkopie dauerte sechs Stunden, wozu auch gehörte, daß ich einen Couchtisch in der Form eines Pritschenwagens polierte. Am schlimmsten war, daß ich ständig damit rechnete, Dale Evans stürze aus einer der zahlreichen Badezimmertüren heraus. Sie tat es nicht, und als ich fertig war, nahm ich hocherfreut achtundvierzig Dollar in bar in Empfang. Nachdem ich ein Fachgeschäft für Putzartikel im Westen Denvers aufgesucht hatte, kaufte ich noch ein paar Lebensmittel ein und kam nach Hause, um Patty Sue die erste Lektion im Putzen aus Lust und Geldnot zu erteilen.

»Ich mache alles, was du willst«, sagte sie, aber ohne Begeisterung.

»Am wichtigsten ist Sicherheit«, sagte ich und schrieb mit Filzstift meinen Namen auf die Vierliterflasche Reinigungsflüssigkeit auf Phenolbasis, die ich im Sportclub verwenden wollte. Dann malte ich einen Totenkopf mit gekreuzten Knochen auf die Rückseite der Plastikflasche. Konzentrationen in Industriestärke waren viel billiger als alles im Supermarkt, aber es war gefährlich, sie um sich zu haben.

»Ich weiß wirklich nicht viel über das Putzen oder über Chemikalien«, sagte Patty Sue. Sie schaute die Plastikflasche naserümpfend an.

»Schau mal«, sagte ich und sah ihr direkt in die Augen, »wenn du unabhängig sein willst, ist es am wichtigsten, daß du finanziell selbständig bist. Putzen ist eine Möglichkeit. Nicht glanzvoll, aber zuverlässig.«

»Ja, ich weiß, aber . . .«

»Aber was?«

»Ach«, sagte sie und wandte sich ab, »ist ja gleich. Bring es mir nur bei, mach weiter.«

»Fang mit den richtigen Lösungen an«, sagte ich als erstes und deutete auf die Angaben 10 : 1 und 20 : 1 auf den Plastikflaschen. Als ich fertig war, warf sie mir einen weiteren wortlosen Blick zu, als hätte ich ihr beibringen wollen, wie man eine Atombombe in zwanzig Minuten herstellt. Ich ignorierte das und schickte sie fröhlich zum Üben in Archs Badezimmer. Das war ein besonders schmutziger Trick. Aber das Abkratzen der angetrockneten Spaghetti forderte eine Vergeltungsmaßnahme. Ich verschwand, um das Telefon abzunehmen.

»Wie geht es denn meinem kleinen Liebling?« fragte Patty Sues Mutter über das Knacken in der Fernleitung hinweg. Einer ihrer regelmäßigen Überprüfungsanrufe.

»Sie arbeitet schwer«, sagte ich wahrheitsgemäß. »Sie arbeitet übrigens im Moment, kann sie also zurückrufen? R-Gespräch?«
»O ja, natürlich«, sagte die Mutter enttäuscht. »Ich habe mir nur Sorgen gemacht, ob sie auch richtig ißt und schläft.«
Es war schwer für mich zu beurteilen, ob ich Arch wirklich zu sehr beschützt hatte. Aber bei anderen Müttern konnte ich das beurteilen. Würde Arch so enden wie Patty Sue, wenn ich mir weiter solche Sorgen um ihn machte? Kein Gedanke, bei dem ich gern verweilte.
»Sie ißt und schläft bestens«, sagte ich. »Ehrlich gesagt, sie kriegt jede Menge von beidem. Und sie treibt Sport, arbeitet und geht zum Arzt, es ist also alles in Butter.«
»Ich habe in der Arztpraxis angerufen, um zu hören, wie es ihr geht«, sagte sie.
»Und?«
»Sie haben gesagt, sie macht keine Fortschritte.«
»Na ja«, sagte ich ungeduldig, »so was braucht Zeit.«
»Es tut mir leid, ich wollte Sie nicht belästigen.«
»Tun Sie nicht.«
Als nächstes rief ich einen Immobilienmakler an.
»Kathleen«, sagte ich mit tiefer Stimme, als ich zu dem einzigen Menschen durchgestellt wurde, den ich bei Mountain Realty kannte. »Ich interessiere mich für Laura Smileys Haus.«
»Oh, Goldy, die Küche ist wunderbar«, erwiderte Kathleen. »Sie werden begeistert sein.«
Ich wußte nur zu gut, daß die Küche praktisch keine Arbeitsflächen und nur uralte Geräte hatte, aber das war mir gleich. Während Patty Sue in Archs Badezimmer stöhnte, scheuerte und spülte, machte ich mit Kathleen für den nächsten Tag einen Besichtigungstermin aus. Sie sagte, weil Laura das Haus ihrer Tante hinterlassen habe, könne es bis zum Abschluß eine Weile dauern, aber ich sagte ihr, sie solle sich keine Sorgen machen, es werde auch eine Weile dauern, bis ich Geld auftreiben könne.
Als nächstes rief ich Marla an und bat sie, am nächsten Morgen

einen Notfall für Immobilienmakler vorzutäuschen, damit ich Kathleen loswurde, sobald wir in Lauras Haus kamen. Sie war voller Schadenfreude damit einverstanden. Marla haßte Immobilienmakler.

Es war immer noch zu warm für Oktober, als Patty Sue und ich am nächsten Morgen den Lieferwagen beluden. Der Himmel über uns war von einem tiefen Kornblumenblau, als ob ein himmlischer Putzgeist eine Flasche blaue Farbe über die Erde gekippt hätte. Ein paar Espenblätter klammerten sich an die Spitzen der schlanken, knochenweißen Zweige: das letzte Stadium der herbstlichen Entkleidung. Ich bog mit dem Lieferwagen um eine Kurve auf das Haus zu, das Patty Sue saubermachen sollte, und fragte mich, ob wir an Halloween statt des Ende Oktober üblichen Schnees Altweibersommer haben würden. Als ich geparkt hatte, holte Patty Sue eifrig alle Putzutensilien heraus, während ich versprach, sie in ein paar Stunden wieder abzuholen.

»Ich habe gehört, daß Ihr Exmann wieder geheiratet hat«, begrüßte mich Kathleen, als ich mit knirschenden Bremsen vor Laura Smileys Zufahrt hielt. Ich versuchte, die Sprache wiederzufinden. Falls Marlas Anruf schon gekommen war, hatte ich Pech gehabt.

Kathleen stand neben einem silbernen Mercedes, auf dessen Fahrertür die Worte prangten: Immobilien für Anspruchsvolle. Bestimmt gab es bessere Werbemethoden, als einen 450 SL zu verschandeln. Ein plötzliches Piepsen unterbrach meinen Blick.

Kathleen schlüpfte ins Auto zurück und griff nach dem Telefon. Es kam zu einem hitzigen Gespräch. Kathleen legte die schönen Züge in Falten.

»Hören Sie«, sagte sie, als sie wieder ausgestiegen war, »ich habe Schwierigkeiten mit einem Kunden aus Denver, der zu früh angekommen ist. Wie wär's, wenn ich Ihnen einfach den Schlüssel gebe und in etwa einer halben Stunde zurückkomme,

um Ihnen den Rest des Hauses zu zeigen?« Sie lächelte mich hoffnungsvoll an, und ich segnete die liebe alte Marla. Kathleen bekam ihre Provision, wenn sie nur irgendwann bei der Hausbesichtigung anwesend war, deshalb lächelte ich zurück und nickte, zumal ich nicht die Absicht hatte, ihr diese Provision je aus meiner Tasche zukommen zu lassen.
»Oh«, sagte sie über das Dröhnen des Mercedes hinweg, »noch was. Ich habe dieser Tante gesagt, daß ich einen Nachsendeantrag für Laura stelle, aber alles war so hektisch.« Sie rollte die Augen, als sei damit alles erklärt. »Jedenfalls habe ich immer die Post mit hineingenommen und auf den Küchentisch gelegt, wenn ich das Haus gezeigt habe. Können Sie das diesmal für mich tun, ja?« brüllte sie.
Ich nickte, als sie mit donnerndem Motor abfuhr. Ja? Sie konnte darauf wetten!
Eine Brise wehte den schwarzen Rauch aus dem Auspuff des Mercedes in eine Gruppe Drosselbeerbüsche, schwer behangen mit scharlachroten Beeren. Als das Auto weg war, kam das einzige Geräusch vom Wind. Er flüsterte und ächzte in den Kiefern, Fichten und Espen der bergigen Gegend. Ich steckte den Hausschlüssel ein und ging hinüber zu Lauras ländlichem Briefkasten, dem einzigen dieser Art in Aspen Meadow außer denen am Postamt. Er ging knarrend auf, als ich an der rostigen Tür zog. Ein kleines Häufchen aus Rechnungen und Werbung lag im Kasten. Keine Briefe.
Ich sah mir die Rechnungen an. Das waren Leute, die glaubten, daß Laura noch am Leben war. Die Stadtwerke von Aspen Meadow, ein Zahnarzt, dessen Namen ich nicht kannte, ein Arzt, dessen Name mir bekannt war. Ich steckte die Post in meine Handtasche.
Als ich die abschüssige Zufahrt zu Lauras Haus hinunterging, wurde der Wind wieder heftiger und wirbelte mir Staub in die Augen. Plötzlich und unerwartet würgte mich Furcht. Ich blieb stehen und starrte das kleine Haus mit der grün verfleckten Holzverschalung und der Veranda aus Redwood an.

Der Wind legte sich. Alles war ganz ruhig.

Ich schürzte die Lippen und wappnete mich, dann trottete ich den Rest des Weges hinunter. Schließlich war ich nicht die erste Goldilocks, die ein leeres Haus betrat. Aber vor der offenen Garage blieb ich wieder stehen. War dieses Auto früher schon dagewesen? Es kam mir vertraut vor.

Dann fiel es mir ein: Es war Lauras blauer Volvo, den ich oft auf dem Parkplatz der Grundschule gesehen hatte. Er lenkte schon durch die knalligen Aufkleber die Aufmerksamkeit auf sich: FRAUEN SIND FABELHAFTE FÜHRER, SO EINEM FOLGT IHR und HAST DU HEUTE SCHON DEINE LEHRERIN UMARMT? und LOCKER VOM HOCKER. Ich wußte nicht, wo das Auto am Tag der Beerdigung gewesen war, aber jemand hatte es jetzt zurückgestellt.

Ich ging vorsichtig um es herum. Der mattblaue Lack hatte ein paar Kratzer, und die Räder schmückten neue, aber verdreckte Speichen. Ich wußte nicht, wonach ich Ausschau hielt, aber es kam mir seltsam vor, daß jemand, der sich umbringen wollte, für den Winter neue Reifen anschaffte. Die Türen waren nicht abgeschlossen, aber auf dem Fenster klebte ein Abziehetikett, auf dem stand: Dieses Auto ist mit Ungo gesichert. Ich hatte auch eine solche Alarmanlage im Lieferwagen, für den Fall, daß ein Gast bei einer Party versuchte, ein paar Rinderfilets mitgehen zu lassen. Am Seitenfenster sah ich das kleine Kunststoffstück mit dem Draht daran. Falls ein Dieb versuchte, das Auto aufzubrechen, hätten seine Trommelfelle das nicht überlebt.

Im letzten halben Jahr hatte es in Aspen Meadow eine Welle von Autodiebstählen gegeben. Den Gerüchten nach klaute eine Teenagerbande die Autos, und ein cleverer Mechaniker verhökerte sie in Denver, ehe die Polizei ihm auf die Schliche kommen konnte. Das war ein weiteres Beispiel uneffektiver Polizeiarbeit vom Büro des Sheriffs, auf das ich Schulz aufmerksam machen mußte.

Ich preßte in der kalten Luft der Garage die Arme um mich. Draußen peitschte und beutelte der Wind die Bäume. Zeit, ins

Haus zu gehen. Nein, noch nicht. Vielleicht konnte das Auto mir irgend etwas sagen. Ich ging zur Kühlerhaube. In der Garage roch es nach Auspuffgasen oder Öl. Seltsam. Wenn das Auto seit einer Woche hier stand, hätte der Geruch dann nicht verschwunden und alles mit Staub überzogen sein müssen?
Aber dann fiel mir auf, daß der lehmrote Dreck frisch und feucht war und daß er nicht nur an den Reifen klebte, sondern auch am Kühlergrill. Ich berührte die Haube.
Sie war warm.
Ich biß die Zähne zusammen. Der Partyservice war ungefährlicher als das hier, und manchmal hatte auch der Partyservice seine Tücken. Ich mußte ruhig bleiben, das wußte ich. Und ich mußte raus hier.
Aber meine Füße verharrten wie einbetoniert auf dem kalten Garagenboden. Ich war hergekommen. Ich wollte in Lauras Haus, und in zwei Tagen hatte ich vor, Lauras Schließfach zu durchsuchen. Kathleen hatte mich oben an der Einfahrt verlassen; falls jemand im Haus war, hatte dieser Jemand von meiner Ankunft vermutlich nichts mitbekommen. Und wenn ich jemanden sah, konnte ich mir die Seele aus dem Leib schreien und mich später entschuldigen. Ich konnte mich sogar bewaffnen, wie sie es im Fernsehen machten. Leider hatte ich keine 22er umgehängt, und ich war mindestens fünfzehn Schritte von der Küche und dem nächsten Fleischklopfer entfernt.
Ich schaute mich in der Garage um. Eine große Werkbank stand da. Vielleicht hatte die Frau, die behauptete, sie sei eine Führernatur, sich einen hübschen, schweren Hammer, einen Schraubenschlüssel oder einen Bohrer angeschafft. Meine Füße kratzten auf dem Boden, als ich auf Zehenspitzen hinüberging.
Die Bank war groß und breit, mit zwei Regalbrettern darüber und einem darunter. Auf dem ersten Brett standen Farbverdünner, Dichtungen und ein Werkzeugkasten. Der Werkzeugkasten gab einen kleinen Schraubenschlüssel her. Ich wollte schon damit ins Haus gehen, als ich auf dem obersten Brett noch etwas sah. Ich langte hinauf.

Es war ein Luftgewehr. Ich kannte diese Art von Schußwaffe aus meiner Zeit als Betreuerin bei Archs Pfadfinderlager. Viele Einheimische benutzten sie, um lästige Eichelhäher oder tollwütige Kaninchen abzuschießen. Ich bückte mich, um auf dem untersten Brett nachzuschauen, aber da stand nur eine Schachtel mit Luftgewehrkugeln.

Ich hatte nicht vor, das Gewehr zu laden. Zum einen konnte ich mich nicht genau daran erinnern, wie man das machte. Zum anderen sah es auch so recht bedrohlich aus, und wenn es nötig werden sollte, würde ich mich damit begnügen, so überzeugend wie möglich die Rolle von Annie Oakley zu spielen.

Ich schlich durch die unverschlossene Tür in die Küche, blieb aber jäh stehen, ehe ich ins Wohnzimmer ging. Dort raschelte jemand mit Papieren.

Mein Körper wurde taub. Das ungeladene Luftgewehr fühlte sich kalt und nutzlos an. Ich ging lautlos rückwärts, packte ein langes Messer von einer Wandhalterung und schlich mich in die Garage zurück.

Der blaue Volvo war noch da. Ich verriegelte die Türen, rammte das Messer in den Fensterrahmen und drückte mit dem ganzen Gewicht meiner vierundfünfzig Kilo dagegen.

Der Alarm zerriß die Luft. Ich riß das Messer heraus und rannte zur Vorderseite des Hauses. Einen Augenblick später hörte der Alarm auf. Wer auch immer da unten war, er hatte die Autoschlüssel und stellte den Alarm ab, um keine Aufmerksamkeit auf sich zu lenken.

Vom oberen Teil der Einfahrt kam unerwartet eine weibliche Stimme, der ein Bademantel und ein Kopf mit sauber auf Wickler gedrehtem Haar folgten.

»Huhu! Kathleen, meine Liebe, sind Sie das?«

Der Volvomotor sprang an und heulte auf. Ich hockte hinter einem Dickicht aus Drosselbeerbüschen und konnte von dort aus nicht sehen, wer fuhr. Schlimmer, der Fahrer trug offenbar eine Skimaske.

»He!« rief die Frau im Bademantel, als sie das Auto sah.
Der Fahrer ignorierte sie und jagte den Volvo im Rückwärtsgang die Einfahrt hinauf. Ich wäre gern aufgestanden und hätte genauer hingeschaut, aber ich wollte nicht, daß der Fahrer merkte, wer den Alarm ausgelöst hatte.
»Kathleen!« rief die Frau auf der Einfahrt jetzt, wo der Volvo fort war, wieder. »Sind Sie da drin?«
»Entschuldigen Sie«, sagte ich laut über die Büsche hinweg. »Hallo!«
Als ich mich durch das Gebüsch gekämpft hatte und zu ihr hinaufgegangen war, erfuhr ich, daß es sich um Lauras Nachbarin Betsy Goldsmith handelte. Sie war wegen des Lärms herausgekommen, wußte aber nicht, wer Lauras Auto fuhr oder warum. Ihr Mann sei Pilot, fügte sie hinzu, und weil sie keine Kinder hätten, reisten sie viel und wüßten nicht viel darüber, was sich in der Nachbarschaft tat. Sie wußte jedoch, daß ihre Nachbarin gestorben war, hatte aber die Beerdigung verpaßt.
»Wissen Sie, wer das in dem Auto war?« fragte sie mich. »Es sah aus wie Lauras Auto. Warum sollte jemand jetzt damit herkommen?«
»Ich weiß es wirklich nicht«, sagte ich, »wüßte es aber nur zu gern.«
»Jedenfalls ist es seltsam«, sagte sie und warf mir dann einen fragenden Blick zu.
»Ich bin hier, um mir das Haus anzuschauen«, sagte ich und stellte mich vor.
»Die Frau mit dem Partyservice!« sagte sie. Ein verlegenes Lächeln ging über ihr Gesicht, als hätte sie am Waschautomaten eine Berühmtheit getroffen. »Ich hoffe, Sie kaufen das Haus. Die meisten Leute sind dazu zu abergläubisch, wissen Sie. Wollen nicht in einem Haus wohnen, in dem es einen solchen Todesfall gegeben hat.«
»Haben Sie Laura gekannt?« fragte ich.
»Ach, wissen Sie«, sagte sie vage, »wir haben uns zugewinkt. Im Winter hat mein Mann ihr beim Schneeschippen geholfen,

und manchmal hat er sie in die Stadt mitgenommen, wenn ihr Auto nicht funktioniert hat, was oft vorkam.« Sie machte eine Pause. »Vielleicht war er das, ihr neuer Mechaniker. Ich wußte, daß sie die Werkstatt gewechselt hat, vielleicht wollte der Mechaniker zu ihr.«

Und in ihren Papieren stöbern?

»Laura und ich haben uns zu Weihnachten gegenseitig Plätzchen geschenkt«, fügte Betsy düster hinzu.

»Sie war die Lehrerin meines Sohns«, warf ich ein.

»Hat mich jedenfalls gefreut, Sie kennenzulernen«, sagte sie und ging zu ihrem Haus zurück. Sie drehte sich um, als wäre ihr noch etwas eingefallen. »Sie wissen nicht, wer der neue Mechaniker ist, oder?«

»Nein, wirklich nicht. Sagen Sie«, fing ich an, als gehe mir das plötzlich durch den Kopf, »Sie haben Laura vor ihrem Tod nicht gesehen, oder? Ich frage mich nur, in was für einer Verfassung sie war.«

»Wir sind an dem Montag abgereist, an dem die Lehrerin gekommen ist und sie gefunden hat«, sagte sie mit Trauerstimme. »Zum letzten Mal gesehen habe ich sie« – sie dachte einen Augenblick nach – »am Samstag davor.«

»Aber das –« Ich brach ab. Wenn Betsy nicht wußte, daß Laura nach Meinung des Gerichtsmediziners am Samstag gestorben war, wollte ich ihr keinen Schrecken einjagen, indem ich es ihr sagte.

»Ich erinnere mich daran«, fuhr Betsy fort, »weil ich an jenem Tag Blumenzwiebeln gesteckt habe, damit sie vor der Kälte unter der Erde sind. Laura kam aus ihrer Garage.« Sie machte eine Pause und zeigte in die Richtung. »Sie winkte mir zu, als sie die Einfahrt heraufkam. ›Auto schon wieder kaputt?‹ habe ich zu ihr hinuntergerufen, und sie hat gesagt: ›Da können Sie drauf wetten.‹ Und da habe ich sie zum letzten Mal gesehen.«

»Wußten Sie, wohin sie wollte?«

»Nein«, sagte Betsy. »Vermutlich Besorgungen, weil sie ja die Woche über unterrichtet hat. Später habe ich ein Auto gehört und mir gedacht, sie ist zu der neuen Werkstatt gegangen und hat es abgeholt. Aber das kann ja nicht sein, wenn jemand jetzt versucht, es zurückzubringen.«

Ich schüttelte den Kopf.

Betsy sagte: »Jedenfalls habe ich sie zum letzten Mal gesehen, als ich die Blumenzwiebeln gesteckt habe. Was sie für Freunde hatte, weiß ich nicht«, fügte sie hinzu und wandte sich wieder zum Gehen.

Ich überlegte, wie ich die nächste Frage stellen sollte, ehe sie außer Hörweite war.

»Das ist schon seltsam«, sagte ich zu ihrem Rücken. »Sie wissen schon. Man sollte doch meinen, die Polizei hätte sich dafür interessiert, daß Sie am Samstag ein Auto gehört haben, oder?«

Betsy wandte mir den Lockenwicklerkopf und den Körper im Bademantel wieder zu und musterte mich. Sie sagte: »Wie kommt es, daß Sie so neugierig sind? Sie interessieren sich mehr dafür als die Polizei. Jedenfalls«, fügte sie mit einem abschließenden Seufzer hinzu, »habe ich, glaube ich, der Polizei nicht gesagt, daß ich gehört habe, wie sie später mit ihrem Auto zurückkam. Das spielt jetzt keine Rolle mehr, nicht wahr? Man bringt sich nicht um, weil man ein Auto hat, das ständig den Geist aufgibt.« Und sie ging auf ihr Haus zu, einen zweistöckigen Bau mit mehreren Veranden und viel Glas.

Ich ging schnell in Lauras Haus, durch die Küche ins Wohnzimmer. Auf dem blauen Teppich stand eine offene Schachtel. Die Klappen standen ab, als ob jemand versucht hätte, sie hastig wieder zuzumachen.

Das wird dir eine Lehre sein, nie wieder einzubrechen, während ich einbreche. In gewisser Hinsicht war es mein Glück, daß die Polizei nicht den Verdacht hatte, Laura könne ermordet worden sein. Dann hätte sie das Haus versiegelt. So konnte jeder Einbrecher in der Stadt nach Belieben vorbeikommen.

Die Schachtel enthielt gebündelte Briefe und Postkarten an Laura. Ich versuchte, wenigstens ein Schriftstück pro Bündel zu lesen, überflog es, weil ich wußte, daß Kathleen bald zurückkam. Manche waren Urlaubsgrüße von Lehrern, deren Namen ich kannte. Manche waren aus Illinois, von Leuten, deren Namen mir nichts sagten. Ich holte einen Block aus der Tasche und schrieb die Namen auf, Singleton, Carey, Ludmiller und Druckman. Auch ein Bündel von der Tante, die die Beerdigungskosten bezahlt hatte, war da. Der erste Brief war voll mit Neuigkeiten über Neffen auf Reisen und eine Hausrenovierung. Nichts davon konnte mir zu einem Bindeglied zwischen Lauras Tod und dem Versuch, Fritz zu vergiften, verhelfen, deshalb stapelte ich alle Briefe wieder in der Schachtel und schob sie in einen Schrank.

Über dem Schrank hing ein Bücherregal, und daneben war die Fotowand, die ich während des Trauerempfangs kurz gemustert hatte. Lauras Bibliothek spiegelte die gesellschaftspolitischen Themen der sechziger und siebziger Jahre wider: Susan Brownmillers Buch über Vergewaltigung, Werke von Tillie Olsen und Adrienne Rich, *Pazifismus im Atomzeitalter* und natürlich *Unser Körper, unser Leben.* Zusätzlich standen etliche Bücher über Alkoholismus da, darunter *Ein Tag bei den Anonymen Alkoholikern.* Zu meiner Überraschung war auch ein Exemplar von *Das Handbuch des Kerkermeisters* vorhanden, das ich heruntemahm und durchblätterte. Kein Name auf dem Vorsatzblatt, aber ich beschloß, Arch danach zu fragen.

Die Fotos an der Wand zeigten grinsende Familiengruppen und Laura, mit weißen Zähnen, nußbrauner Haut und von der Sommersonne gebleichtem Haar. Sie trug entweder Wanderkleidung und lehnte an einem Felsen oder posierte mit den Familien an einem See oder Blockhaus. Manche Fotos waren mit den Namen signiert, die ich in der Schachtel gesehen hatte. Links unten in dieser Galerie hing ein Foto, das mir einen Ruck gab.

Es war eine weitere Aufnahme von dem jungen Mädchen, dessen Bild im Schreibtisch der Kormans gewesen war. Jetzt wußte ich, warum das Bild mir bekannt vorgekommen war – ich hatte es am Tag der Beerdigung hier gesehen. Ich nahm es sofort von der Wand und holte das Bild aus dem Rahmen. Auf der Rückseite stand: »Alles Liebe für eine Lehrerin, die immer lächelt, ganz gleich, was los ist! B. Hollenbeck.«

Ich steckte das Foto in meine Tasche und vermied, mir vorzustellen, was der Untersuchungsbeamte Tom Schulz dazu sagte, daß ich Dinge aus Lauras Haus mitgehen ließ. Ich ging ins Schlafzimmer, um mich dort umzuschauen, und sei es auch nur, um herauszubekommen, wo jemand Rattengift verstecken konnte, bis während eines Trauerempfangs ein günstiger Moment kam. Das Schlafzimmer war klein und ordentlich, die Kleider und Röcke hingen im Schrank, und ein gehäkelter Überwurf lag säuberlich zusammengefaltet am Fußende des Betts. Das Bad war nebenan. Die Reihen von Haarpflegemitteln, Duschgel und Körpercreme ließen auf einen Menschen schließen, der gut aussehen und riechen wollte. Der Arzneischrank enthielt Seifen- und Cremeproben sowie ein rezeptpflichtiges Mittel namens Ornade, ein Grippemittel, das auch ich in den Wintermonaten nahm.

Ein Auto kam die Einfahrt herunter. Ich stürzte durchs Wohnzimmer in die Küche zurück. Ein schneller Blick in beide Räume zeigte keine Hinweise auf meine Schnüffelei. In der Wandhalterung fehlte das Messer. Natürlich, ich hatte es hinter den Drosselbeerbüschen fallenlassen. Es hatte keinen Zweck, das Risiko einzugehen, es aufzuheben und Fragen von Kathleen zu provozieren.

Mein Blick fiel auf den Stapel alter Post neben dem Küchentelefon. Ich ging ihn schnell durch, aber es war wiederum nur Werbung, ein paar Rechnungen, eine Postkarte von den Singletons. Dann erinnerte ich mich an das, was ich Kathleen versprochen hatte, und holte die Post, die ich hereingebracht hatte, aus der Tasche. Draußen ging die Autotür auf. Ich warf noch einmal einen Blick auf die drei Rechnungen, die heute gekommen waren.

Die Rechnungen von den Stadtwerken und vom Zahnarzt ignorierte ich. Die dritte stammte von der Praxis der Kormans.

Das kam mir ausgesprochen seltsam vor, wenn man bedachte, daß Arch behauptete, Laura sei mit den Kormans nicht ausgekommen. Vielleicht war sie John Richards Patientin gewesen. Ich schluckte schwer und machte den Umschlag auf. Er enthielt eine Rechnung für einen Praxisbesuch.

Das Datum gab mir einen Ruck.

Laura Smiley hatte am Samstag, dem 3. Oktober, Besorgungen gemacht und war bei Fritz Korman gewesen.

Danach war sie offenbar nach Hause gekommen und hatte sich umgebracht.

Ich muß mit Ihnen sprechen«, sagte ich am Telefon zu Tom Schulz. Mir war bewußt, daß ich keuchte, als wäre ich eben kilometerweit gerannt, während ich nur Patty Sue abgeholt hatte und nach Hause gefahren war.

»Worüber? Haben Sie einen Herzinfarkt oder was ist los?«

»Haben Sie mit dem Gerichtsmediziner gesprochen?« wollte ich wissen. »Gibt es etwas Neues?«

»Ja, er hat gesagt, die Leiche ist aus dem Grab gesprungen und hat ihm jede Menge Neues erzählt.«

»Überhaupt nicht komisch.«

Er seufzte. »Ich habe nur etwas herausgefunden, was ich noch nicht wußte, und zwar, daß sie ein Beruhigungsmittel im Magen hatte, als sie starb. Sieht so aus, als ob sie Valium genommen hätte, ehe sie es getan hat, um sich ruhigzustellen.«

»Valium?« sagte ich. »In ihrem Arzneischrank war kein Valium.«

»Junge, Junge«, sagte er. Er schnaubte. »In ihrem Arzneischrank, sagt sie. Was haben Sie denn sonst noch rausgekriegt, *als Sie in ihren Sachen herumgewühlt haben*? Haben Sie schon mal daran gedacht, daß das illegal war? Ihr Arzneischrank. Vielleicht hat sie es nicht dort aufbewahrt. Sind Sie darauf nicht gekommen, Detective G.?«

»Hören Sie auf«, sagte ich wütend. »Deshalb rufe ich Sie ja an.

Ich will Ihnen sagen, was ich bei meiner Suche entdeckt habe. Als ich hinkam, war ein weiterer Eindringling dort – was halten Sie davon? Ich mußte den Einbrecher Nummer eins verscheuchen, ehe ich anfangen konnte. So. Hat Ihr Freund überprüft, ob sie ein Rezept für Valium hatte?«

»Moment mal, Kommando zurück. Sie sind eben in Lauras Haus eingebrochen und haben festgestellt, daß noch jemand eingebrochen war? Haben Sie eine Beschreibung dieser Person?«

»Ich bin nicht gewaltsam eingedrungen«, protestierte ich. »Aber die andere Person ist in Lauras blauem Volvo weggefahren. Mit einer Skimaske auf.«

Ein Ächzen. Er sagte: »Großartig. Die Frau bringt sich um, zwei Tage lang findet sie niemand, und kaum ist sie unter der Erde, ist ihr Haus das reinste Trainingsgelände für Einbrecher.«

»Sie haben meine Frage nach dem Gerichtsmediziner nicht beantwortet.«

»Worauf wollen Sie hinaus?« fragte er mit gereizter Stimme. »Haben Sie schon Verdächtige gefunden? Kein gewaltsames Eindringen, keine Anzeichen für einen Kampf, keinerlei Beweise, daß eine zweite Person anwesend war, übrigens die Schlußfolgerung, zu der die Gerichtsmedizin gekommen ist. Sie glauben, daß sie von jemandem ermordet worden sein könnte, der ihr Auto fährt? Und nicht nur das, sondern wer sie ermordet hat, hat außerdem ein Interesse daran, Korman umzubringen, ist das Ihre Theorie?«

»Ich weiß nicht, warum nicht gewaltsam eingedrungen worden ist. Sie könnte die Person hereingebeten haben, was weiß ich. Vielleicht war es jemand, den sie kannte«, sagte ich zu Schulz' Schweigen. Dann fragte ich: »Hatte sie rasierte Beine? Hatte sie Haare unter den Achseln?«

»*Was?*«

»Es heißt doch, daß sie sich mit einem Rasierer umgebracht hat. Aber sie hatte keine Rasierklingen. Jedenfalls habe ich keine in ihrem Arzneischrank gesehen«, fügte ich entschuldigend hinzu. »Und wissen Sie noch was? Sie hat feministische Literatur gelesen. Viele von ihnen, von uns, halten nichts vom Rasieren.« Schulz sagte: »Kein Wunder, daß sie keinen Mann gekriegt hat.« Ich stampfte mit dem Fuß auf, während er lachte. »Tut mir leid«, sagte er, »in diesem Job kriegt man einen seltsamen Sinn für Humor. Schauen Sie. Sie können sich die Pulsadern mit einer Kreditkarte aufschneiden, wenn Sie sich Mühe geben. Ein Typ in Cottonwood Creek hat genau das gemacht, war sauer auf American Express. Sie hätte sich einen Rasierer kaufen können, um sich umzubringen. Sie hätte das Valium in der Handtasche aufbewahren können.«

»Hätte«, sagte ich, »hätte. Sie war fröhlich, sie war witzig, sie hat keinen Abschiedsbrief hinterlassen, das haben Sie selbst gesagt.«

»Ja, allmählich wünsche ich mir, das hätte ich gelassen«, murmelte er.

»Der Selbstmord war ein großer Schock für alle«, fuhr ich fort. »Und dann versucht jemand, aus unbekannten Gründen, nach Lauras Tod in Lauras Haus jemanden umzubringen. *Jemand*«, fügte ich heftig hinzu, »vielleicht dieselbe Person, schneit nach Lauras Tod in ihr Haus und sucht etwas. Und inzwischen ist mein Geschäft auf unbestimmte Zeit geschlossen.« Ich brach ab. Schließlich war nicht Schulz der Feind. Ich sagte: »Sagen Sie mir eins. Was brauchen Sie, um eine Ermittlung wieder aufzunehmen?«

»Von welcher Ermittlung reden Sie? Im Selbstmord der Frau?«

»Selbstverständlich.«

Er sagte: »Eine Ermittlung ist nie vollständig abgeschlossen, solange der Täter nicht vollständig überführt ist. Was bei einem Selbstmord natürlich nicht nötig ist. Aber wenn Sie das Exhumieren der Leiche meinen –«

»Vielleicht meine ich das«, sagte ich trotzig. »Vielleicht brauchen wir genau das, um den Fall aufzuklären.«

»Herrgott. Wenn ich bloß wüßte, warum ich Sie überhaupt an dieser Sache beteiligt habe.«

»Weil Sie mein Geschäft geschlossen haben. Weil Sie mich zum Essen eingeladen haben. Weil Sie mir gesagt haben, ich kann Ihnen helfen. Sagen Sie mir, was Sie brauchen, um die Leiche zu exhumieren.«
»Man braucht«, sprach er müde weiter, »Beweise, die vorher noch nicht aufgetaucht waren –«
»Eine Nachbarin hat Lauras Auto an dem Nachmittag gehört, an dem sie gestorben sein soll. Das war, nachdem die Nachbarin am Morgen gesehen hat, wie Laura zu Fuß in die Stadt gegangen ist. Sie hat es der Polizei nicht gesagt, weil sie glaubte, daß es Laura war, die mit ihrem Auto zurückkam. Es kommt noch mehr. Laura war am selben Tag in der Praxis von Fritz Korman.« Ich fügte nicht hinzu, woher ich diese Information hatte. Postdiebstahl war strafbar.
Schulz holte tief Luft, als wolle er signalisieren, er müsse das Gespräch beenden. Er sagte: »Ich kann mit dem Arzt und der Nachbarin reden, aber das reicht nicht. Sie müßten schon Morddrohungen gegen Laura vorlegen können, und zwar schriftlich. Oder neues Beweismaterial, zum Beispiel einen Tagebucheintrag, eine Waffe, neue Hinweise darauf, daß jemand gewaltsam eingedrungen ist. Haben Sie irgendwas davon?«
Ich machte eine Pause. »Nein.«
»Okay. Dann wollen wir uns wieder dem zuwenden, was uns eigentlich Sorgen machen sollte, der Frage, wer das Zeug in Kormans Kaffee getan hat. Ich habe herausgefunden, wie das Rattengift heiß. ›Nagertod beim ersten Bissen‹ – wie gefällt Ihnen das? Ich nehme an, ein Schluck funktioniert nicht. Aber merken Sie sich eins, ein Bissen reicht nicht aus, um einen Menschen umzubringen. Sie könnten sogar das Zehnfache Ihres Gewichts davon essen und nicht daran sterben. Sie würden eine Lebertransplantation brauchen, aber Sie würden es überleben. Ihr schlauer Mörder von Laura ist unglaublich blöd, wenn es um Gift geht.«
»Ich habe nicht gesagt, daß es dieselbe Person ist«, sagte ich.

»Noch was«, sagte Schulz. »Die Typen vom Zentrum für Vergiftungen sagen, es kann dreißig bis sechzig Minuten dauern, bis jemand, der dieses Zeug getrunken hat, schlimme Magenschmerzen kriegt.«
»Was heißt das?« fragte ich. »Daß es jeder gewesen sein könnte, der in der Nähe der Kaffeemaschine war? Im Grunde genommen jeder auf der Party?«
»Stimmt.«
Ich seufzte. »Engt den Kreis der Verdächtigen nicht gerade ein.«
»Goldy? Hören Sie. Ich habe zwei weitere Mordfälle, an denen ich arbeite. Beide haben Vorrang vor dieser Geschichte. Aber ich versuche weiter, den Kerl in Illinois ausfindig zu machen. Ich werde mit dem Arzt und der Nachbarin reden. Lassen Sie es doch ein paar Tage lang etwas leichter angehen«, schlug Schulz vor. »Denken Sie an Ihre Partys oder an sonst etwas.«
»Das geht nicht«, sagte ich. »Meine ganzen Partys sind abgesagt. Außerdem habe ich morgen ein neues Abenteuer vor mir. Dieses Mal in einem Verlies.«
Und ich legte ohne Erklärung auf.

Nach der Aufregung in Lauras Haus versprach ein Fantasyabenteuer am nächsten Abend das reine Zuckerschlecken zu werden. Vielmehr ein Plätzchenschlecken. Archs abendfüllende Spiele machten im allgemeinen Backwerk erforderlich, zusätzlich zum Popcorn, der Limonade und dem gemischten Knabberzeug, das er und seine Freunde brauchten, um sich für ihre Vorstöße in Länder zu stärken, in denen es von vielgestaltigen Wesen und außerirdischen Geschöpfen wimmelte. Todd kam herüber, so daß wir eine Dreierrunde waren. Eine mitgenommene Patty Sue war von einem Termin bei Fritz nach Hause gekommen und hatte gebeten, ihr eine Party mit Elfjährigen zu ersparen, sie wolle das ganze Wochenende über nur schlafen. Todd, Arch und ich wollten mit einem Abendessen aus Hot dogs und hausgemachten Baked Beans anfangen und mit

Archs Lieblingsgebäck an solchen Abenteuerabenden schließen, einer Mischung aus Hafermehl und Rosinen, die ich Kerkerriegel getauft hatte.
Ich holte das Hafermehl und die Rosinen heraus und suchte dann nach dem braunen und weißen Zucker. Vielleicht war es ein Fehler gewesen, daß ich mich an Archs Fantasy-Rollenspielen bis jetzt nicht beteiligt hatte. Hatte Laura das getan? War sie ihm näher gewesen als ich? Sein Verhalten war jetzt nicht nur lästig, es war beunruhigend, und er schien zu glauben, ich wolle ihn bei etwas ertappen.
Ich griff nach den Rosinen und Eiern und versuchte, mich daran zu erinnern, was ich über präpubertäres Verhalten wußte. Es war normal, daß Elfjährige zu ihren Eltern auf Distanz gingen. Aber weil ich der einzig aktive Elternteil war, fiel es mir schwer, das zu akzeptieren. Arch ging weg, während ich mit ihm redete. Er legte hastig den Telefonhörer auf, wenn ich näherkam. Er weigerte sich, über Ms. Smiley zu reden. Er zeigte mir seine Hausaufgaben nicht mehr. Seine neue Lehrerin, Ms. Heath, war eine Unbekannte, bis auf die Tatsache, daß sie an jenem verhängnisvollen Montag Lauras Leiche gefunden hatte.
Ich seufzte und schaute auf die Rezeptkarte für Kerkerriegel.

Backofen auf 180 Grad vorheizen. 200 g Butter mit je 100 g braunem und weißem Zucker schaumig rühren. 2 Eier und zwei Teelöffel Vanille hineinschlagen. 100 g Mehl hinzugeben, ½ Teelöffel Salz und ¼ Teelöffel Backpulver. 100 g Hafermehl und 125 g Rosinen hineinrühren. Auf gefettetes Backblech geben. Eine halbe Stunde backen. Leicht abkühlen lassen und in 32 Riegel schneiden.

Das war das Schöne am Kochen, dachte ich, als ich den cremigen Teig auf das vorbereitete Blech strich. Es war im großen und ganzen berechenbar. Kinder, Ehemänner und die Finanz-

lage waren das nicht. Vielleicht liebte ich deshalb meinen Beruf. Wenn ich ihn ausüben durfte.
Archs Bus mußte gleich kommen, deshalb stellte ich die Schaltuhr ein und trat in die Oktobersonne hinaus, um zur Haltestelle zu gehen. Die Luft war wie Baumwolle. Die Sonne ergoß sich über die leuchtend orange und schwarzen Halloweendekorationen in den Schaufenstern der Main Street. Nach ein paar Minuten schnaufte der Schulbus mit viel schwarzem Dieselrauch und blinkenden gelben und roten Lichtern auf die Haltestelle zu.
»Warum holst du mich ab, Mom?« fragte Arch, als der Bus weggetuckert war.
»Ich hab mich bloß gefragt, wie es heute abend wird, ob du Lust zum Spielen hast.«
Er nickte, hängte sich den Ranzen über die Schulter und marschierte nach Hause. Früher hätten wir uns erst die Girlanden in den Schaufenstern angeschaut oder darüber gesprochen, welches Kostüm er an Halloween tragen wollte, was für Süßigkeiten in seinem Sammelsack er sich erhoffte. Manchmal waren wir auch an den Bergbach gegangen und hatten Steine ins Wasser geworfen. Jetzt atmete ich tief aus, um den Gestank der Dieselabgase aus meinen Lungen zu vertreiben, und trabte hinter ihm her den Berg hinauf.
»Weißt du«, sagte ich, als ich einen Löffel Vanilleeis über einen warmen Kerkerriegel gab, »ich habe nachgedacht über . . .«
»Ms. Smiley«, ergänzte er für mich.
»Ja, woher hast du das gewußt?«
»Was gibt es zum Abendessen?« fragte er, als er vorsichtig den ersten Bissen nahm.
»Bohnen und Würstchen. Und wechsle nicht das Thema. Woher hast du gewußt, woran ich gedacht habe?«
»Wenn ich mein Abendessen ganz aufesse, kriege ich dann hinterher Kerkerriegel?« Sein ernster Blick musterte mich.
Ich sagte: »Klar. Hast du auch an Ms. Smiley gedacht?«
Er schüttelte den Kopf und stieß ein ersticktes »nein« aus.

»Ich habe darüber nachgedacht«, fing ich von neuem an, »wie seltsam es ist, daß sie keinen Abschiedsbrief hinterlassen hat, kein Wort. Vor allem, wo sie doch so gern Briefe geschrieben hat. Zum Beispiel an dich.«
Arch kniff die Augen zusammen, nur eine Spur, aber ich empfing die Botschaft. Als er seinen Bissen geschluckt hatte, sagte er: »Vielleicht hat sie das gemacht.« Er machte eine Pause. »Einen Brief hinterlassen.«
»Weißt du etwas darüber?«
Er zuckte die Achseln.
»Wußtest du, ob sie traurig war? Oder durcheinander? Oder krank? Ich muß das wissen, Arch«, sagte ich sanft, »weil es vielleicht etwas damit zu tun hat, daß jemand deinem Großvater in Ms. Smileys Haus dieses üble Zeug gegeben hat. Ich weiß nicht, ob es da einen Zusammenhang gibt. Hast du gewußt, ob Ms. Smiley Probleme hatte?«
»Eigentlich nicht.«
»Arch«, sagte ich, »ich habe bei Ms. Smiley ein Buch über Fantasyspiele gefunden. Hast du mal mit ihr gespielt?«
Er schüttelte den Kopf und stand auf, um seinen Teller ins Spülbecken zu stellen. Ohne mich anzuschauen, griff Arch nach seinem Ranzen und ging auf sein Zimmer zu. Obwohl ich es wußte, fragte ich, wohin er wolle.
Er drehte sich zu mir um. »Ich muß deine Rolle erfinden«, sagte er, »für das Abenteuer.«
»Was bin ich denn?« fragte ich.
Er sagte: »Ein Dieb.«

Als Todd kam, aßen wir und räumten dann den Tisch für den Kampf leer. Wir hatten kein Spielbrett, nur eine Reihe von glitzernden Würfeln und Archs Stapel aus Büchern und Papieren. Er hatte außerdem ein paar Requisiten – ein kleines Messer, das einen Zauberstab darstellte, mit dem ein Bann geschlagen werden konnte, zusammengerollte Papierstücke, ein paar Marmoreier, die er bei einem Ausflug in die Berge

gekauft hatte, und ein Glas Magermilch, das einen Zaubertrank symbolisierte, mit dem bestimmte Drachen in Schach gehalten werden konnten.
Arch hatte schlechte Laune. Er hatte beim Essen scharf mit Todd gesprochen und mich angeschrien, als ich gefragt hatte, ob ich beim Aufbauen helfen könne. Er warf mir böse Blicke von der Seite zu und stellte sorgfältig mehrere kleine Blechritter in tapferen und angriffslustigen Posen auf.
Als Kerkermeister war Arch der Spielleiter, teilte er uns forsch mit. Er hatte das Abenteuer mit den vielen Möglichkeiten zusammengestellt. Wenn Todd oder ich an der Reihe waren, sagte er uns, was wir taten, wohin wir gingen und was für Wahlmöglichkeiten wir hatten. Wenn wir uns für eine entschieden, würfelten wir, um herauszufinden, was passierte. Es wirkte kompliziert, deshalb goß ich mir einen Cognac ein.
Unsere Figuren fingen in einer ziemlich üblen Lage an. Die Steuern, die Mieten und die Preise seien allesamt hoch, erklärte Arch, der Kerkermeister. Er schwenkte ein vergilbtes Faksimile der Unabhängigkeitserklärung, die das Dokument für diese neuen Finanzbelastungen darstellen sollte.
»Was macht man, damit man die Steuern bezahlen kann?« flüsterte ich Todd zu, der einen hohen geistlichen Würdenträger spielte.
»Spielen Sie einfach das Spiel, Ms. Bear«, erwiderte er.
Um unsere schwierige Lage zu lindern, fuhr Arch fort, mußten wir in einen gefährlichen Wald gehen, wo es viele Abenteuer zu bestehen gab. Wenn wir uns durch das dichte Gestrüpp aus Bäumen gekämpft hätten, kämen wir zu einer Höhle. In der Höhle sei ein Schatz zu finden, aber nur, wenn wir die Ungeheuer niederkämpften.
Ich dachte, Freud wäre überglücklich gewesen, als Arch sagte, ich sei eben auf sechs riesige Wasserratten gestoßen, und was ich dagegen tun wolle.
»Was habe ich für Möglichkeiten?« fragte ich, während ich mir noch einen Cognac einschenkte.

»Kämpfen oder fliehen«, sagte er feierlich.

Ich dachte nach. Ich wollte eine Reihe von Fragen stellen, zunächst: »Wie groß sind diese Ratten?«, aber er brüllte mich an.

»Beeil dich, Mom, du hältst das ganze Spiel auf!«

Ich sagte ihm, ich wolle kämpfen. Das führte zu einem wilden Gewürfel, um meine Fähigkeiten gegen die Stärke der Ratten einzuschätzen.

»Was passiert, wenn ich sterbe?« fragte ich etwas ängstlich, während meine Punktzahlen auf einer Tabelle in einem Buch mit denen der Ratten verglichen wurden. »Habe ich dann verloren? Ich meine, bin ich dann aus dem Spiel?«

Arch sagte: »Bei diesem Spiel gibt es keine Gewinner oder Verlierer, Mom. Du mußt vielleicht ein Stück zurück. Wenn du stirbst, kann dich der Geistliche von den Toten erwecken.«

Ich schaute Todd an, der nickte. Ein schöner Geistlicher!

»Habe ich eine Waffe?« fragte ich.

Arch schaute auf dem Blatt für meine Rolle nach. »Ja«, sagte er, »aber du kannst auch andere Mittel einsetzen. Riesenwasserratten fressen jedes Fleisch, aber das Fleisch vom Zitteraal ist giftig für sie. Du kannst also ein rohes Alligatorei aufschlagen, was die Ratten gern mögen, und dann gehackten Zitteraal hineintun, dann fressen es die Ratten und sterben.« Mit dieser schaurigen Erklärung reichte mir Arch zwei Marmoreier.

»Happig.«

»Das hast du erfunden«, protestierte Todd. »Das habe ich noch nie gelesen! Außerdem muß den Punkten nach der Dieb das Messer benutzen.«

»Ich bin der Kerkermeister«, erklärte Arch. »Ich darf Sachen erfinden.«

»Darfst du nicht!« widersprach Todd.

»Halt die Klappe!« schrie Arch. Er stand auf und drohte Todd mit dem Spielmesser.

»Was –« fing ich an.

»Halt die Klappe, Mom!« Archs Gesicht bebte vor Wut. Die

Knöchel waren weiß geworden, so fest umklammerte er das Messer.
»Du hörst sofort auf, dich so zu benehmen«, sagte ich. »Todd ist dein Gast.«
»Ja«, sagte Todd leise und mürrisch.
»Allen ist es egal, was ich sage«, sagte Arch. Er funkelte mich wütend an, und einen entsetzlichen Augenblick lang lag in seinen Augen der haßerfüllte Blick, den ich so oft bei seinem Vater gesehen hatte.
»Mir ist es nicht egal«, sagte ich. »Setz dich, okay?«
»Ich bin der Kerkermeister«, sagte Arch.
»Niemand sagt, daß du es nicht bist«, sagte ich.
Furcht krampfte meinen Magen zusammen. Ein beklommenes Schweigen erfüllte ein paar Augenblicke lang das Zimmer, bis Arch schließlich das Messer auf den Tisch legte und sich setzte. Nach einer Diskussion sagte ich, ich wolle lieber das Messer benützen als Zitteraale jagen und Alligatoreier suchen. Um das zu demonstrieren, tauschte ich die Marmoreier gegen das Messer ein, das gleichzeitig ein Zauberstab war. Ich war jedenfalls froh, daß ich es Arch abnehmen konnte. Dank der Würfel siegte ich gegen die Ratten. Uff! Ich brauchte noch einen Cognac.
Wie sich herausstellte, hatten die Ratten einen Geheimeingang zu einer Höhle bewacht, in der eine Prinzessin gefangengehalten wurde. Schlimmer, die Prinzessin hatte ein Bann lahmgelegt. Ein Pluspunkt war, daß der Vater der Prinzessin sehr reich war. Wenn der Geistliche und ich es schafften, sie zu finden und zu befreien, bekämen wir vom König eine riesige Belohnung in Goldstücken.
Die Dinge nahmen für Todd eine schlimme Wende. Er begegnete einem mit einem Amulett bewehrten wandelnden Leichnam, einem starken, antiklerikal eingestellten Ungeheuer.
»Geistliche dürfen bestimmt keine Waffen tragen«, sagte ich.
»Nur stumpfe Waffen, bei denen kein Blut fließt«, sagte Todd.
»Und sie können einen Bann schlagen.«

»Ja«, sagte Arch, »du hast keine Waffen.«
Todd ignorierte ihn und versuchte, beim Würfeln die Oberhand über den Untoten zu behalten. Er verlor und wurde als erster angegriffen. Nachdem seine geistliche Rolle etlichen Schaden genommen hatte, erkundigte sich Todd bei Arch, was es mit diesem unverwüstlichen Ungeheuer auf sich habe.
Arch verzog sein Gesicht zu einem bösartigen Ausdruck, bei dem ich eine Gänsehaut bekam. »Der Untote will Rache für einen Zauberer, den der König im Kampf getötet hat.« Er machte eine Pause. »Er ist ungeheuer stark. Du mußt ihn von der Seite angreifen, damit er deine Nähe nicht spürt. Dann kannst du deinen schlimmsten Bann schlagen.«
Todd schlug einen Bann, der reglos machte, die mittelalterliche Entsprechung der chemischen Keule. Wir waren wieder unterwegs.
»In den Teil der Höhle kannst du nicht«, warnte Arch, als Todd ankündigte, was er als nächstes vorhatte.
»Wieso?« wollte Todd wissen.
»Sie explodiert«, warnte Arch. »Da ist ein Warnsystem, das der Untote angebracht hat.«
»Ach, um Himmels willen, Arch«, protestierte ich, »es gab doch gar keinen Sprengstoff im Mittelalter.«
Wieder verzog sich sein Gesicht zu einem bösartigen Ausdruck. »Du brauchst nicht mitzuspielen, Mom«, sagte er, »wenn du nicht willst.«
Mein Magen war immer noch aufgewühlt, mein Kopf spürte die einschläfernde Wirkung des Cognacs. Ich brachte nichts in Erfahrung, und was ich von Arch zu sehen bekam, gab mir kein besseres Gefühl, was seine geistige Gesundheit anlangte. Und während er das Spiel leitete, war es unmöglich, ihm Fragen über Laura Smiley oder sonst etwas zu stellen.
»Mom geht ins Bett«, sagte ich, als erleichtere es meine Pflichten, wenn ich von mir in der dritten Person sprach. Ich vermachte Todd das ganze Geld, das ich angesammelt hatte – natürlich auf dem Papier –, und sagte, ich wolle mich am

Morgen danach erkundigen, ob es ihm gelungen sei, die Prinzessin zu befreien.
»Ihr Jungs nehmt das wirklich ungeheuer ernst«, bemerkte ich gähnend.
»Ja«, sagte Todd, »meine Mutter macht mir für Halloween ein Kostüm als Dieb. Ich kann's kaum erwarten.«
Ich wandte mich Arch zu. »Und du, mein Sohn? Möchtest du dich als Erzbischof von Cottonwood Creek ausstaffieren?«
»Nein«, sagte Arch. »Ich gehe als Untoter.« Er sagte das, ohne mich anzuschauen.
»Ich könnte mich um ein Kostüm kümmern«, sagte ich skeptisch, »wenn du das wirklich willst. Aber warum möchtest du ein Ungeheuer sein?«
Er zuckte die Achseln. »Da hat man eine Menge Macht. Man kann Sachen machen, die man im richtigen Leben nicht machen kann.«

Am nächsten Morgen, nachdem ich unruhig von Alligatoreiern geträumt hatte und davon, wie mein Sohn mit einem Messer auf mich losging, erinnerte ich mich an den Schlüssel, den ich vor fünf Tagen im Sportclub hatte mitgehen lassen. Ich bezweifelte, daß es ergiebiger war, Lauras Schließfach zu durchsuchen als ihr Haus. Trotzdem, Arch hatte mich korrekt besetzt: Als Dieb war ich überzeugend. Bei der Ankunft im Club erinnerte ich mich schaudernd daran, daß die Aerobicstunde am Samstag morgen diejenige für Masochisten war. Wann immer ich an ihr teilgenommen hatte, war das Ergebnis tiefe, ernsthafte Reue gewesen. Als ich in die hinterste Reihe schlüpfte, führte Trixie die Schmerzparade mit schnellem Auf-der-Stelle-treten nach der Musik zur Autojagd aus *Leben und sterben in L.A.* an.

»Los! Los!« schrie Trixie über den Lärm hinweg. Sie warf die Arme und Beine wie ein Cheerleader beim Kampf gegen einen Taschenräuber.

»Wirkt wahre Wunder gegen einen Kater!« rief der Mann neben mir, als wir zu Sprüngen übergingen.

Der Spiegel zeigte neue, unwillkommene Polster an den falschen Stellen. Es hatte seinen Preis, daß ich mich nicht mehr überschlug, um mit meiner Arbeit für den Partyservice fertig zu werden. Ich ging an die Wand, machte Streckübungen und wäre lieber in L.A. gestorben, als Aerobic zu treiben. Als ich wieder meinen Platz einnahm, joggte ich auf der Stelle. Mein Nachbar (verkatert?) beschleunigte sein Hüpftempo, begleitet von lautem Stöhnen.

Wir wedelten mit den Armen und strampelten mit den Beinen, während Trixie das Tempo so steigerte, daß man es nur noch Wahnsinn nennen konnte. Es war wie ein afrikanischer Stammestanz, gefilmt von *National Geographic.*

Plötzlich brach die Musik mittendrin ab. Ich hielt inne, obwohl die Irren um mich herum weiterhüpften.

»Was ist denn mit dem Ding hier los?« schrie Trixie, während sie auf Knöpfe an der leblosen Stereoanlage drückte. »Was? Was?!«

Sie griff nach einem Gewicht, einem großen.

»Hol dich der Teufel!« schrie sie und schleuderte das Gewicht in Richtung eines wandhohen Spiegels, der mit dem Geräusch barst, das entstand, wenn sämtliche Fenster in einem kleinen Haus explodierten.

»Das reicht für mindestens neunundvierzig Jahre Pech«, sagte der verkaterte Sportsmann.

Trixie rannte in den Umkleideraum. Oben an der Treppe erschien Hal. Er machte ein bestürztes Gesicht, sammelte aber schnell alle Masochisten ein und scheuchte sie auf die Laufstrecke draußen. Ich beschloß, unter die Dusche zu gehen.

In der Umkleidekabine beklagte sich Trixie lautstark bei einer Gruppe von Frauen in glänzenden Trikots über die Stereoanlage, den Club und das Leben im allgemeinen. Ich schlüpfte in die willkommene Erleichterung einer Duschkabine. Wenn sich die Menge aufgelöst hatte, wollte ich Lauras Schließfach überprüfen.

Aber eine Viertelstunde später sprudelten die Frauen immer noch über von gedämpftem Geschwätz über Trixie und ihren Wutanfall, deshalb ging ich ins Dampfbad. Dort traf ich die Zerstörerin des Spiegels persönlich an, die sich inzwischen abgeregt hatte.

»Trix«, sagte ich vorsichtig, während ich die feuchte Fliesentreppe hinunterging. »Ich nehme an, du warst da drin ein bißchen geladen.«
Sie stöhnte und drehte sich um. »Das nehme ich auch an«, sagte sie. »Hals Sekretärin war eben bei mir. Hat mich dreihundert Dollar gekostet, den Spiegel zu zerschmeißen. Nächstes Mal kostet es mich den Job.«
Ich murmelte etwas darüber, daß wir im selben Boot saßen, eine Metapher, die gut zu den Dampfwolken um uns herum paßte. Dann sagte ich: »Hör mal, ich weiß nicht, wie ich das zartfühlend sagen soll, aber ich habe das mit deinem Kind eben erst erfahren. Es tut mir leid. Ich habe nicht einmal gewußt, daß du schwanger warst.«
Sie sagte eine Weile nichts. Dann: »Danke, Goldy. Es war wirklich schwer.«
»Tut mir leid«, murmelte ich wieder. Im wolkigen Licht konnte ich nur ihre Hand sehen. Ich nahm sie und drückte sie; sie erwiderte den Druck.
Ich sagte: »Möchtest du darüber reden?«
»Vielleicht später mal. Jetzt muß ich mir erst überlegen, wie ich das mit dem Spiegel meinem Mann beibringe.« Sie ließ meine Hand los.
»Ich habe deinen Mann im Haus von Laura Smiley nicht gesehen«, sagte ich.
Sie sagte: »Gott im Himmel, hier drin wird es heiß.«
»Stimmt.«
»Ja, Martin«, sagte sie vage, als wäre ihr sein Name eben erst wieder eingefallen. »Er war verreist. Hat für den Gedanken an den Tod sowieso nichts übrig. Seit . . . na ja.«
»Natürlich«, sagte ich und nickte im Nebel. Ich räusperte mich und sagte: »Ich war vor ein paar Tagen bei Fritz Korman. Es ging ihm besser, am Mittwoch war er wieder in der Praxis.«
»Laß mich mit diesem Mann in Ruhe.«
»Sauer auf den Arzt? Warum?«
»Nenn ihn bloß nicht Arzt«, sagte sie ruhig, während sie sich

umdrehte und ihren Körper neu auf den Fliesen drapierte.
»Das ist eine Übertreibung.«
Ich brauchte eine kalte Dusche. In den letzten zehn Minuten waren die Hitze und die Feuchtigkeit im Dampfbad fast unerträglich geworden. Aber ich konnte noch nicht gehen.
»He«, sagte ich. »Ich habe den Sohn von Fritz mal meinen Mann genannt, und das war die schlimmste Übertreibung meines Lebens.«
Das brachte sie zum Lachen. Sie sagte: »Ich weiß, daß ich unausstehlich bin. Ich mache mir Sorgen wegen des Geldes für den Spiegel.«
»Ich habe das Buch über Geldsorgen geschrieben, die einen unausstehlich machen. Wenigstens fragt mich niemand, ob ich in der prämenstruellen Phase bin.«
Wieder ein rauhes Gelächter.
»Jedenfalls«, fügte ich hinzu, »wenn an dieser Theorie etwas wäre, müßte meine Hausgenossin der angenehmste Mensch der Welt sein.«
»Und der blödeste«, sagte Trixie ächzend, »weil sie sich von Fritz Korman behandeln läßt.«
»Woher weißt du das?«
»Sie hat es mir erzählt, als sie vor einer Weile hier drin saß. Sie hat sich mit Laura Smiley darüber unterhalten, als ich hereinkam.«
»Was? Ich hab nicht mal gewußt, daß sie Laura gekannt hat.«
Trixie atmete heftig aus. »Ich hab nicht gesagt, daß sie Laura gekannt hat, Goldy«, sagte sie. »Ich hab bloß gesagt, daß sie sich mit ihr unterhalten hat. Ich habe nicht das ganze Gespräch gehört, weil ich mittendrin hereinkam und gehen mußte, ehe sie fertig waren.«
»Aber worüber haben sie sich unterhalten? Was haben sie gesagt?«
»Das weiß ich nicht. Sie haben über Fritz geredet. Patty Sue war durcheinander. Als ich hereinkam, waren sie still, du weißt ja, wie das ist. Als ich gefragt habe, ob sie wollen, daß ich gehe, war

Laura ... Wie heißt das Wort? Kryptisch. Sie hat gesagt: ›Trixie hatte denselben Arzt. Sie hält nicht viel von ihm.‹«

»Und dann?«

»Patty Sue hat gesagt, es tut ihr leid, daß sie Laura damit belästigt hat, und Laura hat gesagt, das geht schon in Ordnung. Ich hatte meinen ganzen Kummer schon vorher bei Laura abgeladen, und ich wollte nichts mehr über Korman hören. Deshalb bin ich hinausgegangen.«

»Das war alles?«

»Ich glaube schon. Na und?«

Ich dachte einen Augenblick lang nach. Dann sagte ich: »Na ja, nach dem, was am letzten Samstag passiert ist, warst du nicht die einzige, die mit Fritz unzufrieden war.«

»Das überrascht mich nicht.«

»Natürlich«, sagte ich bitter, »hätte jemand, der eine Wut auf ihn hatte, ihm auch irgendwo anders als bei Lauras Beerdigung Gift geben können.«

»Seltsam, daß er überhaupt gekommen ist«, sagte Trixie.

»Wieso?«

»Ah, ich weiß nicht recht. Wie ich gesagt habe, Laura und ich haben uns oft hier drin unterhalten. Und meistens ohne deine Hausgenossin. Es ist schwer. Daß Laura nicht mehr da ist, meine ich.«

»Worüber hast du dich mit Laura unterhalten?«

»Heiland, was soll denn das? Zeit zum Verhör?«

»Tut mir leid, entschuldige«, sagte ich. »Ich interessiere mich nur dafür, weil wegen dem, was in ihrem Haus passiert ist, mein Geschäft geschlossen worden ist. Tut mir leid«, sagte ich noch einmal. Mir war, als würde ich ohnmächtig von der Hitze und Feuchtigkeit in dem kleinen, dunklen Raum. Die Temperatur mußte fünfzig Grad betragen. Aber statt zu gehen, räusperte ich mich und sagte: »Hast du dir überlegt, ob du in unsere Gruppe kommen willst?«

Sie warf sich auf den Fliesen herum.

»Sag mir noch mal, wann ihr euch trefft.«

»Nächste Woche, am Donnerstag, und am Freitag abend, am 30. Oktober. Ich habe nur gedacht, es macht dir vielleicht Spaß.«
»Wenigstens kann ich Spaß am Essen haben, stimmt's?« Sie stieß ein rauhes Gelächter aus. Dann: »Am 30. nehm' ich an.«
»Du wirst froh sein, daß du dich dazu entschlossen hast.«
Sie sagte: »Hoffe ich auch«, und stand auf. Die Tür krachte hinter ihr zu.

Zwanzig Minuten später war ich abgetrocknet und angezogen, aber immer noch voller Fragen. Während sich Trixie mit ihrer Frisur und ihrem Make-up beschäftigte, versuchte ich, wieder auf Laura zu sprechen zu kommen, aber vergeblich. Als ich fragte, ob wir uns vor dem Gruppenabend am 30. Oktober treffen könnten, blickte sie mich seltsam an.
»Bloß zum Plaudern«, sagte ich.
»Nein«, sagte sie, dann griff sie nach ihrer Sporttasche und fegte hinaus.
Die Umkleidekabine war leer. Ich fummelte in meiner Handtasche nach dem Schlüssel zu Lauras Schließfach. D 221. Das D stand für Damen, soviel wußte ich. Zur H-Seite würde ich erst kommen, wenn ich zum ersten Mal hier putzte. Das konnte ich in Ruhe abwarten.
Im Umkleideraum herrschte plötzlich Stille. Am Samstag war vor Mittag Schluß. Alle waren fort, um Kaminholz zu hacken oder Lebensmittel einzukaufen. Moralisch gesprochen, waren das mildernde Umstände für einen Einbruch.
Ich steckte den flachen Metallschlüssel in 221 und drehte ihn um. Gänsehaut kroch mir den Nacken herauf. Nichts tat sich. Ich rüttelte am Schlüssel und versuchte es wieder. Die Tür ging scheppernd auf.
Die Innenseite der Schließfachtür war mit selbstgeschriebenen Aufklebern gepflastert, und ich fragte mich allmählich, ob Laura auf Sprüche fixiert gewesen war. SOLCHE MUSKELN FINDEST DU NICHT AM STRAND. Zuviel. Ganz oben klebte

eine Abschrift des Gebets um Gelassenheit. Sie hatte unterstrichen *die Dinge zu ändern, die ich ändern kann.*
Auf dem obersten Brett standen die üblichen weiblichen Badezutaten, Shampoo, Spülung, Körperlotion. Aber auch hier keine Rasierklingen, fiel mir auf, und ich nahm mir vor, das Schulz zu sagen. Nicht daß es ihn interessiert hätte. Meine Ideen schienen bei der hiesigen Polizei nicht viel Eindruck zu machen. Hinter den Toilettenartikeln lag ein Taschenbuch, aus dessen brüchigem Zustand ich schloß, daß Laura es mit in die Sauna genommen hatte. Es war ein Meditationsbuch für jeden Tag im Jahr, das zu Kraft, Mut und Ruhe riet. Wofür?
Unter ihrem Namen auf dem Vorsatzblatt des Buches standen die Worte *sonntags, mittags, Episkopalkirche.* Ich dachte an meine alte Gemeinde und versuchte mich daran zu erinnern, was sich dort sonntags gegen Mittag getan hatte, wenn alle gegangen waren. Manchmal war ich geblieben, um den Kindergottesdienst-Raum sauberzumachen, während Arch Steine in den Cottonwood Creek warf. Einmal war ich zum Weinen auf die Damentoilette gegangen, nachdem John Richard mit der Chorsängerin verschwunden war. Arch hatte, bis ich herauskam, mit roten Augen und schnüffelnd, so viele Steine in den Bergbach geworfen, daß ihn das zum Dammbauer qualifizierte. Und dort hatte ein Treffen stattgefunden, von dem ich in Erinnerung hatte, daß etliche Leute auch rote Augen gehabt und geschnüffelt hatten. Was war das gewesen? Das Gedächtnis ließ mich im Stich.
Meine Hand glitt über das kühle Metall des Fachs. In der hintersten Ecke hatte sich ein Stück Papier verklemmt. Vielleicht hatte Laura dort eine nasse Shampooflasche oder einen feuchten Waschlappen deponiert. Vermutlich war es nur ein altes Seifenetikett. Ohne etwas zu denken, zog ich daran, und die Hälfte dessen, was auch immer es sein mochte, blieb in meiner Hand.
Das zerrissene Papier war kein Etikett, und ich verfluchte mich, weil ich es nicht sorgfältiger herausgeholt hatte. Es war ein

vergilbter Fetzen eines alten Zeitungsartikels mit einer darauf gekritzelten Notiz: P.S. und T. zeigen. Ich versuchte, den Rest des verklebten Papiers mit dem Fingernagel herauszuholen, bekam aber nur unleserliche Fetzen.

Auf dem abgerissenen Stück stand:

ARZT AUS CAROLTON VERLÄSST
Der hiesige Frauenarzt Fritz Niebold Korm
vergangenen Monat unter der Ankla
wegen Verfahrensmängeln, will
Quellen deuten daraufhin, daß
gegen den auch wegen
in Illinois ermitte
Korman erklärte, ihm s
»alles verleidet«,
Lizenz bekommen, in
zu praktizie

Das Datum in der Ecke oben links war der 6. Oktober 1967.

Ich steckte das Buch mit der Notiz über die Sonntagstreffen und den halben Artikel in meine Sporttasche und ging zum Tresen. 1967 war John Richard zehn gewesen, so daß er sich vermutlich nicht daran erinnerte, selbst wenn er bereit gewesen wäre, es mir zu erklären. Wenn ich Vonette nüchtern erwischte, konnte sie mir vielleicht mehr sagen. Möglicherweise hatte Schulz schon herausgefunden, was das zu bedeuten hatte, obwohl ich das bezweifelte. Ich wußte nicht, wie das alles ins Bild paßte, das Meditationsbuch mit der Notiz über das Kirchentreffen, der Artikel oder die Tatsache, daß Vonette gesagt hatte, Laura sei Kindermädchen bei ihnen gewesen.

Am Tresen erhielt ich eine Nachricht, auf der stand, Archs Lehrerin habe versucht, mich zu Hause zu erreichen, gehört, sie solle hier anrufen, und ob ich sie bitte am Wochenende zu Hause anrufen könne. Es sei nichts Dringendes, hatte sie gesagt, ich solle einfach anrufen, wann es mir passe.

Wetten, daß, dachte ich, aber erst mußte ich noch etwas anderes erledigen. Ich wählte die Nummer der Praxis von Korman und Korman, bat um einen Termin und erfuhr, beide Ärzte seien ins Wochenende gefahren. Ob ich am Montag morgen zu Dr. Korman senior wolle?

»Ja«, sagte ich. »Ich muß Patty Sue Williams sowieso hinbringen; vielleicht könnten Sie es um diese Zeit herum einrichten.«

Eine Pause entstand.

»Ich nehme ihn nur zehn Minuten in Anspruch«, sagte ich.

»Oh? Und was fehlt Ihnen, Miss Bear? Haben Sie Schmerzen?«

»Chronische. Im Unterleib. Ich weiß, daß er mir helfen kann.«

Ich sagte: »Es gibt so vieles, was für mich unverdaulich ist«, und legte auf.

P.S. und T. zeigen. Warum hatte Laura Smiley diese Notiz auf einen Artikel über eine wegen Verfahrensfehlern niedergeschlagenen Anklage geschrieben? Er hatte in ihrem Schließfach gelegen; deshalb war anzunehmen, daß P.S. und T. zum Sportclub gehörten. Es war ein Artikel über Dr. Fritz Korman, über etwas, das zwei Jahrzehnte zurücklag, etwas, das aus Gründen, die ich nicht kannte, für P.S. und T. bedeutsam war. Ich legte den Artikel weg und versuchte, Archs Lehrerin anzurufen, Janet Heath, bekam aber nur ihren Anrufbeantworter. Ich starrte wieder den Artikel an.

Trixie (T.?) hatte gesagt, sie habe sich nach der Aerobicstunde mit Laura im Dampfbad unterhalten. Sie hatte außerdem gesagt, Laura und Patty Sue, ausgerechnet diese beiden, hätten im Dampfbad ein Tête-à-tête gehabt. Höchste Zeit für mich, auch einen kleinen Plausch mit P.S. zu führen, vor allem, weil sie die einzige Frau unter meinen Bekannten war, die im Augenblick von Fritz Korman behandelt wurde.

Aber Patty Sue war beim Joggen, als ich nach Hause kam. Als sie zurück war, liefen Arch und Todd ständig rein und raus, so daß es unmöglich war, Fragen zu stellen. Dann, nachdem wir das Geschirr gespült hatten, ging sie zu Bett. Was hatte dieser ganze Sport für einen Sinn, wenn er einen unfähig machte, länger als bis neun Uhr abends aufzubleiben?

Immerhin wohnten wir unter demselben Dach. Die Fragen konnten bis Sonntag morgen warten. Ich wählte wieder Janet Heaths Nummer und bekam erneut den Anrufbeantworter. Noch ein Plausch, der auf morgen früh vertagt werden mußte.
Wie gewöhnlich wachte ich zeitig auf. Der Sonntag mit seiner unvermeidlichen Flaute ist der Fluch Alleinstehender, die einmal verheiratet waren. Für Paare und Familien ist das der Tag, an dem man in die Kirche geht, zum Picknicken, Footballspielen, Pizzaessen und ins Kino fährt. Jetzt senkte sich die Leere herunter wie der kalte Nebel, der im Winter durch die Bergtäler kriecht. Der eisige Dunst ist fast unsichtbar, aber man kann sehen, wie die eisigen Finger grüne Fichten in silberne verwandeln, man spürt, wie einem der Frost in die Knochen dringt.

Ich tat also das übliche. Kochen war mein Heilmittel gegen Verlust. Die Bonbons für Archs Halloweenparty in der Schule standen als nächstes auf der Liste.

Karamel war ideal für die Sechstkläßler, und er würde sich im Kühlschrank zwei Wochen lang halten. Ich butterte zwei Auflaufformen aus feuerfestem Glas und schmolz in einem großen Topf zwei Pfund Butter und ein Pfund braunen Zucker, während ich im Besteckfach nach dem Bonbonthermometer suchte, dann steckte ich das lange Röhrchen seitlich in den Topf.
Ich rührte um und dachte daran, wie Arch fünf gewesen war. Wir hatten viel Zeit damit verbracht, das Spiel Candyland zu spielen. Das hatte zu langen Gesprächen darüber geführt, wo all die Süßigkeiten für dieses Land hergestellt wurden, von dem Arch glaubte, es existiere außerhalb des Spielbretts. Die Betonmischer in Candyland seien voller Karamel, behauptete er hartnäckig, weil sie ihn ständig umrühren könnten. Dort säbelten Automotoren mit kleinen Schneiden Pfefferminzsplitter ab, die in Weihnachtstoffees eingerührt wurden. Zwei Jahre später zog John Richard aus, und zwei Monate nach jenem trostlosen Weihnachten fand ich in einer von Archs Schubladen gehortete Weihnachtstoffees mit Pfefferminzaroma. Als ich ihn danach fragte, sagte er, er habe sie aufgehoben, um

daran zu riechen, damit er so tun könne, als sei er in Candyland statt zu Hause.

Das Thermometer zeigte 150 Grad; ich goß die blubbernde Masse in die beiden Formen. Dann kam in jede Form ein Pfund Kochschokolade, die ich erfolgreich vor Patty Sue versteckt hatte. Ich zog die Riegel durch den geschmolzenen Karamel, bis sie sich in weiche Schokoladenseen auflösten. Für Erwachsenenpartys hätte ich gemahlene Nüsse darübergestreut, aber Kinder waren eigen, was Piment, Oliven und Nüsse betraf, deshalb ließ ich sie für sie immer weg.

»Mann«, sagte Patty Sue, als sie um zehn in die Küche kam, »was riecht denn hier so gut?«

»Karamel für die Halloweenparty in Archs Schule«, erwiderte ich. Ich schaute sie an. Ihr Gesicht war matt. Ihr Haar war wie ihr allgemeines Aussehen stumpfer geworden, seit sie im August hergekommen war. Sie schlurfte langsam in der Küche herum, und ich fragte mich, ob ihr außer den Zyklusproblemen noch etwas fehlen mochte.

»Patty Sue«, fing ich an, »fühlst du dich auch gut?«

Sie nahm ein englisches Muffin aus dem Toaster.

»Klar«, sagte sie, ohne mich anzuschauen. »Ich war nur gestern nach dem Laufen müde.« Sie strich Gelee auf das Muffin, überlegte es sich dann anders und kratzte es ab.

Ich ging zu ihr hinüber und sagte leise: »Nützt die Behandlung von Dr. Korman denn überhaupt etwas? Du siehst nicht gut aus. Gibt er dir Eisen oder ein besonderes Medikament?«

Sie sagte: »Ja, er gibt mir Pillen, und nein, es ist noch nicht wieder normal.« Sie setzte sich schwerfällig auf einen Küchenstuhl. »Er weiß, was er macht. Warum hätte mich mein Arzt sonst hierhergeschickt?«

»Ich weiß nicht. Warum hast du mit Laura Smiley darüber gesprochen?«

Sie erstarrte mitten im Zubeißen.

Ich sagte: »Trixie hat es mir erzählt.«

Sie sagte: »Na ja . . .« und war dann still.

»Patty Sue, ich hab' nicht mal gewußt, daß du Laura Smiley gekannt hast.«
»Ich habe sie nicht gekannt.«
»Du hast mit ihr gesprochen.«
»Einmal.«
»Wann hat dieses Gespräch stattgefunden? Hat sie gesagt, sie will dir einen Artikel über Fritz zeigen?«
Patty Sue schob den Teller weg und holte tief Luft, als werde sie gleich weinen. »Es tut mir leid«, sagte sie. »Es tut mir furchtbar leid.«
»Was?«
Sie stand auf. »Laß mich in Ruhe, Goldy, bitte, ich fühle mich wirklich schlecht.«
»Weswegen?«
»Wegen allem«, sagte sie hustend, ehe sie hinausrannte. Sie rief zurück: »Bitte, laß mich in Ruhe!«
»Ich komme morgen mit dir in die Praxis«, schrie ich ihr nach.
»Sag mal, Mom«, sagte ein verschlafener Arch, als er in die Küche schlurfte. »Was ist denn los? Was soll der Lärm? Bist du krank?«
»Nein. Ich habe nur zu Patty Sue gesagt, daß ich sie morgen zu ihrem Arzttermin bringe, das ist alles.«
Er tat sich selbst Frühstücksflocken auf. Zwischen den Bissen sagte er: »Du bringst sie doch immer hin. Vielleicht kann sie nach ihrer Fahrstunde am Freitag selber fahren, und ihr könnt damit aufhören, euch anzubrüllen.«
Ich sagte: »Ich bezweifle beides.«
Er aß schweigend und spülte dann seinen Teller aus.
»Aber denk dran«, sagte er mit seiner Stimme eines kleinen Erwachsenen, »Pomeroy hat ein paar uralte Fahrschulautos. Das hat er mir gesagt. Du mußt aufpassen.«
Ich sagte: »Du hast dich mit Pomeroy über alles möglich unterhalten, nicht wahr?« Arch zuckte die Achseln. »Ich glaube, er hat gemeint«, fuhr ich fort, »daß es Fahrschulautos vom alten Typ sind, weil er von der Schule keine Mittel bekommt, ein

moderneres Fahrlehrerprogramm einzuführen. Ich habe es in der Zeitung gelesen.«

»Oh-kay-ay«, sagte er in einem Singsang, der heißen sollte: *Sag aber nicht, ich hätte dich nicht gewarnt.*

Ich schaute ihn mit zusammengekniffenen Augen an und sagte: »Ich muß ein wichtiges Telefongespräch führen.«

Er nickte und verschwand aus der Küche, während ich Janet Heaths Nummer wählte. Sie wirkte nicht besonders glücklich darüber, daß sie am Sonntag morgen angerufen wurde, aber ich wollte nicht noch einmal mit ihrem Anrufbeantworter telefonieren.

»Ich möchte mich bald mit Ihnen treffen«, sagte sie steif, nachdem wir Höflichkeiten ausgetauscht hatten. »Wegen Arch.«

Ich hüstelte. Ich sagte: »Bitte, sagen Sie mir, was los ist.«

»Das weiß ich nicht genau. Ich muß mit Ihnen über etliches reden, das sich im Klassenzimmer tut. Können Sie diese Woche vorbeikommen?«

Wir einigten uns auf Freitag vor dem Unterricht und legten auf. Noch etwas, was ich kaum erwarten konnte.

Am nächsten Morgen waren Eisblumen an den Küchenfenstern, und ich hatte das übliche Theater mit Arch wegen seiner Kleidung.

»Aber nachmittags wird es so warm«, beschwerte er sich, »und die Kinder lachen mich in meinem Mantel aus, wenn sie nur Pullover anhaben.«

»Dann laß sie lachen«, sagte ich. »Du wirst zu Halloween nicht krank, sie schon, was ja auch nicht weiter schlimm ist, weil sie sich sowieso nichts daraus machen, wie du sagst.«

Er stampfte hinaus und murmelte etwas Unverständliches.

Der Lieferwagen erwachte wie üblich stotternd zum Leben, als Patty Sue aus dem Haus schlitterte, in einer weißen Spitzenbluse, weißem Rock und passenden weißen Strumpfhosen. Auch kein Mantel. Kein Wunder, daß sie nicht gesund war. Aber ich

konnte sie nach nichts fragen. Wir hatten uns angefreundet, nachdem sie zu mir gekommen war. Was war passiert?
Als ich vor Korman und Korman, Frauenärzte und Geburtshelfer, parkte, schaute Patty Sue mich verwirrt an.
»Bist du etwa krank?« fragte sie.
Ich seufzte. »Ja und nein.«
Ich hatte immer zu John Richard gesagt, das Betreten von K und K werde nur davon übertroffen, ins große Treibhaus im botanischen Garten von Denver zu gehen. Warum Frauenärzte für ihre Praxis ein Dschungelambiente brauchten, konnten wohl besser die Psychologen erklären. Vielleicht sollte das viele Grün Fruchtbarkeit suggerieren. Freud, hatte ich John Richard zu seinem maßlosen Ärger gesagt, wäre auf eine präzisere Hypothese gekommen. Ich wich den ausladenden Zweigen einer Gruppe von Zimmertannen aus, schlängelte mich zwischen übergroßen Bambuspflanzen hindurch und duckte mich unter einem Hängetopf mit Ampelkraut, ehe ich den Anmeldetresen erreichte.
»Haben Sie einen Termin?« fragte die Sprechstundenhilfe.
»Ja«, sagte ich forsch. »Sie erkennen mich nur nicht ohne den Safarihelm.«
»Name?«
»Bear«, sagte ich, »wie in Goldilocks und die drei –«
»Ich habe Sie nicht in der Kartei«, sagte sie, ohne aufzuschauen. »Sie müssen ein Anmeldeformular ausfüllen.« Sie reichte mir ein Klemmbrett mit einem Formular, das einem Finanzamt zur Ehre gereicht hätte.
»Aber Sie verstehen nicht«, sagte ich. »John Richard ist mein –«
Ich verstummte, als ihr vernichtender Blick mich durchbohrte. Vielleicht war es besser, nach vierjähriger Abwesenheit kein großes Aufhebens um meine Anwesenheit in der Praxis zu machen. Ich kam mir auch nicht gerade willkommen vor angesichts der Tatsache, daß der Kotzbrocken mir die Schuld an der Rattengiftaffäre in die Schuhe schieben wollte. Es war entschie-

den besser, wenn ich versuchte, ihm ganz aus dem Weg zu gehen.
»Ich sag' Ihnen was«, sagte ich verschwörerisch. »Ich kann meine Karteikarte da hinten ganz bestimmt finden. Lassen Sie mich kurz nachschauen.«
»O nein –« fing sie an, wurde aber von einer verzweifelten Patientin unterbrochen, die neben mir aufgetaucht war.
»Ich bin schwanger«, flüsterte die Frau der Sprechstundenhilfe zu. Ihre Stimme brach. »Ungeplant.« Die Patientin winkte ihrem Mann, der aus dem Grünzeug heraustrat.
»Sie haben zwei Möglichkeiten«, sagte die Sprechstundenhilfe, während ich hinter die Seitentür des Tresens schlüpfte.
»Und wir waren so vorsichtig«, jammerte die Frau.
Ich musterte die Aktenschränke. In diesen grauen Blechkästen waren die Karten nach Farben geordnet, das wußte ich. Weil mehr als drei Jahre vergangen waren, seit mich mein Exmann behandelt hatte, mußte ich unter »ehemalig« abgelegt sein. Ich zog die oberste Schublade auf. A bis I, rosa Karten.
Ich sah etliche Namen, die ich erkannte, aber keine Bear. War das die laufende Kartei? Die nächste Schublade, J bis S, war hilfreicher. Da war Jackson, T., was Trixie sein mußte, und Korman, M., was nur Marla sein konnte. Sie war nach mir mit John Richard verheiratet gewesen und wurde vielleicht noch in der laufenden Kartei geführt, obwohl sie jetzt wie ich zu einer Frauenärztin in Denver ging. Da war außerdem Korman, V. – Vonette. An diesem Punkt wurde mir bewußt, daß ich, als ich das letzte Mal in der Praxis gewesen war, auch eine Korman gewesen war; das hier mußten also die Patientinnen neueren Datums sein.
Ich übersprang die nächste Schublade und öffnete im Schrank daneben die Schublade J bis S, gerammelt voll mit grünen Karten. Ehemalige Patientinnen? Die unglückliche werdende Mutter am Tresen beklagte immer noch ihr Schicksal; ihr Mann rechnete mit der Sprechstundenhilfe Daten aus. Die Stimme meines Exmanns kam aus seinem Sprechzimmer.

Wenn nur Pflanzen hinter dem Tresen gewesen wären. Ich brauchte Deckung.
Ich wandte mich wieder den grünen Karten zu und hatte plötzlich einen Einfall. Konnte Laura Smiley dabei sein? In der Kartei für ehemalige Patientinnen oder in der laufenden? Ich ging in der grünen Kartei Slacek, Smalrose, Smart, Smith durch. Keine Smiley, weder in der grünen noch in der rosa Kartei. Vielleicht war sie falsch eingeordnet. Ich fing mit den grünen Hs an, sah Heath und Hilliard, dann die Js, Jacoby, Jermaine und so weiter, und die Ks, wo ich Korman, G. fand und herausnahm, die Ls, Lapham, Leduc, Locraft und Ludmiller, als John Richard unvermittelt mit einem schnellen Fußtritt die Schublade aus meiner Hand stieß, so daß sie scheppernd zuging.
»Du«, sagte er. »Was zum Teufel hast du hier verloren? Ich meine, außer daß du herumschnüffelst?«
»Ich schnüffle nicht herum«, sagte ich. Ich biß die Zähne zusammen und versuchte, ihn mit einem Blick zu durchbohren. Hinter den Büschen im Wartezimmer tauchten Gesichter auf, wie neugierige Pygmäen. »Ich habe nach meiner Karte gesucht«, sagte ich hochmütig. Ich schwenkte sie. »Und ich habe sie gefunden.«
Geflüster aus dem Wartezimmer.
John Richard fragte die Sprechstundenhilfe: »Warum ist sie hier hinten?«
Die Sprechstundenhilfe schaute mich an, dann den Kotzbrokken, der im weißen Kittel eine eindrucksvolle blonde Größe darstellte.
»Sie hat nach ihrer Karte gesucht«, sagte sie. »Glaube ich.«
John Richard schaute mich wieder aus zusammengekniffenen Augen an. »Du hast dich wohl mit einem Termin hier hereingeschlichen?«
Ich murmelte zustimmend, hielt meine Karte in der einen Hand wie einen Rettungsring und deutete mit der anderen auf den Terminkalender. John Richard beugte sich darüber, und

ich betete, seine Hose möge reißen. Dann schaute er mich wieder finster an.
»Ich will dir mal was sagen«, flüsterte er rauh. Sein Zeigefinger stach in die Luft zwischen uns. »Ich weiß nicht, was du hier willst. Aber steck die Nase nicht in diese vertraulichen Unterlagen, du kleines Miststück. Wenn du noch mal versuchst, meinem Vater was zu tun, drehe ich dir den Hals um. Und hör gut zu. Besorg dir einen anderen Arzt. Komm nie wieder in diese Praxis, sonst rufe ich die Bullen.«
»Ich habe schon einen anderen Arzt«, sagte ich. »Und es ist dir unbenommen, die Bullen zu rufen. Ah . . . probier's doch bei dem, mit dem ich ausgegangen bin. Er erschießt Leute, die andere zusammenschlagen.«
John Richard blickte mich mit soviel Stahl in den Augen an, daß er die Industrie von Pittsburgh einen Tag lang hätte versorgen können. Dann stürmte er hinaus, in einer Wolke aus Wut und weißem Kittel.
»Sie können jetzt zu Dr. Korman«, sagte die Sprechstundenhilfe und wich meinem Blick aus. »Dem zweiten Arzt. Gehen Sie nach hinten durch.« Sie wußte, daß sie Mist gebaut hatte.
Patty Sue war nirgends zu sehen. Ich nahm an, sie war schon bei Fritz gewesen, durch die Pflanzen hinausgegangen und die Treppe hinunter zur Konditorei, um einen Happen zu essen. Wie ich Patty Sue kannte, würde es nicht bei einem Happen bleiben. Ich ging schnell vorbei am Wartezimmerdschungel und schaute um die Ecke in den Raum, in dem sie Blut abnahmen und Proben und Medikamente gekühlt aufbewahrten. Dort lagerten sie auch die Instrumente für das, was sie euphemistisch »ambulante Behandlungen« nannten, die Befreiung des Uterus von allem Unerwünschten. Ich vermutete, beim nächsten Termin der unerwartet schwanger gewordenen Patientin, die vor mir drangekommen war, würde ein solcher Eingriff vorgenommen.
Ich wußte, daß auch ich in dieser Praxis unerwünscht war. Ich schaute um die Ecke, hatte etwas dagegen, entfernt zu werden.

Der Raum mit den Abtreibungsinstrumenten war leer. Ich ging leise daran vorbei.
»Hallo, Fritz«, sagte ich, als ich sein Büro betrat. »Ich hoffe, es macht dir nichts aus, daß ich einfach so reinplatze.«
»Goldy.« Er schaute stirnrunzelnd zu mir auf. Er sagte: »Du weißt doch, daß du nicht hier hereinkommen sollst. Laß dich von der Sprechstundenhilfe in ein Sprechzimmer bringen. Dann untersuche ich dich.«
»Oh, danke«, sagte ich und ließ den Blick von seiner großen Gestalt zum Bürogrünzeug schweifen, das dem Dschungel im Wartezimmer ähnelte. In einem Erkerfenster standen reihenweise Geranien, Hängetöpfe mit Efeu baumelten hinter Schreibtisch und Couch, und große Gummibäume lehnten sich an einen Türrahmen.
»Verrat's mir, Fritz«, sagte ich, »hast du den unterdrückten Wunsch, Botaniker zu sein?«
Er lächelte. Er lehnte sich im Stuhl zurück und drehte sich zu mir herum. Er legte den Kopf schief, und sein kahler Schädel fing das Licht ein und glänzte wie ein Heiligenschein. Er sagte: »Unterdrückte Wünsche? Das ist Psychiatergeschwätz. Warum gehst du denn nicht ins Sprechzimmer, damit ich dich untersuchen kann?«
Ich setzte mich auf die Couch, ein dunkles, weich gepolstertes Möbel, das den sinnlichen Geruch und das Knarren von Leder von sich gab.
»Ich bin nicht krank«, sagte ich.
Er gluckste. »Mein Sohn erzählt mir etwas anderes.«
»Haben dir die Kuchen geschmeckt?«
Er nickte. »Bist du deshalb hier? Um dich mit mir über Essen zu unterhalten? Ich habe nämlich andere Patientinnen, um die ich mich kümmern muß. Um kranke.«
»Ich muß etwas Geschäftliches mit dir besprechen. Über mein Geschäft und deins, wenn dir das recht ist. Es dauert nicht lange.«
Er grinste wieder. Seine Zähne waren eine Spur grau, vom

Alter, aber wenn er lächelte, füllte seine Aura das Zimmer, die Ausstrahlung eines nicht mehr ganz jungen Filmstars.

Er sagte: »Ich verstehe überhaupt nichts vom Kochen, Goldy.«

»Das macht nichts«, sagte ich und schaute auf eine Wand mit gerahmten Diplomen und anderen offiziell aussehenden Dokumenten, dann auf einen Tisch neben der Couch, auf dem Usambaraveilchen und ein paar Familienfotos rumstanden. Auf ihnen waren Vonette und John Richard mit dem Arzt zu sehen, und Schnappschüsse zeigten Anglerkumpel. Das fremde Mädchen war nicht dabei.

»Fritz.« Ich betrachtete ihn ernst. »Du weißt, daß ich das Zeug nicht in deinen Kaffee getan habe. Aber die Bullen haben mein Geschäft geschlossen, bis sie rausbekommen, was los ist. Vielleicht hältst du das für einfach, aber das ist es nicht.« Ich sagte ihm, daß ich mich mit der Vorgeschichte etlicher ehemaliger Patientinnen von ihm beschäftigte, um herauszufinden, wer etwas gegen ihn haben könne.

Er sagte: »Wenn es mit dem Partyservice nicht klappt, denkst du also an eine Karriere im Polizeidienst?« Wieder ein breites Lächeln. »Du weißt, daß ich dir über meine Patientinnen nichts sagen darf. Ich habe gehört, wie John Richard dich angeschrien hat, weil du an der Kartei warst.« Er beugte sich vor. »Die Unterlagen sind vertraulich, Goldy.«

»Hat Trixie Jackson dir je gedroht?« wollte ich wissen. »Sie hat sich über die Totgeburt furchtbar aufgeregt.«

Er legte den Kopf schief und schaute mich an, als habe er es mit einem dickköpfigen Kind zu tun. »Für eine werdende Mutter ist das etwas furchtbar Schwieriges. Es ist auch schwer für den Arzt.«

Ich schenkte ihm einen mitfühlenden Blick. »Davon bin ich überzeugt.« Ich räusperte mich. »Und was war mit Laura?«

Sein Gesicht wurde ausdruckslos. »Laura wer?«

»Laura Smiley«, sagte ich erstaunt. Hatte er wirklich so viele Patientinnen mit diesem Vornamen? Ich sagte: »Laura, auf deren Beerdigung du vor neun Tagen warst. Die vor langer Zeit auch in Carolton, Illinois, gelebt hat.« Ich holte Luft. »Die an dem Tag, an dem sie starb, einen Termin bei dir gehabt hat.« Er schüttelte den Kopf. »Du bist durcheinander, Goldy, in mehr als einer Hinsicht.« Er stand auf, ein Signal, das Gespräch sei beendet. »Glaubst du, daß Laura Smiley mir etwas in den Kaffee getan hat? Sie konnte kaum Körnchen in Getränke streuen, wo sie doch tot war, nicht wahr? Und ich habe dir gesagt. daß Angelegenheiten meiner Patientinnen für deine irregeleitete Schnüffelei tabu sind. Warum gehst du nicht nach Hause und kochst und überläßt das Ermitteln der Polizei?«

Ich stand auf, ließ aber nicht locker. »Wie kommt es, daß keine Karteikarte von ihr da ist, wenn sie deine Patientin war?« Fritz zuckte die Achseln. Ich sagte: »Warum kannst du mir nicht sagen, ob oder warum sie an ihrem Todestag hier war? Ich meine, falls du oder John Richard ihr gesagt haben, sie hat Krebs oder eine andere Krankheit, sollte die Polizei das wissen.«

Er blieb bei der Tür stehen, durch die ich hereingekommen war. Er sagte: »Sie hat sich umgebracht. Das weiß die Polizei. Wenn sie mehr wissen will, kann sie herkommen und mich selbst fragen. Es wird Zeit, daß du gehst, Goldy.«

»Aber was war in Illinois? Ich habe Fotos von einem Mädchen gefunden, einem Teenager, und dann einen Artikel über dich –«

Er hielt mir die Tür auf.

Er sagte: »Auf Wiedersehen, Goldy.«

Ich hatte keinerlei Aufklärung über den zerrissenen Artikel in Lauras Schließfach bekommen. Nicht daß Fritz mir etwas über ein eingestelltes Verfahren erzählt hätte. Er hatte seine Gründe dafür, Informationen nicht preiszugeben. Ich wußte nicht, was für Gründe das waren, aber ich bezweifelte, daß die Vertraulichkeit von Unterlagen sein Hauptmotiv war. Während ich in jener Woche die Häuser anderer Leute fegte, scheuerte und schrubbte, kam ich zu dem Schluß, meine finanziellen Gründe, Informationen einzuholen, seien wichtiger als seine Motive. Sollte Fritz doch eine Zeitlang putzen und sehen, wie ihm das gefiel. Leider wußte ich nicht, was für Ermittlungsmethoden ich einsetzen mußte. Noch nicht.

Schulz war keine Hilfe. Zusätzlich zu den beiden Mordfällen, an denen er arbeitete, hatte er eine weitere Krise am Hals. Bergsteiger hatten im Cottonwood Creek Canyon die Leiche eines Rockers gefunden. Folglich war er im Augenblick damit beschäftigt, sich mit rivalisierenden Banden zu befassen. Der Telefonist im Revier sagte, Schulz rufe zurück, sobald er könne.

Das Donnerstagabendtreffen von »Amour anonym«, wegen einer Beerdigung verschoben, hatte auch etwas von jener Beerdigung an sich, das überraschende Ende eingeschlossen.

Nachdem sie zwei Häuser geputzt hatte, sagte Patty Sue, sie sei zu müde, daran teilzunehmen, komme aber zum nächsten Treffen. Zwei weitere Frauen, die gelegentlich kamen, riefen an und sagten ab, so blieben also nur Marla und ich übrig. Ich machte Windbeutel mit Schlagsahne, kochte Kaffee und stellte eine Flasche süßen Sherry bereit.

»Ich esse alles, was du auf den Tisch bringst«, sagte Marla, als sie hereinkam. »Zum Teufel mit dem Gesundheitsministerium.«

Bei Marlas Anblick, breit grinsend und in einem Pullover in Orange und Schwarz – sie trug immer Farben, die zur Jahreszeit paßten –, wurde mir weich ums Herz. Sie sah wie ein Riesenkürbis aus. Ich umarmte sie.

»Ich habe um Essen gebeten, nicht um Liebe«, sagte ihre gedämpfte Stimme an meiner Schulter. »Ersteres können wir zu uns nehmen, über letzteres können wir reden.« Ich ließ sie los, und sie hielt grinsend ein Päckchen hoch. »Wo ist dein Kleiner? Ich habe ihm was mitgebracht.«

Ich rief Arch aus den unteren Regionen des Hauses und goß Kaffee in zwei Tassen.

»Ein ganzes Päckchen Hersheyriegel?« sagte Archs begeisterte Stimme hinter meinem Rücken. »Super, Marla, danke.«

Ich wollte eben mit Marla schimpfen, weil sie Archs Zähne ruinierte, als ich sein Gesicht sah. Es war glänzendschwarz bemalt.

»Was ist denn das für eine Tarnung?« fragte ich und versuchte, meine Stimme leicht klingen zu lassen.

»Das gehört zu einer Arbeit, die ich mache«, sagte er ernst. Das Weiße in seinen Augen glänzte, als er sie weit aufriß. »Ich versuche, unser Haus sicherer zu machen.«

»Womit?« wollte ich wissen, aber er war fort.

Marla schüttelte den Kopf. »Was hat er denn?«

»Weiß ich nicht genau«, sagte ich. »Aber ich glaube, Lauras Tod geht ihm noch nach.«

»Na ja, wem nicht«, sagte Marla. Sie schluckte den Rest des ersten Windbeutels und machte sich über den nächsten her.

»Und es wird dadurch, daß die liebe Lehrerin einen kleinen Dachschaden hatte, auch nicht besser.«
»Oh, wirklich?« sagte ich. »Wie kommst du darauf? Ich meine, allmählich glaube ich das auch. Aber du kommst viel mehr unter Leute als ich.«
»Ach, du weißt schon«, sagte sie.
»Marla«, sagte ich energisch, »ich weiß es nicht. Und jedesmal, wenn ich versuche, jemanden nach Laura zu fragen, fangen die Leute entweder zu weinen an oder werfen mich hinaus.«
»Das würde ich gern mal sehen, wie jemand versucht, dich hinauszuwerfen.«
»Sag mir einfach, warum du glaubst, daß sie nicht ganz dicht war. Ich will es wirklich wissen.«
»Schön, reg dich ab. Gütiger Himmel«, sagte Marla. »Sie hatte einfach einen Tick unter dem Pony, warum, weiß ich auch nicht.« Sie leckte die Sahne aus dem dritten Windbeutel, ehe sie anmutig hineinbiß. »Ich habe mich sowieso immer gefragt, was mit Grundschullehrerinnen los ist. Sie haben entweder schon einen leichten Hau, wenn sie anfangen, oder sie kriegen ihn, wenn sie fünf Jahre lang die Bestsellerliste ignoriert und statt dessen Texte für das dritte Schuljahr gelesen haben.«
Ich sagte: »Redest du von Lehrerinnen im allgemeinen oder über eine bestimmte?«
»Okay, schau«, sagte Marla und streckte den fleischigen Arm nach der Sherryflasche aus. »Hier ist ein Beispiel. Wir haben unsere Autos beide in die Reparaturwerkstatt für ausländische Autos in der Nähe der Main Street gebracht. Sie hatte diesen Volvo, ich den Jaguar. Beide Autos sind nicht billig, was Reparaturen anlangt, Kundendienst, Ersatzteile und so weiter. Und ich nehme an, sie hat ein Montagsauto oder so was erwischt, oder der Typ kam damit nicht zurecht, jedenfalls haben sie sich immer gestritten, wenn ich kam. Wenn er wegging, um nachzuschauen, ob alles erledigt ist, hat sich Laura zu mir umgedreht, mit dem Feuerzeug geschnippt und zu mir gesagt, am liebsten möchte sie den Schuppen in Brand stecken. Dann hat

sie sich eine Zigarette angezündet und sich schiefgelacht. Also habe ich auch gelacht. Einmal hat sie zu mir gesagt, sie führt Buch über alle Mängel an dem Volvo, und sie will die Liste auf schwedisch an Ralph Nader schicken und dafür sorgen, daß die ganze Autofirma einpacken kann.«

»Was?« sagte ich.

»Das habe ich auch gesagt, vor allem, als sie mich gefragt hat, was *Stück Scheiße* auf schwedisch heißt«, fuhr Marla fort. »Aber jetzt wird es erst richtig seltsam. Der Mechaniker kommt zurück, und sie wird ganz reizend. Ich meine, wie umgewandelt. Macht Witze. Und ich sitze da und denke: Was zum Teufel ist hier los? Dann, als sie ihn bezahlt hatte und er wieder wegging, sagte sie: ›Sie können darauf wetten, daß ich nie mehr hierherkomme. Es kann doch nicht so schwierig sein, jemanden zu finden, der wirklich etwas von Autos versteht.‹ Und ich nehme an, sie hat jemanden gefunden, denn ich habe sie dort nie mehr gesehen.«

»Na ja«, sagte ich, »zu Arch hat sie gesagt, der Präsident sollte sich die Haut schwarz färben und nach Südafrika gehen, damit er merkt, wie es ist, wenn man unter der Apartheid leben muß.«

»Keine schlechte Idee«, sagte Marla mit einem Grunzlaut. »Übrigens, hat Arch das heute abend vor? Eine Sympathiekundgebung für Afrika?«

Das Licht flackerte.

»Ich habe keine Ahnung, was er macht«, sagte ich. »Aber er verhält sich in letzter Zeit so seltsam, daß ich ihm alles zutraue.«

»Gibt es etwas, worüber du heute abend reden möchtest?« fragte Marla. »Ich meine, außer über Laura Smiley.«

Wir schwiegen, während ich versuchte, mich auf meine Person statt auf Laura zu konzentrieren.

Das Licht flackerte wieder.

»Da fällt mir ein«, sagte ich. »Was ist mit deiner Behauptung von Lauras unerwiderter Liebe?«

»Ich frage herum. Gehe der Sache nach. Jedenfalls hat es etwas mit dem imkernden Eisblock zu tun, soviel kann ich dir sagen.

Ich muß nur noch jemanden finden, der ihn näher kennt, um das Gerücht zu bestätigen.«
Ich sagte: »Nichts klappt.«
Marla wischte sich den Mund ab. »Oh, hör auf, dich zu beklagen.« Sie zwinkerte mir zu. »Ich sag dir was, jetzt, wo unser Zweipersonentreffen voll im Gange ist, darfst du dich beklagen. Du bist sowieso an der Reihe.«
Ich sagte: »Schon?« und seufzte dann, während ich nachdachte. »In letzter Zeit bin ich ziemlich bissig gewesen, nehme ich an.« Marla schwieg. »Anfangs habe ich gedacht, es ist wegen des Geschäfts – weil es geschlossen worden ist. Oder wegen Laura.« Ich schaute mich um. »Arch verhält sich eindeutig seltsam. Und John Richard heiratet –«
»Wieder«, sagte Marla angewidert.
»Beim dritten Mal wird's erst richtig schön«, sagte ich ironisch. Wieder Schweigen.
»Ich war mit diesem ... Ich bin ausgegangen«, sagte ich, als ob ich mit einem Massenmörder verabredet gewesen wäre. Marla machte ein unverbindliches Gesicht.
»Das letzte, was ich mir wünsche, sind Verabredungen«, sagte ich. »Und so nennen sie es heute nicht einmal mehr, nicht wahr? Man geht zum Essen aus und macht hinterher ganz zwanglos Sex, stimmt's? Schön, vergiß das. Ich habe mich nie nach männlicher Gesellschaft umgeschaut, habe nur einmal Pomeroy gefragt, ob er mit uns eine Pizza essen geht. Und Pom hat das überhört.«
»Hm«, sagte Marla auf ihre wissende Art. »Ich habe unter anderem über ihn gehört, daß er sehr an seiner Exfrau hing oder hängt.«
»Wie auch immer«, sagte ich. »Das mit dem Ausgehen. Ich wollte eine Beziehung. Nicht bloß so ein flüchtiges Techtelmechtel.« Ich leerte mein Sherryglas. »Und da kommt dieser Polizist. Schulz. Mein Geschäft ist am Ende, mein Elfjähriger benimmt sich wie ein kleiner Charlie Manson, der Mann, den ich mal geliebt habe, heiratet eine Geometrielehrerin, und ich

bin die Hauptverdächtige bei einem Mordversuch. Und da kommt dieser Bulle und ... er mag mich! Wumm!«

Marla sagte: »Du bist nicht gerade abstoßend, Dummerchen.«

»Schön«, erwiderte ich. »Aber ich will ehrlich sein, ja? Ich meine, ich war felsenfest entschlossen, nicht schönzutun, reizend zu ihm zu sein und anzudeuten, das könnte der Anfang von was ganz Großartigem sein, bloß damit ich mein Geschäft wieder aufmachen kann. Er ist in meinem Alter, vielleicht hält er also auch nichts von Lifestyle mit lässigem Sex. Vielleicht benutzt er nicht mal das Wort *Lifestyle.*«

Ich machte eine Pause, um mir Kaffee einzuschenken.

Marla sagte: »Zerbrechen sich Männer eigentlich auch so den Kopf darüber wie wir? Ich bezweifle das. Wie auch immer, worauf willst du eigentlich hinaus?«

»Das habe ich dir doch schon gesagt. Ich habe einfach Angst, ich bin nicht besonders nett zu ihm, weil ich nicht weiß, was ich für ihn empfinde. Ich wollte Pomeroy, aber vielleicht lag das daran, daß er den Eisblock herausgekehrt hat. Kein Risiko. Aber Schulz mag mich, er mag Arch, er mag – liebt – Essen. Alles bestens.«

Marla sagte: »Pomeroy ist unglücklich geschieden. Er lebt da draußen mitten im Nirgendwo. Ich glaube, bei ihm ist eine Schraube locker. Negativer Lifestyle, Baby.«

»Das ist ja großartig«, sagte ich. »Vielleicht hat er in den drei Monaten, in denen sie zusammengearbeitet haben, bei Arch ein paar Schrauben los gedreht.«

»Schau«, sagte Marla, »mach dir keine Sorgen wegen Arch. Mach dir keine Sorgen wegen Pomeroy. Wenn Schulz dich mag, laß es an dich herankommen. Ich meine, ich weiß, wir sollen keine Ratschläge geben, aber du redest ein bißchen viel darüber, wo du erst einmal mit ihm ausgewesen bist. Du –«

Ehe sie zu Ende sprechen konnte, ging das Licht aus.

»Verfluchter Mist«, murmelte ich.

»Hol Kerzen«, kommandierte Marla. »Wir reden über Männer, da kann es ruhig ein bißchen romantisch sein.«

»Moment. Sie sind da drüben im Geschirrschrank.« Ich kroch ächzend auf allen vieren hinüber. Ich tastete im Schrank herum, zündete ein Streichholz an und dann drei Kerzen. Ein Hauch Herbstluft durch ein offenes Fenster bewegte die Schatten an der Wand.

»He«, sagte sie, »ich schaue zu deinen Nachbarn hinüber, und die haben alle noch Strom. Sieht so aus, als hättest bloß du Pech gehabt. Ich gehe mit einer Kerze in die Küche und rufe die Stadtwerke an.«

»Warte«, sagte ich. Meine Stimme wurde leiser, während ich nach einer anderen lauschte.

»Mom«, kam Archs Stimme aus der Nähe. »Mom?«

»Arch?« rief ich. »Weißt du, was los ist?«

»Das Ding hat nicht funktioniert!« explodierte Archs Stimme hinter mir. Er war ins Eßzimmer gekommen, aber mit dem schwarzen Gesicht und im wabernden Kerzenlicht war er kaum zu sehen.

»Was war das also«, wollte ich wissen, »ein Terroranschlag?«

»Natürlich nicht!« sagte er. »Ich wollte ein Alarmsystem an unser Haus anschließen. Eine blöde Sicherung ist durchgebrannt.«

»Und warum ist dein Gesicht schwarz?«

»Das gehört dazu. Verstehst du denn nicht? Man muß dabei ganz geheim vorgehen, wenn man nicht will, daß die Leute es wissen. Man tarnt sich, dann legt man die Leitung. Willst du denn nicht in einem sicheren Haus wohnen?«

»Schon«, fing ich an, »aber –«

»Mach dir keine Sorgen«, unterbrach er mich, und ich fühlte mich elend, weil ich wütend auf ihn war. »Todd weiß, wie man eine Sicherung auswechselt. Ich rufe ihn an, er ist gleich da.« Er nahm eine Kerze, damit er das Telefon sah, und verschwand so schnell, wie er hereingekommen war.

»Gütiger Gott«, sagte Marla. »Vielleicht brauchen wir doch ein bißchen fachmännische Hilfe.«

Ich sagte nichts, weil mir nichts einfiel.

»Na schön«, sagte Marla. »Wo waren wir?«
Ich fand die Stimme wieder. »Du hattest mir gerade gesagt, Marla, ich solle mir wegen Arch keine Sorgen machen.«

Der nächste Tag war Freitag. Angesichts der frühen Besprechung mit Archs Lehrerin, eines Putzauftrags und einer Fahrstunde mit Patty Sue und Pom wirkte der Tag so wenig vielversprechend wie die düsteren Morgenwolken, die sich über die Hügel des Naturreservats ergossen. Der Frost hatte die Straßen in Glas verwandelt. Verzögerungen durch glatte Straßen waren zu erwarten, deshalb mußte ich zeitig aufbrechen, gleich nachdem ich Arch in Ei gewendetes Weißbrot serviert hatte.

Er sprach kurz mit mir, während das Brot in der Pfanne zischte. Ich erwähnte, daß ich dank Todds Geschick mit Sicherungen mit elektrischem Strom kochen könne. Arch erkärte mir, er habe die Alarmanlage von seinem eigenen Geld im Elektroladen gekauft, und er werde sie zurückbringen.

»Aber ich verstehe nicht«, sagte ich, während er den letzten Bissen in einen Sirupteich tunkte, »warum du geglaubt hast, daß wir sie brauchen.«

»O Mom, du machst es mir so schwer«, sagte er mit vollem Mund. Er lief weg, um sich die Zähne zu putzen und seine Sachen einzusammeln, dann kam er zurück und erklärte: »Andere Leute haben auch so was, weißt du. Es ist kein Verbrechen.« Dann rannte er hinaus, um sich mit Todd zu treffen, ehe der Bus kam.

Zehn Minuten später schlitterte der Lieferwagen Schotter aufwirbelnd in die Einfahrt zum Lehrerparkplatz. Das Fahrzeug schien bei der Aussicht auf ein Gespräch mit der Lehrerin so ängstlich zu sein wie ich.

»Miss Heath?« fragte ich, während ich mich durch die Tür zum Klassenzimmer der Sechsten schob, geschmückt mit Kürbissen aus Buntpapier. Fledermäuse und Spinnen aus schwarzem Papier und Pfeifenreinigern baumelten von der Klassenzimmerdecke: Ende Oktober in einer Grundschule.

Kugelrunde Augen in einem blassen, dreieckigen Gesicht schauten mir entgegen, und ich ging gehorsam durch das Labyrinth aus Schülerpulten zum Lehrertisch. Janet Heath, in der Aerobicstunde eine Fettucine, war jetzt bequem in ein weites, zeltförmiges schwarzes Kleid mit indianischen Mustern verpackt. Mit dem blaßblonden Ballerinenknoten wirkte sie wie eine freundliche, aber mächtige Hexe.

Wir hatten uns auf ein Treffen um Viertel vor acht geeinigt, damit wir Zeit zum Reden hatten, ehe die Schüler kamen. Mir wurde jetzt etwas flau im Magen, weil ich zwar Frühstück für Arch gemacht, selbst aber nichts gegessen hatte.

Als ich mich durch die kleinen Stühle und unter den baumelnden Spinnen hindurchgeschlängelt hatte, fiel mir noch etwas ein. Miss Heath war es gewesen, die an jenem verhängnisvollen Montag nachmittag Laura Smiley gefunden hatte. Ich konnte mir nicht vorstellen, wie sie darauf reagiert hatte, die Leiche zu finden, und mit nüchternem Magen wollte ich das auch nicht.

Ich sagte: »Sie wollten mich sprechen.«

Sie schenkte mir ein nachsichtiges Lächeln. »Ja.«

Eine Pause entstand.

»Ich bin Archibalds Mutter.«

Sie schien mich gründlich zu mustern.

Schließlich sagte sie: »Ich weiß.«

»Hier bin ich«, sagte ich und schaute mich hoffnungsvoll nach einer Thermoskanne oder einem anderen Anzeichen für Kaffee um.

»Ich mache mir Sorgen darüber, wie Arch sich im Unterricht verhält«, sagte sie. »Etliches an seinem Benehmen ist ausgesprochen merkwürdig.«
Mir entfuhr ein unfreiwilliges Ächzen, und Janet Heath blickte mich mitfühlend an.
Sie sagte: »Holen wir uns im Lehrerzimmer etwas Warmes zu trinken. Da ist gerade eine Konferenz, wir gehen also hierher zurück, um uns zu unterhalten. Wir haben viel Zeit.«
Als wir in das verrauchte Lehrerzimmer kamen, wedelte Miss Heath die graue Wolke mit königlichen Handbewegungen weg. Ich goß Kaffee in die größte Styroportasse, die ich finden konnte. Miss Heath machte sich Kamillentee, den sie durch ein Sieb goß, ein einem Zaubertrank ähnliches Getränk, das zu ihrer Aufmachung paßte.
Sie trank winzige Schlückchen Tee, während wir zurückgingen, dann sagte sie: »Arch und Laura standen sich nahe, nicht wahr?«
»Ja. Er ist nach der Schule immer noch dageblieben, um an Projekten zu arbeiten, sich nützlich zu machen, und so weiter.«
»Ja.« Weitere Schlucke Tee. »Ich habe Zeichnungen gefunden, die er für sie gemacht hat. Sie waren bei den anderen Sachen aus ihrem Pult.«
Ich sagte: »Ich möchte sie gern sehen, wenn Sie nichts dagegen haben. Die Zeichnungen, meine ich.«
Wir traten wieder ins Klassenzimmer, das eher einer Höhle voller Viecher glich. Sie winkte mir, ich solle mich setzen, während sie in den Pultschubladen wühlte.
»Ich habe Karamel für die Halloweenparty gemacht«, sagte ich, um das Schweigen zu überbrücken.
Wieder die gerunzelte Stirn, als sie ihre Suche unterbrach.
Sie sagte: »Ohne Zucker?«
Ich seufzte. »Nein, leider nicht.«
Sie nahm einen gelben Umschlag aus dem Pult.
»Das hier ist alles aus Ms. Smileys, aus Lauras Pult, außer einer Kaffeetasse. Arch hat ihr bei einem Projekt über kleine Säuge-

tiere für die fünfte Klasse geholfen. Es ist alles hier drin. Es geht bestimmt in Ordnung, wenn Sie seine Arbeiten mitnehmen. Lassen Sie den Rest da – ich muß ihn beim Rektor abgeben. Arch hat eine außergewöhnliche künstlerische Begabung, obwohl er sie in meiner Klasse selten einsetzt.«

Ich holte Zeichnungen von Waschbären, Mäusen, Präriehunden, Stinktieren heraus. Während ich sie bewunderte, stand Miss Heath auf und öffnete ein Fenster. Ich schüttete den Rest aus dem Umschlag, ein Notenbuch, ein paar Blätter mit Konferenzterminen, ein Lehrerhandbuch namens *Der Biologieunterricht*, anderer Kram. Ganz zuletzt eine kleine Brieftasche.

Ich schaute auf. Miss Heath schrieb an die Tafel: Halloweennoten in die Musikstunde mitbringen. Ich machte die Brieftasche auf.

Sie enthielt ein paar Bilder von Schülern, ein uraltes Foto, das, wie ich annahm, Laura mit ihren Eltern zeigte, ein paar Gesichter, die mit vertrauten Namen aus der Schachtel mit den Briefen und von der Fotowand in Lauras Haus unterzeichnet waren, und dann ging ein Ruck durch mich. Ein Bild von einem noch kleinen John Richard Korman mit seinen Eltern, einem viel jüngeren Fritz und einer Vonette ohne rote Haare. Neben ihnen stand das Mädchen, der Teenager, dessen Bild im Wohnzimmer von Ms. Smiley und in Vonettes Schreibtisch gewesen war.

»Was ist denn das?« fragte Miss Heath. Sie war zurückgekommen und suchte wieder etwas in ihrem Pult.

»Oh«, sagte ich, »ich will nicht schnüffeln. Es ist nur ein Bild von einer Familie, die Ms. Smiley und ich kennen. Die sie gekannt hat. Ich frage mich, von wem sie es hat«, sagte ich, als ich das Foto herausnahm und umdrehte.

In einer unreifen weiblichen Handschrift, derselben wie auf den beiden anderen Fotos, stand darauf: »In glücklicheren Tagen.«

Die Zorneshitze stieg mir ins Gesicht, und ich fragte mich, wie gut Laura Smiley die Familie meines Exmanns tatsächlich gekannt hatte. Sie hatte in Aspen Meadow gelebt, war nach Illinois gezogen, dann wieder hierher zurück. Was für eine Verbindung zwischen ihnen in Illinois bestanden hatte, bis auf die vage Andeutung, sie sei Kindermädchen gewesen, wußte ich nicht.

Aber ich begann mich einiges zu fragen. War die Freundschaft zwischen meinem Sohn und ihr ein Schwindel gewesen? Hatte ihr tatsächlich soviel an ihm gelegen? Hatte sie ihn aus einem bestimmten Grund ausgesucht? Oder hatte sie sich gegen die Freundschaft mit ihm gewehrt, weil eine unerledigte Geschichte zwischen ihr und den Kormans ihr im Weg war?

»Ja?« sagte Miss Heath. »Leute, die Sie kennen?«

Ich starrte sie an, konnte mich nicht daran erinnern, worüber wir gesprochen hatten. Ich sammelte Archs Zeichnungen ein und steckte dann die Brieftasche und die anderen Sachen in den Umschlag zurück.

»Tut mir leid«, sagte ich. »Können wir jetzt nicht einfach über Arch reden?«

Miss Heath strich sich den Rock des bestickten Kleids glatt. »Wie sich Arch im Unterricht verhält«, sagte sie, »macht mir wirklich große Sorgen. Sein Benehmen deutet auf eine Art von Störung hin.«

»Welche Art von Benehmen?«

Sie stand auf und griff nach einem weiteren Bündel Papiere. »Gehen wir hinüber zu seinem Pult.«

Mein Herz machte einen Satz. Arch, der zu Hause einigermaßen ordentlich war, hatte in seinem Pult noch nie viel Ordnung gehalten. Während der Elternsprechstunden in den letzten fünf Jahren hatte ich mich immer verpflichtet gefühlt, das geballte Durcheinander aus zusammengeknülltem Papier, Bleistiften, Zeichenstiften, Handschuhen und überfälligen ausgeliehenen Büchern durchzugehen, um etwas Ordnung in das Chaos zu bringen. Heute war es auch nicht anders. Das Innenleben seines Pults lag ausgebreitet auf seinem Stuhl. Miss Heath redete weiter, so daß mein zwanghafter Drang, hier aufzuräumen, ohnehin noch einen Augenblick warten mußte.

»Ich mache mir schon den ganzen Monat lang Sorgen um Arch«, sagte sie. »Natürlich weiß ich, daß der Verlust von Laura Smiley für alle Kinder ein Schock war. Die meisten waren früher ihre Schüler. Die Psychologen haben uns geraten, sie ihre Gefühle zu Papier bringen zu lassen.«

Sie stöberte in dem kleinen Papierstapel vor ihr und gab mir ein Blatt.

Es stammte von Jane Ross: »Ich bin traurig über den Tod von Ms. Smiley, weil sie nett zu mir war und mich umarmt hat, als mein Vogel gestorben ist.«

Ein weiteres, von Charlie Johnson: »Das mit Ms. Smiley ist wirklich schlimm. Ich bin so traurig wie beim Tod meiner Großmutter. Aber sie war wenigstens alt.«

Clarissa Ludmiller hatte geschrieben: »Heute ist ein ganz unglücklicher Tag, weil Ms. Smiley gestorben ist. Sie war witzig und hat uns immer zum Lachen gebracht. So werde ich sie in Erinnerung behalten.«

Dann gab mir Miss Heath Archs Blatt.

Darauf stand: »Ich kann nicht schreiben, wie ich mich fühle, weil meine Lehrerin tot ist.«

Ich sagte: »Hm.« Ich wußte alles darüber, wie wichtig es war, Gefühle auszudrücken. Aber wenn er dazu noch nicht bereit war, war er eben noch nicht dazu bereit.

»Dann«, fuhr Miss Heath fort, »habe ich ihnen aufgetragen, in ihre Tagebücher, die sie von Zeit zu Zeit vorlegen, zu schreiben, wen sie wirklich hassen. Sogar wenn ich das sein sollte.«

Jetzte reichte sie mir den Tagebucheintrag eines anderen Schülers: »Der Mensch, den ich hasse, ist meine Schwester. Ich war so froh, als ich meine Großeltern besucht habe und sie ins Lager gefahren ist. Oma hat mir eine Riesentafel Hershey gekauft, und ich mußte nicht mir ihr teilen.«

Noch ein Tagebucheintrag: »Der Mensch, den ich hasse, ist Atoll Komehni, weil er die Amerikaner haßt.«

Die nächste war von Arch. Er hatte geschrieben: »Der Mensch, den ich hasse, ist mein Großvater. Nicht der in New Jersey, obwohl der ein bißchen komisch ist. Aber mein anderer Großvater hat keine Achtung vor dem menschlichen Leben.«

»Was?« sagte ich laut. »Um Himmels willen, Fritz entbindet Babys!«

Miss Heath trank einen Schluck Tee und sagte: »So habe ich auch reagiert. Aber ich habe ihn nicht danach gefragt, weil die Tagebücher ihre Privatsache sind, auch wenn ich sie zu sehen bekomme. Ich sage ihnen immer, sie können hineinschreiben, was sie wollen.« Sie machte wieder eine Pause. »Aber am meisten erschreckt mich, wie er sich in diese Fantasy-Rollenspiele hineinsteigert.«

Ich atmete tief aus. »Er steigert sich wirklich ziemlich in sie hinein«, wiederholte ich lahm.

Sie fuhr fort, ohne mich zu beachten. »Oft bleibt er während einer Pause hier, um an einem Spiel zu arbeiten, oder er beschäftigt sich in seiner Freizeit damit.« Sie zeigte auf die andere Seite des Zimmers, wo ein fluoreszierendes Licht ein Gestrüpp aus Pflanzen beschien. »Er sagt, er will dort Milchwurz für seine Zaubertränke anbauen.« Dann kamen die gefürchteten Worte.

»Es ist zwanghaft.«

»Ich weiß«, sagte ich. Selbst der unbedarfteste Psychologiestudent wußte, daß Gefühle, die nicht ausgelebt wurden, unter die Oberfläche gingen und nach einer angemessenen Inkubationszeit als Neurosen wieder zum Vorschein kamen. Aber zwanghaft? Als Leidenschaft für Zaubertränke?

Miss Heath sagte: »Ich bin besorgt darüber, wie ernst das ist. Seine schulischen Leistungen haben stark nachgelassen, und er steckt nur noch mit einem Freund zusammen, mit Todd Druckman. Er ist äußerst empfindlich geworden.«

»Empfindlich war er schon immer«, warf ich ein.

Sie schüttelte den Kopf.

»Ich weiß, daß er sensibel ist«, sagte sie, »aber ich meine etwas anderes. Letzte Woche ist etwas passiert, was mich bewog, Sie anzurufen.« Wieder eine Pause, zwei Schlückchen Tee. »Im ersten Monat in meiner Klasse hat Arch Eindruck auf mich gemacht, weil er so großzügig war. Er hatte immer einen Bleistift, eine Büroklammer oder sonst etwas für einen Klassenkameraden. Aber Anfang der Woche hat John Hickles etwas in Archs Pult gesucht. Er brauchte einen Radiergummi, hat er später gesagt. Arch, der sich um die Wüstenspringmäuse da drüben gekümmert hat« – sie deutete auf einen Käfig neben dem fluoreszierenden Licht –, »kam hergerannt und hat gebrüllt, er solle seine Sachen in Ruhe lassen.«

»Das ist wirklich untypisch«, sagte ich. »Obwohl er mich neulich beschuldigt hat, ihm nachzuspionieren.«

Miss Heath nickte. »Unterdrückte Gefühle, und jetzt plötzlich Wutanfälle. Was halten Sie davon, wenn sich der Schulpsychologe mit ihm unterhält?«

Dieser Vorschlag wurde innerhalb von vierundzwanzig Stunden jetzt schon zum zweiten Mal gemacht.

»Nein«, sagte ich. »Bitte. Noch nicht. Lassen Sie mich erst versuchen, mit ihm zu reden.«

»Ich glaube, daß es wirklich eine gute Idee ist. Ich bin überzeugt, daß er psychologische Beratung braucht.«

»Lassen Sie mich darüber nachdenken.«

»Okay, wie Sie wollen«, sagte sie, »aber ich glaube, Sie machen einen Fehler, wenn Sie nicht sofort etwas unternehmen.« Eine lange Pause, in der sie wieder ihren Rock glattstrich. »Gut. Danke, daß Sie gekommen sind. Bald treffen die Kinder ein.« Sie stand auf, mein Stichwort, daß das Gespräch beendet war. Als ich mich nicht rührte, sagte sie: »Ich muß mich jetzt wirklich um verschiedene Dinge kümmern.«

»Bitte tun Sie das«, sagte ich mit belegter Stimme und wich ihrem Blick aus. »Aber«, fuhr ich fort, »ich möchte noch hier sitzen bleiben und das alles verarbeiten.« Ich schaute auf Archs mit Papier vollgestopftes Pult hinunter. »Vielleicht bringe ich dieses Chaos hier in Ordnung. Dann braucht er keinen Wutanfall mehr zu bekommen, wenn er oder ein anderer einen Radiergummi sucht.«

Miss Heath zuckte die Achseln. »Wie Sie wollen«, sagte sie wieder.
Ich schaute auf die Uhr. Halb neun. Vor Viertel vor neun würden die Schüler nicht kommen. Bis dahin konnte ich fertig sein. Arch war immer dankbar, wenn ich für ihn aufräumte, obwohl ich mich bemühte, es nicht zu oft zu tun. In Elternberatungsseminaren wurde einem immer eingebleut – ein Ausdruck, den sie niemals benutzt hätten –, daß die Kinder für ihr Durcheinander selbst die Verantwortung übernehmen müßten.
Wie auch immer, ich fragte mich, ob an der Geschichte mit dem Radiergummi mehr war, als ich gehört hatte. Ich zog den Abfalleimer heran und setzte mich wieder.
Als erstes kamen die Mathematikseiten heraus. Mehrere Bündel, mit Archs wackligen Nullen, die über die Linien trieben wie Quallen. Ich lächelte, dachte an seine Gewohnheit in der ersten Klasse, auf der Zunge herumzukauen, wenn er die Zahlen 1 bis 100 schrieb. Dann Arbeiten in Gemeinschaftskunde, über Drogen und den Widerstand gegen den Druck Gleichaltriger. Meine tastenden Hände holten sechs Radiergummis und zerknüllte Biologiearbeitsblätter über Wüstenspringmäuse und ihren Lebensraum heraus. Bleistifte, ein Handschuh, Würfel. Diktat. Inhaltsangabe. Noch mehr über Wüstenspringmäuse.
Und dann.
Ein zerknitterter Umschlag. Beiges Briefpapier. Etwas darin, was ich mir nicht anschaute. Nicht von der Schule, nicht von zu Hause. Ich warf einen kurzen Blick auf den Umschlag und griff dann mit der Lässigkeit, die oft mit völliger Fassungslosigkeit einhergeht, nach meiner Handtasche.
Auf dem Umschlag stand: »Für Arch, meinen besonderen Freund«. In die Ecke rechts oben war gekritzelt: »2. Oktober«. Ich kannte die Handschrift von zahlreichen schriftlichen Mitteilungen – Berichte über schulische Fortschritte, Bemerkungen zu Aufsätzen, Dankschreiben für Hilfe bei Ausflügen. Ich steckte den Brief in meine Tasche.

Die Handschrift war die von Laura Smiley.
Das Datum war der Tag vor ihrem Tod.
Vielleicht hatte sie doch einen Abschiedsbrief hinterlassen.

Mir war schwindlig, als ich das Schulgebäude verließ. Es war wichtig, daß ich Arch nicht begegnete: Mein Blick hätte mich verraten. Das Schuldgefühl setzte meinem Gewissen zu wie Schüsse. Der Brief hätte ein Loch in meine Tasche brennen können. Ich konnte ihn noch nicht lesen. In zehn Minuten sollte ich auf der anderen Seite der Stadt mit dem Putzen anfangen; die Dame des Hauses gab um zwölf Uhr mittags eine Bridgeparty.

Wellen von Kindern strömten jetzt ins Schulgebäude. Mit einem trotzigen Knurren sprang der Lieferwagen an. Ich schaltete in den ersten Gang und fuhr los.

Der Auftrag war in Aspen Hills, eine Wohngegend aus schachtelartigen modernen Häusern, die aussahen, als ob sie allesamt fix und fertig Eiswürfelschalen entsprungen seien. Im Haus meiner Auftraggeberin verdrängte ich Lauras Brief an meinen Sohn, ihren »besonderen Freund«, während ich die in den Fußboden eingelassenen Wannen und gefliesten Böden mit Reinigungslösung vorbehandelte, ehe ich im Wohnzimmer anfing. Der Architekt, der für dieses Haus verantwortlich war, hatte offensichtlich nie in seinem Leben ein Fenster geputzt. Ich stellte eine Leiter gegen das dreistöckige Glasfenster und stieg mit einem Eimer hinauf, der einen Gummiwischer und eine Sprühflasche mit Ammoniaklösung enthielt. Unten schwankte die Leiter auf einem genoppten, chartreuse- und rosafarben gehaltenen Teppichboden.

Ich fragte mich erstens, ob es das Aussehen des Teppichs verbesserte, wenn ich die Lösung darauf vergoß, und zweitens, ob meine Lebensversicherung für Arch ausreichte, falls die Leiter umfiel. Zu meinem die Höhenangst noch steigernden Kummer stellte ich fest, daß die Decke zwischen den rohen Balken mit demselben grün-rosa Teppichboden ausgeschlagen war. Der Architekt hatte keinen Sinn fürs Praktische gehabt; der Innenarchitekt war wahnsinnig gewesen.

Nach drei Stunden war das Haus aus Atlantis sauber, und ich war ausgehungert. Die Konditorei lockte: Blätterteigpasteten und Tee. Der Lieferwagen schob sich wieder trotzig und Staub aufwirbelnd durch die Stadt, aber ich war dankbar für seine Zuverlässigkeit und das wärmere Wetter. Trotz des Frosts am frühen Morgen blieb der Monat sommerlich und trocken. Ich konnte es noch eine Weile ohne Schnee aushalten, denn der Schneesturm aus Schwierigkeiten in meinem Leben reichte mir.

Die Luft in der Konditorei war erfüllt vom Duft nach frischen Schokoladentörtchen. Ich wußte, daß Patty Sue irgendwann in der nächsten Stunde nach ihrem Termin bei Fritz hereinkommen würde. Das gab mir Zeit genug, mein schlechtes Gewissen damit zu beruhigen, daß ich schließlich Bescheid wissen mußte, eine Formulierung, die an Orten wie dem Pentagon gebräuchlich ist. Aber ich mußte mein Mittagessen und Lauras Brief vor der Fahrstunde verdauen.

Ich griff behutsam nach dem zerknitterten Brief und strich ihn auf dem Tisch glatt.

»Korrespondenz?« fragte Fritz Korman über meine Schulter weg.

Er begegnete meinem nach oben gerichteten Blick mit einem versöhnlichen Nicken, dann setzte er sich in den Stuhl mir gegenüber. Bei seinem plötzlichen Auftauchen fragte ich mich, ob er mich vom Bürofenster aus beobachtet habe.

»Darf ich mal sehen?« fragte er, als er nach dem Brief griff, den ich schnell wieder in die Handtasche steckte.
»Nein.« Ich machte eine Pause. »Warum interessierst du dich so dafür? Kam dir die Handschrift bekannt vor?«
Er lachte. »Spielst immer noch Detektiv, wie ich sehe. Nein, sie ist mir nicht bekannt vorgekommen. Ich habe nur gedacht, wenn du dir die Freiheit herausnimmst, in meiner Kartei herumzustöbern, hast du auch nichts dagegen, wenn ich deine Briefe lese.«
»Stimmt.« Ich bohrte die Gabel in die Pastete. Der würzige Geruch des Fleisches und der Zwiebeln entströmten ihr. »Fritz«, sagte ich, »willst du mir etwas über den Fall mit den Verfahrensmängeln erzählen, in den du verwickelt warst?«
»Oh«, sagte Fritz, dessen attraktives Gesicht plötzlich heiter aussah, »die Pastete sieht ja hervorragend aus und riecht auch so. Ich glaube, ich esse auch was. Meine Patientinnen lieben die Konditorei.« Er zwinkerte mir zu. »Manche zu sehr. Was dagegen, wenn ich mich zu dir setze?«
Ich zuckte die Achseln.
»Hör mal, Goldy«, sagte er, als er gleich darauf mit zwei Schokoladentörtchen auf dem Teller wiederkam, »ich muß mit dir über etwas reden.«
»Oh?« sagte ich, ebenfalls heiter. »Über die Zeit in Illinois? Wie lautete die Anklage?«
»Gut.« Er legte den Kopf schief und machte sein ernstes Gesicht. »Das ist alles lange her und sollte der Vergangenheit angehören. Ich nehme an, deshalb war ich so überrascht, als du plötzlich mit den vielen Fragen in mein Büro geschneit bist.«
Ich trank Tee, wartete. Er rührte die Schokoladentörtchen nicht an.
»Ich habe Miss Smiley gekannt«, sagte er. Er schloß die Augen und nickte mehrmals. »Natürlich. Deshalb war ich ja mit den Lehrern und anderen, die sie kannten, auf ihrer Beerdigung.«
»Was für eine Beziehung habt ihr in Illinois zueinander gehabt?

Und hattest du hier Kontakt zu ihr? Ich meine natürlich, außer dem letzten Besuch in deiner Praxis.«
»Goldy, du weißt, daß ich Frauen ärztlich versorge. Aber das heißt nicht, daß ich sie verstehe.« Er lachte und schüttelte den Kopf. »Sie hat uns einmal, als wir auf Skiurlaub waren, diese Stadt hier gezeigt, Aspen Meadow. Sie war unser... sie hat uns geholfen. Aber wir hatten nicht mehr viel miteinander zu tun, nachdem... nachdem wir hierhergezogen waren. Wir waren begeistert von Aspen Meadow. Als es Zeit wurde, Illinois zu verlassen, sind wir hierhergekommen, teils, weil wir es schon kannten, teils, weil Colorado und Illinois damals dieselben Bedingungen für eine Zulassung als Arzt hatten. Aber Laura... sie... sie kannte Vonette –«
»Warum genau hast du Illinois verlassen? Und warum war Laura an ihrem Todestag bei dir? Wenn sie nicht deine Patientin war?«
Fritz stopfte sich ein Stück Schokoladentörtchen in den Mund. »Goldy«, sagte er zwischen dem Kauen, »ich habe dir alles gesagt, was ich dir sagen kann. Du weißt, daß ich über Praxisangelegenheiten oder irgend etwas in dieser Richtung nicht mit dir sprechen darf.« Er wischte sich den Mund und die Finger mit einer Papierserviette ab und schaute mich dann an. Sein Blick war stählern, dann weich.
»Schau«, fuhr er fort, wieder versöhnlich, »ich weiß, daß du in diese Geschichte hineingeraten bist, weil dein Geschäft nach diesem bedauerlichen Vorfall in Lauras Haus geschlossen worden ist.«
Ich schaute ihn an und blähte dann Magen und Brustkasten mit Luft auf. Es war eine Yoga-Atemtechnik, die ich in den Siebzigern gelernt hatte und die angeblich beruhigend wirkte. Es funktionierte nicht.
»Bedauerlich«, sagte ich, »weiß Gott. Du warst das Opfer, und es scheint dir ziemlich gleichgültig zu sein. Und schlimmer ist, daß es offenbar nicht aufzuklären ist, nicht wahr? Ich bekomme mehr Fragen als Antworten. Ziemlich merkwürdig, was? Weißt

du, ob Laura medizinische Probleme hatte? Emotionale Probleme?«
Er schürzte die Lippen, schüttelte den Kopf.
»Goldy«, sagte er, »davon weiß ich nichts. Das Mädchen, die Frau muß Probleme gehabt haben; deshalb hat sie sich umgebracht. Wir alle müssen es wegstecken, daß wir sie verloren haben. Und ich möchte dir in dieser angespannten Lage wirklich gern finanziell helfen. Erlaub Vonette und mir, daß wir dir zweitausend geben, bis du wieder aufmachst. Okay?«
Ich schüttelte den Kopf, aber er ignorierte es.
Er sagte: »Und ich wüßte es zu schätzen, wenn du damit aufhörst, dir wegen dieser albernen Geschichte mit dem Rattengift Gedanken zu machen. Laß die Polizei doch einfach ihre Arbeit tun. Die hat die meisten Informationen. Die weiß, was sie tut.«
Ich stand auf, um meinen Platz zu räumen. Ich sagte: »Wenn ich mich recht erinnere, war das die Einstellung, die bei Watergate so hervorragend funktioniert hat.«
Er lächelte, stand auf, setzte sich, seufzte.
»Knallhart, so ist unsere Goldy. Wenn ich John Richard gewesen wäre, hätte ich vielleicht gelernt, wie ich dich –«
»Na so was, ist das nicht gemütlich«, sagte Marla, als sie hereingewatschelt kam. Sie trug einen himmelblauen Jogginganzug, bestickt mit winzigen türkisfarbenen Federn. Hinter ihr her flatterte Patty Sue, ein Traum in einem rosa Mohairpullover und weißen Wollhosen. »Ist die Konditorei ein neutrales Gebiet? Vergiftungsversuche verboten? Kein Grund für Feindseligkeiten, es sollte ein Witz sein. Was haben wir denn da? Pastete und Schokoladentörtchen! Aber ich störe.«
»Du störst nicht«, sagte ich und winkte Patty Sue, es sei Zeit zum Gehen.
Marla schmollte. Ich sagte zu ihr: »Fritz hat mir eben gesagt, daß er Frauen nicht versteht und hofft, daß du ihn aufklären kannst.«
»Oh, Fritz, das klingt einfach zu verlockend, als daß ich es in Worte fassen könnte«, sagte Marla, setzte sich neben ihn und

beäugte das restliche Schokoladentörtchen. »Ich habe noch nie im Leben jemanden aufgeklärt.«
Mit dieser hoffnungsvollen Bemerkung im Ohr führte ich Patty Sue hinaus. Pomeroy hatte mich beauftragt, für sie eine Genehmigung zum Fahrunterricht einzuholen. Das erwies sich als einfach, weil Patty Sue zum Glück fleißig gelernt hatte und die schriftliche Prüfung bestand.
»Ich habe noch nicht zu Mittag gegessen«, sagte sie, als wir auf dem Weg zur Fahrstunde waren. »Du?«
Sie kaufte sich im Dairy Delight neben der High School einen Hot dog und eine Eiswaffel. Wir machten uns auf zum Unterricht; ich hielt die Eiswaffel, während sie den Hot dog aß.
»Patty Sue«, fing ich an, in einem milden Ton, wie ich hoffte, »könnten wir uns kurz über Laura Smiley unterhalten? Bitte.«
Sie stöhnte.
»Das erinnert mich daran«, sagte sie zwischen Bissen, »daß Trixie angerufen hat. Aus dem Sportclub. Sie wollte genau wissen, wann du dort saubermachst und wann wir das Essen bringen.«
»Gut«, sagte ich. »Habt ihr noch über was anderes gesprochen?«
Patty Sue blickte mich mit glasigem Ausdruck an. Sie sagte: »Dieses Mal nicht«, und machte sich über die Eiswaffel her.
»Worüber habt ihr letztes Mal gesprochen?«
»Das kann ich dir nicht sagen, Goldy.«
»Warum nicht?«
»Ich darf nicht. Es ist zu... gefährlich.«
Oh, es reicht mir, dachte ich. Ich schaute mich um. Pom hatte gesagt, die Fahrschule sei oberhalb des Parkplatzes, neben Dairy Delight. Warum die Stadtväter zwischen zwei Teilen der High School eine kleine Ladenpassage erlaubt hatten, ging über mein Begriffsvermögen. Aber ich stellte es ebensowenig in Frage wie die Arbeitsmethoden der Polizei.
»Schluß für jetzt mit dem Naschen«, sagte ich energisch zu Patty Sue, als sie einen sehnsüchtigen Blick zurück auf die riesige

gläserne Eiswaffel warf. »Du willst dich doch nicht in eine Salzsäule verwandeln.«

»Was?«

»Du weißt doch«, sagte ich, »Lots Weib. Sie schaute sich um, obwohl es verboten war.«

»Ich verstehe nicht, worüber du redest.«

»Vergiß es.«

Ein Junge im Kindergottesdienst behauptete, nachdem er diesen Teil der Geschichte von Sodom und Gomorrha gehört hatte, seine Mom habe sich nach ihrem Haus umgeschaut und sich in einen Leitungsmast verwandelt. Jetzt warf ich einen sehnsüchtigen Blick zurück auf meinen Lieferwagen. Ich wäre liebend gern anderswo gewesen als dort, wo wir hingingen.

Wir stiegen über eine abschüssige Betonrampe und sahen Pomeroy und seine Schüler mitten auf einem Pflasterstreifen stehen. Obwohl die Temperatur nur zehn Grad betrug, hatten die Teenager, die in Grüppchen herumstanden, weder Pullover noch Jacken an, sondern die jeweilige Einheitskleidung ihrer Gruppe: Popper, Punks oder Sportler. Jedoch keine Hippies und keine ideologischen Parolen auf den T-Shirts. Die Zeiten hatten sich geändert.

»Da sind Sie ja«, sagte Pomeroy, als er auf uns zuschlenderte. Mein Herz schlug einen Salto, aber ich ignorierte es.

»Ich liefere Ihren Lehrling ab«, erklärte ich. »Darf ich mich jetzt auf die Rampe setzen, während Sie unterrichten?«

Pomeroy schüttelte den Kopf. »Tut mir leid«, sagte er, »Sie müssen sich zu ihr ins Auto setzen. Die anderen lernen schon seit sechs Wochen fahren. Aber Patty Sue braucht noch Beistand.« Er lächelte meine Hausgenossin in ihrer rosaweißen Aufmachung an.

Sie sagte: »Ich bin froh, daß ich dieses Mal einen richtigen Fahrlehrer habe.«

»Sie können mein Fahrschulauto nehmen«, sagte Pom zu mir und zeigte auf ein gelbes japanisches Vehikel auf der anderen Seite. »Ich habe es selbst umgebaut, es hat eine Bremse auf

Ihrer Seite. Sie können also eingreifen, falls es nötig ist. Das ist Fahrunterricht im alten Stil. Das ist meine letzte Stunde für heute, wenn wir fertig sind, können wir also bei Dairy Delight Eis mit heißer Schokoladensauce essen. Klingt das gut?«

»Klingt super«, sagte Patty Sue.

Er zwinkerte mir zu. »Sobald wir an der Übungsstrecke sind, gebe ich ihr die Anweisungen. Sie können sie hinüberfahren.« Dann wandte er sich Patty Sue zu. »Junge Dame, Sie werden im Handumdrehen fahren wie ein Profi.«

O Gott. Für ein solches Bildungserlebnis fehlte mir nun wirklich die Zeit.

»Mann«, sagte Patty Sue, als sie die Tür des alten gelben Civic aufmachte, »ist das ein kleines Auto.«

»Verglichen mit dem Lieferwagen«, sagte ich, als ich auf den Fahrersitz schlüpfte, »kannst du das laut sagen.«

Die Teenager trotteten über die mit orangegelben Kegeln markierte Spur zur Seite des Fahrschulgeländes, die an Dairy Delight grenzte. Dort baute sich etwa die Hälfte von ihnen am Streckenrand auf, während die anderen in einer Reihe dunkler Autos verschwanden, mit taxiähnlichen Schildern auf dem Dach – VORSICHT! FAHRSCHÜLER!

Mir war aufgefallen, daß unser Auto kein solches Schild hatte, vermutlich weil es Pom gehörte. Wer mußte auch schon vor uns gewarnt werden? Ich schaute auf die kleine Windschutzscheibe und versuchte, die Vision, wie ich hindurchflog, abzuschütteln.

Patty Sue sagte: »Ich habe Angst. Du weißt schon, was ich meine. Wenn nur Pom neben mir säße.« Genau das dachte ich auch.

Patty Sue wand sich auf dem Sitz. Sie sagte: »Ich fühle mich so verkrampft.«

In diesem Augenblick winkte Mr. Wunderbar uns zu und hupte uns aus seinem hübschen, großen, sicher wirkenden Saab an.

»Erster Gang!« Er rief nach hinten und gab das Zeichen: Treck marsch! In Colorado gerät der alte Westen nie in Vergessenheit.

Ich legte den ersten Gang ein und fuhr los. Ich schaute hinüber

auf Patty Sues Füße, die neben der Bremse waren. Sie fing meinen Blick auf und trat aufs Bremspedal. Wir hielten mit quietschenden Reifen.
»Was machst du denn?« wollte ich wissen. »Würdest du dich bitte anschnallen und dich nicht rühren?«
»Ich hab gedacht, ich soll bremsen«, sagte Patty Sue. »Und ich bin sowieso zu lang für diesen kleinen Sitz.«
Ich sagte: »Die Japaner sind nun mal klein.«
Der Saab tuckerte vor uns her, und einen Augenblick lang überkam mich das ängstliche Gefühl, das man auf einer Riesenachterbahn hat. Als wir die Schülergruppe erreichten, sprang Pom heraus.
Er signalisierte den Fahrschülern, noch eine Runde zu drehen, ehe er auf uns zukam. Auf sein Geheiß tauschten Patty Sue und ich die Plätze.
»Okay«, sagte er, langte über Patty Sues Schoß und ließ den Motor an. »Sie haben gesagt, Sie haben schon etwas Fahrpraxis.«
»Ja«, sagte Patty Sue zögernd.
Ich dachte: Wenn sie lügt, bringe ich sie um.
»Wissen Sie noch, daß Sie jedesmal, wenn Sie in einen anderen Gang schalten, auf die Kupplung treten müssen?« fragte Pomeroy. Sie nickte, und er fuhr fort. »Dann wollen Sie etwas schneller fahren. Wissen Sie, wie Sie einen anderen Gang einschalten?«
Sie nickte wieder. »Das habe ich zu Hause in unserer Einfahrt geübt. Vom Leerlauf in den Rückwärtsgang.«
Pom runzelte die Stirn und sagte: »Stellen Sie doch den Sitz etwas weiter nach hinten, Patty Sue. Aber sachte. Wenn Sie nach hinten rücken, rutscht Goldy weiter nach vorn. Ich habe es für Teenager mit kürzeren Beinen als der Fahrlehrer so gemacht. Bei Ihnen ist es andersherum.«
Ich konnte es nicht leiden, wenn Bemerkungen darüber gemacht wurden, daß ich klein war. Um den Mangel an Beinfreiheit auszugleichen, legte ich Patty Sues Tasche auf den Rück-

sitz, neben *Bienenhaltung zu Hause* und *Biologie für die fünfte Klasse (Lehrerhandbuch).*

Patty Sue seufzte und stellte ihren Sitz zurück. Mein Gesicht machte einen Satz Richtung Windschutzscheibe.

»Nicht so weit!« schimpfte ich, aber Patty Sue war unterwegs.

»Sag's mir, wenn ich dich nervös mache!« schrie sie, während sie Gas gab, im ersten Gang. Wir machten einen Sprung nach vorn.

Als ich versuchte, es mir etwas bequemer zu machen, kam sie nach rechts ins Schleudern.

»Toll, der lenkt sich kinderleicht!« rief sie, als wir auf zwei Räder kippten und meine Tür aufging.

»Nein, nein!« brüllte ich. Aber sie scherte nach links aus und dann wieder nach rechts. Nur der Gurt verhinderte, daß ich hinausfiel.

»Bremsen!« rief Pomeroy. »Bremsen!«

Mit der nächsten quietschenden Kurve war ich wieder im Auto und trat mit beiden Füßen auf die Bremse.

»Verflucht noch mal!« schrie ich eine überraschte Patty Sue an. »Ich habe ein Kind zu Hause, für das ich sorgen muß! Und in meinem Alter bin ich nicht scharf auf einen längeren Krankenhausaufenthalt und ein künstliches Gebiß! Wirst du dich jetzt beruhigen, Herrgott noch mal!«

»Ich glaube, ich kann das nicht besonders gut«, sagte sie, zerknirscht angesichts meiner jähen Wut.

Pom kam herüber und beugte sich auf ihrer Seite herein.

»Nun seid doch friedlich, Mädchen.«

»Oh, halten Sie die Klappe!« sagte ich. »Setzen Sie sich doch herein und fahren mit Mario Andretti im ersten Gang. Damit Sie mal merken, wie das ist.«

Sanft gab Pom Patty Sue noch einmal Instruktionen über die Gänge, die Kupplung, das Gas und, was aus meiner Sicht das wichtigste war, die Bremse. Daß Patty Sue bequemen Abstand zum Lenkrad gewonnen hatte, hieß, daß meine Füße nur Zentimeter vom Bremspedal auf meiner Seite entfernt waren.

Die Schüler, die immer noch in Grüppchen herumstanden, kicherten und zeigten auf uns.
»Tut mir leid«, sagte Patty Sue, als Pom wieder weggeschlendert war. »Ich verpfusche einfach alles.«
Ich hatte wider Willen ein schlechtes Gewissen.
»Du verpfuschst nicht alles«, versicherte ich ihr, als wir, immer noch im ersten Gang, auf die kurze Mittelspur des Übungsgeländes zuholperten. Als sie nicht antwortete, musterte ich die Kegel und Hindernisse, die von der Rampe aus wie ein Minigolfplatz ausgesehen hatten. Jetzt wirkten sie riesig und unnachgiebig. Dagegen sahen Dairy Delight und die Autos auf dem High-School-Parkplatz wie Versatzstücke einer Spielzeugeisenbahn aus. Lachende, blasierte Teenager sausten auf beiden Seiten an unserem Honda vorbei, schalteten herunter und hinauf und steuerten so mühelos wie Kinder auf Dreirädern um die Hindernisse herum.
»Doch, ich verpfusche alles«, sagte sie, während wir warteten, bis wir an der Reihe waren.
»Komm schon, Patty Sue«, sagte ich mit geheucheltem Optimismus. »Du wirst fahren lernen, das Geschäft wird wieder aufgemacht, alles wird gut werden.«
»Wenn ich fahren gelernt hätte, als ich es sollte, dann müßten wir das heute nicht machen. Und wenn ich nicht gewesen wäre, dann wäre dein Geschäft schon wieder geöffnet.«
Jetzt hatte sie meine volle Aufmerksamkeit. Wir standen immer noch, deshalb sagte ich: »Was meinst du damit?«
»Du weißt schon, mein Gespräch mit Laura«, sagte sie mit klagender Stimme. »Wenn sie nicht gestorben wäre, dann wäre das in ihrem Haus nicht passiert.«
Schließlich waren wir dran. Patty Sue ruckte im Schneckentempo mit dem Honda vorwärts, während Teenager in den vorbeifahrenden Autos uns spöttisch anbrüllten. Sie katapultierte uns in den zweiten Gang, und wir wurden etwas schneller.
»Geben Sie ein bißchen mehr Gas!« rief Pomeroy.
Patty Sue gehorchte und sagte dann: »Ich glaube, wenn ich es

dir erzähle, passiert etwas Schlimmes. Jetzt in den vierten schalten?« fragte sie, als wir um einen Kegel herumfuhren.

Ich packte die Seiten meines Sitzes.

Ich sagte: »In den dritten. Konzentrier dich auf das Fahren. Über das andere können wir später reden.«

Aber sie war nicht zu stoppen. »Ich habe Angst, dir das mit Laura zu erzählen!« jammerte sie. »Ich habe Angst, daß etwas passiert!«

Mit diesen Gedanken beschäftigt, schaltete sie den Honda in den Leerlauf, und der Motor heulte. Dann kam sie in den vierten Gang, und das Auto seufzte, bis sie wieder aufs Gaspedal trat.

»Nein!« schrie ich, als wir an den ersten erschrockenen Teenagern vorbeirasten.

»Runterschalten!« kam von fern Pomeroys Stimme.

»Wenn ich dir sage, was ich Laura gesagt habe«, rief Patty Sue, während ihre Knöchel am Lenkrad weiß wurden, »könntest du sterben! Ihr ist das auch passiert!«

»Mach dir jetzt darüber keine Sorgen!« schrie ich über die Windgeräusche in unserem Auto hinweg.

»Ich weiß nicht, wie man runterschaltet!« rief Patty Sue aus dem Fenster.

»Paß auf!« brüllte ich, als ein VW vor uns auftauchte.

Patty Sue drehte wild am Lenkrad und zerschmetterte einen Scheinwerfer des VW. Als sie wieder ausscherte, fiel mein Körper nach hinten, dann nach vorn, und meine Füße verklemmten sich unter dem Bremspedal. Ich schaute hinaus auf die eingeschüchterte VW-Fahrerin, die vorsichtig aus ihrem Auto stieg.

Ich schrie: »Meine Füße sind eingeklemmt!«

Wir rasten direkt auf die Eisdiele zu.

»Ich kann nicht bremsen!« schrie Patty Sue. »Dann zerquetsche ich dir die Füße!«

»Nimm den Fuß vom Gas!« brüllte ich.

Sie schrie: »Ist das das Gaspedal?« und trat wieder darauf.

»Halt, halten Sie!« wurden Stimmen hinter uns laut.
Plötzlich tauchte Dairy Delight vor uns auf, wo die Tische und Stühle aufgestellt waren wie Bowlingkegel. Ein Kellner kam herausgerannt, ein Messer schwenkend. Ich ließ das Armaturenbrett kurz los und drückte auf die Hupe. Er brachte sich mit einem Satz in Sicherheit. Wir prallten mit einem kräftigen Geschepper gegen die Plastikstühle und Tische. Ich versuchte, meine Füße zu befreien, schaffte es aber nicht.
»Warum lenkst du nicht?« rief ich.
»Wohin?« schrie Patty Sue. Sie riß das Lenkrad nach links, gab dann wieder Gas.
Wir erreichten die Rückseite von Dairy Delight. Zwei Küchenhelfer holten die Reste aus drei riesigen Eiscremefässern. Vor uns lag ein Berg aus Matsch. Auf der anderen Seite war, wie ich wußte, die Betonrampe.
Der Honda glitt in den Eiscremeteich wie ein Wasserskiläufer im vollen Schwung; die Räder übergossen die Küchenhelfer mit einer Schlammwelle. Wir rutschten auf die Rampe zu.
»O Gott!« rief ich. »Nein!«
»Hilfe!« schrie Patty Sue. Sie brüllte wild und trat wieder aufs Gaspedal.
Ich sterbe, dachte ich, als wir gegen die Rampe prallten. Aber wir hielten nicht. Der Honda erklomm sie. Wir schwebten über dem Beton. Unter uns waren die Autos auf dem Schulparkplatz. Patty Sue wurde ohnmächtig.
Leider konnte ich unsere Flugbahn nur allzugut sehen. Wir steuerten ein Dach an, ein Autodach, von dem ich mir vorzustellen versuchte, es sei weich. Eine Wolke. Ein Trampolin. Aber nein. Als der Honda auf meinem Lieferwagen landete, gab das Blech nach wie eine Bierdose.

Frauen in Krankenhaushemden machen mich wirklich an«, sagte Tom Schulz, als er mir das Knie unter dem weißen Laken tätschelte.

Das Zimmer war leicht verschwommen, bekam dann aber deutlichere Konturen: im krankenhausgrün gestrichene Wände und ein Fenster, erleuchtet vom aprikosenfarbenen Licht des Sonnenuntergangs. Ich sagte zu Tom Schulz: »Sind Sie hier, weil ich gegen ein Gesetz verstoßen habe?«

Er stieß einen leisen Pfiff aus. »Und da komme ich her, um nett zu sein und Ihnen einen lieben Besuch abzustatten. Schauen Sie. Was stimmt nicht auf diesem Bild?«

Er gab mir ein Foto, von dem ich nicht wußte, ob es die Polizei, die Schule, ein Zuschauer oder das *Mountain Journal* aufgenommen hatte. Es zeigte den gelben Honda auf meinem Lieferwagen. Jemand hatte die Bildunterschrift daraufgeklebt: Fahrschule?

Ich gab es ihm zurück. »Wo sind die Berge im Hintergrund? Etwas Hübsches müßte doch auch darauf sein.«

»Ihre Freundin hat nicht versucht, mit dem Auto skizulaufen, Miss Goldy, sie hat versucht, damit zu fliegen.«

Eine Schwester schlüpfte herein, und ich schaute auf ihr Namensschild. Ich war im Lutheran Hospital. »Ist alles mit mir in Ordnung? Ist Patty Sue Williams –«

»Sie haben bloß ein paar Prellungen«, sagte sie. Sie überprüfte meinen Puls und schüttelte den Kopf. »Sie haben Glück, daß Sie nicht tot sind. Und nichts gebrochen haben. Wollen Sie ein Schmerzmittel?« Ich nickte, und sie fuhr fort. »Vermutlich müssen Sie heute nacht hierbleiben. Wir behalten Sie im Auge.« Sie lächelte. »Es heißt, daß Sie morgen wahrscheinlich entlassen werden können.«

Schulz zwinkerte mir zu. »Warum überlassen Sie es nicht mir, sie im Auge zu behalten?«

Sie ignorierte ihn und ging.

Ich schloß die Augen und wanderte im Geist durch meinen Körper. In meinem Kopf hämmerte es, und mein Rücken und meine Hüften taten weh.

»Wissen Sie, wo mein Sohn ist?« fragte ich Schulz. »Wie spät ist es?«

»Er ist zum Haus Ihrer Freundin Marla gegangen. Als ich hörte, daß es an der High School einen Unfall gegeben hat und daß Sie davon betroffen waren –« Er machte eine Pause und schüttelte den Kopf. »Ich bin zu Ihrem Haus gefahren. Ihr Sohn war schon nach Hause gekommen und hatte einen Zettel für Sie hinterlassen. An der Tür, ganz schlecht. Damit jeder Kriminelle weiß, daß niemand zu Hause ist. Jedenfalls habe ich dort angerufen, wo er war. Mit dieser geschwätzigen Marla gesprochen, die sagt, Arch kann bei ihr bleiben, solange Sie im Krankenhaus sind.«

»Danke«, sagte ich. Ich war nicht nur gerührt über die Mühe, die er sich gegeben hatte. Ich war überwältigt. Ich sagte: »Sie sprechen über die zweite Frau meines Exmanns.«

»Mal abgesehen von seiner ersten Frau«, sagte er, während er die Aussicht aus meinem Fenster musterte, »hat der Kerl keinen Geschmack.«

Ich sagte: »Wie geht es Patty Sue?«

»Sie hat nach Ihrem Exschwiegervater gefragt, als sie hergebracht wurde. Damit er ihren gebrochenen Arm behandelt.«

»Aber er ist doch Frauenarzt.«

»Verzeihen Sie mir, Goldilocks, aber Ihre Freundin ist nicht die Klügste. Ganz davon zu schweigen, daß ihr Fahrstil verbesserungsbedürftig ist.«

»Entschuldigen Sie, wenn ich das nicht komisch finde«, sagte ich zu Schulz. »Ich weiß Ihre Mühe zu schätzen, aber warum sind Sie eigentlich hier? Ich habe gedacht, Sie ermitteln gegen Rockerbanden?«

»Ich komme ganz schön herum«, sagte er. »Funkgeräte sind eine wunderbare Erfindung. Ganz davon zu schweigen, daß ich Sie ja anrufen sollte.«

Ich ächzte und vermied, zum Schrank zu schauen, in dem, wie ich hoffte, meine Tasche mit Laura Smileys Brief an Arch war.

»Wollen Sie also mit mir reden oder nicht?« fragte er und klopfte auf die Bettdecke.

Ich sagte: »Ich habe keine Arbeit, kein Auto, keine Hilfskraft, mein Sohn ist im Haus einer Freundin, und ich habe nicht die leiseste Ahnung, wie ich die Krankenhauskosten bezahlen soll. Ich bin im Augenblick wirklich nicht in der Stimmung, über die sogenannte Vergiftung zu reden.«

Er schnalzte mit der Zunge. »Ersparen Sie mir das. Sie wollten mit Ihrer Exschwiegermutter und Ihrer kleinen Freundin Trixie reden und mir alles erzählen, wissen Sie noch? Ich hatte gehofft, das könnten Sie heute abend bei einer Pizza tun. Eigentlich«, fuhr er fröhlich fort, »könnte ich uns Pizzas holen. Wir könnten im Krankenhaus zusammen essen. Mögen Sie Peperoni?«

In meinem Kopf dröhnte es wieder. Wie aufs Stichwort schwebte die Schwester mit einem kleinen Tablett herein, auf dem, wie ich hoffte, ein starkes Schmerzmittel lag.

»Oh, vielen Dank«, sagte ich überschwenglich, und dann zu Schulz: »Aus Vonette habe ich nicht viel herausbekommen. Aber das wird schon noch. Trixie, Patty Sue und Laura Smiley haben kurz vor Lauras Tod ein Gespräch im Dampfbad geführt.« Ich nahm die Tablette, dachte einen Augenblick nach. »Ich habe einen alten Artikel über ein eingestelltes Verfahren gefunden, damals in Illinois. Bei dem es um Korman senior ging. Sie wollen ihn vielleicht sehen, damit Sie der Sache nachgehen können. Der zerrissene Artikel liegt zu Hause neben dem Telefon. Er war der Grund dafür, daß ich die ganze Woche versucht habe, Sie zu erreichen. Sie bekommen ihn, sobald ich wieder draußen bin.«

»Noch was?«

»Das ist alles, was ich herausgefunden habe. Ich komme mir nicht gerade großartig vor«, sagte ich aufrichtig. Er war nett zu mir gewesen. Und er machte sich Sorgen um Arch. Unsere Blicke begegneten sich. »Nochmals vielen Dank, daß Sie nach meinem Sohn geschaut haben«, sagte ich. »Und nach mir.«

»Nur keine Verzierungen«, sagte er. »Ich will den Artikel. Haben Sie übrigens irgend etwas über jemanden namens Hollenbeck herausgefunden?«

»Ich habe den Namen auf einem Foto gesehen.«

»Ich habe den Namen von der High School in Illinois bekommen, an der Laura Smiley Referendarin war«, sagte er. »Ich habe dort angerufen und mit der einen Lehrerin gesprochen, die gleichzeitig mit unserer verschiedenen Freundin dort war. Sie hat sich an eine Schülerin von Laura Smiley namens Bebe Hollenbeck erinnert.«

»Können wir mit dieser Schülerin sprechen? Kann sie uns etwas sagen?«

»Sie ist seit zwanzig Jahren tot. Aber offenbar standen sich Laura und dieses Mädchen sehr nahe.«

Ich sagte: »Laura hat Bilder von ihr aufgehoben.« Ich dachte nach. »Ich frage Vonette, vielleicht redet sie über die Zeit in Illinois.«

»Abgemacht.« Er schenkte mir ein breites Grinsen. »Sind Sie sich immer noch nicht sicher, ob Sie mit mir ausgehen wollen? Das ist eine Möglichkeit für mich, Sie im Auge zu behalten, dafür zu sorgen, daß Sie in Sicherheit sind.« Er lächelte. »Falls das möglich ist.«

Ich erwiderte sein Lächeln, was schwierig war, weil die Schmer-

zen immer noch meinen Rücken verkrampften. Ich sagte: »Die Halloweenparty im Sportclub. Wir können zusammen hingehen, wenn Sie mögen.«
Die Schwester warf Schulz einen finsteren Blick zu, und er ging. Aber erst, nachdem er mir zugenickt hatte. Und zugezwinkert.
»Vor einer Weile war noch einer da, der Sie besuchen wollte«, sagte die Schwester, als wir allein waren. »Er ist gegangen, als er gemerkt hat, daß Sie schon Besuch haben, aber ich glaube, er kommt wieder.«
»Erzählen Sie mir bloß nicht, daß es ein Arzt war.«
»Das glaube ich nicht«, sagte die Schwester. »Groß? Gutaussehend? Hat behauptet, er ist schuld an diesem Schlamassel.«
Großartig. Ich konnte es nicht erwarten, diesen überirdischen Fahrlehrer Pomeroy Locraft zu erwürgen. Vielleicht lag mein Fenster so weit über dem Boden, daß ich die Schwester bitten konnte, ihn hinauszuwerfen.
Die Schwester sagte: »Holt morgen jemand Sie und Miss Williams ab?«
»Ich denke mir was aus«, versicherte ich ihr. »Bitte eine Krise nach der anderen.«
Ich rief Marla an; Arch ging es bestens. Sie waren auf dem Sprung, Hamburger essen zu gehen, nachdem Arch ihren letzten Brie dazu benutzt hatte, eine komplizierte Falle für die Hausmäuse zu bauen.
Als nächstes rief ich Vonette Korman an. Es war nach fünf, aber sie war geistig noch klar. Ich erinnerte Vonette daran, daß ich Patty Sue auf ihre Bitte hin aufgenommen hatte, daß Patty Sue eine Patientin ihres Mannes war und daß ich es der miesen Behandlung durch ihren Sohn zu verdanken hatte, daß ich für den Partyservice und für das Putzen einen Lieferwagen brauchte, den Patty Sue demoliert hatte. Und außerdem, fügte ich hinzu, ehe sie zu mehr kam als zu mitfühlenden Lauten, seien wir jetzt im Lutheran Hospital, und sie müsse uns morgen früh abholen. Zeitig.
»Wie furchtbar«, sagte Vonette.

»Stimmt«, sagte ich. Meine Tür ging wieder auf; ich mußte das Gespräch abschließen. »Und kann ich mir ein Auto von euch leihen, Vonette? Irgendwie muß ich mich ja schließlich fortbewegen.«
Sie murmelte etwas darüber, sie wolle sehen, was sich machen lasse, und ich legte auf.
Ein süß duftendes Persisches Alpenveilchen kam vor Pomeroy Locraft in mein Zimmer. Er hielt die Pflanze vor sich wie einen Schild, was vermutlich klug war. Patty Sue hatte einen Gips, aber mein Arm war gut in Form. Ich schaute mich nach einem geeigneten Wurfgeschoß um. Zu Pomeroys Glück war keines da.
»Vielleicht mögen Bienen den Geruch von Persischen Alpenveilchen«, sagte ich scharf, während ich mir die Kissen in den Rücken stopfte, »aber ich nicht. Nicht mal, wenn ich keine gebrochene Nase habe.«
Er lächelte. »Bienen mögen Gänseblümchen und Klee lieber. Patty Sue hat gemeint, es gefällt Ihnen.«
»Was haben Sie ihr mitgebracht, Toffees?«
»Honigbonbons.«
»Ich sollte Sie verklagen, bis Sie schwarz werden«, fuhr ich ihn an, »wegen Vernachlässigung der Aufsichtspflicht, wegen krimineller Unfähigkeit als Fahrlehrer und so weiter.«
Er stellte die Pflanze, eine blaßlila Duftwolke, auf den Rolltisch neben meinem Bett. Dann ließ er den schlacksigen Körper in einer langsamen Bewegung auf den einzigen Stuhl im Zimmer sinken.
Sein Gesicht war eingefallen vor Sorge. Seine Hand schnitt wellige Furchen in sein dunkles Haar. Schließlich schaute er mich an.
»Goldy, es tut mir leid. Die Schulversicherung kommt sicher für die Reparatur Ihres Lieferwagens auf. Das mit Patty Sue ist mir unbegreiflich. Ich hätte wirklich nicht gedacht, daß sie –«
»Gleichzeitig naiv und tollkühn ist? Wissen Sie überhaupt, was naiv ist?« Ich sank in die Kissen. »Verraten Sie's mir, Pom.

Sagen Ihre Schüler je zu Ihnen: ›Sie bringen mich auf die Palme?‹«

Er lief rot an, aber ausnahmsweise war ich nicht empfänglich für den Charme der Verletzlichkeit.

Ich sagte: »Und wenn ich Sie schon mal allein vor mir habe, verraten Sie mir auch gleich, was Laura Smileys Biologiebuch auf Ihrem Rücksitz verloren hatte.«

Jetzt wurde er knallrot. Meine Vermutung, daß ihr das Buch gehört hatte, war ein Volltreffer gewesen.

Er sagte: »Wir haben manchmal zusammen gearbeitet.«

»Sie waren befreundet?«

Er atmete aus, tiefer als ein Seufzer. »Was tut denn das zur Sache?«

»Viel.«

Er sagte: »Befreundet, ja. Wir arbeiteten zusammen am Frühlingsprojekt für die vierte und die fünfte Klasse. Manchen Schülern hat die Arbeit bei den Bienen Spaß gemacht. Ist die Frage damit beantwortet?«

»Sie und Arch standen sich sehr nahe«, sagte ich. »Das wissen Sie. Ihr Tod hat ihn schwer getroffen. Wissen Sie noch etwas über sie?«

Er machte eine Pause. Ich wartete.

»Es spielt jetzt keine Rolle mehr, nehme ich an«, sagte er. Er schaute aus dem Fenster. »Wir waren beide bei Al-Anon. Sie wissen, was das ist?«

Sonntags, mittags, Episkopalkirche. Natürlich. Ich nickte. »Klar. Das ist die Hilfsgruppe für die Angehörigen und Freunde von Alkoholikern. Können Sie mir sagen, was sie dort gesagt hat?«

»Nein.«

»Können Sie mir irgend etwas über sie sagen?«

»Was zum Beispiel? Ich will ihr Andenken nicht verraten.«

»Sie ist tot. Ich glaube nicht, daß es Selbstmord war, vor allem, weil etliches nicht ins Bild paßt.« Ich verlagerte das Gewicht auf den Kissen. Mir kam es so vor, als hätte die Schmerztablette mein Bett in ein Boot verwandelt, das durch eine Wanne in der

Größe des Zimmers trieb. Ich sagte: »Wissen Sie etwas über ihre Beziehung zu Fritz Korman?«

»Warum?«

»Ich werde verdächtigt, wegen dieser Sauerei mit dem Rattengift. Das Gesundheitsamt hat mein Geschäft geschlossen. Kein Kochen, kein Einkommen.«

»Kümmert sich denn nicht die Polizei darum?«

»Herrgott noch mal, Pom, die ist langsam.« Ich machte eine Pause, und der Duft der Pflanze stieg mir in die Nase. »Ich versuche, den Verdacht loszuwerden, ehe die Feiertage kommen. Diese nette Lehrerin stirbt, mein Partyservice wird geschlossen. Ich versuche statt dessen, mit Putzen ins Geschäft zu kommen, was erfordert, daß Patty Sue fahren lernt... und dann bekommt Patty Sue wieder mal Mattscheibe, und mein Lieferwagen ist hin. Deshalb habe ich Interesse daran, soviel wie möglich über Dr. Korman zu erfahren, den jemand umzubringen versucht hat, und über Laura Smiley, die vielleicht umgebracht worden ist. Wozu alles gehört, was Sie wissen«, schloß ich, wieder außer Atem und mit schwimmendem Kopf im Bettboot.

Pomeroy sagte: »Was wollen Sie wissen, die Vorgeschichte?«

»Alles.«

Er sagte: »Laura Smileys Vater war Alkoholiker. Daran ist er schließlich gestorben. Er fuhr sich und Lauras Mutter in der Nähe von Conifer gegen einen Lieferwagen. Der Alkoholspiegel in seinem Blut war dreimal so hoch wie der Wert, ab dem man als betrunken gilt.«

»Was hat das mit –«

»Moment mal«, sagte er und verlagerte das Gewicht auf dem Stuhl. »Damals war Laura schon lange fort. Sie war zum Studieren nach Illinois gezogen. Sie hatte dort Angehörige, diese Tante, die bei der Beerdigung war. Als sie mit der Universität fertig war, hat sie an einer High School unterrichtet – so hat sie die Kormans kennengelernt. Sie kam mit ihnen bei einem Skiurlaub hierher, als sie noch befreundet waren, als eine Art

Reiseführerin und Babysitter, obwohl sie erst ein- oder zweiundzwanzig war.
Nicht lange danach«, fuhr er fort, »verließen die Kormans Illinois. Zogen an den Ort, den Laura ihnen gezeigt hatte.«
»Wußten sie, daß sie hier war?«
Er zuckte die Achseln. »Sie wußte, daß sie nach Colorado gezogen waren. Sie wußte nicht, daß sie in ihre Heimatstadt gezogen waren. Als ihre Eltern starben, erbte sie das Haus und kam zurück. Ein Riesenzufall, von dem vermutlich keiner besonders begeistert war.«
»Als sie hierher zurückzog«, sagte ich, »hatte sie da Kontakt mit den Kormans?«
»Keinen gesellschaftlichen, soweit ich weiß.«
»Was meinen Sie damit?«
Er dachte nach, dann sagte er: »Laura ging den Kormans aus dem Weg, weil es böses Blut gegeben hatte.«
Ich sagte: »Böses Blut weshalb?«
Er schaute immer noch aus dem Fenster. Nach einem Augenblick sagte er: »Ich glaube, das sollten Sie besser Vonette fragen.«
»Großartig. Was ist mit Patty Sue?« fragte ich. »Offenbar hat sie mit Laura mindestens ein erderschütterndes Gespräch geführt.«
»Ja«, sagte er, »das stimmt.«
»Worüber?«
»Haben Sie mit Patty Sue gesprochen?«
»Ich hab's versucht, Pomeroy, aber das soll nicht heißen, daß ich eine Antwort bekommen hätte.«
»Ja, dann.«
Er zuckte wieder die Achseln.
»Warum wollte Laura den Kormans aus dem Weg gehen?« fragte ich. Das war mir das eigentliche Rätsel. »Dazu ist die Stadt doch viel zu klein. Hat sie wirklich diese Formulierung benützt, *aus dem Weg gehen*?«
Pomeroy wandte den Kopf; seine braunen Augen begegneten

meinen. Er sagte: »Sie haben gefragt, was sie bei Al-Anon gemacht hat. Sie mußte viel verarbeiten, den Unfalltod ihrer Eltern, die Beziehung zu den Kormans, die so eng gewesen war und ein so schlechtes Ende genommen hatte. Sie hatte jede Menge Kummer, viel Trauer, die sie verkraften mußte. Sie, ja, sie hat gesagt, daß sie diesen Leuten aus dem Weg gehen muß, daß es ihr weh tut, wenn sie irgend etwas mit ihnen zu tun hat. Sie hat gesagt, ihrer geistigen Gesundheit zuliebe muß sie auf Distanz zu ihnen bleiben.«

Ich starrte ihn an. Ich sagte: »Okay, erstens gehörte sie zum Sportclub, in dem die Kormans auch sind. Zweitens hat sie sich eng mit ihrem Enkel angefreundet, der zufällig mein Sohn ist. Drittens war sie unmittelbar vor ihrem Tod bei Fritz Korman. Sie hat einen Termin bei ihm gehabt, Pomeroy. Sie war an dem Tag, an dem sie starb, bei ihm in der Praxis. Herrgott noch mal, die Praxis hat ihr eine Rechnung geschickt. Erklären Sie mir, wie das alles dazu paßt, daß sie den Kormans aus dem Weg gehen wollte.«

Pomeroy schwieg einen Augenblick. »Wissen Sie, alle Antworten kenne ich auch nicht.« Er verschränkte die Arme über dem karierten Flanellhemd. »Ich meine«, sagte er nachdenklich, »wenn Sie wirklich wissen wollen, wer Korman aus dem Weg räumen wollte, sollten Sie sich überlegen, wer von seinem Tod profitiert.«

»Daran habe ich schon gedacht.«

»In einem Testament wird das Erbe meistens den nächsten Angehörigen vermacht.«

»Sie meinen meinen Exmann.«

»Oder seine Mutter.«

Ich sagte: »Vonette hätte nie den Mumm, den alten Knaben um die Ecke zu bringen. Außerdem habe ich sie bei dem Empfang gesehen. Sie war blau wie ein Veilchen.«

»Sie hatte eine Flasche in der Handtasche.«

»Ihnen entgeht auch gar nichts.«

»Korman hat sie betrogen.«

Ich sagte: »Na so was, Sie sind ja die reinste Fundgrube für Informationen. Mit wem?«

»Es ist nicht an mir, das zu sagen.«

»Tun Sie's trotzdem.«

Er schwieg und schaute aus dem Fenster, dann schien er einen Einfall zu haben.

»Goldy. Haben Sie nicht gesagt, Ihnen ist der Honig ausgegangen?«

»Ja, und?«

»Kommen Sie doch zu mir ins Naturreservat und holen sich welchen. Nächste Woche.« Er überlegte. »Am Mittwoch.«

»Warum am Mittwoch?«

»Kommen Sie am Mittwoch. Falls das Wetter noch warm ist, bekommen Sie die Antwort auf ein paar Ihrer Fragen.«

Als Pomeroy fort war, blieb es eine Zeitlang still im Zimmer. Abgeschiedenheit in einem Krankenhaus ist das, was man erwartet, wie Ruhe in einer Bibliothek, aber selten bekommt. Ich schaute aus dem Fenster, das jetzt erfüllt war vom grauen Licht der Dämmerung. Hatte Laura etwas mit Pomeroy gehabt? Was für eine Rolle spielte das schon. Ich schüttelte den Kopf, der sich anfühlte, als ob ihn das gedämpfte Licht des Schmerzmittels ausfülle. Es war schwer, Sinn in die ganze Geschichte zu bringen.

Der Brief!

Als ich aus dem Bett sprang, krümmte sich mein Körper zusammen. Der Schmerz stieg in meinen Beinen hoch. Meine Arme fühlten sich an und sahen aus, als wären sie auf die Folterbank gespannt worden. Offenbar hatte die Schmerztablette nur meinen Kopf erreicht. Ich humpelte durchs Zimmer, griff in meine Tasche und fand den Brief.

Er war zerknittert, woraus zu schließen war, daß Arch ihn gelesen hatte, ehe er ihn in sein Pult steckte. Das beige Briefpapier knisterte. Es war beschrieben mit vollkommenen, schwungvollen schwarzen Buchstaben, die Schrift einer Lehrerin. Der Text lautete:

Lieber Arch,
danke für Deine neueste Idee, Kerkermeister! Mir gefällt der Gedanke, ein Troll zu sein. Heißt das, daß ich einen Bann schlagen darf? Ich kann es kaum erwarten!
Leider können wir nicht wie geplant am Samstag spielen. Ich muß etwas sehr Wichtiges erledigen. In gewisser Hinsicht ist es so wie das, was du in Deinem letzten Brief geschildert hast. Weißt du noch, wie Du geschrieben hast, die meisten Kinder in der sechsten Klasse machen sich nichts aus Halloween, sie nennen das und Deine Rollenspiele und Quiz Kinderkram? Ich weiß noch, wie schlecht Du Dich deshalb gefühlt hast. Und daß Du nicht weißt, was Du machen sollst? So etwas gibt es in meinem Leben auch. Und am Samstag muß ich etwas dagegen tun. Wie wäre es mit unserem Spiel am nächsten Wochenende? Dann habe ich eine Woche lang Zeit, mich darauf vorzubereiten! Sag mir am Montag Bescheid, okay?

Ich umarme Dich.
Laura Smiley

Aber er hatte ihr am Montag nicht Bescheid gesagt. Er hatte mich auch nicht wissen lassen, daß er am Samstag etwas mit Laura Smiley geplant gehabt hatte, an jenem Tag, von dem die Gerichtsmedizin gesagt hatte, es sei ihr Todestag gewesen. Der 3. Oktober wirkte allmählich ziemlich vielschichtig.
In meinem Magen nagte etwas, was nichts mit dem Unfall zu tun hatte. Mir war unbehaglich zumute, ich war voller Eifersucht und Mißtrauen, wegen der Beziehung zwischen Arch und Laura Smiley. Sie war ihm zu nahe gewesen. Und vielleicht auch jener Schülerin, die Schulz erwähnt hatte, dem toten Mädchen namens Hollenbeck. Diese Beziehungen hatten irgend etwas Unschickliches an sich. Der Brief zog Arch in eine Welt von Erwachsenenproblemen hinein, auch wenn die Anspielung nur vage war. Das konnte wiederum der Grund dafür sein, daß er nicht über den Brief sprechen und mit Lauras Tod nicht auf angemessene Weise umgehen konnte.

Ich schaute auf das Blatt Papier in meiner Hand. Am Samstag, dem 3. Oktober, war irgend etwas danebengegangen, nachdem Laura zu Fuß in die Stadt gegangen war, um irgend etwas zu erledigen, und mit dem Auto zurückgekommen war. Aber was? Dieser Brief warf mehr Fragen auf, als er beantwortete.

Arch. Ich konnte mir vorstellen, wie er zu ihrem Haus hinüberradelte und klingelte. Als sich niemand meldete, mußte er wieder nach Hause gekommen sein. Aber warum hatte er mir oder Schulz gegenüber nichts davon erwähnt? Wovor hatte er Angst?

Vielleicht war Laura Smiley doch nicht ganz dicht im Oberstübchen gewesen. Vielleicht hatte sie durch den Wunsch, Schülern zu helfen, die sie mochte, den Verstand verloren. Das Problem bestand darin, daß dieses Drama, in das wir verwickelt waren, noch nicht zu Ende war.

»Meine kleine Goldy«, sagte Vonette, nachdem sie am nächsten Morgen hereingekommen war und mir einen Schmatz auf die Wange gegeben hatte. Sie roch nach Estée statt nach Gin: ein gutes Zeichen.

Ich sagte: »Danke, daß du gekommen bist, Vonette. Noch ein Krankenhausessen, und ich hätte die Herrschaft über die Küche mit Gewalt an mich gerissen. Weiß Patty Sue, daß du hier bist?«

»O ja«, erwiderte Vonette, während sie vor meinem Badezimmerspiegel den cremigen orangeroten Lippenstift und das lockige, orangestichige Haar überprüfte. »Hat den Arm geschient gekriegt und alles. Wird bestens heilen. In sechs Wochen wird sie den Gips los, und dann ist der Arm so gut wie neu, und sie kann dir wieder beim Partyservice helfen.«

»Beim Putzen, Vonette«, verbesserte ich, »falls wir oder die Polizei nicht rauskriegen, was mit Fritz passiert ist.«

Vonette stöhnte, als sie aus dem Badezimmer kam. »Fang nicht wieder damit an. Ich krieg' schon Kopfschmerzen, wenn ich nur daran denke.«

»Sag's mir«, sagte ich, während ich mir vorsichtig den Unterrock über den Kopf zog, »weil mir dieser Trauerempfang immer noch im Kopf herumgeht. Hast du Laura Smiley gut gekannt, als sie in den Ferien dein Kindermädchen war?«
Vonette setzte sich auf den einzigen Stuhl im Zimmer, holte ein Päckchen Zigaretten aus ihrer Tasche und schob sich eine in den frisch geschminkten Mund.
»Ja und nein«, sagte sie. Sie machte eine Pause zum Anzünden und Inhalieren. »Jedenfalls kann ich dir ein Auto leihen. Unseren alten Kombi. Früher hat er das Boot zum Lake Powell hinuntergezogen. Ehe der Motor den Geist aufgab. Der Bootsmotor, meine ich. Was den Kombi anlangt, weiß ich das nicht genau, es ist vermutlich ein Jahr oder so her, seit er zum letzten Mal angesprungen ist, vielleicht muß er angeschoben werden.«
»Weißt du, ob Laura Smiley Feinde hatte?«
Sie lachte leise und nahm einen tiefen Zug. »Noch mehr Gerede über Feinde.«
»Kennst du jemanden, der sie nicht leiden konnte?«
Sie sagte: »Auch da wieder ja und nein.« Sie hob eine dünne, nachgezogene Augenbraue. »Ich habe sie jedenfalls lange gekannt. Ich meine damit nicht, daß wir uns besonders nahe standen. Nichts dergleichen, weißt du.«
Ich war inzwischen angezogen und setzte mich aufs Bett. »Nein«, sagte ich. »Ich weiß gar nichts darüber.«
»Na ja«, sagte Vonette. Sie stand auf. Die Zigarette hing in ihrem Mundwinkel. »Irgendwann werde ich es dir erzählen.«
»Laut Fritz«, sagte ich, »erbt John Richard im Fall seines Todes die Praxis. Macht dir das etwas aus?«
Sie kniff die Augen zusammen. »Weißt du das genau?«
»Nein.«
»Genau weiß ich es auch nicht, nehme ich an. Ich habe gedacht, wenn dem alten Fritz was passiert, zum Beispiel ein Herzinfarkt bei einer Abtreibung, Gott strafe ihn, weißt du. . .« Sie hob die Augenbrauen.
»Vonette!«

»Na und? In der Kirche ist das schließlich immer noch ein heißes Eisen.«

»Zu schade, daß sie sich darüber mehr Sorgen machen als über Ehebruch«, sagte ich gelassen.

»Aber, aber«, sagte sie. »Fang nicht schon wieder mit John Richard an. Bitte, darüber will ich nichts mehr hören. Ich spüre, wie ich Kopfschmerzen bekomme. Wie auch immer.« Sie trat die Zigarette mit einer vorn offenen Sandale aus. Soviel zur Krankenhaushygiene. »Du weißt, daß sein Daddy nicht viel besser ist. Ich versuche, nicht daran zu denken. Obwohl«, sagte sie, während sie in ihrer Tasche wühlte, »ich zugeben muß, daß ich manchmal daran gedacht habe, den alten Lustmolch selbst umzubringen.«

»Wirklich?«

»Ja.« Sie schaute mich traurig an. »Aber du weißt, daß das nicht mein Ernst ist. Zum Teufel, ich habe es so lange geschafft, ich kann es wegstecken, nicht wahr?« Sie schenkte mir einen verwirrten Blick. »O ja, die Praxis. Ich habe gedacht, in einer solchen Situation wird sie zwischen mir und John Richard geteilt. Was an Geld da ist, meine ich. Ich weiß nicht, was aus den Geräten und den Patientinnen wird. Wer würde ihn umbringen wollen, um seine Patientinnen zu bekommen?«

Ich war dabei, mich zu schminken; ich machte eine Pause und schaute sie an.

»Du meinst, die guten sind alle fort?«

Sie seufzte. »Ein paar verliert man immer. Du weißt doch, manchmal sterben Babys, ehe sie auf die Welt kommen. Die Patientinnen geben Fritz die Schuld. Hin und wieder verklagen sie ihn, wenn sie diese ganze Quälerei durchhalten können.«

»Hat ihn in letzter Zeit eine verklagt? Weißt du etwas darüber?«

»Nein.« Sie schaute sich im Zimmer um. »Mein Kopf tut weh. Meinst du, sie könnten mir hier etwas geben?«

»Was nimmst du denn neuerdings gegen deine Kopfschmerzen, Vonette?«

Sie sagte: »Demerol.«

»Demerol? Mit deinen Fruchtsäften?«
»Lach nicht, Goldy. Du weißt nicht, wie schlimm die Schmerzen sind. Wenn ich es gar nicht mehr aushalten kann, brauche ich Spritzen.«
»Tut mir leid. Ich weiß, wieviel du gelitten hast.«
In Wahrheit kannte ich das Ausmaß ihres Leidens nicht. Aber ich war entschlossen, es herauszubekommen.

Das Krankenhaus weigerte sich, Vonette irgendwelche oralen Mittel zu geben, wie sie das nannten, deshalb mußte sie sich mit etwas aus einem Röhrchen begnügen, das sie aus ihrer voluminösen Tasche kramte.
Wir fuhren schweigend die 38th Avenue entlang. Patty Sue sagte nichts, weil sie, wie ich hoffte, Reue empfand. Vonette war still, weil sie tief in Gedanken war, Schmerzen hatte oder beides. Ich war ruhig, weil ich zu erraten versuchte, was Vonette dachte.
»Hört mal, Leute«, sagte Patty Sue mit dünner Stimme in das Schweigen hinein, »mein Frühstück im Krankenhaus war furchtbar.«
»Meins war besser als das Abendessen«, sagte ich wahrheitsgemäß.
»Wollt ihr Mädchen anhalten und einen Happen essen?« fragte Vonette. »Ich lade euch ein. Ich könnte auch was vertragen.«
»Goldy«, sagte Patty Sue mit heiserer Stimme, »bist du sauer?«
Ich sagte: »Was? Ohne Geschäft? Ohne Auto? Ohne Geld? Ich und sauer? Ja. Sauer wie in Sauwut. In Richtung Wahnsinn.«
»Aber Mädchen«, kam Vonettes beruhigende Stimme, »regt euch doch nicht so auf. Wir nehmen einen kleinen Brunch. Nach zwei Tellern *huevos rancheros* geht es euch beiden gleich viel besser.«
Sie blinkte, um nach rechts abzubiegen. Ihr Fleetwood, der wie eine Jacht auf der Straße manövrierte, glitt in den Parkplatz eines mexikanischen Restaurants in der Form eines Sombreros. Vonette lud mich ein, ihr bei einer Margarita Gesellschaft zu

leisten, aber ich entschied mich für einen Fruchtsaft. Patty Sue bestellte eine Cola. Sie fragte die Kellnerin, ob es wahr sei, daß die Mexikaner die Eier mit Schokoladensauce aßen, und falls ja, ob sie Schokoladensauce bekommen könne? Die Kellnerin warf Vonette einen fragenden Blick zu.

»Ach, Süße«, versicherte Vonette ihr, »machen Sie sich keine Sorgen wegen meiner kleinen Mädchen. Bringen Sie uns einfach unsere *huevos*, dann geht es uns bestens. O ja, und mixen Sie einen Krug Margaritas. Okay?«

Alles in Butter. Mir war klar, daß ich nach dem Essen das Steuer des Fleetwood übernehmen mußte. Was mich an etwas erinnerte.

Ich sagte: »Wo ist der Kombi, den du mir leihst, Vonette?«

Der Cocktailkrug mit den Margaritas war vor uns aufgetaucht, zusammen mit meinem Fruchtsaft, Patty Sues Cola und einem Glas mit Salzrand.

»Ich muß dich daran erinnern«, sagte Vonette, als sie sich eingoß und einen langen Schluck nahm, »daß wir ihn schon lange nicht mehr als Familienauto benutzt haben. Wir haben ihn ein paar Jahre, nachdem wir hierhergezogen sind, gekauft.«

»Nachdem ihr hierhergezogen seid?« fragte ich. Nach ihrem ersten Drink und vor ihrem vierten konnte ich Vonette vielleicht Informationen entlocken. Ich sagte: »Weißt du, John Richard hat nie über sein Leben vor der Zeit in Colorado mit mir gesprochen. Darüber, wie du und Fritz euch kennengelernt habt, wie euer Leben in Illinois war.«

Meine Exschwiegermutter musterte den orangeroten Lippenstiftrand, den sie auf dem Margaritaglas hinterlassen hatte.

Ich sagte: »Bitte, erzähl mir etwas darüber.«

Schließlich sagte Vonette: »Na schön.«

Sie fing langsam an. »Wir haben zusammengearbeitet«, sagte sie. »Ich war Fritz' Sprechstundenhilfe. Manchmal hat er mich mit aufs Land mitgenommen, um bei einer Entbindung zu helfen. Wir kamen uns sehr nahe, aber alles war ganz schicklich, wie ich es wollte, wo ich doch geschieden war.«

»Was?« sagte ich.
»O ja«, sagte sie, »ich war schon mal verheiratet gewesen, von der High School in Corpus weg. Mein erster Mann war bei der Navy. Dann wurde ich schwanger, bekam mein Kind, und die Navy hat ihn nach Norfolk versetzt, wo Joe sowieso herkam. Du weißt schon, in Viriginia. Dort hat sich Joe mit dem ersten Callgirl herumgetrieben, dann mit dem zweiten. Dann ist er endgültig abgehauen. Ich war schrecklich jung, erst zwanzig, als Joe ausgezogen ist.« Sie seufzte. »Als ich Fritz kennenlernte, war ich also eine Zeitlang allein gewesen, hatte versucht, für mich und mein kleines Mädchen zu sorgen.« Sie kippte eine reichliche Menge des grünen Zeugs in ihr Glas mit dem Salzrand und der Orangenscheibe. »Es bricht mir einfach das Herz, wie leicht es die Leute heutzutage mit der Ehe nehmen. Aber damals war es auch nicht viel anders. Jedenfalls waren in Norfolk Hunderte von Navyfrauen, die Arbeit bei der Kirche suchten, deshalb bin ich mit einer Freundin und meiner dreijährigen Tochter nach Carolton in Illinois gezogen, weil meine Freundin dort Verwandte hatte.« Sie machte eine Pause und schluckte wieder. »Wir hatten eine schwere Zeit, das kann ich dir sagen, wohnten in Wohnwagenparks, und die Männer glaubten immer, ich sei zu haben, als ob ich. . . ein Flittchen wäre.«
Ich sagte: »Und wie kam der Arzt ins Bild?«
»Oh, er war so nett zu mir, als ich Arbeit suchte«, sprudelte es aus Vonette heraus. »Er hat mich so reizend behandelt. Das war meine erste regelmäßige Arbeit. Dann, als ich sechs Jahre lang für ihn gearbeitet hatte, starb seine Frau. Ein paar Monate später fragte er mich, ob ich ihn heiraten wolle, und es hat etwa zwei Sekunden gedauert, bis ich gesagt habe: ›Liebend gerne.‹«
»Colorado ist weit weg von Illinois«, sinnierte ich.
»Ja, schon.« Vonette nahm den Taschenspiegel heraus, um den Lippenstift etwas zu reparieren. »Das kann ich dir sagen, es ist kein solches Honigschlecken, eine Arztfrau zu sein, wie das

immer behauptet wird.« Sie dachte nach. »Wir haben in einer kleinen Kapelle geheiratet und dann versucht, eine Familie zu werden, ganz gleich, was war. Als ich John Richard bekommen habe, habe ich gedacht, alles wird sich legen, aber so war es nicht.« Sie machte eine Pause und schaute aus dem Restaurantfenster. »Meine Tochter, na ja, sie hatte Probleme in der Schule. Anfangs war das nicht so schlimm, aber es wurde ganz übel, als sie ein Teenager wurde. John Richard war damals etwa zehn, und ich nehme an, ich habe ihr nicht soviel Aufmerksamkeit geschenkt, wie nötig gewesen wäre. Anfangs hatte sie Fritz gemocht, aber ihre Beziehung. . . verschlechterte sich irgendwie, wenn du weißt, was ich meine.«

Patty Sue entschuldigte sich, sagte, sie müsse aufs Klo. Vonette atmete tief und lange aus.

»Meine Tochter. . . trieb sich mit einer üblen Clique herum. Sie hatte viel durchgemacht, und sie war erst siebzehn.« Wieder ein Schluck. »Dann hat sie in einer Nacht zuviel getrunken. Nachher kam heraus, daß die anderen sie dazu herausgefordert hatten. Sie trank eine ganze Flasche Southern Comfort, dann fiel sie tot um. Siebzehn Jahre alt, das ganze Leben noch vor sich. Es war furchtbar.«

Ich langte hinüber und hielt Vonettes Hand.

Ich sagte: »Das tut mir leid.«

»Na schön«, sagte sie, »du wolltest diese Geschichte hören, und jetzt hörst du sie. Laß mich zu Ende erzählen, vielleicht tut mir das Reden gut.« Sie packte meine Hand fest. »Jedenfalls«, fuhr sie fort, »bekam ich da wirklich schlimme Kopfschmerzen. Für Fritz war das Leben auch nicht gut; er war, na ja, er konnte nicht praktizieren, und deshalb haben wir beschlossen, einen Schlußstrich zu ziehen und hierherzuziehen.«

»Er konnte nicht praktizieren?« sagte ich. »Warum? Aus Trauer?«

»O nein«, sagte Vonette. Sie fuhr mit dem Finger über den orangeroten Lippenstift auf ihrem Glas.

»Konnte nicht praktizieren«, gab ich ihr das Stichwort.

Vonette winkte der Kellnerin, sie solle noch einen Krug Margaritas bringen. Sie berührte ihr feuerrotes Haar und sprach langsam weiter. »Es war ein solches Chaos.« Sie seufzte. »Du fragst immer wieder, warum wir Illinois verlassen haben, Goldy. Ich erzähl's dir, aber der Anfang liegt noch weiter zurück, als meine Tochter sechzehn war. Es ist furchtbar, also erzähl es bitte nicht weiter.«

Ich nickte, obwohl mir der Gedanke gar nicht gefiel, schlechte Nachrichten, wie sie auch lauten mochten, für mich zu behalten.

»Wir *mußten* weg«, sagte Vonette mit einer Stimme, die nicht viel lauter war als ein Flüstern.

Die Eier kamen; wir ignorierten sie.

Als die Kellnerin weg war, sagte ich: »Ihr *mußtet.*«

»Ja.« Sie leerte ihr Glas. »Im Jahr, ehe meine Tochter starb, hatten zwei Patientinnen von Fritz ihn angezeigt. Nicht nur das, es kam auch zu einem Verfahren. Damals mischte sich Laura Smiley zum ersten Mal ein. Ach, zum Teufel.« Wieder ein Seufzer. »Meine Tochter... hat gesagt, sie hätten Beziehungen gehabt.«

»Wer?« fragte ich.

»Fritz und meine Tochter«, sagte sie fast flüsternd. »Sie war sechzehn.«

»Was?« sagte Patty Sue, die an den Tisch zurückkam.

Vonettes Stimme wurde schrill. »Ich habe damals daran gedacht, mich von Fritz scheiden zu lassen, als John Richard neun war. Aber er hat immer wieder gesagt, wie sehr er mich braucht, und ich hatte schon solche Schuldgefühle wegen meiner Tochter. Ich konnte meinen Sohn einfach nicht ohne Vater aufwachsen lassen. Ich war so verwirrt, und dann trieb sich meine Tochter mit dieser üblen Clique herum und trank eine Menge – um zu vergessen, habe ich gedacht, weißt du –, und dann kippte sie tot um. Ich hatte diese grauenhaften Kopfschmerzen, und Fritz konnte mir so gut dagegen helfen. Er war so erpicht darauf, sich zu bessern. Es war wirklich tragisch. Er hat gesagt, er kann ohne Schwierigkeiten eine Zulassung in einem anderen Staat bekommen, deshalb sind wir einen Monat nach der Beerdigung meiner Tochter hierhergezogen.«

Wir alle schwiegen einen Augenblick lang.

Ich sagte: »Worum ging es bei diesem Verfahren?«

Vonette zuckte die Achseln. »Es spielt keine Rolle, nicht wahr? Er hilft so vielen Frauen dabei, ihre Kinder zu bekommen, und bei ihren Problemen. Ich denke nicht gern an das Schlechte.« Sie nickte freundlich in Patty Sues Richtung. »Er wirkt so gut, daß ich meistens gar nicht weiß, was ich denken soll, also lasse ich es bleiben. Du weißt schon.«

Sie schenkte mir einen hilflosen Blick.

Sie fuhr fort: »Ich will es nicht wissen. Ich bekomme zu schlimme Kopfschmerzen, wenn ich innerlich voller Haß bin.« Sie brach ab, fing dann von neuem an. »Manchmal denke ich, *Vonette, geh einfach.* Ich will nicht bleiben. Aber dann weiß ich wieder nicht recht.«

Patty Sue und ich schauten uns an. Ihre Unterlippe zitterte.

Der neue Cocktailkrug mit Margaritas kam. Vonette warf der Kellnerin einen dankbaren Blick zu.

Vonette sagte: »Ich will euch Mädchen nicht damit belasten.« Sie griff nach der Gabel und beugte sich über den Teller.

»Ist schon okay«, sagte ich.

Patty Sue machte sich langsam über die kalten Eier her. Ich versuchte, es ihr nachzutun, aber ich ließ es, als ich sah, daß Tränen auf Vonettes Teller fielen.

»Vonette«, sagte ich, »hör zu. Komm am 30. in mein Haus, nach dem Abendessen. Ich habe ein paar Freundinnen da, zum Reden und auf einen Nachtisch. Dann können wir uns länger unterhalten. Vielleicht fühlst du dich danach besser.«

Sie schnüffelte und sagte: »Am 30.? Weiß nicht. Ruf mich deshalb noch mal an.« Patty Sue langte mit dem heilen Arm hinüber und tätschelte ihr die Schulter.

»Ach, Mädchen«, sagte Vonette, »es ist schon okay. Das ist alles lange her. Jetzt bin ich wieder in Ordnung.« Und als wolle sie demonstrieren, wie sie in Ordnung war, hob sie das Glas zu einem spöttischen Toast.

Ich sagte: »Sag mir nur noch eins. Du hast uns den Namen deiner Tochter nicht gesagt. Wie hieß sie? Ich bin neugierig. John Richard hat sie nie erwähnt.«

Vonette stellte das Glas ab und schaute mich an. Ihre Wangen waren eingefallen, ihre Mundwinkel zeigten nach unten. Ihr Blick war ernst und müde und zeigte eine Traurigkeit, die das orangerote Haar und das geschminkte Gesicht Lügen strafte.

Sie sagte: »Joe und ich meinten, weil ich einen französischen Namen habe, soll sie auch einen bekommen. Sie war so ein reizendes Baby, und so haben wir sie auch genannt. Baby. Nur daß man das auf französisch anders schreibt. *Bébé.* Sie wurde also unsere Bebe. Das habe ich auch auf ihren Grabstein setzen lassen. Bebe Hollenbeck, 1950 bis 1967.«

Wer hat gesagt, es sei gefährlich, etwas zu wissen? Wenn das stimmte, war dann eine Menge Wissen gefährlicher oder weniger gefährlich? Und wenn das Wissen keinen rechten Zusammenhang ergab, was nützte es dann überhaupt?

Ich umklammerte die Schlüssel, die Vonette mir gegeben hatte, und sank hinter das Lenkrad des alten, grünen Chrysler-Kombis der Kormans, versuchte, die Dinge zu ordnen. Vonettes erstes Kind war Bebe Hollenbeck gewesen. Bebe war außerdem eine Schülerin von Laura Smiley gewesen, als die Kormans und Laura in Illinois gelebt hatten. Laut Vonette hatte Fritz Korman Bebe verführt, als sie sechzehn war. Und Bebe hatte sich zu Tode getrunken.

Dann war Fritz Niebold Korman nach Colorado gezogen, mit Vonette und dem kleinen John Richard. War die Praxis der Grund gewesen? Laut dem zerrissenen Zeitungsbericht in Lauras Schließfach war die Anklage wegen Verfahrensfehlern niedergeschlagen worden. Ich mußte nach Hause, um den Artikel zu holen und Schulz zu geben. Er konnte der Sache nachgehen. Was für eine Rolle Laura bei dem allen auch immer gespielt haben mochte, es hatte damit geendet, daß sie eine Feindseligkeit empfand, die sich nach zwanzig Jahren in einer Kleinstadt nicht gelegt hatte. Aber warum hatte Laura diese Feindseligkeit überwunden – falls sie das getan hatte? Das war der rätselhafteste Aspekt überhaupt. Was hatte sie an jenem Morgen Fritz Korman zu sagen gehabt? Und selbst wenn es zu einer Auseinandersetzung gekommen war, wie hätte sie Rattengift in Fritz' Kaffee tun können, nachdem sie tot war?

Und wie und warum war Laura überhaupt gestorben?

»Äh, Goldy«, sagte Patty Sue. »Worauf warten wir?«

Ich starrte die Schlüssel an. Es sah danach aus, als ob das einzige, was passe, einer von ihnen sei. Vonette hatte gesagt, sie habe ein Abschleppseil, falls das Auto einen Schubs brauche. Ich hatte ein gerütteltes Maß Pech mit amerikanischen Autos gehabt und deshalb wenig Zutrauen zu einem Chrysler. Ich steckte den Schlüssel ins Zündschloß, gab Gas und drehte den Schlüssel.

Das Auto sprang sofort an. Ausnahmsweise klappte einmal etwas.

Unsere erste Station war die Apotheke von Aspen Meadow. Ich hatte im Krankenhaus ein Rezept für Schmerzmittel bekommen. George Morgan, der Apotheker, sah so alt aus wie Gabby Hayes in seinem letzten Film. Er stand im Ruf, seit dem Goldrausch im nahen Central City in Aspen Meadow zu sein. Ich nahm befriedigt zur Kenntnis, daß er eine neue Assistentin eingestellt hatte. Als ich George das Rezept gab, hatte ich einen Einfall.

»George, hat Laura Smiley Ihnen je ein Rezept gebracht?« rief ich ihm nach, als er zwischen den Regalen verschwand. Er drehte sich um und schüttelte den Kopf wie ein weiser Gnom. »Das hier können Sie in zehn Minuten abholen«, sagte er.

Ich ging hinaus, um Arch anzurufen, der mir mehr gefehlt hatte, als ich es für möglich gehalten hätte. Eine Nacht von zu Hause weg kam mir wie Wochen vor. Schlimmer noch, der Arzt hatte mir geraten, den Rest des Wochenendes im Bett zu verbringen, und Arch solle mindestens bis zum Schulende am Montag anderswo wohnen.

»Kein Grund zur Sorge«, versicherte mir Marla am Telefon. »Es gefällt ihm hier. Er erzählt mir dauernd, wie geil die vielen

Insekten in meinem Treibhaus sind. Er wollte, daß ich ihm bei seinem verrückten Halloweenkostüm helfe, aber du weißt ja, daß nähen nicht meine Stärke ist.«

»Was für ein Halloweenkostüm?«

»Ach, irgendwas aus diesen verrückten Spielen. Klingt wie Unterhose. Moment. Untoter. Ich habe ihm gesagt, er soll es vergessen, darum kümmert sich seine Mutter. Wenn du ihn am Montag nachmittag abholst, kann ich dir alle Neuigkeiten erzählen. Und nicht nur über Insekten.« Sie lachte und legte auf.

Als ich wieder in der Apotheke war, schaute mich die neue Assistentin unsicher an. Sie sagte: »Haben Sie gesagt, Sie heißen Laura Smiley?«

Ich blinzelte. »Habe ich das gesagt?«

Sie schaute mich mit gerümpfter Nase an und schaute unter S in der Rezeptkartei nach. Dann drückte sie ein paar Computertasten. »Penicillin?« fragte sie. »Das hatten Sie das letzte Mal.«

»Wirklich«, sagte ich, »und was hatte ich davor?«

»Können Sie sich nicht mehr daran erinnern, was Ihnen damals verschrieben worden ist?«

Ich schüttelte den Kopf.

Diese Patty Sue verwandte Seele drückte wieder auf die Tasten. »Organidin? Haben Sie Husten?« Ich schüttelte den Kopf. »Ornade?« fragte sie. »Eine Erkältung?«

»Im Augenblick nicht.«

Wieder gedrückte Tasten.

»Sieht so aus, als wären das alle Medikamente, die Sie je bekommen haben. Ich hole George.«

»Nein, nein«, protestierte ich und ging rückwärts. »Ich rufe den Arzt an. Er kann das bestimmt aufklären. Er wird Sie anrufen.«

Sie zuckte die Achseln. Natürlich konnte der Arzt hier gar nichts aufklären. Vielleicht hörte Schulz jetzt auf mich, auch wenn es mich mein Medikament zur Schmerzlinderung gekostet hatte.

Am Montag morgen wählte ich mit dem Artikel in der Hand

Schulz' Nummer. Er war nicht am Platz; der Telefonist nahm eine Nachricht entgegen.
»Vergiß nicht, daß ich heute einen Arzttermin habe«, erinnerte mich Patty Sue.
»Ich hab's nicht vergessen«, erwiderte ich. »Was macht dein Arm? Bist du sicher, daß du die andere Behandlung fortsetzen willst, solange du Schmerzen hast?«
Sie sagte: »Es ist nicht so schlimm.«
Ich sah die arme, magere Patty Sue an, und eine Welle des Mitleids überkam mich. »Wie lange will er dich denn noch behandeln, weil deine Periode nicht kommt?« fragte ich. »Ich verstehe nicht, warum die Tabletten nichts nützen.«
»Er sagt, sie werden schon was nützen«, sagte Patty Sue. »Das braucht Zeit. Ich stelle ihm keine Fragen. Schließlich ist er der Arzt, weißt du.«
Ich schüttelte den Kopf. Etliche Stunden später ließ ich den Kombi an und fuhr zu Korman und Korman, um meinen Schützling abzuliefern. Das Altweibersommerwetter hielt an, und die Sonne strahlte von einem tiefblauen Himmel. Ich sah die Zwillingsjeeps der Kormans nicht, als wir in einer Staubwolke ankamen. Vielleicht mußte Patty Sue länger auf mich warten.
Auf meine Bemerkung hin sagte sie: »Das ist okay, es ist ja warm genug für ein Sonnenbad.«
»Viel Spaß«, sagte ich, »aber sei da, wenn ich mit Arch komme. Du mußt auf ihn aufpassen, während ich versuche, ein bißchen mehr über diese Geschichte mit seiner Lehrerin auszugraben.«
»O nein. Nicht schon wieder Ärger in der Schule.«
»Nein. Seine andere Lehrerin, Laura.« Ich schaute sie an. Sie erwiderte mein Stirnrunzeln. Ich sagte: »Setz dich zum Sonnen auf die Bank vor der Konditorei, bis ich zurückkomme.«
Sie nickte und wandte sich ab.
Ich fuhr die Ponderosa und die Blue Spruce Street entlang zu Marla, Straßen, die nach den großen Bäumen benannt worden sind, deren samtiggrüne Zweige die vereinzelten Gruppen

leuchtendgoldener Espen umschlossen. Kein früher Schnee hatte das dichte, widerspenstige Gras niedergedrückt oder die blutroten Drosselbeerbüsche ihrer sommerlichen Pracht beraubt. Bald würden sich die Kinder für Halloween verkleiden und von Haus zu Haus ziehen, um Süßigkeiten zu verlangen. Arch war dieses Jahr also doch noch nicht zu alt für ein Kostüm. Ich erinnerte mich nur noch vage von unserem Rollenspielabend her an den Untoten. Es konnte mühsam werden, das Kostüm herzustellen, vor allem, wenn das Nähen schwierig war oder das Material teuer. Ich hatte ohnehin schon genug am Hals mit den Vorbereitungen für die Party im Sportclub und den Maisbällchen mit Karamel für die Gäste. Die Bällchen waren in Zellophan verpackt, aus Werbegründen bedruckt mit GOLDILOCKS' PARTYSERVICE. Ich wußte, wie unwiderstehlich Halloweentüten für Erwachsene waren.

Mein Blick mied das Messingschild an der Tür der zweiten Exfrau meines Exmannes. Marla und ich waren Verbündete in unserer Abneigung gegen John Richard geworden, aber nicht in unserem Geschmack. Auf dem Schild stand *Chez Marla.*
»Liebling«, sagte sie überschwenglich, als sie an die Tür kam. »Ich habe eben Kaffee gekocht. Bis dein Sohn kommt, haben wir das Solarium für uns. Dann wirft er uns bestimmt hinaus, damit er sich mit diesen verfluchten Insekten beschäftigen kann. Ehrlich, Goldy, ich weiß nicht, wie du die Strapazen der Mutterschaft verkraftest.«
Speckringe rollten und wackelten unter ihrem pfirsichfarbenen Hausmantel aus Satin, als sie vor mir her in ihren Wintergarten watschelte.
»Wie ging's denn?« fragte ich, nachdem wir in viel zu weiche grün-weiße Kissen gesunken waren, die auf Korbsesseln lagen, von denen ich hoffte, sie seien stabil. Um uns herum dufteten alle möglichen Pflanzen, die Marla voller Stolz zog. »War Arch auch brav?«
»Hör mal, Goldy«, sagte sie, als sie mir eine Porzellantasse

reichte und mir aus einer Sterlingsilberkanne eingoß, neben der eine mit klebrigen süßen Stückchen überhäufte Rosenthalplatte stand. »Er war wunderbar. Trotz der Insekten. Es ist so leicht, mit ihm auszukommen, mir fällt schwer zu glauben, daß er aus einer langen Ahnenreihe von Scheißkerlen stammt. Ein süßes Stückchen? Ich habe mit Arch in der Konditorei gefrühstückt, da habe ich mich gleich eingedeckt.«

Ich schüttelte den Kopf und schaute die Porzellanplatte an, die Marla mit Naschwerk gefüllt hatte. Daneben stand ein Kristallkrug, bis zum Bersten angefüllt mit duftendem Jasmin. Offenbar hatte John Richard bei Marlas zerbrechlichem Inventar die Hand nicht so locker gesessen wie bei meinem.

Marla, im übergroßen Hausmantel prangend, lehnte sich in ihr Kissen zurück.

»Eins davon gönne ich mir aber«, sagte sie. Sie machte eine Pause und biß geziert ab. »Nach dem neuesten Gerücht ist deine Hausgenossin ja eine tolle Autofahrerin.«

Ich sagte: »Bitte nicht. Fang gar nicht erst damit an.«

»Offenbar ist es dir gelungen, ein anderes Transportmittel aufzutreiben.«

»Der alte Kombi der Kormans.« Ich überlegte es mir anders und nahm ein süßes Stückchen. »Vielleicht sorgt die Politik für seltsame Bettgefährten. Aber das ist gar nichts im Vergleich damit, wozu einen die Armut treibt.«

Sie knurrte und beugte sich vor, um sich das nächste Stückchen zu nehmen.

Ich sagte: »Ich sterbe vor Neugier auf das, was du über alle herausgebracht hast, denen ich in letzter Zeit auf der Spur war. Was habe ich versäumt? Ich erfahr's lieber von dir als aus der Zeitung.«

»Na gut. Trixie macht Andeutungen darüber, daß sie einen neuen Job sucht. Sie hat mich angerufen und gefragt, ob ich einen Anwalt kenne, und ich habe gefragt, weshalb, und sie hat gesagt, das geht mich nichts an, und ich habe gefragt, Strafrecht oder Zivilrecht, und ich glaube, sie hat Strafrecht gesagt. Vielleicht will Hal also mehr, als daß sie den Spiegel bezahlt. Sie hat gefragt, ob es bei unserem Treffen am Freitag abend bleibt, und ich habe gesagt, selbstverständlich, falls du nicht im Gefängnis sitzt, und das Miststück hat aufgelegt.«

»Schwer zu glauben, was der Club ihr bis jetzt hat durchgehen lassen«, sagte ich.

»Überhaupt schwer zu glauben, was der Sportclub alles durchgehen läßt.«

»Soll heißen?«

»Ach, weißt du«, sagte sie. Sie pflückte abgestorbene Blätter von einer Pflanze. »Ich hasse Klatsch, wirklich.«

»Quatsch.«

»Red nichts Schlechtes über Tote, du weißt schon.«

»Laura Smiley?« fragte ich. »Was hat denn sie im Sportclub angestellt? Du wolltest doch deine Theorie überprüfen.«

»Im letzten Monat bin ich hineingeplatzt, und damit meine ich, daß es wirklich Zufall war, als sie mit keinem geringeren als Pomeroy Locraft ein intimes Tête-à-tête im Planschbecken hatte. Sie haben geflüstert, denk dir, und ich habe eine Bemerkung darüber gemacht, es sei ein Jammer, daß wir im Planschbecken Badeanzüge tragen müssen, wo es doch ein gemischter Club ist.«

»Was hat denn das mit der ganzen Geschichte zu tun?«

Sie sagte: »Weißt du, ich hab' mir eben gedacht, sie versucht, sich an ihn heranzumachen. Er schien nicht darauf zu reagieren, deshalb habe ich gemeint, unerwiderte Liebe. Sie bringt sich um. Tragisch.«

»Das kaufe ich dir nicht ab«, sagte ich. »Er und Laura waren Freunde, das ist eine Tatsache. Freunde, Punkt. Und vielleicht haben sie leise gesprochen, weil es in dieser Stadt Klatschtanten gibt.«

»Na gut. Als er fort war, hat Laura mit mir über den Kotzbrokken gesprochen, als ob sie ihn plötzlich genauso haßt wie ich. Sie hat gesagt: ›Hat er sich je an Mädchen vergriffen?‹ Ich hatte keine Ahnung, worüber sie redet.«

Gütiger Gott. »Hat sie irgendwelche Namen erwähnt? Zum Beispiel Fritz oder jemand namens Bebe?«

»Nein. Ich habe gesagt, John Richard und ich sind geschieden, und ich denke nicht mehr über ihn nach, was gelogen war, aber ich wollte mich wirklich nicht mit ihr darüber unterhalten. Ihr quollen die Augen aus dem Kopf, es war, als ob sie nicht bloß neugierig wäre. Eher. . .«

»Eher. . .?«

Marla sagte: »Eher als ob sie wütend wäre.«

Ich sagte: »Aber weshalb? Es klingt irgendwie unheimlich.«

»Bitte, sag so was nicht«, sagte Marla, als sie uns Kaffee nachgoß. »Wo Halloween vor der Tür steht, und überhaupt.«

Eine Stunde und ein Dutzend süße Stückchen später drang Archs laute Stimme durch die Wintergartenfenster.

»Ach ja?« schrie er.

Zwei Jungen, die größer als Arch waren, kamen drohend auf ihn zu.

»Waschlappen!« schrie einer. »Heulsuse!«

Einer boxte Arch gegen die Schulter, und Arch schlug zurück. Der Junge duckte sich, und der zweite versetzte Arch einen Haken in den Magen.

»He!« schrie ich durch das Glas. Keiner drehte sich um. »He!« schrie ich wieder.

»Euch zeig ich's!« brüllte Arch. »Ich belege euch mit einem tödlichen Fluch!«

Er krümmte sich zusammen, hielt sich den Magen. Mit der freien Hand tastete er nach einem Stein.

»He, Schluß!« schrie ich wieder und schaute mich verzweifelt nach Marla um, die in die Küche gegangen war, um Kaffee zu holen.

Die Jungen fielen über Arch her. Die drei wanden sich, boxten und schlugen um sich. Ich drehte mich um, stieß mit dem Kopf gegen eine Efeupelargonie, stolperte dann über eine exotische Orchidee und fluchte, weil ich mich zum zweiten Mal innerhalb einer Woche in einem Innendschungel verirrte. Schließlich erreichte ich die Vordertür.

»Arch! Arch!«

»Ihr werdet es schon sehen!« schrie er. »Wartet nur ab!«

»Na-na-na-na-na-na!« spotteten die Jungen. Sie verschwanden in Richtung der Nadelbäume.

»Was zum Teufel –«

»Laß uns einfach hier verschwinden«, sagte Arch, ohne mich anzuschauen. Er klopfte sich das Hemd ab und rieb sich das Knie, an dem seine Hose zerfetzt war.

»Sag mir bloß, warum du soviel Ärger hast«, sagte ich.

»Ich weiß nicht, Mom«, sagte er. »Sie hassen mich einfach. Ich bin klein, deshalb können sie auf mir herumhacken. Können wir nach Hause fahren? Ich muß Todd anrufen. Es ist *sehr* wichtig.«

Nachdem ich mich hastig bei Marla bedankt hatte, fuhren wir hinunter zu Korman und Korman, wo, wie ich betete, Patty Sue hoffentlich auf der Bank vor der Konditorei wartete, friedlich ein Sonnenbad nehmend. Kein Glück. Ich ging in den Laden. Keine Patty Sue, und niemand hatte sie gesehen. Wir fuhren zur Vorderseite und zum Praxiseingang zurück.

»Ich gehe hinein und hole sie«, erbot sich Arch.

Er kam kurz darauf mit der Miene eines Katers zurück, der eben einen Kanarienvogel verschluckt hat.

»Keine Patty Sue«, vermeldete er.

Die Sprechstundenhilfe, in deren Gegenwart ich in der Kartei gesucht hatte, stürzte aus dem Vordereingang der Praxis heraus.

Arch und ich stöhnten beide auf. »Vermutlich ist Patty Sue tot«, sagte ich.

»Hoffentlich«, murmelte Arch. »Dann kann sie wenigstens keine Autos mehr zu Schrott fahren.«

Die Sprechstundenhilfe hämmerte gegen mein Autofenster.

»Ich möchte mit dem jungen Mann sprechen«, sagte sie. »Er soll zurückgeben, was er mitgenommen hat.«

Arch seufzte und stieg aus. Er und die Sprechstundenhilfe gingen vom Auto weg und begannen ein leises, aber hitziges Gespräch. Dann holte Arch ein Päckchen aus seinem Hemd und gab es ihr.

Die Sprechstundenhilfe stapfte davon, und Arch kam schmollend zum Auto zurück.

»Möchtest du mir erzählen, was da los war?« fragte ich.

»Ach«, sagte er in gelangweiltem Ton, »ich wollte mir nur so ein Chirurgenbesteck aus Dads Praxis für Halloween ausleihen. So ein Theater.«

»Warum?«

»Ich hab gedacht, ich kann so ein Instrument als Waffe benutzen. Nicht, um jemand was zu tun, bloß um die Leute zu erschrecken. Das blöde Weib hat es mir nicht erlaubt. Ich habe ihr sogar gesagt, daß mein Dad einer der Ärzte ist, aber es hat nichts genützt.«

»Du Schweinepriester«, sagte ich, »die Sprechstundenhilfe wird denken, wir haben alle beide einen Knall.« Ich stieg aus, ging in die Praxis und wollte von der Irrenwärterin wissen, ob Patty Sue fertig sei.

»Das weiß ich nicht«, sagte sie schroff. »Hier ist ihre Rechnung. Falls sie hinausgegangen ist, habe ich sie nicht gesehen.« Sie warf mir einen vernichtenden Blick zu, und ich ging.

»Patty Sue soll der Teufel holen«, sagte ich, als ich türenknallend ins Auto stieg.

»Warum schaust du nicht auf der anderen Seite nach?« fragte Arch.

»Das habe ich doch schon getan«, sagte ich. »Du warst zu sehr damit beschäftigt, in der Praxis deines Vaters was mitgehen zu lassen, als daß dir das aufgefallen wäre.«

»Nicht da drüben«, sagte Arch. »Auf der anderen Seite. An der Hintertür.«

»Wo, du Klugscheißer? Ich habe diese Praxis schon gekannt, als du noch nicht mal auf der Welt warst. Es gibt keine Hintertür.«

Arch warf mir seinen entnervten Blick zu. Er sagte: »Mom, du kannst mit dem Auto hinfahren.«
»Wie?«
Er zeigte hin. »Weißt du nicht mal, wo Dad und Fritz parken, wenn sie zeitig herkommen? Da ist ein kleines Pflasterstück auf der rechten Seite, mit einem Durchgang zur Hintertür.« Er lachte mit angehaltenem Atem. »Dad sagt, manchmal schwänzt er, geht auf diesem Weg einen Happen essen oder so, während eine Patientin wartet.«
Einen »Happen« oder so. Ich ließ den Motor an. In der ganzen Zeit hatte ich nichts von diesem zweiten Parkplatz gewußt. Vielleicht hatte der Kotzbrocken nicht gewollt, daß ich wußte, wie er hinauskam, wenn ihm nach einem »Happen« war. Ich lenkte den Chrysler in die Richtung, die Arch mir gezeigt hatte. Die Zwillingsjeeps glitzerten in der Sonne. Und da saß Patty Sue auf einer Bank, das Kinn zur Sonne erhoben.
»Du hättest der Sprechstundenhilfe sagen können, daß du fertig bist«, sagte ich, als ich herankam. »Du hast nicht mal deine Rechnung bezahlt.«
»Ich habe kein Geld, eine Rechnung zu bezahlen«, antwortete sie. Sie stand auf.
Ich sagte: »Wie bist du eigentlich herhergekommen?«
»Hier durch.« Sie zeigte auf die Hintertüren zur Praxis.
»Na so was«, sinnierte ich leise, als ich die Ausgänge musterte. Es waren zwei Türen, eine auf John Richards Seite, eine auf der von Fritz. Ich erinnerte mich jetzt daran, von meinem Besuch in Fritz' pflanzengeschmücktem Büro. Da war eine Hintertür gewesen, aber mit Efeu verhängt.
»Er läßt mich meistens dort hinaus«, erklärte Patty Sue. »Es ist wie ein Geheimnis.«
Das erklärte also, wie Patty Sue in die Konditorei kam, ohne daß ich sie sah, was schon ein paarmal vorgekommen war. Ein Geheimnis. Ich fragte mich, wen sonst die Ärzte dort hinausgeleitet haben mochten.

»Erde an Mom, bitte kommen.« Wir waren zu Hause. Ich hatte keine Ahnung, wie lange ich schon auf den Knopf der Kaffeemühle drückte. Die Bohnen waren pulverisiert, geeignet zum Aufbrühen von heißem Schlamm.

In der Ferne ließ Patty Sue ein Bad einlaufen.

»Bist du okay, Mom?« kam wieder Archs Stimme. »Ich muß mit dir über Halloween sprechen.«

Ich schaute den Möchtegerndieb eines Chirurgenbestecks an.

Er sagte: »Soll ich dir Kaffee kochen?«

»Klar.«

Arch warf den Staub weg, den ich aus den Bohnen gemacht hatte, füllte neue ein, ließ die Mühle laufen, legte Papier in den Filter und ließ Wasser laufen. Dann fiel mir wieder ein, daß ich ihm nicht gesagt hatte, was ich aus seinem Pult genommen hatte. Er war heute in der Schule gewesen. Hatte er gemerkt, daß etwas fehlte? Und was war überhaupt zwischen meinem Sohn und Laura Smiley gewesen? Ich musterte ihn.

»Arch. Halloween. Ich habe es gehört«, sagte ich. »Ich brauche an dem Abend deine Hilfe bei der Party im Sportclub.«

»Ich hab dich zurückgeholt, Mom.« Er grinste. Die Kaffeemaschine blubberte und gluckerte. Er sagte: »Der Kaffee ist gleich fertig. Tote erwecken ist mein Lieblingszauber.«

Genau, mit einem Chirurgenbesteck. Ich sagte: »Du hast nicht vor, meine Messer zu stehlen, oder? Für irgendeinen Fluch oder so?«

»Nein.«

»Hast du je Tote erwecken mit Laura Smiley gespielt?«

»Mom!«

»Ja?«

Er schaute aus dem Fenster. Dann sagte er: »Du hackst schon wieder auf mir rum.«

Ich machte den Schrank auf. John Richard hatte mir eine große Kaffeetasse geschenkt, auf der MISTSTÜCK MISTSTÜCK MISTSTÜCK stand. Ich hatte keine Ahnung, warum ich sie behalten hatte. Ich warf sie in den Abfalleimer und nahm eine mit Regenbögen verzierte heraus. Dann wandte ich mich meinem Sohn zu. Sein Blick haftete auf den Kiefern draußen.

»Schön«, fing ich an, als ich mir einschenkte, »du hast ihr Briefe geschrieben. Du lebst in diesen Fantasy-Rollenspielen. Du warst ihr Freund, ein Lieblingsschüler von ihr. . . Ich habe nur gedacht, daß sie sich vielleicht für deine Zauberbannspiele interessiert hat, vor allem, falls ein für sie wichtiger Mensch tot war. . .«

Ich machte eine Pause, um einen Schluck Kaffee zu trinken. Arch wandte sich langsam vom Fenster ab und schaute mich an.

»Mom. Was glaubst du – daß sie gesponnen hat?«

»Ja, eigentlich glaube ich das schon.« Wir schwiegen beide. Dann sagte ich: »Ich habe den Brief an dich gefunden, den sie vor ihrem Tod geschrieben hat.«

Arch schnaubte. »Großartig. Du regst dich auf, weil ich mir was aus Dads Praxis ausleihen will, und dann schnüffelst du in meinem Pult herum.«

»Arch, das ist etwas anderes. Deine Lehrerin hat angerufen. Sie macht sich Sorgen um dich, weil du geschrieben hast, dein Großvater hat keine Achtung vor dem menschlichen Leben. Warum schreibst du so was?«

Er zuckte die Achseln.

Ich sagte: »Du steigerst dich zu sehr in diese Spiele hinein, du kommst mit deinen Klassenkameraden nicht aus, du wirst in Schlägereien verwickelt –«

»Weißt du, daß du mir immer sagst, ich soll meine Gefühle beschreiben? Okay. Jetzt beschreib ich sie dir.« Er schaute mich wütend an und bohrte die Hände in die Taschen. Seine Stimme brach, was nach Tränen klang. »Du machst mich wütend«, rief er.

»Arch. Es ist nur, weil ich mir Sorgen um dich mache –«

Er drehte sich um und wollte hinausgehen.

»Wohin willst du?«

»Zum Auto. Da sind noch Sachen für meine Spiele drin.«

»Bitte, geh nicht. Ich will nicht, daß wir beide einen Riesenkrach bekommen.«

Er drehte sich um und funkelte mich an. »Du willst keinen Krach?« Ich nickte, und er fuhr fort. »Mach mir das Kostüm, das ich für Marla angekreuzt habe. Okay? Es ist hier drin.« Er blätterte in einem Buch mit Fantasyfiguren, das er auf den Küchentisch gelegt hatte. »Nach Halloween können wir über deine Sorgen sprechen. Okay? Ich muß erst noch fertigmachen, woran ich gerade arbeite.«

»Schau, setz dich erst mal, und beruhige dich ein bißchen, ja? Sag mir, warum du so wütend bist.«

Er setzte sich, dann kreuzte er die Arme und die Beine.

»Mom, warum ist es okay, daß *du* in *meinen* Sachen herumwühlst? Ich hab gedacht, du räumst nur bei Leuten auf, die das auch wollen. Und ich will das nicht.«

Ich warf drei Eiswürfel in ein Colaglas für Arch.

»Archibald«, sagte ich, »hör mir zu, ja? Bitte.«

Er schaute mich hinter den Brillengläsern an.

»Du kannst mir helfen. Als ob du ein Detektiv wärst. Danach können wir über Halloween reden, ich verspreche es dir. Vielleicht können wir deinen Dad dazu bewegen, dir ein Kostüm zu kaufen.«

»Oh, klar.«

Arch goß sich Cola ein und schlürfte die Bläschen, die im Glas hochstiegen. Er rümpfte die Nase und stellte das Glas klirrend ab. Oben planschte und sang Patty Sue in ihrem Schaumbad.

»Sie hat dich an jenem Samstag zu sich eingeladen«, fing ich an, »und dann geschrieben, sie kann sich doch nicht mit dir treffen. Bist du trotzdem hingefahren?«

Er sagte: »Ja, ich bin später mit dem Fahrrad hingefahren. Sie hatte Besuch.«

»Woher weißt du das?«

»Ihr blaues Auto war nicht da. Es war in der Reparatur. Sie hatte immer Ärger mit dieser blöden Karre. Jedenfalls war ein anderes Auto da.«

»Was für ein Auto? Ausländisches? Amerikanisches? Lieferwagen? Was für eins?«

»Ich weiß es nicht mehr. Ich habe doch bloß den Motor gehört.«

»Arch.«

»Wirklich. Und frag mich nicht, um wieviel Uhr das war, weil ich das auch nicht mehr weiß. Du bist genau wie dieser Polizist, tust, als ob ich was verbrochen hätte.«

»Tut mir leid.«

»Du weißt doch, in der vierten Klasse habe ich einen Pfadfinderpreis bekommen.«

»Okay, okay. Du bist zu ihrem Haus gefahren. Hast du etwas Ungewöhnliches gesehen?«

»Nein, Mom«, sagte er entnervt. »Ich weiß auch nicht, was dort das Übliche war.«

Ich machte eine kurze Pause. »Weißt du etwas über eine Schülerin von ihr namens Bebe Hollenbeck?«

»Nein. Kann ich jetzt gehen?«

»Bebe war eine gute Freundin von ihr«, sagte ich, »genau wie du ein guter Freund von ihr warst.«

»Stimmt.«

»Vielleicht«, fuhr ich fort, »war Bebe schüchtern, wie du.«

»Vielleicht haben sie sich Briefe geschrieben«, sagte er, »und

vielleicht haben sie Drachen und Verliese gespielt. Wen interessiert das schon? Bleib du doch bei deiner Kocherei.«
»Wenn du heute abend was essen möchtest, Mister, dann mach keine Schwierigkeiten. Ich kann nicht kochen, ehe ich das herausbekommen habe, und ich kann mit dem Kochen kein Geld verdienen, bis diese Sauerei mit dem Rattengift aufgeklärt ist.«
Arch seufzte.
»In ihrem Brief an dich hat sie geschrieben, sie hat etwas Wichtiges zu erledigen. Weißt du, was das war?«
Er kaute an der Unterlippe. »Nicht genau.«
»Was?«
Er schaute wieder aus dem Fenster.
»Arch«, sagte ich langsam. »Vielleicht hat sie gar nicht Selbstmord begangen. Vielleicht ist sie –«
»Ich muß gehen, Mom.«
Ich schaute ihn an, und hinter meinen Augen tat es weh. Wieviel exzentrische Erwachsene konnte er verkraften? Ein verschrobener Großvater, eine alkoholsüchtige Großmutter, ein Vater, der ein Schürzenjäger war, eine Lehrerin, die sich umgebracht hatte, eine hartnäckige Mutter? Armer Arch.
Er stand auf und sah mich tief gelangweilt an.
Er sagte: »Kann ich jetzt gehen?«
»Nein.«
Er stieß einen Luftschwall aus und sank wieder auf den Stuhl.
»Was denn noch?«
»Sag mir, ob du aus irgendeinem Grund glaubst, daß jemand Laura Smileys Tod wollte.«
»Nein.«
Das Telefon klingelte.
»Nein«, sagte ich, »soll das heißen, niemand wollte ihren Tod, oder du willst es mir nicht sagen?«
Das Telefon klingelte wieder.
Arch schaute mich böse an.
»Arch!«

Ein Schluchzer entfuhr ihm. Dann noch einer. Die Tränen schossen ihm aus den Augen.
»Laß mich in Ruhe!« schrie er. »Ich will nicht mehr über Ms. Smiley reden! Merkst du das denn nicht, Mom? Hör auf damit! Hör auf!«
Das Telefon klingelte hartnäckig weiter. Ich griff nach Archs Schulter, aber er schlug meine Hand weg. Er rannte aus der Küche.
Ich griff nach dem Telefonhörer und schrie: »Was ist denn?!«
»Was ist denn los?« fragte Tom Schulz.
»Uff.«
»Miss Goldilocks, Miss Goldilocks, ich merke schon, daß Sie nicht die übliche sonnige Laune haben.«
»Warum rufen Sie an?«
»Mensch«, sagte er, »nur gut, daß ich so ein geduldiger Typ bin. Das ist gut, sehr gut. Und darf ich fragen, wie Sie bei den Gesprächen mit Ihrer Schwiegermutter –«
»*Ex*schwiegermutter.«
»Tut mir leid. *Ex*schwiegermutter. Erzählen Sie mir, was sie über ihre Tochter gesagt hat. Die gestorben ist. Die getrunken hat.«
»Woher wissen Sie das?«
»Ich habe mit Illinois telefoniert. Endlich kriege ich ein paar Antworten.«
Ich hörte Arch lautstark in den unteren Regionen des Hauses herumstöbern.
Ich sagte: »Ich muß Sie zurückrufen.«
»Ich habe gedacht, Sie haben ein Interesse daran, den Fall aufzuklären.«
»Ich rufe zurück«, sagte ich. »Ich muß erst etwas mit meinem Kind in Ordnung bringen.«
Ich ging dem Lärm, den Arch verursachte, nach.
Er war nicht direkt zum Auto gegangen, um seine Sachen zu holen, die er angeblich so dringend brauchte. Ich hatte ihn die Kellertreppe hinunterstampfen hören, zur Waschküche und

den Lagerräumen. Hinter der angelehnten Tür konnte ich jetzt hören, wie er in Schachteln und Papierstapeln wühlte. Kurz darauf stapfte er zurück, und ich stürzte in das Zimmer, in dem ich Akten aufbewahrte, nähte und Tischwäsche für Bankette lagerte. Auf dem Bett breitete ich mehrere Meter ungebleichten Musselin für das Kostüm aus, falls er hereinkam. Dann hörte ich ihn in der Küche klappern. Es klang nach dem Scheppern der Fleischmesser.

Ich betete. Nach weiterem Lärm knallte er die Haustür hinter sich zu. Ich schlich in die Küche zurück und zählte meine Messer, jedes einzelne. Sie waren alle da. Was auch immer er gesucht hatte, er hatte es offenbar noch nicht gefunden.

Ich lief zur Vorderseite des Hauses und schaute auf die Einfahrt hinunter. Arch hatte die Kombitür aufgemacht und warf die Bücher und die Tüten mit den Sachen, die er bei Marla angesammelt hatte, auf den Boden. Er wollte eben die Tür zumachen, als er innehielt und sich noch einmal hineinbeugte, als habe er etwas gesehen, was er vergessen hatte. Sein Kopf tauchte aus dem Auto auf. Er schaute in alle Richtungen, ob er beobachtet wurde. Ich ging in Deckung, dann schaute ich wieder hinaus. Er kam aus dem Auto heraus und steckte etwas unter sein Hemd. Dann las er sein Sammelsurium vom Boden auf und kam zurück ins Haus. Ich ging in die Küche, holte das Buch mit den Figuren und schlüpfte ins Nähzimmer.

Als ich beigefarbenen Faden in die Maschine gefädelt hatte, ging ich zu seiner Tür und klopfte.

»Ich fange mit deinem Kostüm an«, rief ich. »Möchtest du einen Blick darauf werfen?«

»Nein, Mom«, sagte er. »Geh weg. Bitte.«

Wie gut für Sie, daß diese Detektivin mit dem Sprung in der Schüssel an diesem Fall arbeitet«, begrüßte ich Tom Schulz, als er sich meldete. »Sie kann zwar schwierig sein, aber sie liefert erstaunliche Informationen.«

»Goldilocks? Sind Sie's? Müssen wohl Sie sein.«

»Was für eine Begeisterung.«

»He«, sagte Schulz, »was habe ich Ihnen je getan, außer daß ich Ihr Geschäft geschlossen habe? Ich war doch immer nur nett zu Ihnen. Machen Sie es mir nicht so schwer. Fangen wir an.«

Mit soviel Geduld, wie ich aufbringen konnte, berichtete ich ihm von meinem Gespräch mit Vonette. Dann fragte ich: »Was haben Sie von der Nachbarin und dem Arzt erfahren? Über den Tag, an dem Laura starb?«

»Nicht gerade viel. Sie suchte den Arzt auf, als sie in die Stadt gegangen ist.«

»Weshalb war sie bei ihm?«

»Routineuntersuchung, sagt er. Nichts, was mir weiterhilft. Die Nachbarin hat ein Auto gehört, keinen Schuß. Aber ich habe in Illinois etliches herausgefunden.«

»Und was?«

»Ich habe den Mann gefunden, der den Fall bearbeitet hat. Vor zwanzig Jahren gab's dort wegen Korman einen Riesenaufruhr.«

Ich sagte: »Aber am Ende wurde die Sache wegen Verfahrensfehlern eingestellt.«
»Haben Sie auch in Illinois angerufen?«
»Nein, aber es steht in dem Artikel, von dem ich Ihnen erzählt habe. Ich habe ihn in Lauras Schließfach gefunden, ihn aber zerrissen, als ich ihn herausziehen wollte.« Ich las ihm die Bruchstücke vor.
»Das mag ich so an Ihnen, Goldy – Sie halten sich nicht mit Formalitäten wie Durchsuchungsbefehlen auf.«
»Worum ging es bei dem Verfahren?«
»Um Sex.«
»Toll, Herr Wachtmeister, vielen Dank. Das hat mir sogar Vonette erzählt.«
»Korman wurde wegen Verführung einer Minderjährigen angeklagt. Das war unsere Bebe Hollenbeck. Der Kollege hat gesagt, gegen Korman wurde damals auch ermittelt, weil er sich Patientinnen gegenüber Freiheiten herausgenommen hatte, was den Rest des Artikels erklärt, den Sie zerrissen haben.«
»Tut mir leid.«
»Das ist der Unterschied zwischen Ihnen und Laura Smiley«, sagte Schulz. »Sie ist mit Beweismaterial vorsichtig umgegangen, hat mir der Kollege erzählt. Sie wollte als Zeugin gegen Korman aussagen. Sie war damals eine junge Frau, eben erst Lehrerin geworden, in den Zwanzigern, meint der Kollege.«
»Und warum ist das Verfahren eingestellt worden?«
»Das war 1967. Der Oberste Gerichtshof hat den Miranda-Zusatzartikel 1966 verabschiedet. Die Polizei hatte sich noch nicht daran gewöhnt. Sie vergaß, Korman über seine Rechte zu belehren.« Er machte einen Augenblick Pause, und ich konnte mir vorstellen, wie er Kaffee trank und den Kopf schüttelte. »Jedenfalls«, fuhr er fort, »konnten sie Korman nicht ans Leder. Dann trinkt diese junge Bebe an ihrem siebzehnten Geburtstag eine ganze Flasche Schnaps und ist sofort tot. Noch mehr schlechte Publicity, deshalb zieht Korman hierher, um einen neuen Anfang zu machen.«

»Und was hatte Laura Smiley danach mit dem Fall zu tun?«
»Daran kann sich der Kollege glasklar erinnern. Nach der Einstellung des Verfahrens hat die Staatsanwaltschaft beschlossen, kein zweites einzuleiten. Also stolziert diese junge Lehrerin in das Büro des Kollegen und schlägt einen Höllenlärm. Stellt sich heraus, daß ihr Vater Alkoholiker ist. Bebes Mutter ist schon im Begriff, Alkoholikerin zu werden, also will Laura ihre Schülerin beschützen.«
»Was ist passiert?«
Schulz sagte: »Laura hat geschrien, Fritz Korman ist eine Bedrohung für alle Frauen. Hat gesagt, sie hat Beweise, die dazu führen können, daß er nie wieder praktizieren darf. Hat gesagt, wenn die Bullen ihn nicht drankriegen, dann tut sie's. Sie hat versucht, die Ärztekammer dazu zu bewegen, daß sie etwas unternimmt, aber Korman beschloß, hierherzuziehen, und statt ihm die Zulassung zu entziehen, hat die Ärztekammer nur gesagt, lassen Sie sich in diesem Staat nicht mehr blicken. Und jetzt setzen Sie sich. Unsere Freundin war noch einmal bei den Bullen, hat auf dem Schreibtisch des Kollegen herumgehämmert. Sie hat gesagt, dazu kommt es nur über ihre Leiche. Dann ist sie hinausmarschiert. Laura Smiley.«
Ich sagte: »Aber dann haben sich die Kormans, die doch etwas über ihre Gefühle hätten wissen müssen, ausgerechnet Aspen Meadow ausgesucht. Vonette hat mir erzählt, daß damals hier dieselben Zulassungsvorschriften wie in Illinois galten. Die Stadt gefiel ihnen, als Laura sie ihnen zeigte, damals, als sie sich noch miteinander verstanden.« Ich dachte einen Augenblick nach, dann fuhr ich fort. »Niemand hat mit dem Tod von Lauras Eltern gerechnet. Sie zog hierher zurück. Ihre Eltern waren tot, Bebe war tot, und die Kormans wohnten schon in ihrer Heimatstadt, wo sie ein Haus und Freunde hatte. Sie muß beschlossen haben, das alles hinter sich zu lassen.«
»Sieht danach aus. Und dann, nach zwanzig Jahren, rastet etwas in ihr aus.«
»Wenn sie etwas gegen ihn in der Hand hatte, warum sollte sie

dann so lange warten? Vielleicht hat sie ihn erpreßt.« Ich machte eine Pause. »Das glaube ich nicht. Sie war nicht der Typ. Und es paßt nicht zu dem, was sie in dem Brief kurz vor ihrem Tod geschrieben hat.«

»Großer Gott. Ich will nicht einmal hören, wie Sie den in die Finger bekommen haben. Erzählen Sie mir lieber gleich, was Sie sonst noch angestellt haben.«

Ich holte den Brief und las ihn ihm vor. Dann erzählte ich ihm, daß Laura mit Pomeroy befreundet gewesen war, daß sie zur selben Al-Anon-Gruppe gehört hatten.

»Und wo wir gerade dabei sind, das in der Apotheke war seltsam«, sagte ich.

»Sind Sie dort auch eingebrochen? Falls jemand mithört, müssen Sie Ihr Geschäft unbedingt wieder aufmachen. Dann können Sie mich als Hilfskellner einstellen, wenn ich hier rausgeflogen bin.«

»Interessieren Sie sich für die Apotheke, ja oder nein? Das wird Ihnen dabei helfen, eine Exhumierungserlaubnis zu bekommen.«

»Sagen Sie es mir nicht«, sagte er. »Sie haben die Mordwaffe im Regal gefunden.«

»Ihr neuer Gerichtsmediziner hat gesagt, daß Laura Valium im Magen hatte. Sie hatte kein Rezept für Valium und auch für keinen anderen Tranquilizer. Und wenn sie zu einer Anonyme-Alkoholiker-Organisation gehört hat, ist es unwahrscheinlich, daß sie getrunken oder irgendwelche Drogen genommen hat.« Ich zögerte. »Wenn ich darüber nachdenke, sie hatte auch keinerlei Alkohol im Haus. Merkwürdige Sachen wie einen Boxer auf der Zuckerbüchse –«

»Was?«

»Sugar Ray Leonard. Ihr Sinn für Humor. Wortspiele.«

Schulz schnalzte mit der Zunge.

Ich sagte: »Ich frage mich, ob diese Person in Lauras Haus an dem Tag, an dem ich den Alarm ausgelöst habe. . .« Ich dachte nach. »Ob sie vielleicht nach Beweisen gesucht hat?« Ich brach

ab. »Im Wohnzimmer –«, fing ich wieder an, weil ich mich an etwas erinnerte. »Vonette –«
»Sie war dort drin?«
»Nein. Sie hatte einen Flachmann dabei. Beim Empfang. Sie hat sich etwas in den Wein geschüttet.«
»Sie meinen, sie hat auch Fritz was in den Kaffee getan? Erinnern Sie sich an Körnchen, Goldy, oder bloß an einen Flachmann?«
Ich sagte: »Pomeroy Locraft sagt, daß Fritz sie betrogen hat. Wenn Vonette wußte, daß er wieder mit den alten Spielchen angefangen hat, könnte sie durchaus zu Besserungsmaßnahmen gegriffen haben.«
»Hm.«
»Pomeroy hat den Flachmann auch gesehen. Vielleicht hat sie ihm das Herz auch so ausgeschüttet wie uns.« Ich kaute kurz an den Nägeln. »Ich fahre morgen zu ihm hinaus – mal sehen, was ich ausgraben kann.«
»Sagen Sie ein Wort wie ausgraben lieber nicht zu einem Bullen von der Mordkommission«, sagte Schulz. Dann: »Wollen Sie an Halloween immer noch mit mir ausgehen?«
»Am Samstag abend? O ja.« Wie wollte ich das Essen für die Party im Sportclub vor ihm verstecken? Ich hatte keine Lust, Erklärungen über illegalen Partyservice abzugeben. »Ich habe mich gefragt, ob Sie Arch abholen und sich dort mit mir treffen könnten. Ich habe einen späten Putztermin«, schwindelte ich. »Aber was hat Sie auf Halloween gebracht?«
»Ich habe gesehen, wie Sie diesen Pomeroy Kälbchenaugen machen. Deshalb will ich, daß Sie an unsere Verabredung denken. Bloß für den Fall, daß er mit Ihnen flirtet, wenn Sie da draußen ermitteln.«
»Aha«, sagte ich erfreut. »Die eifersüchtige Sorte.«
»Kann schon sein«, erwiderte er gelassen. »Aber sehen Sie es so: Ein tüchtiger Ermittler ist besser als ein unfähiger Fahrlehrer.«

Die Straße zum Naturreservat war eigentlich ein breiter, holpriger, steiniger und schlammiger Feldweg, der zwischen Mitte September und Anfang Juni für die Öffentlichkeit gesperrt war. Er lag etwa dreihundert Meter über der Stadt, und es schneite hier stärker, früher und länger. Ich wußte noch, wie ich die Sperre öffnen konnte, die außerhalb der Saison angebracht war, weil Arch erst im April das Imkerprojekt bei Pomeroy gemacht hatte.

Ehe ich abfuhr, hatte ich eine Notiz für Patty Sue geschrieben: Bin beim Fahrlehrer. Spät zurück. Bitte Arch keine Schokolade zum Abendessen geben.

Und eine für Arch:

Bin bei Pom und hole Honig.

PS: Falls zum Abendessen nicht zurück, Thunfischauflauf im Kühlschrank. Untotenkostüm braucht Watte zum Polstern. Fahr bitte zur Apotheke und hol welche. Muß Kostüm heute abend machen, weil ich morgen für die Party kochen muß.

Alles Liebe, Mom.

Arch, Arch. Ich wich einem Schlagloch voller Schneematsch aus und dachte daran, daß es im April noch schlammiger gewesen war und Arch jedesmal vor Begeisterung im Sitz auf- und abgehüpft war, wenn ich ihn bei Pom abgeholt hatte. Dieses Überschäumen, diese Liebe zu seinen Lehrern und zum Lernen, war jetzt ganz verschwunden.

»Die Bienen sind toll, Mom«, hatte er gesagt. »Sie schwärmen einmal im Jahr, und meistens kommen sie an denselben Ort zurück. Sie kommen zu Pom zurück, weil es da draußen im Reservat die Wildblumen gibt. Und sie wissen, wo alle Blumen sind! Weißt du, da ist diese... diese Navigatorbiene, die losfliegt und Büsche und alles findet und dann zurückkommt und den anderen Bienen irgendwie sagt, wie sie hinkommen. Es ist sehr kompliziert. Bienen sind schlau.«

»Bienen? Schlau?«

»O ja«, sagte er begeistert, »sie sind hochintelligent. Pom und ich tragen Weiß, weil die Bienen das mögen. Sie fürchten sich vor schwarz, weil sie das an Bären erinnert. Das haben sie von ganz lange her in Erinnerung. Etwa so, wie du Schlangen haßt, und irgendwo in der Bibel steht, daß Frauen keine Schlangen mögen. Bienen wissen, daß Bären ihren Honig stehlen, und deshalb haben sie alle gelernt, die Farbe Schwarz zu hassen und große schwarze Tiere auf zwei Beinen anzugreifen. Deshalb müssen wir Weiß tragen.«

»Ich habe gedacht, Honigbienen stechen nicht.«

»Natürlich stechen sie«, protestierte er. »Warum glaubst du denn, daß wir diese Schleier vor dem Gesicht haben? Sie stechen übrigens, wenn sie sich fürchten. Weißt du, wenn jemand in ihren Stock eindringt oder so. Deshalb muß man sie ausräuchern, ehe man den Honig holt. Siehst du«, fuhr er in seinem überheblichen Ton fort, »man muß wirklich eine Menge lernen, wenn man Imker werden will. Du versuchst es besser erst gar nicht, Mom.«

Ich drehte das Fenster herunter, um nach Wild Ausschau zu halten, Wapitis oder Hirschen, die vor der Jagdsaison hier Zuflucht suchten. Der Tag war warm, aber eine kühle Brise beutelte die Kieferngruppen an der Straße. Aus der Ferne sah ich den gemauerten Schornstein von Poms Blockhaus. Obwohl sein Honigschuppen so groß war, daß er auch als Garage dienen konnte, standen sechs Fahrzeuge in unterschiedlichen Stadien der Vernachlässigung auf dem Grundstück herum. In meiner Jugend in New Jersey war mir aufgefallen, daß die Einheimischen ein Faible für Hortensien hatten. Die Leute in Colorado hatten einen Autotick. Sie sammelten sie und stellten sie in den Garagen und auf den Höfen ab, damit sie das so gut wie neue Auto mit Vierradantrieb im Schnee benützen konnten, den alten Lieferwagen zum Transport schwererer Sachen, den alten Scout mit dem Schneepflug zum Räumen der Einfahrt, den Kombi, damit alle zum Skilaufen fahren konnten, und den VW und den Chevy wegen der hervorragenden Ersatzteile zum Ausschlachten.

»Schön, daß Sie es einrichten konnten«, sagte Pomeroy und schenkte mir das angedeutete Lächeln, bei dem mir das Herz schmolz, ehe er beiseite trat, damit ich ins Haus konnte.
Ich sagte: »Irgendwie fehlt es mir, hier herauszukommen. Arch hat so gern mit Ihnen gearbeitet.«
»Und ich gern mit ihm. Er ist ein wunderbares Kind, Sie haben Glück.«
Ich seufzte wider Willen. »Als Mutter ist man nicht nur auf Rosen gebettet, Pom. Das ist fast so schwer wie die Ehe.«
Er lief dunkelrot an. Dann fiel mir wieder ein, was Marla gesagt hatte. Hing er derart an seiner Exfrau? Nicht einmal Marla und ich waren so schlimm, wenn die Rede auf John Richard kam. Aus welchem Grund auch immer, ich hatte schon jetzt das Gefühl, alles vermasselt zu haben.
Er sagte: »Setzen Sie sich doch, und trinken Sie eine Tasse Kräutertee. Ich hab phantastischen Honig dafür.«
Ich schaute mich in dem Einzimmerhaus um. Vermutlich war es eine Jagdhütte gewesen, ehe das Gebiet zum Reservat erklärt worden war. Vor dem großen Fenster standen zwei Fernrohre. Ich nahm an, daß sie sich auf die Bienenstöcke richten ließen, die gegen den Wind standen, ein Stück vom Blockhaus entfernt.
»Beobachten Sie die Vögel und die Bienen?« fragte ich, als er den Teekessel füllte. Ich schaute durch ein Fernrohr.
»Nein.«
»Beobachten Sie das Wild?«
Er sagte gar nichts. Vielleicht hatte er immer noch ein schlechtes Gewissen wegen der Fahrstunde. Wie auch immer, er war mit den Gedanken woanders.
»Ich habe ein Auto«, sagte ich. »Vonette hat mir eins geliehen.«
»Großartig.«
Wieder Schweigen.
Ich sagte: »Kommen Sie zu der Halloweenparty im Club?«
Ein Nicken.
Ich sagte: »Verraten Sie es niemandem, aber ich mache das

Essen.« Er schnaubte. »Ich mache auch dort sauber. He!« Ich hatte das Fernrohr auf die Gegend gleich unterhalb der Bienenstöcke gerichtet. »Sie haben ja einen Garten.«
»Ja«, sagte er, »im Frühling. Wollen Sie jetzt Ihren Honig?«
Ich nahm drei große Gläser von ihm entgegen und gab ihm einen Scheck. Dann schaute ich mich im Zimmer um, um Gesprächsstoff zu finden.
»Hat es hier oben schon geschneit?« fragte ich strahlend. »Bekommen Sie dann mehr oder weniger von der freien Wildbahn zu sehen, wenn Schnee liegt?«
Pomeroy griff nach zwei Tassen, hielt einen Teebeutel in die Kanne und sah mich mit schiefgelegtem Kopf an.
»Sie wollen was von der freien Wildbahn sehen, Goldy? Schauen Sie durch das zweite Fernrohr. Wir haben Mittwoch, Mittagspause, warmes Wetter. Müßte alles ganz nach Plan gehen. Das wollte ich Ihnen zeigen.«
Ich schaute ihn von der Seite an und ging zum zweiten Fernrohr. Ich sah hinein, ohne es zu bewegen. Draußen im Reservat bewegte sich etwas. Mir wurde kalt.
Es waren Menschen. Übereinander. Patty Sue. Mit Fritz Korman.
Ihnen brauchte man nichts über Vögel und Bienen zu erzählen.

Das kann ich nicht glauben.«

Keine Reaktion von Pomeroy.

Ich schaute ihn an. »Kommen die beiden oft hierher?«

Er goß Wasser in die Kanne, und der Dampf umwölkte sein Gesicht.

»In den letzten beiden Wochen waren sie zweimal da. Das Wetter war schön. Sie wissen ja, wie gern es die Leute hier an der frischen Luft treiben. Die Wanderer sparen es sich allerdings meistens für den Sommer auf.«

Ich musterte das Zimmer. Er stellte das Teetablett auf den Tisch. Es brachte mich etwas aus dem Konzept, einem anderen Paar beim Sex zuzuschauen, während ich in der Gesellschaft eines Mannes war, den ich äußerst anziehend fand.

Pomeroy goß Tee in die Tassen. Wider Willen fiel mir auf, wie sich seine Schultern unter dem weichen Flanellhemd bewegten. Ich fragte mich, wer seine Wäsche erledigte, und blickte mich nach einer Waschmaschine um. Seine Couch, die Tische und die Stühle waren aus roh behauenem Kieferholz mit fertig gekauften Kissen darauf. Die Möbel sahen selbstgemacht aus. Keine modernen Geräte außer einem Kühlschrank und einem Herd in der offenen Küche. Im Wohnbereich hingen mehrere Lampen, und neben seinem Bett in einer Ecke standen ein Funktelefon und ein Wecker. Strom und Wasser hatte er also wenigstens. Falls Patty Sue und Fritz Lust auf ein postkoitales kühles Getränk oder ein Stück Toast gehabt hätten, hätten sie hereinmarschieren können. Auf der Stelle.

Ich schaute wieder Pomeroy an, diesen attraktiven Einsiedler, mitten auf seiner selbstgemachten Couch inmitten seines selbstgebauten Blockhauses mitten im Nirgendwo. Ich fuhr mit den Fingern über den grünbraunen Couchtisch aus Kiefernholz mit Astlöchern.

Er sagte: »Na?«

Ich schob einen Steinguttopf mit Efeu auf dem Tisch hin und her und dachte nach.

»Es ergibt einen Sinn«, sagte ich schließlich. »Ich war letzte Woche in seiner Praxis, um etwas in der Kartei zu suchen. Patty Sue war hineingegangen, weil sie einen Termin bei ihm hatte, aber ich habe nicht gesehen, wie sie herauskam. Am Montag war ich dort, und Arch zeigte mir die Hintertür zur Praxis, von der ich nichts gewußt hatte. Es paßt.«

Pom sagte: »Wonach haben Sie in der Kartei gesucht?«

Ich stand auf und trat ans Fenster. Patty Sue und Fritz gingen durch das hohe Gras auf die Bäume zu, hinter denen der Jeep zu sehen war.

»Ach«, sagte ich dumpf, »Sie wissen doch, daß ich versuche, meinen Partyservice wieder aufzumachen. Die Polizei macht keine großen Fortschritte, deshalb kümmere ich mich selbst darum. Ich versuche, herauszubekommen, was für eine Verbindung zwischen Fritz und Laura Smiley bestanden hat, warum jemand versucht hat, ihn auf ihrer Beerdigung zu vergiften. Und ich versuche, solch große Fragen zu beantworten, während er meine Hausgenossin bumst.«

»Irgend etwas herausgefunden?«

»Nein.«

Er stand auf, ging in seinen Kochbereich und kam mit einem Teller heißer Brötchen und einer Schale Honig zurück.

Er sagte: »Die habe ich für Sie gebacken. Der Honig ist von einem neuen Bienenstamm, den ich per Katalog bestellt habe.

Aus Südamerika. Unglaublich bösartig – manchmal schlagen sie mich in die Flucht. Sind aber gute Produzenten.«
Er schnitt ein dampfendes Brötchen durch, bestrich es dick mit Honig und reichte es mir dann auf einer Papierserviette. Es war köstlich.
Er sagte: »Überrascht, daß ein Mann backen kann?«
»Herrgott noch mal, Pom, können Sie nicht mal ernst werden? Sogar die Polizei hat mir mehr erzählt als Sie; Sie haben mir nur gesagt, daß Fritz Vonette betrügt, und das wußte ich schon aus seiner Vergangenheit, vielen Dank.«
»Was wollen Sie wissen?«
»Wissen Sie, warum Laura zu Fritz gegangen ist? Wenn Sie so eng mit ihr befreundet waren, dann hätte sie Ihnen so etwas Wichtiges doch erzählt. Sie hat einen Artikel in ihrem Schließfach hinterlassen. Sie wollte ihn Patty Sue und Trixie zeigen. Es ging um ein eingestelltes Verfahren. Wollte sie die beiden warnen?«
»Ich habe es Ihnen doch schon gesagt, sie hat mir nicht alles erzählt. Sie hat eine Schülerin gekannt, Vonettes Tochter, mit der sie sich angefreundet hatte. Weil Laura die Tochter eines Alkoholikers war, hat sie das alles noch einmal mit diesem vernachlässigten Teenager durchgemacht, einem Mädchen, hinter dem damals der Stiefvater her war. Sie hat versucht, dem ein Ende zu machen. Als dieser Schuß nach hinten losging und dann Lauras Eltern starben, hat sie versucht, sich bei Al-Anon abzureagieren. Aber sie war schockiert, als ich ihr sagte, was sich hier draußen abspielt.«
»Das war erst vor kurzem, nicht wahr?«
Er schaute mich an und nickte. »Vor ein paar Wochen.«
Ich sagte: »War das im Sportclub, und Marla ist in Ihr Gespräch hineingeplatzt?«
»Ja. Laura hat gesagt: ›Er hat mir versprochen, daß er sich gebessert hat.‹« Pomeroy schaute mich an. Er sagte: »Genau das hat sie gesagt. ›Ich kann nicht glauben‹, hat sie gesagt, ›daß er nach zwanzig Jahren wieder mit den alten Spielchen an-

fängt.‹« Er machte eine Pause und biß in ein Brötchen. »Nach unserem Gespräch kam sie mit mir hier heraus. Sie hat die beiden da draußen gesehen. Sie war wütend, als sie mit ansah, wie er nach all den Jahren wieder über ein junges Mädchen herfiel. ›Ich kann es nicht glauben‹, hat sie immer wieder gesagt, ›er hat mir geschworen, als ich hierherzog, daß er sich geändert hat.‹« Pomeroy räusperte sich. »Eins weiß ich genau. Sie hatte außer dem, was ich Ihnen erzähle, noch was gegen Korman in der Hand. Sie hat gesagt: ›Dieses Mal wird die Gerechtigkeit siegen, darauf kannst du dich verlassen.‹ Sie war außer sich. Ich mußte sie nach Hause fahren. Dabei hat sie übrigens das Biologiebuch in meinem Auto liegenlassen. Jedenfalls war es vielleicht der Auslöser für sie, daß sie die beiden gesehen hatte. Der Auslöser für den Selbstmord.«

»Es muß praktisch für Fritz sein«, sinnierte ich, »daß die Frauen in seinem Leben einfach abtreten, wenn es hart auf hart kommt. Erst Bebe Hollenbeck, dann Laura Smiley.«

»Behalten Sie Ihre Hausgenossin besser im Auge«, fügte Pomeroy hinzu.

Plötzlich war ich das alles leid. Jetzt, wo die Landschaft menschenleer war, wandte ich meine Aufmerksamkeit dem Fenster zu. Ein sanft abfallender Hang, den man als Poms Vorgarten bezeichnen konnte, stieß schließlich an den Bergbach, einen Hauptzufluß des Upper Cottonwood Creek. Die weißen Bienenstöcke, wo Arch und Pom im letzten Frühling so fleißig gearbeitet hatten, standen aufgereiht auf dem Hügel.

»Was machen die Bienen jetzt?« fragte ich. »Produzieren sie immer noch Honig?«

»Wenn es im Oktober so warm ist wie jetzt, fliegen sie. Natürlich gibt es jetzt nur noch wenig Blumen, deshalb produzieren sie nicht viel.«

Eine Reihe von Pfosten zog sich am Bergbach entlang, etliche mit einem Draht verbunden. Der Draht führte zu den Bienenstöcken.

Ich sagte: »Was soll denn dieser dicke Draht?«

Er lachte. »Eine altmodische Alarmanlage. Arch war hell begeistert, hat gesagt, das baut er in seine Drachenabenteuer ein oder wie er das nennt. Jemand kommt vom Bach herauf, will einbrechen, stolpert über den Draht, der Bienenstock kippt um, und Sie haben einen Bienenschwarm am Hals, der mehr Schaden anrichtet als ein Gewehr.«
Wir schwiegen eine Weile.
Ich sagte: »Arch hat Sie wirklich für den Größten gehalten.«
»Ich hatte viel Spaß mit ihm. Ich mag alle Kinder. Jetzt, wo Laura nicht mehr da ist, weiß ich nicht, ob die Lehrer den Schülern erlauben, hier draußen Projekte zu machen. Sie werden mir fehlen. Sehr.«
»Ist Ihnen etwas Seltsames an Arch aufgefallen? Ich meine, im letzten Frühling, war er geheimnistuerisch oder –«
»Nein.« Pomeroy hob die Hand. »Wir hatten großartige Gespräche, er war immer ganz ernsthaft bei der Sache. Ich glaube, deshalb war Laura so vernarrt in ihn.« Pom schaute mich lange aus den braunen Augen an, voller Traurigkeit und Mitleid.
Meine Stimme war rauh. »Ich habe gedacht, daß sie zuviel mit ihm zusammen war. Ich bin nicht überzeugt davon, daß das gesund war.«
Er zuckte die Achseln. »Ich habe auch gern mit Arch geredet. Manchmal war das, wie wenn man mit einem kleinen Erwachsenen spricht. Vielleicht ist es Laura auch so gegangen, davon weiß ich nichts. Aber ich weiß, daß sie und Arch sich gegenseitig bewundert haben.« Er machte eine Pause. »Wenn Sie sich Sorgen über Ihre Beziehung zu Arch machen, müssen Sie noch was wissen.«
»Ich bin ganz Ohr.«
»Arch hat gesagt, er hat eine tolle Mutter. Er hat sogar gesagt, einer der Gründe, daß er nicht dazugehört, ist, daß alle Kinder sich darüber beklagen, wie übel ihre Mütter kochen, Schleim, Würmer, Schimmel und so weiter. Er hat mir erzählt, daß – ehrlich gesagt – seine Mutter ganz phantastisch kocht.«
Und mit diesem Fetzen einer guten Nachricht inmitten der

vielen schlechten verabschiedete ich mich von Pomeroy und lächelte auf der ganzen Rückfahrt auf dem Feldweg durch die Bäume.

»Mom, ich habe die Polsterung«, meldete Arch, als ich in unser Haus kam und die Tür hinter mir zuschlug. »Ich habe das Buch bei dem Bild mit dem Untoten aufgeschlagen, damit du weißt, wie ich aussehen muß. Ich ziehe das Kostüm für die Party im Sportclub an. Vielleicht glauben manche Leute, ich bin ein Liliputaner, kein Kind.«

Ich umarmte ihn. »Unwahrscheinlich. Liliputaner sind nicht so niedlich wie Elfjährige.«

Er tätschelte mir den Rücken. »Hast du einen guten Tag gehabt oder so was?«

»Muß ich einen guten Tag gehabt haben, wenn ich mein Kind umarme?«

»Tut mir leid. Du hast bloß in letzter Zeit gar nicht glücklich gewirkt. Patty Sue auch nicht.«

Das konnte man wohl sagen.

»Hast du gegessen?« fragte ich.

»In der Schule gab es Burritos, und die mag ich überhaupt nicht, deshalb habe ich etwas im chinesischen Restaurant bestellt, als ich nach Hause kam, weil ich nicht besonders scharf auf Thunfischauflauf war. Ich habe es anschreiben lassen. Ich hoffe, das ist okay. Patty Sue ist vor einer Weile zurückgekommen, und sie hatte auch Hunger.« Er machte eine Pause.

»Sprich weiter.«

»Na ja«, sagte er und schob sich die Brille zurecht, »als der Kerl mit unserer Bestellung kam und wir die vielen kleinen Schachteln aufgemacht haben, habe ich gesagt: ›He, die sehen ja ganz so aus wie die Schachteln, in denen ich früher meine Goldfische aus der Tierhandlung nach Hause gebracht habe. Dann hatte ich ein ganz schlechtes Gewissen, weil Patty Sue ins Bad gegangen ist und gekotzt hat.«

»O Gott. Schläft sie jetzt?«

»Ich glaube schon«, sagte Arch mit einem reuigen Zucken um den Mund. »Ich habe an ihrer Tür geklopft und sie gefragt, ob ich ihr einen Teller süßsaures Schweinefleisch bringen darf, so ähnlich wie Frühstück ans Bett, aber sie hat gesagt, von dem Geruch wird ihr schlecht, und ich soll bitte nichts über die Goldfische sagen.«

»Noch mehr gute Nachrichten?«

»Vonette hat angerufen. Sie klang ganz aufgeregt. Hat gesagt, sie ist ein Wrack, und du sollst sie wegen des Autos anrufen.«

Ich schüttelte den Kopf und ging auf mein Nähzimmer zu. Ich sagte: »Das kann warten.«

»Gut«, sagte Arch, während er sich zurückzog, »ich muß nämlich telefonieren und wollte die Geschäftsleitung nicht benützen.«

Wir trennten uns, und ich stöpselte widerwillig die japanische Nähmaschine ein, die ich von einem Vertreter gekauft hatte, der nicht erwähnt hatte, daß die Gebrauchsanweisung nur auf japanisch beilag. Aber ich war so schlau gewesen, herauszufinden, wie sie vorwärts und rückwärts ging, und als ich mir die Illustration anschaute, dachte ich, mehr sei auch nicht nötig. Ein Gewand wie das eines Druidenpriesters mit gepolsterten Schultern und Ärmeln wie die eines Zauberers, hieß es in der Beschreibung; das Kostüm solle zerlumpt, aber kostspielig wirken. Das Gesicht war furchterregend, ein Totenschädel. Ich markierte den Stoff mit Schneiderkreide, dann schnitt ich zu und nähte, bis die Kapuze und die Schultern fertig waren und nur noch der Saum fehlte. Arch konnte den Musselin bemalen, wie er wollte, und wie ich ihn kannte, würde er das auch tun. Das Bild in dem Buch war schwarzweiß. Mein Blick wanderte zur Bildunterschrift, die lautete:

Der Untote tut sich durch Rache hervor. Er setzt Bänne, Zauber, Fallen und Gifttränke ein, um die Bösen zu bestrafen. Ein ganz besonderer Zauber besteht darin, die Toten zu erwecken. Der Untote nimmt Kontakt mit toten Opfern auf und sammelt Beweise gegen die Übeltäter. Er führt seinen Racheplan mit kleinen, scharfen Waffen aus, mit Mitteln wie Tiefschlaf,

Kugelblitz und damit, seine Opfer zu Tode zu erschrecken. Der Untote ruht erst, wenn der Böse tot ist.

Gott steh uns bei.

»Todd?« kam Archs Flüstern am Telefon. »Ich kann nicht lange sprechen. Ich versuche seit gestern, dich zu erreichen.«

»Unser Telefon war kaputt. Was ist denn schiefgegangen? Hat sie einen Verdacht?«

»Nein, sie näht«, erwiderte Arch. »Aber ich muß trotzdem vorsichtig sein.«

Ich hauchte ein O und legte die Hand über die Sprechmuschel.

Todd sagte: »Ich kann dich kaum hören. Soll ich zu dir kommen?«

»Nein«, sagte Arch, »hab keine Zeit vor dem Abendessen.« Er machte eine Pause. »Hör mal, du wirst es nicht glauben. Ich hab sie.«

Todd fragte: »Was hast du?«

»Die Waffe, du Blödmann«, sagte Arch ungeduldig. »Sie ist sogar noch besser als ein Messer, weil sie genauso aussieht wie in dem Buch. Klein und scharf. Ich habe sie in einer Plastiktüte im Auto meiner Großmutter gefunden. Wir müssen sie nachher saubermachen. Sie liegt jetzt unter unserem Holzstapel.«

»Toll!« erwiderte Todd. »Welchen Bann willst du benutzen?«

»Wie wär's mit dem Kugelblitz?«

»Hast du das schon mal gemacht?«

»Na ja«, gab Arch zu, »nicht im richtigen Leben.«

»Wart mal«, sagte Todd, »du könntest doch einfach einen Molotowcocktail machen. Du brauchst nur eine Flasche, dann füllst du sie mit Benzin –«

»Mit wem sprichst du?« fragte eine verschlafene Patty Sue, als sie ins Zimmer schlurfte.

Ich legte den Hörer auf die Gabel.

Ich sagte: »Mit niemandem. Ich wollte nur hören, ob die Leitung frei ist, damit ich Vonette anrufen kann.«

Sie schaute mich mit schiefgelegtem Kopf an. »Was machst du denn zum Abendessen? Arch hat chinesisches Zeug bestellt, aber es sah gar nicht gut aus. Hunger habe ich trotzdem.«

Ich sagte: »Du hast einen anstrengenden Tag hinter dir.«

Sie nickte, gähnte wieder.

»Tut mir leid, daß wir nichts zu essen im Haus haben«, log ich. »Arch und du müßt vor dem Essen für mich in den Laden fahren –«

»Aber ich habe doch noch gar keinen Führerschein«, protestierte Patty Sue, »und ich weiß nicht, wie man so einen Kastenwagen fährt.« Sie wanderte aus dem Zimmer in Richtung Küche. Ich stellte die Nähmaschine ab und folgte ihr.

»Das ist okay«, sagte ich. »Ich fahre.« Ich nahm einen Bleistift, der neben dem Telefon lag, und fing hastig zu schreiben an. Patty Sue fischte mit dem kleinen Finger Gürkchen aus einem Glas. »Ich habe viel zu tun«, fuhr ich fort, »und ihr könnt mir helfen, während ich andere Besorgungen mache.« Ich rief Arch, der in die Küche stapfte, während Patty Sue über meiner Schulter die Liste las.

»Was ist denn jetzt schon wieder?« wollte er wissen.

Ich schaute die beiden an und versuchte, mir vorzustellen, ich sei ein geduldiger Mensch.

»Ich habe diese Woche zwei Partys, eine übermorgen für meine Frauengruppe und eine am Tag danach im Sportclub. Das heißt, daß ich jede Menge einkaufen und kochen muß. Ihr beide«, fuhr ich fort, »kauft bitte die Lebensmittel, während ich Pizzas hole und Besorgungen mache, und dann kommen wir alle nach Hause und besprechen die Neuigkeiten des Tages. Okay?«

»Oh, weißt du was?« sagte Patty Sue. »Weil wir gerade von Neuigkeiten reden. Dr. Kormans Behandlung hat endlich gewirkt.«

Arch stöhnte und ging, um seine Jacke zu holen.

Ich starrte sie an. »Was meinst du damit, seine Behandlung hat gewirkt? Möchtest du mir sagen, was für eine Behandlung das war?«

Patty Sues Gesicht wurde ziemlich rosa.

»Oh, das ist vertraulich, Goldy. Ich kann dir nur sagen, daß ich seit heute nachmittag, äh, wieder normal bin.«

Ich schüttelte den Kopf. Falls der Nordpol normal war, dann lebte Patty Sue in der Antarktis.

»Das Dumme daran ist«, sagte Patty Sue, »daß es so lange her ist. Daß ich normal war, meine ich. Jedenfalls fühle ich mich nicht so besonders.«

Ich mich auch nicht, dachte ich, als ich den bootsähnlichen Chrysler auf den Parkplatz des Lebensmittelgeschäfts von Aspen Meadow fuhr, der Filiale einer westlichen Kette. Die Molkereiprodukte des Ladens waren in einem Maß pasteurisiert, daß sie angebrannt schmeckten; das Gemüseangebot bestand aus dem, was die Reise von Kalifornien nach Colorado überstand, ohne zu verfaulen. Trotzdem hatte ich die Liste so lang gemacht, daß Arch und Patty Sue mindestens eine Stunde lang beschäftigt waren.

Unter dem Holzstapel. Im September hatte ich zwei Festmeter Brennholz unter der alten Veranda des Hauses aufgeschichtet. Als ich wieder zu Hause war, zog ich Gartenhandschuhe an und grub und kratzte Rindenstücke und Gras unter den frisch gespaltetenen Scheiten hervor. Der Himmel verdunkelte sich, und der beißende Geruch von Holzrauch lag schon in der Luft. Ich hoffte, Schlangen jeder Art lägen schon im Winterschlaf oder taten, was auch immer Schlangen im Winter machten.

Schwarze Witwen waren natürlich berüchtigte Bewohner von Holzstapeln.
Eine Plastiktüte knisterte in meinen Fingern, und ich zog sie heraus. Drin war das weiche Einwickelzeug für Chirurgenbestecke der Art, wie sie Fritz und John Richard, wie ich wußte, im Vorratsschrank des Zimmers aufbewahrten, in dem die Schwestern Blut abnahmen. Es war ähnlich wie das Päckchen, vielleicht genau dasselbe, das Arch in der Praxis hatte stehlen wollen. War es ihm doch noch gelungen? Ich machte es vorsichtig auf. Obenauf lag zusammengerollter Gummi, von dem ich annahm, es handle sich um Chirurgenhandschuhe. Sie gehörten normalerweise nicht zum Besteck. Gewebezangen, Nähutensilien, andere Instrumente, die ich erkannte.
Ein Skalpell, eins mit auswechselbaren Klingen.
Auf der Klinge war getrocknetes Blut.
Jetzt hatte ich Tom Schulz wirklich etwas zu erzählen. Und ein paar Dinge, die ich mit meinem Sohn besprechen mußte.

»Tom«, sagte ich ins Telefon, »ich muß mit Ihnen sprechen.«
»Ich habe Ihre Stimme kaum erkannt, Sie klingen so freundlich.«
»Sagen Sie mir, was für eine Waffe Laura Smiley bei ihrem Selbstmord benützt hat.«
»Hören Sie, ich weiß nicht, ob –«
»Kommen Sie schon«, bettelte ich, »Sie haben mir selbst gesagt, daß ein Selbstmordfall abgeschlossen ist, solange keine neuen Beweise gefunden werden –«
»Und bis jetzt habe ich von Ihnen Theorien bekommen, einen zerrissenen Artikel und ein fehlendes Rezept.«
»Tom!«
»Okay, okay. Einen Damenrasierer mit zwei Klingen. Eine Menge Blut war darauf, das weiß ich. Von der Tiefe der Schnittwunden her hat der Gerichtsmediziner gemeint, sie könnte es damit getan haben. Obwohl er keinen besonders scharfen Verstand hat.«

»Keinen besonders scharfen Verstand«, sagte ich. »Das klingt wie etwas, was Laura Smiley hätte sagen können.«
»Ich kapier's nicht.«
»Vergessen Sie's«, sagte ich. Dann fragte ich: »Die Theorie lautet also, daß sie sich die Beine rasiert hat?«
»Nehm ich an.«
»Blödmann. Schwachkopf. Vollidiot.«
»Es tut gut, daß Sie wieder wie Sie selbst klingen. Was haben Sie von Pomeroy erfahren? Hat er etwas über Vonette gewußt?«
»Moment mal«, sagte ich. »Laura Smiley hat sich nicht rasiert. Darauf gehe ich jede Wette ein. Sie war Feministin –«
»Ist das so was ähnliches wie ein Sozialist? Ich glaube, die rasieren sich auch nicht.«
»Ich weiß, daß Sie mich auf den Arm nehmen wollen, aber versuchen Sie, mich ernst zu nehmen. Haben Sie sich schon mal mit so einem Rasierer mit zwei Klingen geschnitten?«
»Ich rasiere mich bloß elektrisch.«
»Hören Sie«, sagte ich, »das ist so gut wie unmöglich. Mir ist egal, was der Gerichtsmediziner sagt. Da muß man sich wirklich große Mühe geben, denn man kann sich damit kaum einen Kratzer zufügen, geschweige denn schneiden, verletzen, stechen oder aufschlitzen. Ich würde sagen, Ihr Gerichtsmediziner hat ein Loch im Kopf.«
»Na ja«, sagte Tom entschuldigend, »er ist neu. Sie wollen also sagen, Ihrer Meinung nach hat sie etwas anderes benützt?«
»Sie oder jemand anders.«
Ich befingerte das Chirurgenbesteck. »Sie kommen besser vorbei. Ich habe etwas für Sie.«

Innerhalb einer Viertelstunde war er da. Er machte ein skeptisches Gesicht. Wollte wissen, ob das ein Kinderscherz sei. Fragte, ob ich etwas angerührt und wo ich es gefunden hätte.
»Arch hat es aus dem Kombi genommen, der den Kormans gehört«, sagte ich. »Haben Sie Lauras Blutgruppe?«
Er sagte: »Ja, haben wir, Goldy. Hören Sie. Ich weiß, daß es

Ihnen schwerfällt, die Polizeiarbeit mir zu überlassen. Aber versuchen Sie es mal, nur ein paar Tage lang.«

Dann war es Zeit für mich zum Abholen, erst Pizza mit extra viel Käse, wie sie Arch am liebsten aß, dann gemischtes Backwerk für die Frauengruppe aus der Konditorei. Als ich in den Lebensmittelladen kam, schlurften Arch und Patty Sue mit müden, gereizten Gesichtern durch einen Gang. Schließlich war die Zeit zum Abendessen schon überschritten. Ich überprüfte ihren Wagen auf Karotten, Sellerie, Kirschtomaten, Chicoree, Äpfel, verschiedene Käsesorten, Huhn, Eier, Kartoffelchips, Hackfleisch, Pappbecher, Kreppapier und Zierkürbisse, die ich bestellt hatte. Außerdem Cola und Schokoladenmilch. Ich war dankbar für die fünfzig Dollar von Hal.

»Mom«, quengelte Arch, »das ist langweilig. Ich bin müde und habe Hunger.«

»Ich brauche nur noch tiefgefrorenen Brotteig«, murmelte ich und übernahm den Wagen.

»Ich habe ein paar Gänge weiter deinen Exmann mit seiner neuen Freundin gesehen«, flüsterte Patty Sue, »mit Dr. Korman senior und Vonette.«

Ich wandte mich ihr zu, als wir auf die Tiefkühlabteilung zugingen. »Oh, großartig. Was machen die denn hier?«

Aber ich brauchte nicht auf eine Antwort zu warten, denn im selben Augenblick bog der Korman-Clan in Richtung Tiefkühltheke um die Ecke.

Patty Sue stöhnte. Sie sagte: »Mir ist gar nicht gut.«

»Tu mir den Gefallen und bitte jetzt nicht um eine ärztliche Konsultation«, sagte ich.

»Sieh mal an, wer da ist«, sagte John Richard. »Goldilocks kauft die Zutaten für Porridge ein. Was willst du denn hineintun?«

»Hallo, Vonette«, grüßte ich, als ob die Freundin und die beiden Ärzte gar nicht vorhanden wären.

»Tag, Arch! Wie geht's denn meinem Jungen?« fragte John Richard, als er seinen Sohn, der kein Lächeln für ihn übrig hatte, in die Wange kniff. Mit seiner großen Gestalt sah John

Richard wie ein Abwehrspieler aus, der sich mit einem kleinen Fan unterhält. Abgesehen davon, daß Arch ihn nicht anhimmelte. John Richard reagierte darauf, indem er sich seiner Freundin zuwandte. »Ich habe dir ja gesagt, daß sie ein Miststück ist«, zischte er durch die Zähne. Die Freundin nickte mit dem gesträhnten Kopf. »Goldy«, fuhr er fort und wandte sich wieder an mich, »das ist Pam Mosser. Sie unterrichtet an der High School Geometrie. Sie ist meine, äh, Verlobte.«
Ich war ungeheuer stolz auf mich. Ich lächelte höflich und sagte: »Sehr erfreut.« Es hat sein Gutes, wenn man im Osten erzogen worden ist.
»Patty Sue«, sagte Fritz, »wie geht es Ihnen?«
»Na ja«, fing sie an, »nicht besonders –«
»Bitte, sei still, Patty Sue«, befahl ich.
»Hör mal, Goldy«, warnte Fritz. »Laß das.«
»Was soll ich lassen?« fragte ich und warf Vonette, die zusammenzuckte, einen wissenden Blick zu.
Fritz drehte sich um und starrte Vonette an.
»Ich fühle mich wirklich nicht –« fing Patty Sue an.
Meine Exschwiegermutter schaute mich schuldbewußt an und räusperte sich. Patty Sue war den Gang entlang verschwunden.
»Goldy, Liebes«, sagte Vonette nervös, »ich brauche das Auto. Tut mir leid, ich habe was vergessen, äh, es muß in die Werkstatt. Tut mir leid«, sagte sie noch einmal.
Ich war nicht bereit, mich von einem weiteren Fahrzeug zu trennen. Ich drehte mich um und trat den Rückzug in Richtung Eiscreme an, wo Patty Sue angekommen war, die sich mit verschiedenen Sorten belud.
»In ein paar Tagen«, versprach ich über die Schulter weg. »Bei der Halloweenparty im Club. Bis dahin sollte mein Lieferwagen fertig sein. Dann gebe ich dir den Chrysler zurück. Bis Freitag, Vonette!«
Wir waren fast an der Kasse.
Zu meiner übergroßen Freude drehte Arch sich um und rief: »Was ist Geometrie?«

Ich stieg mit benommenem Kopf ins Auto. Aber zu einem gratulierte ich mir: Ich hatte die Begegnung überlebt. Jeder kleine Erfolg half.

»Iß ein Stück Pizza«, sagte ich zu Arch. »Sie ist entweder neben dir, oder du sitzt darauf.«

Patty Sue fand die Pizzaschachtel. Sie und Arch zerrten heiße, dreieckige Stücke mit Mozzarellafäden heraus. Der Geruch war einladend, aber ich hatte keinen Hunger. Die letzten beiden Stunden waren zu anstrengend gewesen. Arch machte Colabüchsen auf und bot mir eine an. Als ich ablehnte, merkte ich, daß meine Hände zitterten.

Ich sagte: »Fahren wir nach Hause.«

Nachdem ich Arch ins Bett geschickt und die Lebensmittel sorgfältig auf die Vorratsregale und in den Kühlschrank gepackt hatte, war ich immer noch nervös. Es war schlimm genug, in derselben Stadt wie John Richard zu leben und von seinen vielen Eroberungen zu hören. Schlimm genug, seine Arroganz und neureiche Art zu ertragen. Aber ihn im Lebensmittelladen ertragen zu müssen, war entschieden zuviel.

Die nächsten Tage würden hektisch werden. Ich mußte im Club saubermachen, kochen und backen für das Treffen am Freitag und die Party am Samstag und außerdem versuchen, über Schulz und das Skalpell auf dem laufenden zu bleiben und Arch

und seine exzentrischen Einfälle im Auge zu behalten. Falls es wirklich nur exzentrische Einfälle waren.
Der Schlüssel zum Sportclub zog mich magisch an. Arbeit. Das war die Lösung. Das hatte auch geholfen, als ich Lauras Leichenschmaus vorbereitete. Mit Dekorationsmaterial und leistungsfähigen Putzmitteln konnte ich etwas Nützliches tun und gleichzeitig den Streß eines Spitzenmanagers abarbeiten. Am Freitag abend konnte ich dem Club dann den letzten Schliff geben. Selbst Sportler konnten innerhalb von zwei Tagen kein totales Chaos anrichten, oder?

Mein Schlüssel drehte sich im Schloß, und das Quietschen hallte laut in der Dunkelheit wider. Ich schaltete das Licht ein. Der leere Geräteraum kam in Sicht wie eine Schreckenskammer. Die Geräte blitzten silbern in den Spiegeln. Ohne Sportskanonen, die Gewichte stemmten, radelten und auf der Stelle rannten, dehnte sich die Luft zwischen den cremefarbenen Wänden und dem grauen und burgunderroten Teppichboden des Clubs aus, wurde dünner.
Ich schüttelte mich. Wenn man allein darin war, hatte der Club ein neues Leben. Die Wände, Regale, Maschinen schienen nachts eine Verwandlung durchzumachen, wie Spielzeug in Kinderbüchern.
Ich biß die Zähne zusammen und schleppte den Staubsauger und die Tüten mit Putzmitteln und Dekorationsmaterial zum Eingangstresen.
Ich stellte mich in die Mitte des freien Raums und überlegte, wo ich die Tische mit Kürbissen, Punschschüssel und Häppchen für die Halloweenparty aufstellen sollte. Ich konnte die langen Tische an den Wänden mit Blick auf die Racquetballplätze aufstellen und sie und die Säulen im Tanzbereich mit schwarzem und orangefarbenem Kreppapier schmücken.
Der Abstellraum neben der Spiegelwand gegenüber den Geräten enthielt, wie ich sah, nachdem ich das einzige Licht darin gefunden hatte, vier lange Tische, die für die Häppchen rei-

chen würden. Ich stellte die Putzmittel in den Abstellraum und fing mit dem Aufbauen an.
Während einer Pause schaute ich die Treppe hinunter und sah, daß alle Spuren des Spiegels im Gymnastikraum, den Trixie zerschmettert hatte, verschwunden waren. Es wäre ziemlich komisch gewesen, wenn man den alten Spiegel durch einen Zerrspiegel ersetzt hätte, in dem knochige Leute fett aussahen. Aber ich war nicht als Witzbold engagiert.
Ich wischte Staub, staubsaugte, dekorierte. Es war nach Mitternacht, als ich das Desinfektionsmittel und den Wannen- und Fliesenreiniger anrührte und hinunterging, um mit den Umkleideräumen anzufangen.
Auf der Männerseite hingen ein paar Jogginganzüge, etliche Schließfächer standen offen, und obwohl das Personal die Waschbecken und Duschen flüchtig gereinigt hatte, hing der vage Geruch nach Schweiß noch in der Luft. Ich sprühte das verdünnte Desinfektionsmittel in ein Waschbecken und hörte, wie im Aerobicraum Musik anging.
»Now give me money. . .«
Es war eine verjazzte Version eines Beatles-Hits. Ich wußte, daß außer mir niemand hätte hier sein sollen.
War das ein Einbrecher mit Sinn für Humor? Einer, der peppige Musik brauchte, um Gewichte und Handtücher zu klauen?
Ich unterdrückte meine Furcht, indem ich mir sagte, daß die Musik jedes Geräusch übertönte, das ich machte. Ich schlich aus dem Umkleideraum. Als ich um die Ecke schaute, erhaschte ich die Bewegungen von jemandem, der. . . Gymnastik machte?
Es war Trixie. Sie strampelte mit den Beinen und sang kreischend mit.
»Muh-hoh-honey. . . that's what I want!«
Ich schwenkte die Sprühflasche, um auf mich aufmerksam zu machen.
»He, Trix!«

Sie stieß den erschrockenen Schrei eines Menschen aus, der nackt überrascht wird. Was sie natürlich nicht war.

»Goldy! Ich hab gedacht, du kommst erst morgen.«

»Was machst du hier?«

Sie brach in Tränen aus und sank auf dem Teppichboden zusammen. Ich eilte hinüber.

»Ich wollte nur allein sein«, sagte sie schließlich. »Ich wollte, daß alle damit aufhören, mich zu piesacken. Du... du verstehst das nicht.«

»Versuch's trotzdem.«

Sie holte tief Luft, um sich zu beruhigen, dann bekam sie einen Schluckauf. »Du kannst das nicht verstehen, weil du eines hast.«

»Dein Verlust tut mir sehr leid. Das weißt du.«

Ihre Stimme war bitter. »Dieser Mann hat mir meins genommen.«

»Fritz?«

»Er wußte, daß ich hohen Blutdruck habe. Daß die Plazenta reißen konnte. Das tat sie. Ich habe das Kind verloren, während ich auf ihn gewartet habe. Was hat er gemacht? Warum hat er sich nicht beeilt? Jetzt hat alle Welt nur Mitleid mit mir. Und er macht weiter mit seiner Praxis.«

Sie fing wieder zu weinen an. Ich nahm sie in den Arm, und schließlich legte sich ihr Schluchzen. Das Band war zu Ende; Stille hüllte uns ein.

»Hast du noch vor, übermorgen oder vielmehr« – ich schaute auf die Uhr – »morgen, wenn man es genau nimmt, zu unserem Gruppentreffen zu kommen?«

Sie ließ ihr rauhes Lachen hören. »Meinst du wirklich, daß mir das hilft?«

»Was könnte dir helfen?«

Trixie schluckte und sagte: »Wenn Laura noch am Leben wäre. Sie hatte Informationen über Korman, die sie mir zeigen wollte. Ich habe ihr eines Tages nach dem Unterricht meine ganze Geschichte erzählt. Sie hat gesagt, es war nicht das erste Mal, daß er Mist gebaut hat. Sie hatte vor, etwas zu unternehmen –«

Ein Geräusch von oben unterbrach uns, jemand ging durch den freien Raum, den ich eben geputzt und dekoriert hatte. Ich legte den Finger auf die Lippen.
Ich flüsterte ihr zu: »Sind hier unten Gewichte?«
Sie nickte.
»Könntest du eins nach einem Einbrecher werfen, falls das –?«
Sie nickte wieder. »Ich habe einen starken Arm.«
Wir schlichen hinauf. Trixie hatte Gewichte mitgenommen und wärmte ihren Trizeps mit Zweipfündern in jeder Hand auf. Zu meinem Kummer hatte der Eindringling alle Lichter ausgemacht. Nur die Lichter vom Parkplatz draußen warfen einen bleichen Neonschein in den Raum.
»Wo ist –« fing Trixie an.
»Der Abstellraum«, flüsterte ich zurück.
Die Abstellraumtür stand einen Spalt weit offen. Ein Lichtkeil fiel heraus, warf ein riesiges goldgraues Dreieck auf den Teppichboden. Die dekorierten Säulen sahen gespenstisch aus.
»Kannst du die Abstellraumtür treffen?«
»Ich glaube schon«, zischte sie. »Halt das hier.« Sie ließ ein Gewicht los, und verflucht noch mal, natürlich ließ ich es fallen.
»Au!« schrie ich, als es meinen Zeh traf.
Das Licht im Abstellraum ging aus.
»Uff!« brüllte Trixie, als sie das zweite Gewicht durch die Dunkelheit schleuderte.
PENG! Das war der Spiegel im Geräteraum.
»O nein!« schrie Trixie.
Jemand stürzte in der Finsternis an uns vorbei.
Ich wollte rennen, stolperte aber über meinen schmerzenden Zeh.
»Mach das Licht an!« kommandierte ich. »Beeil dich! Renn hinaus! Schau, ob du weißt, wer es ist, oder das Auto sehen kannst!«
Trixie fluchte und lief durch die Dunkelheit. Sie erwischte den Lichtschalter und stolperte dann hinaus.
Der Spiegel im Geräteraum sah aus wie eine ultramoderne

Glasskulptur. Ich mußte Hal daran erinnern, wenn er mich verklagte. Zum Teufel damit. Für ihn zu arbeiten war ziemlich gefährlich, oder?

»Ich habe das Auto gesehen«, keuchte Trixie, als sie im Trab zurückkam.

»Und?«

»Irgendwie unheimlich«, sagte sie. »Es hat genau ausgesehen wie Lauras alter blauer Volvo.«

In den Brunnen, in dem ich schlief, hüpften froschgesichtige Ärzte mit Skalpellklingen. Hart auf den Fersen waren ihnen Zombies mit Wasserspeierfratzen in ungesäumten Gewändern, und hinter ihnen röhrte eine Phalanx hupender blauer Volvos. Die Volvos prallten gegen die Brunnenmauern; die Zombies und Frösche kamen zu mir herunter, um den heulenden Hupen zu entkommen. Ich fragte mich verzweifelt: Habe ich diese Wände schon desinfiziert?

Tuut! Tuut! hupten die Volvos.

Tuut!

Das Telefon.

Ich setzte mich auf. Im rechten Zeh pochte der Schmerz.

Die Uhr zeigte zwanzig nach zehn. Ich war um halb drei nach Hause gekommen, nachdem ich schließlich eine erschöpfte Trixie nach Hause gefahren hatte. Bis auf das Geklingel war es still im Haus – ein sicheres Anzeichen dafür, daß alle Welt beschlossen hatte, mich nach meiner Putzorgie in den frühen Morgenstunden schlafen zu lassen. Alle Welt bis auf diesen Schwachkopf, der mich anrief. Ich sagte in den Hörer: »Ich hoffe, es gibt einen guten Grund für diesen Anruf.«

»Hoho!« kam Tom Schulz' viel zu fröhliche Stimme. »Und in der üblichen strahlenden Laune. Haben Sie gestern nacht ein Faß aufgemacht?«

»Bitte.«

Er sagte: »Ich habe gedacht, Sie haben vielleicht Interesse daran, uns bei den Ermittlungen wegen des Skalpells zu helfen. Das ist es nämlich, wissen Sie.«

»Ein Skalpell. Ich hab Ihnen doch gesagt, daß es ein Scheißskalpell ist. Ich habe meine Hausaufgaben als Arztfrau gemacht, wissen Sie. Stimmt das Blut überein?«

»Sachte, sachte. Sie arbeiten daran. Das Ergebnis steht noch aus. Jetzt muß ich mehr von Ihnen wissen. Zum Beispiel, wie Ihr Sohn dieses Skalpell in die Finger bekommen hat.«

»Das habe ich Ihnen doch gesagt. Er hat es im Auto der Kormans gefunden, und meine Theorie ist, daß jemand es dort hineingetan hat, nachdem Laura damit ermordet worden ist.«

»Theorie?« brüllte Tom Schulz. »Damit soll ich zur Staatsanwaltschaft gehen? Mit der Theorie einer Köchin?«

»Mir scheint, Tom«, sagte ich, »Sie sollten herausfinden, wer an Nagertod herankommt.«

»Das ist einfach. Das bekommt jeder, der Ratten vergiften will.«

»Eine Menge Leute halten Fritz genau für das. Eine Ratte.« Ich berichtete ihm von seiner Aktion mit Patty Sue am Bergbach.

»Unglaublich«, sagte Tom Schulz. »Sogar für eine Frau mit einem gebrochenen Arm ist er unwiderstehlich.«

»Das verstehen Sie nicht«, nahm ich Patty Sue in Schutz. »Meine Hausgenossin hat einen abartigen Respekt vor der Autorität. So werden Leute wie Fritz so mächtig.«

Schulz fragte wieder: »Wollen Sie mir sagen, was Ihr Junge mit diesem Skalpell vorhatte?«

»Ich weiß nicht, was er damit vorhatte«, erwiderte ich wahrheitsgemäß. »Ich will versuchen, es rauszukriegen. Aber da ist noch mehr. Trixie und ich sind gestern abend in eine üble Patsche geraten.« Ich erzählte ihm von dem Eindringling, dem Spiegel und dem Volvo.

»Sie sind ja auf Schritt und Tritt in der Bredouille. Seien Sie vorsichtig. Denn ganz gleich, wer unser Freund oder unsere Freundin ist, er wird wieder versuchen, Fritz hopsgehen zu lassen. Sie wollen bestimmt nicht, daß Ihr Kind da mit hineingerät. Und dieses Mal läßt es unser Übeltäter bestimmt nicht bei ein paar Körnchen Rattengift bewenden.«

»Warum nicht?«

»Darauf kommt die schlaue kleine Goldy nicht?«

»Entschuldigen Sie. Lassen Sie mich erst mal eine Tasse Kaffee trinken, dann kommt mein Gehirn wieder in die Gänge.«

»Unser Mörder wird vermutlich etwas anderes benützen«, sagte Schulz, »und es gibt bestimmt ein zweites Mal, weil er oder sie beim ersten Mal die Hausaufgaben für Giftmörder nicht gemacht hat. Passen Sie also auf.«

»Das habe ich vor«, sagte ich und legte auf.

Ich verbrachte den nächsten Tag damit, mich in aller Eile auf das Treffen von »Amour anonym« vorzubereiten. Als ich das Gebäck aus der Konditorei anschaute, fragte ich mich, ob das reichte. Sollte etwas übrig bleiben, konnte ich es am nächsten Tag für die Halloweenparty brauchen. Für Patty Sue überzog ich Schokoladenplätzchen mit Karamelglasur. Für Marla füllte ich Crêpes mit gezuckertem Ricotta und gab Aprikosensauce darüber. (»Ich habe die letzten beiden Tage in Vegas verbracht«, hatte sie mir morgens am Telefon mitgeteilt. »Hab' gedacht, die Abwechslung täte mir gut. Und dann habe ich die ganze Zeit mit einem Glas Jack Daniel's verbracht, eine Tüte Erdnüsse in der einen und eine Rolle Vierteldollar in der anderen. Bald kamen mir die Münzen wie Erdnüsse vor und die Erdnüsse wie Münzen, und ich habe gedacht, jetzt habe ich wirklich den Verstand verloren. Ich nehme an, ich brauche die Gruppe, meinst du nicht auch, Goldy? Ich bringe den Sherry mit, mach du nur jede Menge zu essen.«)

Das Telefon klingelte wieder. Alicia konnte nicht kommen; ihr war auf der Autobahn ein Reifen geplatzt. Ihre Ladung Kürbisse war explodiert wie Handgranaten, als sie auf den Asphalt prallten. Zwei Dutzend Autos waren im orangefarbenen Matsch herumgeschleudert. . . niemand war verletzt. . . die Straße war gesperrt, damit sie gereinigt werden konnte. . . der Verkehr hatte sich zehn Kilometer lang gestaut. In für sie typischer Untertreibung fügte sie hinzu: »Es war eine ganz hübsche Sauerei.«

Zwei andere Frauen riefen an und sagten ab, keine mit einer derart spektakulären Entschuldigung. Als ich schließlich wieder zum Backen kam, schmolz ich Zucker für Vonettes Lieblingskuchen, Karameltorte, zu dunklem Sirup. Ich überlegte, was Trixie mochte, und beschloß, sie könne sich an die Plätzchen halten. Falls Trixie nur Gesundheitskost wollte, konnte Marla sie aufessen.

Und apropos Gesundheitskost, ich konnte mit Pomeroys Honig meine wunderbaren Honigbällchen mit Ingwer machen. Das war meine eigene, köstliche Erfindung; sie kamen immer gut an und hielten sich gut.

Backofen auf 190 Grad vorheizen. 5 Eßlöffel Honig, 125 g Butter, 100 g Zucker und 1 Ei schaumig rühren. 250 g Mehl (gesiebt), 2 Teelöffel Backpulver, ½ Teelöffel Salz, 1 Teelöffel Ingwer, 1 Teelöffel Zimt, ½ Teelöffel Nelkenpulver hinzugeben. Eine Stunde kühl stellen. Gestrichene Eßlöffel Teig zu Bällchen formen und 5 Zentimeter voneinander entfernt auf gefettetes Backblech setzen. 10 bis 12 Minuten backen. Ergibt etwa 4 Dutzend.

Der würzige Geruch füllte die Küche. Als ich fertig war, musterte ich das Angebot. Wenn wir uns gegenseitig all unsere traurigen Geschichten erzählten, konnten wir etwas Süßes gebrauchen.

Marla kam als erste. Sie fegte in einem paillettenbesetzten Zeltkleid herein und mit einem langen Schal, auf dem Club Mediterranée stand.

»Gott«, keuchte sie, »ich bin völlig erschöpft. Es ist gut, daß ich keine Drogen nehme. Wenn mir jemand Speed verkauft hätte, dann hätte ich bestimmt noch einmal sechshundert Eier in diese einarmigen Banditen gestopft. Sag mir, daß du was Tolles zu essen gemacht hast.«

»Da drin.« Ich deutete auf das Eßzimmer.

»Wo sind denn alle?«

»Sie kommen noch. Sie essen erst noch zu Abend.«

»Ich habe zu Abend gegessen«, sagte sie, griff nach einem Dessertteller und machte sich über die Schokoladenplätzchen her. »Ich habe nur noch Platz für den Nachtisch gelassen.«

»Habe ich Nachtisch gehört?« fragte eine gähnende Patty Sue, als sie aus dem ersten Stock herunterkam, wo sie ein Nickerchen gemacht hatte.

»So ist es«, sagte Marla, »kommen Sie schnell, ehe ich alles aufesse.«

Trixie trabte im Jogginganzug herein, mit Hanteln bewehrt. Ich bat sie, die Gewichte im Flur zu lassen, was sie tat.

»Huhu!« jodelte Vonette an der Haustür. Sie war schon beschwipst. Ihr orangerotes Haar sah aus wie ein verlassenes Rotkehlchennest.

»Zeit zum Anfangen«, mahnte ich, als sich Vonette süßen Sherry in die Kaffeetasse goß.

»Uns geht es hier«, fing ich an, »darum, zu reden, uns auszutauschen und uns gegenseitig zu helfen.«

Trixie sagte: »Ich begreife nicht, was das nützen soll.«

Ich sagte: »Dann fang du doch an. Sag uns, was dich belastet.«

»Ich hasse Ärzte«, sagte sie ruhig, »und ich will nicht darüber sprechen.«

»Ach, kommen Sie, Schätzchen«, schmeichelte Vonette. »Mir macht das nichts aus. Und ich bin mit einem verheiratet.« Sie nahm einen kräftigen Zug aus der Kaffeetasse.

Patty Sue sagte: »Mir ist schlecht.«

»Siehst du?« sagte Trixie vorwurfsvoll. »Jemand redet über Ärzte, und sofort wird jemandem schlecht. Warum verlassen wir uns überhaupt auf sie?«

»Schokolade ist zuverlässiger«, sagte Marla, die in die Küche

watschelte, um den Teller mit Schokoladenplätzchen aufzufüllen, den ich blöderweise in ihre Reichweite gestellt hatte.
Patty Sue sagte schwach: »Ich glaube, wir müssen unseren Ärzten vertrauen. Sonst wirkt die Behandlung nicht.«
»Trix?« sagte ich. »Willst du reden oder nicht?«
Trixie knirschte mit den Zähnen. »Ich habe einem Arzt vertraut, und ihr wißt, was mir das eingebracht hat.«
Marla sackte auf ihren Platz zurück. Patty Sue schaute mich mit großen Augen an.
Ich konzentrierte meinen Blick auf Trixie und sagte: »Du bist wütend.«
»Was hast du denn gedacht?«
»Und deshalb«, fuhr ich fort, »hast du dich über –«
Marla sagte: »Großer Gott. Du hast dich übergeben? Was für eine Vergeudung.«
»Bitte, redet nicht über Erbrechen«, sagte Patty Sue, stand auf und ging ins Bad.
»Das ist ja großartig«, bemerkte Marla. »Wir sagen, wir wollen über Männer reden, und wir reden nur über das Essen und das Kotzen.«
Vonette räusperte sich. »Mädchen«, fing sie an, »ich kann darüber reden, ohne vom Essen zu sprechen. Wißt ihr, ich weiß was über Ärzte. Ich kann euch sagen –« Sie machte eine Pause, um sich Sherry in die leere Tasse zu gießen, etwas, wovon ich das Gefühl hatte, ich sollte es unterbinden, weil sie schon ziemlich blau war.
Ich sagte: »Sag's uns, Vonette.«
Aber Trixie unterbrach sie. »Wenn Sie auch wütend sind, Vonette, warum unternehmen Sie dann nichts? Reden, reden, reden! Wie wär's mit ein paar Taten?«
»Nicht so stürmisch«, sagte Marla. »Iß ein Ingwerbällchen.« Um ein gutes Beispiel zu liefern, aß sie selbst eins.
Eine schlapp aussehende Patty Sue setzte sich wieder. Ich wandte mich Vonette zu.
»Was willst du uns also sagen, Vonette?«

Sie nahm wieder einen langen Schluck aus der Tasse. »Redet ihr Mädchen hier drin auch über Sex?«
Alle waren sofort still.
»Klar«, sagte Marla.
»Er ist bei mir impotent«, sagte Vonette schließlich mit versagender Stimme. »Aber bei anderen nicht. Er sagt, weil ich zuviel trinke, ist es allein meine Schuld, daß wir kein Sexleben haben.«
Patty Sue sagte: »Könnten wir nicht das Thema wechseln?«
Marla schaute mich mit rollenden Augen an.
»Alle glauben, ich weiß nicht, was läuft«, sagte Vonette, »aber ich weiß es. Es ist nur so, daß ich diese furchtbaren Kopfschmerzen bekomme, wenn ich daran denke. Sechsunddreißig Jahre«, murmelte sie in ihre Tasse, ehe sie sie leerte. »Wofür? Oh, meine kleine Bebe.« Sie schnüffelte. »Du fehlst mir so. Bebe, Bebe.«
»Glaubst du«, sagte ich zögernd, »daß Laura etwas gegen Fritz in der Hand hatte, etwas, womit sie ihn konfrontieren –«
»Konfrontieren?« schrie Trixie. »Konfrontieren? Warum müssen wir uns dieses Seelenklempnergewäsch anhören?«
»Sie hatte etwas in der Hand«, sagte Vonette. »Natürlich hatte sie das. Ach je.« Sie griff in ihre Tasche und holte ihre Pillendose heraus, von der ich wußte, daß Valium darin war, dann spülte sie mit neuem Sherry eine der blauen Tabletten hinunter.
»Seht ihr«, sagte Marla, während sie sich ein Stück von der Karameltorte abschnitt. »Das kommt dabei heraus, wenn man das Essen zugunsten anderer Palliative aufgibt.«
»Was sind Palliative?« fragte Patty Sue.
»Vergessen Sie's«, sagte Marla mit vollem Mund.
»Das macht mich einfach so wütend«, sagte Trixie, die Stirn finster gerunzelt. »Plapper, plapper, plapper. Ich hab ja gewußt, daß es sinnlos ist, hierherzukommen.«
»Trixie«, sagte ich, »wie könntest du deine Wut sonst ausdrükken?«

»Was ist denn das«, sagte sie, »noch mehr Seelenklempnergeschwätz? Wie wär's damit, diese Ärzte mal für den Schaden, den sie anrichten, büßen zu lassen? Und ich meine, schwer büßen.«
Ich sagte: »Und wie stellst du dir das vor?«
Trixie schnaubte und stand auf, dann warf sie sich auf die Couch und kreuzte die Arme über der Brust.
»Das gerät außer Kontrolle«, sagte ich leise zu Marla.
»Das brauchst du mir nicht zu sagen«, sagte sie, nachdem sie geschluckt hatte. »Ich habe alles über Selbstkontrolle gelernt, als ich mit dem Anwalt des Kotzbrockens verhandelt habe.«
»Laura«, kam Vonettes unsichere Stimme. In ihrer Betrunkenheit hatte sie am Ende des Tischs wenig vom Gespräch mitbekommen. »Laura hatte etwas in der Hand. Aber nicht nur gegen ihn, wenn du verstehst, was ich meine.«
Ich sagte: »Ich kann dir nicht folgen.«
»Kannst du nicht?« sagte Vonette mit einem verwirrten Blick. »Begreifst du denn nicht, daß Bebe ihrer Lehrerin auch etwas über mich geschrieben hat?« Sie trank aus, was in ihrer Tasse war. »In diesem Augenblick, als meine Bebe gestorben ist, war mein Leben vorbei. Laura hatte was gegen uns in der Hand, stimmt. Aber es ist noch nicht vorüber. Ich fahre nach Haus und nenne ihn einen impotenten alten Arsch. Ich sage ihm, daß ich ihn bei der Ärztekammer von Colorado anzeige. Ha! Dieser Mann bumst alles, was sich bewegt, sogar seine Patientinnen!«
Marla und ich schauten uns an.
Trixie schrie: »Siehst du, was ich meine?«
Patty Sue reagierte wie üblich auf akuten Streß: Sie wurde ohnmächtig.

Halloween. Ein dichter Schleier aus Oktobernebel hing über dem Boden, als ich am Halloweenmorgen um halb sechs zurück in die Berge fuhr. Colorado war schon kostümiert – betrauerte verschleiert den Verlust des Altweibersommers. Oder vielleicht den Verlust der Unschuld. Patty Sue war im Krankenhaus. Der Arzt hatte gesagt, sie sei im zweiten Monat schwanger. Nach dem Gruppentreffen hatte sie sich nicht besser gefühlt, obwohl ich sie mit etwas Ammoniak auf einem Papierhandtuch wieder zu sich gebracht hatte. Sie hatte Schmerzen; zwei Tabletten »zur Linderung von Monatsbeschwerden« halfen nicht. Es war ohnehin spät, deshalb schickte ich alle nach Hause. Vonette murmelte immer noch, Fritz werde sich wundern, auch dann noch, als wir sie in Marlas Auto gepackt hatten.

Gegen drei Uhr morgens wurden Patty Sues Krämpfe, von denen sie meinte, sie kämen von ihrer Periode, so heftig, daß ich Angst bekam. Die Blutung wurde stärker. Ich verwarf den Gedanken, einen Notarztwagen zu rufen; ich konnte sie schneller nach Denver ins Krankenhaus schaffen. Nach einem kurzen Anruf in der Ambulanz waren wir unterwegs.

Der diensthabende Gynäkologe war höflich, offen und sogar mitfühlend. Trixie hätte dabeisein sollen, um zu sehen, wie ein paar Klischees zu Bruch gingen. Er sagte, sie müßten Patty Sue eine Weile dabehalten. Es sehe so aus, als habe sich ein kleines Stück der Plazenta abgelöst. Der Fötus wirke gesund und habe einen kräftigen Herzschlag. Ich fürchtete, das Röntgen von Patty Sues gebrochenem Arm könne dem Fötus geschadet haben, aber der Arzt sagte wieder, es bestehe kein Grund zur Sorge. Arme Patty Sue.

In ihrem Zimmer wischte ich ihr das Gesicht mit einem feuchten Waschlappen ab.

Ihre Augen, trüb vom Schlafmangel, richteten sich auf mein Gesicht.

»Ich fühle mich scheußlich«, sagte sie.

»Die ersten drei Monate sind die schlimmsten«, sagte ich. »Ich hätte es wissen müssen – so schlecht, wie dir war.«

»Dr. Korman ist der –« fing sie an, aber Tränen rollten auf ihr Kissen.

»Es ist okay«, sagte ich, machte dann eine Pause und nahm ihre Hand. »Das hast du zu Laura Smiley gesagt, nicht wahr? Daß er Beziehungen mit dir hatte.«

Sie nickte. »Er hat gesagt, es hilft gegen meine Krankheit. Laura wußte es schon. Sie hat mir gesagt, sie muß mit mir darüber reden.«

Ich sagte sanft: »Was hat sie gesagt?«

»Sie hat gesagt, ich muß ihn dazu bringen, daß er damit aufhört. Aber ich habe ihr gesagt, ich habe Angst vor ihm. Was weiß ich schon über Medizin? Vielleicht hatte er ja recht. Und er hat zu mir gesagt, wenn ich jemandem von der Behandlung erzähle, ruft er meine Eltern an und sagt, ich will mich nicht behandeln lassen.«

Sie fing wieder zu weinen an, ein jämmerliches Schluchzen, das aus ihrer Brust kam. Ich beugte mich hinüber und hielt sie in den Armen, bis sie aufhörte.

Ich sagte in ihr Ohr: »Kannst du mir sagen, was Laura gesagt hat, als du gemeint hast, du kannst dich nicht gegen ihn wehren?«

Patty Sue hustete und erwiderte flüsternd: »Sie hat gesagt, sie

kann ihn dazu zwingen, daß er damit aufhört. Sie hatte geglaubt, er hat sich geändert, weißt du, ist nicht mehr so, wie uns Vonette von früher erzählt hat. Laura hat geglaubt, Fritz hat sich gebessert. Dann wurde es seltsam, weil sie gesagt hat, sie kann seine Praxis ruinieren. Sie hat gesagt, sie hat die Macht, das zu tun.«
»Hast du gewußt, was sie damit gemeint hat?«
»Als ich das nächste Mal etwas über Laura gehört habe, war sie tot.«

Ich rief Patty Sues Eltern an. Ihre Mutter meldete sich. Als ich meine Neuigkeit erzählte, entstand ein langes Schweigen. Schließlich sagte sie: »Sie hat uns gar nicht erzählt, daß sie einen Freund hat.«
Ich versicherte ihr, Patty Sue werde ihnen alles darüber erzählen. Sie sagte, sie und ihr Mann könnten kurz nach acht Uhr morgens im Krankenhaus sein.
Jetzt beschlug der Nebel meine Windschutzscheibe so stark, daß ich auf dreißig herunterging und ganz rechts fuhr. Wenn der Winter in Colorado einzieht, kommt er wie eine Katze. Er schleicht sich durch die Hintergassen, verdunkelt den Himmel jeden Abend etwas früher, und schließlich setzt er sich auf sein üppiges Hinterteil, wenn die Kälte einbricht. In diesen Monaten frühen Dunkelwerdens nehmen die Einwohner Zuflucht zu ihren Kaminfeuern oder wappnen sich mit Bier und Skigeschichten für den kommenden Schnee.
Und den Anfang nahm er nicht mit dem wilden Donnern und dem Hagelschlag, die den Frühling ankündigen, sondern sanft, sacht, mit einer kalten Nebelwolke.
Der Dunst verschluckte die Autos um mich herum. Ich setzte mich gerade, um durch die Scheibe zu spähen, und dachte an Patty Sue. Als sie zu uns gekommen war, hatte sie sich große Mühe gegeben, kochen zu lernen. Sie hatte Fragen nach meinem Leben gestellt und mir von ihrem erzählt. Im September war sie weggedriftet, erst in Gleichgültigkeit, und Ende des

Monats in Geistesabwesenheit. Dieses geistesabwesende Verhalten fiel, wie mir jetzt aufging, mit dem Geständnis Laura gegenüber und Lauras Tod zusammen.

Mir tat das Herz weh wegen dieser Zwanzigjährigen, die jetzt die Härten der Mutterschaft erfahren sollte. Ich wäre länger bei ihr geblieben, aber ich machte mir Sorgen um Arch. Er war noch ganz verschlafen gewesen, als ich ihm gesagt hatte, ich müsse Patty Sue ins Krankenhaus fahren.

Arch, Arch. Was hatte er mit Leichen, Zauberbännen und Lektionen im Anfertigen von Molotowcocktails im Sinn? Und noch schlimmer, was für Pläne hatte er mit einem gebrauchten Chirurgenbesteck gehabt?

Ich stieß die Haustür auf. Die Luft war warm und unbewegt, ein in Schlaf gehüllter Ort. Bald brach Archs Wecker die Ruhe. Ich mahlte Kaffeebohnen, ließ Wasser laufen und schaltete die Radionachrichten ein, die vor Wolken, Wind und möglichen Schneefällen in den Bergen in der Halloweennacht warnten.

Das Telefon klingelte: Marla.

Sie sagte: »Vonette hat heute nacht eine Überdosis genommen. Sie ist in einem sehr schlechten Zustand. Möglicherweise war es ein Selbstmordversuch.«

»Großer Gott. Woher weißt du es?«

»Fritz hat den Krankenhauspfarrer gerufen, und die Kirchenfrauen haben eine Telefonwache eingerichtet. Ich fühle mich scheußlich. Was sollen wir deiner Meinung nach tun?«

»Bin mir nicht sicher. Ich muß Arch für die Schule fertig machen. Wie wäre es, wenn du John Richard anrufst? Wir müssen darüber auf dem laufenden bleiben, wie es ihr geht.«

»Herzlichen Dank«, sagte Marla ohne Begeisterung. »Meinst du nicht, es hat Zeit bis heute abend? Ich meine, vielleicht ist sie außer Gefahr, und sie kommen trotz allem auf die Party. Obwohl das vielleicht doch *beaucoup* roh wäre.«

»Ich traue ihnen alles zu. Ruf mich später an. Bis dahin stecke ich bis zum Hals in meiner Kocherei. Fast hätte ich es vergessen. Patty Sue ist im zweiten Monat.«

»Was? Schwanger? Davon hatte ich keine Ahnung.«
»Sie auch nicht. Von Fritz, keinem geringeren.«
»Heiland«, sagte Marla. »Der Kerl kann's nicht lassen. Wenn ich Vonette wäre, würde ich auch sterben wollen.«

Eine Stunde später hatte ich Arch in seinem Untotenkostüm in die Schule gescheucht. Ihm harte Fragen zu stellen gehörte nach den Ereignissen der vergangenen Nacht schlicht und einfach nicht zu meinem emotionalen Repertoire. Das Haus war ruhig. Keine Kunden, die wegen Partys anriefen. Kein Arch, der herumschlich. Keine Patty Sue, die gegen Wände stieß. Stille.
Die Fragen hingen schwer in der Luft.
Zeit, den Kopf mit den Händen kochen zu lassen. Wie üblich. Als erstes für die Party im Sportclub stand Gi-bau auf dem Programm, eine asiatische Spezialität mit Huhn und Eiern, gewürzt mit Soja und in Brotteig gewickelt.
Aber als ich den Teig ausrollte, konnte ich nicht aufhören, an Vonette zu denken. Sie schien plötzlich nicht mehr da zu sein. Das Beten fiel mir schwer, seit ich damit aufgehört hatte, Kindergottesdienst zu halten. Aber jetzt betete ich für Vonette. Hartgekochte Eierviertel auf den Teig. *Bitte, bitte.* Pfannengerührtes Huhn mit Ingwer und Sherry auf die Eier.
Warum hatte sie es getan? Waren die Kopfschmerzen schließlich unerträglich geworden? Hatte nichts dagegen geholfen?
Die schlimmste Frage füllte meinen Kopf wie die Fleischmischung den Brotteig.
Hatte der Wutausbruch bei unserem Treffen am Vorabend etwas ausgelöst, das schon lange in ihr arbeitete, verstärkt durch Alkohol und Drogen? War Vonette, statt sich langsam umzubringen, zum äußersten getrieben worden durch das, worüber sie bei dem Treffen nachgedacht hatte? Und was war mit ihrem Schwur, Fritz gegenüberzutreten?
Daran wollte ich nicht einmal denken. Aber ich mußte es.
Ehe ich mit den pikanten Eiern und den Empanadas anfing,

rief ich im Krankenhaus an. Patty Sue ging es gut; ihre Eltern waren bei ihr.

Eine Schwester, die ich kannte, sagte mir, Vonette Korman liege im Koma. Ich fragte nicht, ob jemand bei ihr sei. Ich konnte mir ihr Gesicht vorstellen und ihr lockiges orangerotes Haar, aber sie war nicht da. Es war, als ob der Boden um unsere Beziehung herum plötzlich weggebrochen wäre.

Ich versuchte, mich wieder auf die Party zu konzentrieren, richtete pikante Eier und Empanadas kreisförmig an. Mit den Eiern im Gi-bau war das ein cholesterinreicher Abend, aber zum Kuckuck damit. Eier waren billig und sahen gut aus. Außerdem machten sie satt, ein Schlüsselelement beim Partyservice.

Mein Telefon klingelte: Tom Schulz. Nein, ich hatte heute abend nicht vergessen. Ich fragte ihn, ob er das von Vonette gehört habe.

»Ja«, sagte er. »Ich habe gehört, wie der Rettungshubschrauber gerufen wurde. Warum?«

»Ich weiß nicht. Ich habe einfach ein schlechtes Gefühl. Sie hätte es schon so viele Male tun können. . . Warum gestern nacht?«

»War sie bei dem Treffen, das bei Ihnen stattfinden sollte?« fragte er, plötzlich argwöhnisch. »Was ist passiert?«

»Werden Sie nicht mißtrauisch, Mr. Investigator. Wir haben uns nur unterhalten. Frauengespräche. Außerdem ist es vertraulich.«

»War sie durcheinander, als sie gegangen ist?«

Ich atmete tief aus. »Ja. Sie war durcheinander. Aber nicht in selbstmörderischer Verfassung.«

»Dieser Fritz hat weiß Gott Probleme am Hals.«

Ich steckte alle Chipstüten in eine große Tragetasche. »Hören Sie«, sagte ich, »ich hoffe, Sie bleiben dran an diesem Fall mit Vonette.«

»Nehmen Sie es nicht so schwer«, sagte er. »Sie ist nicht tot. Noch nicht.«

»Falls sie stirbt«, warnte ich ihn, »dann hoffe ich, Sie machen sich sofort an die Arbeit. Toxikologie und so weiter.«
»Keine Sorge. Das ist mein Job, Goldy. Außerdem ist der Chef der Gerichtsmedizin wieder da, Schluß mit der Stellvertretung. Die Jungs hier sind vielleicht glücklich!« Er gluckste. »Konzentrieren Sie sich einfach auf heute abend. Ich komme um sieben und hole Arch ab, während Sie beim Putzen sind. Dann tanzen wir die Nacht durch, und Sie werden alle Sorgen vergessen.«
»Das«, sagte ich, ehe ich auflegte, »bezweifle ich ernsthaft.«

Wie sehe ich aus, Mom?« fragte Arch, als er an diesem Abend in die Küche kam. Er war ungeschminkt in die Schule gegangen, hatte aber beschlossen, für die Party die volle Kriegsbemalung des übermenschlichen Untoten aufzutragen.

Ich unterbrach das Einpacken der Vorspeisen in Behälter, nahm den Hexenhut und die Maske ab und musterte ihn in dem bemalten Musselingewand mit Kapuze. Um den Hals trug er den schweren vergoldeten Schmuck, den ihm Vonette Anfang der Woche geliehen hatte. Das elfjährige Gesicht glänzte von der theatralischen schwarzen und weißen Schminke, die einen Totenkopf darstellte.

»Was soll ich denn zu einem Untoten sagen«, fragte ich trocken, »du siehst grauenhaft aus? Tut mir leid, Untoter, ich habe leider keine Würmer für dich zum Essen eingepackt. Und komm bitte nicht auf die Idee, im Club eine Alarmanlage zu installieren.«

»Mach dir keine Sorgen, Mom«, erwiderte er ernsthaft, »Untote sind nur zufrieden, wenn sie ihren Opfern das Blut aussaugen können.«

Derart aufgeheitert machte ich, daß ich mit dem Kombi der Kormans voller Essen zum Club kam. Es hätte mir gerade noch gefehlt, daß mein Begleiter, der zufällig der Polizist war, der mein Geschäft geschlossen hatte, mitbekam, daß ich den Partyservice illegal betrieb.

Zwanzig Minuten später fuhr ich den Kombi auf den Clubparkplatz, auf dem nur zwei Autos standen. Der Abend war jetzt schon recht kühl, und der aufgehende Mond glänzte gelb am östlichen Horizont. Ich fröstelte.
Pomeroy Locraft begrüßte mich an der Tür und nahm mir eine der Schachteln ab. Er war als Imker verkleidet, bis hin zum Schleier vor dem Gesicht.
»Das ist mal ein originelles Kostüm«, bemerkte ich.
»Imker von einem anderen Planeten«, fiel er ein und schaute über meine Schulter. »Neuester Einfall von Stephen King. Trixie ist mit mir hier. Sie ist ein bißchen besoffen, hab gedacht, ich warne Sie. Sieht so aus, als wären gestern abend die Dinge bei Ihnen zu Hause etwas außer Kontrolle geraten.«
»Erinnern Sie mich nicht daran.«
»Wo ist Arch?«
»Tom Schulz bringt ihn mit. Mein Begleiter«, fügte ich hinzu.
»Sie bringen die Bullen mit, um Ihren Exmann in Schach zu halten? Keine schlechte Idee.«
Wir machten uns daran, die Platten und die Punschschüssel aufzustellen. Pom sagte, Hal habe einen Wutanfall, weil jemand im Geräteraum den Spiegel zerschlagen habe. Ich war entschlossen, meinen Anteil daran zu beichten, sobald ich die dringlicheren Krisen hinter mir hatte.
Trixie teilte mir in einem whiskeyschwangeren Flüstern mit, sie habe alle Scherben auf dem Boden beseitigt. Sie wollte mir noch mehr erklären, als Arch hereingehüpft kam.
»Wo ist Tom Schulz?« fragte ich. »Bitte sag mir, daß er keine Polizeiuniform trägt.«
»Weißt du, Mom«, sagte Arch in seinem ernsthaften Ton, »du bist wirklich nicht nett zu ihm. Er ist doch kein Clown. Er ist ein Polizeibeamter. Er schützt das Recht.«
»Denk bloß daran, nicht zu erwähnen, daß ich das Essen für heute abend gemacht habe.«
Arch nickte skeptisch, als Tom Schulz hereinkam, in einem Clownskostüm und mit einer Schminke, die irgendwo zwischen

Bozo und Ronald McDonald lagen. Ich schaute Arch an, der meinem Blick auswich und die mit Essen beladenen Tische musterte.

»Patty Sue hat angerufen, während du unter der Dusche warst«, sagte Arch. »Hat gesagt, sie kommt morgen wieder. Ihre Eltern bringen sie her. Sie hat gesagt, eine Zeitlang kann sie nicht Auto fahren.«

Tom Schulz, Pomeroy und ich sagten unisono: »Das ist auch gut so.«

Als Tom und Pomeroy weggeschlendert waren, um freundschaftlich ein Glas Punsch zu trinken, fragte ich Arch: »Fehlt dir Ms. Smiley noch?«

Er nickte, ohne mich anzuschauen. Das war immer ein schlechtes Zeichen.

»An Halloween«, fuhr ich fort, »kommen angeblich alle Geister der Toten heraus, weißt du?«

»Red nicht so unheimliche Sachen, Mom.«

»Ich habe mich nur gefragt, ob du daran gedacht hast.«

Er erwiderte meinen Blick. »Manchmal fehlt sie mir. Sie war die einzige Lehrerin, die mich gemocht hat. Aber wenn sie sich umgebracht hat, muß sie so verrückt gewesen sein, wie alle behaupten.«

»Wenn sie dich für einen ganz tollen Jungen gehalten hat, und das hat sie getan, dann war sie nicht verrückt.«

»Mom? Ich möchte ein paar Chips.«

Ich griff nach seinem Oberarm. »Sag mir eins, Arch, du nimmst diese Fantasygeschichten nicht zu ernst, oder? Flüche, gewaltsame Rache für tote Seelen, Blutsaugen, das alles?«

»Wie kommst du darauf?«

Wie hätte ich sagen können, aus deinem Telefongespräch mit Todd, das ich nicht hören sollte? Er wandte sich ab.

»Arch, alter Kumpel!« rief Pomeroy, als Arch sich den Tischen näherte. »Was stellst du denn dar, das Etikett auf einer Giftflasche?«

Ich schaute mich im Club um. Er sah noch ziemlich sauber aus.

Trixie hatte passable Arbeit geleistet, als sie den Boden im Geräteraum saubermachte.
»Einen Untoten«, erklärte Arch dem Imker vom Mars.
Hal sauste auf Rollschuhen heran. Er war als Blues Brother verkleidet.
Er schaute mich hinter der Sonnenbrille finster an.
Er sagte: »Wollen Sie mir etwas über diesen Spiegel erzählen?«
Ich sagte: »Über welchen Spiegel?«
Er rollte davon.
Ich suchte Schutz an der Seite von Tom Schulz.
»Meinen Sie, daß die Doktoren Korman heute abend herkommen?« fragte er.
Ich drapierte lässig die pikanten Eier und die rohen Vorspeisen neu in einem ausgehöhlten Kürbis.
»Wie ich sie kenne«, sagte ich, »sitzen sie bestimmt nicht am Bett einer Frau im Koma. Es bleibt abzuwarten, ob sie so gefühllos sind, heute abend herzukommen. Das mit Patty Sue wissen die beiden noch gar nicht.«
»Was ist mit Patty Sue?«
Ich erzählte ihm die Geschichte meiner glücklosen Hausgenossin und außerdem, was Laura zu ihr gesagt hatte, die Andeutung, sie habe eine gewisse Macht über Fritz Korman.
Tom Schulz griff nach zwei Schokoladenplätzchen. »Sie hat zwanzig Jahre lang keinen Gebrauch davon gemacht«, sagte er. »Aber als sie Patty Sue mit ihm gesehen oder gehört hat, was Patty Sue zu sagen hatte, war das zuviel für sie.« Er dachte nach. »Falls die Ärzte kommen, versuchen Sie, herauszubekommen, womit Laura gedroht hat. Das ist das fehlende Bindeglied. Übrigens wird das Skalpell noch auf Fingerabdrücke untersucht.«
»Freut mich zu hören, daß die Polizei ihre Arbeit tut. Essen Sie keine Schokoladenplätzchen mehr, bis alle Gäste da sind.« Er warf mir einen fragenden Röntgenblick zu. Ich hatte einen Schnitzer gemacht. Ich sagte: »Sie merken, ich bin innerlich immer noch eine Partyveranstalterin. Und ich weiß nicht, war-

um Sie von mir erwarten, daß ich rauskriege, was Laura gegen Fritz in der Hand hatte.«

Tom leckte sich die Clownsfinger ab. »Sie sind mir eine schöne Detektivin. Kriegen Sie's raus. Machen Sie Detektivarbeit.«

In diesem Augenblick hatte der Kotzbrocken mit der Lehrerin am Arm seinen großen Auftritt. Er war als Arzt verkleidet. Nicht gerade originell. Sie war als Schwester verkleidet. Armes Ding, ich hoffte, daß sie genügend Bandagen hatte.

Trixie tauchte wieder aus dem Bad auf, wo sie, wie ich vermutete, getrunken oder gekotzt hatte oder beides, und jetzt fiel mir erst auf, daß sie auch als Hexe verkleidet war. Wir hätten als zweieiige Zwillinge durchgehen können. Marla schwebte herein, trotz der Tatsache, daß John Richard hier war. Vielleicht hieß das, daß sie über ihn hinwegkam. Sie war als Revuegirl aus Las Vegas verkleidet, mollig, aber äußerst reizend in Netzstrümpfen und tief ausgeschnittenem Trikot. Sie stellte sich sofort in die Schlange am Tisch mit dem Essen.

Dann kam, was mich schockierte, ein stämmiger Glatzkopf in Schwarz. Sein Gang und sein Stolzieren verrieten ihn: Fritz Niebold Korman.

Ich hörte ein schallendes Gelächter in seiner Nähe, als jemand, der offenbar gefragt hatte, was er darstelle, brüllte: »O nein! Fritz Korman als Terrorist!«

Ich füllte verstohlen das Punschglas mit Ginger Ale und Fruchtsaft nach. Niemand sprach über Vonette, was vermutlich ein gutes Zeichen war. Sie würde es schaffen, da war ich mir sicher. Nach kurzer Zeit war das Gi-bau fast ganz verschwunden, aber die Empanadas lagen unberührt da. Man wußte nie, was die Leute aßen. Ich beschloß, mich nicht mehr um das Essen und die Getränke zu kümmern. Ich wollte keinen Ärger mit Schulz bekommen, und Hal hatte mich so unhöflich behandelt, daß ich es für gerechtfertigt hielt, nicht mehr zu servieren.

Jemand vom Clubpersonal legte ein Band im Stil der Aerobicstunden auf, und Männer, Frauen, Hexen, Zauberer, Ärzte, Schwestern, Clowns, Terroristen und Revuegirls zuckten ekstatisch. Vielleicht waren sie wie der Pawlowsche Hund daran gewöhnt, zu dieser Musik schwer zu arbeiten.

»Wo ist Ihr Begleiter, der Bulle?« fragte Pomeroy, als ich den Rest vom Gi-bau verdrückte.

Ich wedelte mit der Hand. »Irgendwo da drüben«, erwiderte ich. »Ich führe heute abend über nichts und niemanden Buch.«

»Arme Goldilocks«, sagte Pomeroy, »nie ist alles vom Feinsten. Warum tanzen Sie nicht mit einem einsamen Imker?«

Die Musik war langsam geworden. Eins von den Abkühlliedern, die normalerweise dem Ende einer Aerobicstunde vorbehalten waren, kam stöhnend aus den Lautsprechern. Ein aufgewecktes Mitglied des Personals dämpfte das Licht, und als Pom mich in die Arme nahm, um mit mir zu tanzen, fühlte ich mich alles andere als abgekühlt. Ehrlich gesagt, ganz im Gegenteil.

Pom mußte meine Reaktion gespürt haben. Er zog mich etwas enger an sich, und sogar im dunkler gewordenen Raum konnte ich sehen, daß der Kotzbrocken mich mit einem bösen Blick bedachte.

Ha! Sollte er doch leiden.

»Wenn Sie nur diesen Schleier abnehmen könnten«, flüsterte ich Pomeroy zu. »Dann könnte ich Sie küssen und meinen Exmann zum Wahnsinn treiben.«

»He, halten Sie mich bitte nicht für ein Lustobjekt.«

»Wissen Sie, was Laura dazu gesagt hätte?«

»Nein«, sagte Pomeroy.

»Sie hätte gesagt, ein Imker müsse immer eine stechende Antwort parat haben.«

»Sie konnte mit Worten umgehen, nicht wahr?« sagte Pomeroy, während er mich noch enger an sich zog.

Als die Musik aus war, führte er mich an den Essenstisch zurück, während die Paare sich auflösten, um sich Erfrischungen zu holen.

»Was hatte sie eigentlich gegen Fritz Korman in der Hand?« fragte ich, während ich meinen Entschluß ignorierte und eine

Flasche Fruchtsaft aufmachte, um sie in die Punschschüssel zu gießen.
Er sagte: »Das weiß ich nicht. Ich glaube, es muß etwas mit dieser Schülerin von ihr zu tun gehabt haben.«
Die Empanadas waren während des letzten Tanzes verschwunden. Pomeroy schaute sich im Raum um.
Er sagte: »Ich sehe Ihren Begleiter immer noch nicht, Süße, also müssen Sie sich eine Zeitlang mit mir begnügen. Da kommen sie – Ihr Exmann und sein Vater. Jetzt können Sie mich küssen.« Er nahm den Schleier ab und legte ihn auf den Boden, während ich so tat, als sei ich damit beschäftigt, Schokoladenplätzchen nachzulegen.
»Ich habe nicht vor, irgend etwas zu essen, das du gemacht hast«, sagte der Kotzbrocken trotzig, als ich ihm den Teller hinhielt.
Laura Smiley hätte gesagt: *Schön, Betragen mangelhaft.*
Laura Smiley hätte gesagt. . .
Laura Smiley hätte gesagt. . .
Ich dachte an Witze. An Witze, die typisch für Laura waren. Warum hatte der Ankläger den Angeklagten nicht abgeschossen? Weil er nicht genug Munition hatte. Warum aß das kleine Mädchen Dynamit? Weil sie schlagartig groß werden wollte. Warum Dynamit? Warum keine Gewehrkugeln? Oder irgendeine andere Munition?
Munition.
Ich wandte mich von meinem Exmann ab. Zwei als Fledermäuse verkleidete Leute fingen an, Racquetball zu spielen. Der Ball knallte mit derselben Regelmäßigkeit gegen die Wand, mit der mein Verstand einen Schritt nach dem anderen machte. Schließlich hatte ich die Waffe, mit der ich den Bösewicht abschießen konnte. Ich mußte sie jetzt nur noch laden.
Aber noch nicht. Nach der Party, wenn alle nach Hause gegangen waren.
Tom Schulz tanzte mit Marla. Ich schlüpfte neben ihn und flüsterte: »Ich habe es rausgekriegt. Was sie gegen ihn in der

Hand hatte. Ich glaube, ich weiß sogar, wo es ist. Und ich habe eine Ahnung, wer Fritz das Zeug in den Kaffee getan haben könnte.«

Er wackelte mit dem Clownsbauch und sagte: »Lassen Sie mir wenigstens Zeit, bis dieses Lied zu Ende ist, okay?«

Marla schaute mich mit rollenden Augen an.

Zum Kuckuck, das nach dieser ganzen Zeit und Mühe. Ich holte tief Luft und schlenderte zum Imbißtisch zurück, wo Pomeroy, Fritz und John Richard ein verkrampftes Gespräch führten. Ich hatte Pomeroy immer noch nicht geküßt, und jetzt kam meine Chance.

»Geh lieber zu deiner Freundin«, sagte ich zu John Richard. »Es sieht ganz danach aus, als ob sie sich mit einem anderen verabreden will.«

Und tatsächlich, die Verlobte hing am Clubtelefon auf dem Tresen. Sie hatte einen ernsten Ausdruck im Gesicht. Kurz darauf kam sie herüber und flüsterte John Richard etwas zu, der sich seinem Vater zuwandte.

»Dad«, sagte John Richard. Seine Stimme brach. Fritz drehte sich um und schaute ihn an.

»Dad«, sagte er noch einmal, »sie ist gestorben.«

Fritz, der Punsch trank, hob die Hände vor das Gesicht. Aber dann, genauso plötzlich, wie John Richards Ankündigung gekommen war, fing Fritz zu husten an. Es war kein normales Husten, sondern ein Keuchen und Röcheln, und er hielt sich die Kehle. Er sackte zu Boden, und John Richard ging neben ihm in die Knie.

»Dad!« brüllte John Richard. »Was ist los?«

»Dieses Zeug, dieses Zeug!« rief er und deutete auf seinen Punschbecher.

Ich war erstarrt, einer Statue ähnlich, immer noch im Schock über die Nachricht von Vonettes Tod, aber da war John Richard, der an Fritz' Punschbecher roch und mir einen haßerfüllten Blick zuwarf. John Richard duckte sich unter den Tisch und holte genauso schnell meine Flasche mit dem Desinfek-

tionskonzentrat auf Phenolbasis hervor. Da stand mein Name mit schwarzem Filzschreiber, so deutlich wie irgend möglich neben meiner Aufschrift GIFT neben dem verräterischen Totenkopf und den gekreuzten Knochen.
John Richard funkelte mich an. »Du!« schrie er. »Schon wieder! Schulz! Kommen Sie her! Verhaften Sie dieses Miststück!«
»Moment mal«, protestierte ich schwach, aber Schulz war schon da und sprach mit John Richard, versuchte, ihn zu beruhigen.
Schulz beugte sich über den Tisch.
Er sagte: »Das waren Sie, nicht wahr?«
Ich sagte: »Sie wissen, daß ich es nicht war.«
Schulz sagte: »Haben Sie diesen Punsch und das Essen zubereitet?«
Ich kam ins Schwimmen. Ich schaute auf meine Schuhe. Ich sagte: »Ich sage kein Wort, bis ich mit einem Anwalt gesprochen habe.«
Als ich den Blick zum schweigenden Tom Schulz hob, war sein ungläubiger, enttäuschter Blick viel schwerer zu ertragen als John Richards Wut.
»Ich habe nicht gewußt, daß das passieren wird«, sagte ich heftig.
»Jetzt hören Sie mal zu«, sagte Schulz und stach mit dem Zeigefinger in die Luft, »Sie gehen hinüber und bleiben dort neben dem kaputten Spiegel stehen. Ich muß wieder beim Zentrum für Vergiftungen anrufen und diesen Mann ins Krankenhaus bringen lassen. Die Jungs in meiner Abteilung werden nicht glauben, daß das passiert ist, während ich hier war. Ich kann's selber nicht glauben. Aber etwas anderes zu glauben, fällt mir noch schwerer.« Er musterte mich. »Ich glaube, Sie wissen, was das ist.«
Ich nickte.
»Hol deine Sachen«, sagte ich zu Arch, der neben mir aufgetaucht war.
Als ich mich im Raum umschaute, sah ich Marla und Trixie

miteinander flüstern. Pomeroy hatte seine Kopfbedeckung vom Boden neben dem Tisch aufgehoben und rückte sich vor dem zerschlagenen Spiegel den Schleier zurecht. Ich ging hinter ihm her, um ihn einzuholen; es gab niemanden im Raum, dem der Wortwechsel zwischen Schulz und mir entgangen sein konnte. Aber vielleicht war Pomeroy bereit, das zu ignorieren.

Trixie trat neben uns. Sie sagte: »Das ist ja wirklich zum Abgewöhnen. Ich meine, schon wieder? Gott im Himmel, Ärzte.«

Marla eilte heran.

»Heiland«, sagte sie, »Vonette ist tot. Hast du es Arch gesagt?«

»Noch nicht«, sagte ich. »Und sag du's ihm auch nicht. Wir müssen erst rauskriegen, was mit Fritz los ist. Aber du mußt was anderes für mich tun. Ruf deinen Anwalt an. Er soll damit anfangen, Korman und Korman auf Unterhaltszahlungen für Patty Sue zu verklagen. Sie wird es brauchen.«

Marlas Gesicht erstrahlte wie ganz Vegas. »Du meinst, ich kann John Richard wieder vor Gericht zitieren? Wegen Geld? Ha! Ich bin im Himmel.«

»Arch«, rief ich. »Wir fahren mit Pom. Es ist eine Menge passiert.«

Arch sagte: »Das war aber mal eine kurze Party.«

Ich berührte Pomeroy am Arm.

»Können Sie Arch und mich nach Hause fahren?« flüsterte ich. »Ich will durch den Hintereingang und aus diesem ganzen Schlamassel raus.«

Er nickte.

Dann, als Schulz sich über den am Boden liegenden Fritz beugte, führte ich Arch hinter Pomeroy hinaus.

Ich wollte mitgenommen werden. Aber ich hatte in keiner Weise die Absicht, nach Hause gefahren zu werden.

Draußen fegte eine jähe Brise über uns hinweg. Der Mond war immer noch in der aufsteigenden Phase.

Pomeroy sagte: »Warum müssen Sie sich von mir nach Hause fahren lassen? Warum steigen Sie nicht einfach wieder auf den Besenstiel, auf dem Sie hergeritten sind?«

»Weil«, sagte ich ungeduldig, »ich kein so gutes Gefühl dabei habe, in dem Auto herumzufahren, das mir meine Exschwiegermutter geliehen hat, die jetzt tot ist, und deren Mann ich eben vergiftet haben soll, wie mich mein Exmann beschuldigt. Schon wieder.«

Es war lahm, aber es würde mir zu dem verhelfen, was ich mit Pomeroy vorhatte.

Er lächelte und sagte: »Fahren wir los.«

Arch war begeistert, in Poms »geilem« Fahrzeug mit Vierradantrieb fahren zu dürfen. Die Reifen spuckten Schotter, als wir aus dem Parkplatz fuhren, und der Wind nahm den Staub auf und wirbelte ihn herum.

Ich legte den Arm um Arch und zog ihn eng an mich. Die traurigen Nachrichten konnten warten.

Nach einer Weile sagte Pom: »Sagen Sie mir, wo Sie wohnen, Goldy.«

Ich holte tief Luft.

»Ehrlich gesagt, Pomeroy, ich möchte jetzt noch nicht nach Hause.«

Er fuhr weiter, ganz unbewegt, ohne Emotion. »Was haben Sie vor? Oder sollte ich sagen, wohin wollen Sie?«

Ich sagte: »Ich will zu Lauras Haus. Ich habe eine Idee, wo ich nach etwas suchen muß. Fahren Sie mich zu ihrem Haus, dann zeige ich es Ihnen.«

Laura Smileys Garage war klamm und kalt und roch schwach nach Öl. Arch sagte, er wolle im Auto bleiben, und ich konnte es ihm nicht verübeln. Der Wind fuhr ächzend durch die Garage und peitschte die trockenen Blätter draußen. Ich schaltete die nackte Glühbirne in der Garage an; sie warf ein trübes Licht. Ich tastete das Sammelsurium auf der Werkbank ab, fand die Schachtel, die ich suchte, und zog sie heraus, um sie Pom zu zeigen.

Ich sagte: »Die Frau liebte Wortspiele. Sie hat uns alle Anhaltspunkte hinterlassen. Sie hat Mehl in eine Büchse mit einer Ähre darauf getan, Zucker in eine mit dem Bild von Sugar Ray Leonard. Sie war besessen davon, Korman zu bestrafen, und sie wußte, wo sie diese Munition aufbewahren mußte.«

Ich holte Luft, dann sprach ich weiter.

»Sie hat Briefe an Schüler, die sie mochte, geschrieben. Und sie haben zurückgeschrieben. Ich wette, daß sie jeden Brief aufbewahrt hat. Das waren ihre Beweise, die sie nie benützen konnte.«

Ich schaute Pomeroy im grauen Licht der Garage an. Ich sagte: »Sie wußten sicher, daß sie weder getrunken noch Drogen genommen hat. Jemand hat ihr ein bißchen Valium untergejubelt, genug, einen Menschen, der Drogen gewöhnt ist, zu beruhigen, aber genug, eine Drogen gegenüber total abstinente Person einzuschläfern. Dann hat dieser Jemand ihr mit einem Skalpell die Pulsadern aufgeschnitten und ihr einen Rasierer in die Hand gedrückt, nur hat sie sich nie rasiert, weil sie eine radikale Feministin war. Sie hat sich nicht umgebracht, sie wurde wegen dem, was in dieser Schachtel ist, umgebracht. Sie können es sich denken.«

»Nein.«
Ich las die Aufschrift auf der Schachtel. »Munition. In Lauras Handschrift. Ich bezweifle, daß sie je Eichhörnchen geschossen hat, Pom. Ich könnte wetten, daß sie ihr Luftgewehr nie benützt hat.«
»Sie sind mir weit voraus.«
Arch machte die Beifahrertür von Poms Auto einen Spalt weit auf und sagte: »Mom, ich bin müde. Was tun wir überhaupt hier?«
»Nur noch ein paar Augenblicke«, sagte ich zu ihm. »Bin gleich fertig.«
Mit zitternden Händen öffnete ich die Schachtel. Drin waren, wie ich erwartet hatte, Briefe in einer großen Kritzelschrift, mit Schleifen zusammengebunden. Ich ging sie durch. Der Absender war überall derselbe: Hollenbeck.
Ich sagte: »Sie sehen, sogar beim Verstecken hat sie Wortspiele gemacht. Die Munition gegen Korman ist in der Schachtel mit der Aufschrift *Munition.*«
Pom schaute in die Schachtel und schüttelte den Kopf.
Ich wandte mich ihm zu. »Sie haben doch auch danach gesucht, nicht wahr?«
Er sagte: »Ja, aber...«
»Darüber mache ich mir im Augenblick keine Sorgen«, sagte ich. »Hören Sie. An dem Tag, an dem sie starb, hat sie einen Termin bei Fritz gehabt. Am Samstag. An dem Tag, an dem er sie umgebracht hat, wie ich glaube. Daß sie Bescheid wußte über Patty Sue, darüber, daß er wieder ein junges Mädchen verführt hatte, brachte sie zu dem Entschluß, ihn zu stellen, ihm damit zu drohen, nach all den Jahren mit diesen Briefen an die Öffentlichkeit zu gehen. Sie hätte seine Praxis ruinieren können, eine Tatsache, die ihm nur allzu gut bewußt war. Er führte sie zur Hintertür hinaus, brachte sie in seinem alten Kombi hierher, vielleicht unter dem Vorwand, alles gründlich besprechen zu wollen. Ich möchte wetten, daß er sie in diesem Wagen herbrachte, weil er nicht wollte, daß jemand den auffälligen Jeep erkann-

te. Dann tranken sie Tee oder sonstwas, das Valium wanderte hinein, und er holte das Skalpell heraus, das er benützte, und den Damenrasierer, den sie nicht benützte. Er ließ das Chirurgenbesteck im Auto, kam nicht auf die Idee, daß es jemand fahren würde. Doch die Sprechstundenhilfe baute Mist und schickte Laura eine Rechnung, obwohl sie gar keine Patientin war. Aber wenn sie erst tot war, würde sowieso niemand auf die Idee kommen, nach Beweisen zu suchen. Ich meine, wenn es so aussah, als ob sie Selbstmord begangen hätte.«

Ich berührte die Briefe, dann schaute ich im trüben Licht zu Pom auf.

»Ich brauche noch etwas«, sagte ich. »Bitte, fahren Sie mich zu Fritz' Praxis.«

Er fuhr, schnell, aber schweigend. Vor der Praxis von Korman und Korman hob ich einen Stein auf und warf das Vorderfenster ein, dankbar für das, was ich von Trixie gelernt hatte. Ich stieg ein und ging zu der Karteikarte, nach der ich suchte. Ich las sie und kam zum Auto zurück.

»Was zum Teufel machen Sie?« fragte Pom.

»Bringen Sie mich einfach zu Ihrem Blockhaus«, bat ich ihn, »dann können wir heute nacht diese Briefe durchgehen und Tom Schulz anrufen, damit er vielleicht statt meiner Fritz festnimmt. Arch kann sich auf Ihr Bett legen. Ich kann jetzt einfach nicht nach Hause, solange ich wegen einer weiteren Vergiftung gesucht werde und ein wahnsinniger John Richard frei herumläuft.«

Er seufzte. »Erst mein Auto, dann mein Haus. Sagen Sie mir Bescheid, wenn Sie die Bienen wollen.«

Das Auto mit dem Vierradantrieb ruckte und hüpfte über den schlammigen Weg zum Reservat. Auf dem Schoß hielt ich die Schachtel mit dem Briefwechsel von zwei Frauen, die jetzt tot waren. Der Mond kam hinter einer Wolke hervor und schien durch die Kiefern, die dichter wurden, als wir tiefer in den Wald hineinfuhren. Vielleicht war es doch keine so gute Idee gewesen, hierherzukommen. Undurchdringliche Wälder, bewohnt von Hirschen, Wapitis und anderem Wild, zogen keine um Süßigkeiten bettelnden Kinder an. Mir fehlten die Kobolde aus der Nachbarschaft mit ihren Tüten und Plastikkürbissen. Sie sorgten dafür, daß Halloween auf kindlicher Ebene blieb. Hier draußen wurde die Nacht vor Allerheiligen, mit dem Versprechen, daß die Geister umgingen, so riesig wie die Gruppen von Blaufichten, die sich in der Abendbrise bogen. Zweige von Nadelbäumen an der Straße berührten Poms Windschutzscheibe. Ich griff nach Archs Hand.

»Bist du okay?«

»Ja, Mom. Ich verstehe nur nicht, warum wir hierherfahren und nicht nach Hause.«

Ich sagte: »Wart's ab.«

Als wir in das Blockhaus kamen, nahm ich den Hexenumhang und den Hut ab und versuchte, die Farbe von Archs Gesicht zu waschen. Ich überlegte, ob ich bis morgen warten solle, ehe ich ihm vom Tod seiner Großmutter erzählte. Aber ich wollte unter keinen Umständen, daß er es zufällig oder beiläufig von jemand anderem erfuhr. Ich sagte es ihm, nachdem ich ihn in Poms Bett gepackt hatte.

»Es tut mir leid, Arch«, flüsterte ich. »Ich habe schlechte Nachrichten. Vonette ist heute abend gestorben.«

Er rührte sich nicht, heftete den Blick fest auf meinen. Die Spuren der silbernen Schminke, die dem Waschlappen nicht gewichen waren, gaben ihm ein gespenstisches Aussehen. Als die Tränen kamen, wischte ich sie mit dem Ärmel meines Hexenkostüms ab.

»Und«, fuhr ich langsam fort, »jemand hat wieder versucht, Fritz zu vergiften. Bloß hat derjenige, der es getan hat, wieder nicht genug Gift genommen. Jedenfalls glaube ich das.«

Ein paar Augenblicke später murmelte er: »Warum sind wir hier?«

»Weißt du«, sagte ich mit einem Seufzer, »dein Dad ist im Augenblick nicht ganz bei sich. Seine Mutter ist tot und sein

Vater krank. Und du weißt, wie dein Dad sein kann, wenn er wütend ist, wie er mit Geschirr wirft und so. Deshalb habe ich gedacht, wir sind hier sicherer.«

Er sagte lange Zeit nichts, während die Tränen weiter flossen. Er machte den Mund auf, um etwas zu sagen, machte ihn zu und wieder auf.

Er sagte: »Ist Vonette im Himmel? Mit Laura Smiley?«

Ich spürte, wie die Tränen hinter meinen Augen juckten, als ich meinen Sohn in die Arme nahm.

Ich sagte: »Aber ja. Sie sind beide dort oben und kümmern sich umeinander, von jetzt an.«

Innerhalb einer halben Stunde stieß Arch die beruhigenden flachen Atemzüge eines schlafenden Kindes aus. Pomeroy stellte eine Tasse heißen Kakao vor mich hin, und wir fingen mit der langen Arbeit an, Brief um Brief herauszuholen und schweigend zu lesen. Draußen heulte und ächzte der Wind. Die Böen kamen und gingen, und einmal, als sich plötzlich die Geräusche gelegt hatten, war mir, als hätte ich gehört, wie ein Automotor ausgeschaltet wurde.

»Haben Sie das gehört?« fragte ich Pom.

Er schüttelte den Kopf. »Hier draußen hört man alles mögliche. Man lernt, es zu ignorieren.«

»Hören Sie sich das an«, sagte ich. Ich sprach leise, um Arch nicht zu wecken. »Bebe schreibt: ›Heute morgen, als Mom noch schlief, kam er herein. Nachdem er es wieder mit mir gemacht hat, wollte er wissen, wem ich es erzählt habe. Er sagt, es muß zwischen uns bleiben. Er sagt, wer Geheimnisse verrät, muß sterben. Ich habe Angst.‹«

»Es ist wirklich schrecklich«, sagte Pomeroy, der auf den Kissen seines selbstgebauten Sofas lag. Sein Imkerkostüm war zerknittert; er sah aus wie ein müdes Gespenst. »Ich habe eben gelesen, wie sie blutete und sich nicht getraut hat, zum Arzt zu gehen, am allerwenigsten zu ihrem Stiefvater. Also hat sie einfach darauf gewartet, daß es weggeht.«

Jetzt schienen draußen dürre Äste zu brechen. Vielleicht war es ein einsamer Wapiti, der durch den Wald lief. Pom fiel nichts auf. Er war völlig vertieft in die Briefe. Wahrscheinlich litt ich mittlerweile an Verfolgungswahn.
Ich las weiter. »›Miss Smiley, ich habe aufgehört, in die Kirche zu gehen, weil Gott mich nicht mehr liebt. Fritz hat gesagt‹« – ich brach ab und schaute Pom an. »Sehen Sie, hier benützt sie seinen Namen. Ich bin mir sicher, das ist eine Hilfe, was die Gesetze über Beweise betrifft.« Ich schaute wieder auf das Blatt in meiner Hand. »›Fritz hat gesagt, Mom weiß es. Was heißt das, Miss Smiley? Was weiß Mom?‹«
Ich schüttelte den Kopf. »Pom, kein Wunder, daß dieses Kind eine ganze Flasche ausgetrunken hat.«
»Ja«, kam eine Stimme von der Tür her, »deshalb hat sie es getan, stimmt.«
Und herein kam Fritz Korman, immer noch in seinem schwarzen Terroristenkostüm. Er hielt eine kleine Pistole in der Hand.
»Legen Sie dieses Ding weg«, verlangte Pomeroy. »Goldys Kind schläft dort drüben.«
Fritz' kahler Schädel glänzte im weichen gelben Licht von Pomeroys Lampen. Er schaute uns höhnisch an. Ein breites, selbstgefälliges Lächeln ging über sein attraktives Gesicht. Ein Teufel, unterwegs in der Halloweennacht. Mein Herz wurde plötzlich in meiner Brust zu Eis.
Ich sagte: »Ich dachte, dir ist übel.«
Er zog die Nase kraus und richtete die Pistole weiter auf uns.
»Goldy, Schätzchen«, sagte er, »wofür haben wir denn Brechmittel? Um Gift aus dem Körper von Menschen zu holen. Und weil ich mir schon gedacht habe, daß es Pomeroy war oder du oder einer von deinen Kumpeln, der versucht hat, mich aus dem Weg zu räumen, bin ich hergekommen, um es herauszufinden. Und sieh mal an, was wir noch gefunden haben.«
Ich sagte: »Du Schwein.«
»Weck ja nicht meinen Enkel, Goldy. Er soll dich und Pom nach eurem kleinen Streit unter Liebenden tot in dem Garageschup-

pen finden. Und jetzt gehen wir alle schön langsam hinaus.« Und er winkte uns mit der Pistole, zur Tür zu gehen.
»Hast du Vonette umgebracht?« wollte ich wissen, ohne mich zu rühren. »Sie wußte Bescheid über diese Briefe, nicht wahr? Ich wette, daß sie dir gedroht hat. Wie hast du es denn diesmal geschafft, daß es nach einem Selbstmord aussah, Mr. Impotent? Und was war mit Laura Smiley?«
Er lächelte bekümmert.
»Du steckst ja voller Fragen.«
Ich ließ nicht locker. »Arch hat ein geöffnetes Chirurgenbesteck im Chrysler gefunden. Wolltest du deshalb das Auto unbedingt wiederhaben, weil du es dort gelassen hattest? War das das Auto, das eine Nachbarin an jenem Samstag vor Lauras Haus gehört hat?« Er grinste mich höhnisch an. »Ich möchte wissen, wie du in dieses Haus und wieder hinaus gekommen bist, ohne Fingerabdrücke zu hinterlassen.«
Er hob die Augenbrauen, wieder in spöttischer Überraschung. Er sagte: »Chirurgenhandschuhe sind eine erstaunliche Erfindung.«
»Schauen Sie, Fritz«, sagte Pomeroy ruhig. »Lassen Sie den Mist. Nehmen Sie die Briefe, und gehen Sie. Herrgott noch mal, Sie brauchen uns nicht umzubringen, es sind schon genug Menschen gestorben. Gehen Sie einfach.«
Fritz schaute Pomeroy mit schiefgelegtem Kopf an, immer noch mit dem höhnischen Grinsen im Gesicht. Zum ersten Mal ging mir durch den Kopf, mein ehemaliger Schwiegervater, ein Mann, den ich so lange gemocht hatte, sei geisteskrank.
»Pomeroy Locraft, Sie beleidigen mich. Sie haben mich schon einmal beleidigt. Sie haben mich der Amoral beschuldigt.«
»Du meinst«, sagte ich, »weil du eine Abtreibung bei seiner Frau vorgenommen hast, die Alkoholikerin war?«
»Du hast also die Karteikarte gelesen, Goldy«, sagte Fritz. Er wandte sich wieder dem Imker zu. »Armer Pomeroy, wollte so gerne ein Daddy sein. Kam ganz aufgeregt in meine Praxis. Aber es war zu spät.«

Pomeroy schüttelte den Kopf. Er sagte zu Fritz: »An Ihrer Stelle würde ich in dieser Aufmachung nicht hinausgehen –«

»Fritz«, stammelte ich, »wo willst du hin? Sie kriegen dich, das weißt du.«

Er schnaubte. »Bis die gemerkt haben, daß ich fort bin, habe ich ein kleines Hotel in Mexiko.«

»Was ist mit Vonette?« wollte ich wissen, um Zeit zu gewinnen. »Wieviel Demerol mußtest du ihr geben, um sie umzubringen? Glaubst du nicht, daß die Polizei das rauskriegt?«

Fritz schaute uns der Reihe nach an. »Vonette geht es jetzt besser. Die Polizei wird nichts finden. Ich bin es leid«, erklärte er, »euch zuzuhören. Steht auf!«

Und wir schlichen hinaus. Ich warf einen langen letzten Blick auf das Bündel auf dem Bett, das mein Sohn war.

Auf dem halben Weg zum Schuppen befahl uns Fritz, stehenzubleiben.

»Das hätte ich fast vergessen«, sagte er über die Brise hinweg, die die Bäume bewegte. »Wenn du und dein Freund hier euch gegenseitig umbringen sollt, brauchen wir eine zweite Pistole. Also linksum, Kinder, dann können wir sie aus meinem Auto holen.« Und dann lachte er, ein grauenhafter, schriller Laut, bei dem sich mir der Magen umdrehte.

Wir machten kehrt und marschierten durch das trockene Gras auf das zu, was ich undeutlich als Fritz' Jeep erkannte. Der Abend war immer noch wolkig, und der Mond stand hoch am Himmel. Gelegentlich huschte sein Licht über die Landschaft. Poms Blockhaus, der Honigschuppen, das silbrige Gras tauchten auf – und verschwanden wieder. Ich schaute immer wieder zurück, ob sich im Blockhaus etwas regte. War Arch aufgewacht? Aber falls ja, was konnte das nützen? Ob er etwas gehört hatte? Wie hätte er Hilfe rufen können? An einem der Bäume neben dem Blockhaus war mir eine ländliche Feuerwehrnummer aufgefallen, ein Zeichen dafür, daß Pomeroys Anwesen irgendwo registriert war. Aber das würde uns einen feuchten Kehricht nützen.

Fritz murmelte und kramte im Handschuhfach.
»Goldy«, flüsterte Pom, »wenn wir zum Schuppen kommen, versuche ich, ihm eins überzubraten. Wenn wir hinten im Schuppen sind, gehen Sie zur Hintertür hinaus. Dann rennen Sie zum Haus, holen Arch und fahren mit meinem Auto weg. Die Schlüssel stecken.«
»Was ist mit Ihnen?« flüsterte ich zurück.
»Klappe, ihr zwei«, brüllte Fritz. Er war um das Auto herumgekommen und hatte jetzt zwei Schußwaffen. »Umdrehen, geht zum Schuppen.«
Wir drehten uns gehorsam um und gingen über die Steine und das Gras auf den Schuppen zu, Fritz hinter uns. Ich ging auf Zehenspitzen, versuchte, Löchern auszuweichen. Einmal trat ich auf etwas, was sich wie Eierschalen anfühlte. Dann teilten sich die Wolken plötzlich wieder, und grauweißes Mondlicht überflutete die Landschaft.
Herr und Heiland im Himmel! Eine kleine Gestalt ging auf den Bergbach zu und hatte etwas bei sich. Eine Flasche? Ich sah es nicht genau.
Ich konnte es kaum glauben: Es war Arch.

Als wir den Schuppen erreichten, befahl Fritz Pom, zuerst hineinzugehen und das Licht anzumachen, und warnte ihn, ich würde sofort erschossen, falls das Licht nicht anginge. Pom tat, was ihm gesagt wurde, und wir gingen hinein. Große Überraschung. Zwischen den mit Vorräten bepackten Regalen war gerade noch Platz für ein Auto. Einen blauen Volvo.

»Ich wußte, daß Sie ihr Auto hatten«, sagte ich zu Pom.

»Ich sollte es reparieren«, sagte er.

»Ich war schon dahintergekommen, daß Sie nach den Beweisen gesucht haben, die sie gegen Fritz hatte. Sagen Sie mir, was Sie nachts im Sportclub wollten«, sagte ich.

»Ich hab euch beiden doch gesagt, ihr sollt die Klappe halten«, sagte Fritz.

Aber dann musterte ich die Regale im Schuppen und wußte, wonach Pom Donnerstag nacht im Sportclub gesucht hatte.

»Okay, so wird's gemacht«, erklärte Fritz. »Goldy, du gehst –«

»KUGELBLITZ, KUGELBLITZ, KOMM DEM UNTOTEN ZU HILFE!« rief draußen Archs kindliche Stimme.

»Maul halten!« brüllte Fritz. »He, wer ist das? Hierher! He!«

Aus der Finsternis sauste etwas durch die Luft, zischend, brennend. . . Es war ein Molotowcocktail.

»Raus hier!« rief Pom. Er packte mich am Arm und riß mich

aus der Schuppentür. Ich hörte, wie die Flasche barst und explodierte. Pom lag neben mir auf dem Boden. Fritz war nirgends.
Und dann hörte ich etwas, was wie ein leises Dröhnen klang, langsam anfing und anschwoll, immer lauter.
Die Bienen. Arch hatte am Draht gezogen.
»Ich muß einen Räuchertopf holen und die Bienen loswerden«, rief Pomeroy mir ins Ohr. »Sie werden Fritz zu Tode stechen. Gehen Sie zurück! Holen Sie Arch!«
Das warme Wetter hatte das Gras strohtrocken gemacht. Schon jetzt drangen dicke Rauchschwaden aus einer Seite des Schuppens, und Flammen züngelten im Gras.
»Arch!« schrie ich. »Arch! Wo bist du?«
Ein Windstoß entfachte die Flammen, deren Prasseln meine Stimme verschluckte. Der Rauch stach mir in die Augen und in die Nase. Der Atem blieb mir im Mund stecken. Eine Biene landete auf meinem Arm, und ich schrie.
»Arch! *Arch*!«
Der Rauch war so dick, daß meine Augen brannten, als ob sie in Flammen stünden. Meine Tränen blendeten mich, als ich auf die Lichtung hinausrannte. Die Luft war heiß. Ich tastete verzweifelt nach Bäumen, Büschen, Felsen, nach allem, wohinter Arch kauern konnte. Kiefernnadeln peitschten und zerkratzten mein Gesicht. Ich fiel über einen Felsen.
»Arch!«
Eine dünne Stimme rief: »Hier drüben, Mom!«
Ich sprang auf und rannte in die Richtung, aus der der Ruf gekommen war. Wieder schlugen Zweige gegen mein Gesicht, und zweimal stolperte ich über Schlangenlöcher und fiel in schwarzes Stroh. Die Luft war dick, ließ sich durch den vielen Rauch kaum einatmen. Von Zeit zu Zeit spürte ich, wie eine Biene mich streifte. Ich rief nach Arch und rannte. Seine antwortende Stimme war meine Boje. Schließlich sah ich das Blockhaus.
Dann kam das Geräusch von Fahrzeugen, die krachend über

Büsche fuhren. Wer? Wirbelnde rote und weiße Lichter blitzten durch das Gewebe aus Zweigen und ätzender Luft. Was war das? Gott sei Dank! Es war die Feuerwehr.

»Arch!« rief ich. »Arch! Arch!«

Als ich mich zum Schuppen umdrehte, sah ich etliche Flammen, vor allem Rauch.

»Arch!«

»Hier, Mom«, kam eine kleine Stimme neben einem Baum. Ich stolperte auf den Laut zu.

Ich zog ihn an mich. »Arch«, sagte ich, »Arch.«

Er sagte, die Stimme erstickt von meiner Umarmung: »Ist Fritz tot?«

»Das weiß ich nicht«, rief ich. Ich konnte Männerstimmen hören. Gestalten rannten zum Schuppen hinunter. »Was hast du dir denn gedacht, als du diese Bombe geworfen hast?«

Arch sagte: »Ich wollte ihn nur erschrecken. Er hat sich so unheimlich benommen!«

Ich schüttelte den Kopf, zog ihn enger an mich. »Und hast du die Feuerwehr gerufen, ehe du diesen Brand gelegt hast?«

Er löste sich von meiner Brust.

»Natürlich«, sagte er sachlich. »Pom hat mir mal gezeigt, wie sein Funktelefon funktioniert. Die Feuerwehrnummer steht darauf.« Sein Gesicht glänzte vom Schweiß. Trotz seiner scheinbaren Ruhe zitterte seine Stimme. »Und ich habe der Feuerwehr gesagt, sie sollen Tom Schulz anrufen.«

In diesem Augenblick war ich so froh, ihn lebendig bei mir zu haben, daß es mir gleichgültig war, wen er gerufen hatte.

»Danke, Arch«, flüsterte ich ihm ins Ohr. »Du hast mir vermutlich das Leben gerettet, weißt du. Und Pom auch.« Ich machte eine Pause. »Schatz, ich habe mir solche Sorgen um dich gemacht. Zaubertränke und Rache und Waffen. Das ist nicht dasselbe wie das Leben, weißt du, das richtige Leben.«

Er neigte den Kopf nach vorn. »Ich weiß«, sagte er, kaum hörbar über das Getöse der Feuerwehrmänner hinweg. »Aber« – und jetzt flehten die Augen hinter den dicken Brillengläsern mich an – »es war bloß wegen der Kinder in der Schule. Todd und ich wollten sie mit einem Fluch belegen. Aber es hat nicht geklappt. Ich meine, wir haben Schiß bekommen. Weißt du? Wir hatten einen Fluch und eine Waffe, aber das mit dem Milchwurztrank war zuviel. Ich habe es aber trotzdem geschafft, den Molotowcocktail zu machen, weil ich wußte, wo Pom seinen Reservekanister hat. Und ich, äh, ich habe die Bienen herausgelassen, weil ich an dem Draht gezogen habe, der vor einem Eindringling warnt. Mann, ich kann's kaum erwarten, das Todd zu erzählen.«

Was konnte ich sagen? Es war mein Sohn. Und er hatte nur mich. Trotzdem. Die Spiele waren seine Flucht vor der Realität. Was er getan hatte, war tapfer gewesen, aber viel zu gefährlich für einen elfjährigen Jungen. Ich umarmte ihn wieder.

»Du bist wirklich großartig«, sagte ich. »Aber wenn das alles vorbei ist, brauchen wir beide einen Termin beim Schulpsychologen. Wir müssen lange miteinander reden.«

Er schaute zu mir auf. Der Rauch trieb mir wieder Tränen in die Augen, als er sagte: »Ich brauche nur dich, Mom.«

Als wir ins Blockhaus zurückkamen, saß Tom Schulz, immer noch im Clownskostüm, auf einem hohen Hocker und berühmte sich, er habe die Lage im Griff. Fritz, teilte er uns mit, werde mit dem Rettungshubschrauber in ein Krankenhaus in Denver gebracht. Er sei am halben Körper zerstochen. Und Schulz hatte einen Ermittler in das Haus der Kormans geschickt, um die Aufzeichnungen über die Injektionen beschlagnahmen zu lassen, von denen Fritz behauptete, er habe sie Vonette gespritzt. Er wollte feststellen, ob sie mit dem toxikologischen Bericht übereinstimmten, den er angefordert hatte.

»Korman wird jetzt von einem Polizisten bewacht«, erklärte Tom. »Wir brauchen nämlich nicht mehr auf diesen Bericht zu warten. Er ist festgenommen.«

»Endlich«, sagte Pomeroy, der völlig verrußt wieder in sein Blockhaus kam.

Ich sank auf die Couch und zog Arch neben mich. Ich wollte

ihn nie wieder aus den Augen lassen. Jedenfalls in den nächsten Stunden. Die Knochen in meinen Armen und Beinen taten weh. Eine plötzliche Welle der Erschöpfung ging durch meinen Rücken.

»Und Sie, Miss G.«, sagte Tom und wedelte mit einem schweren Finger nach mir, »kriegen eine Menge Ärger, weil Sie dieses Essen geliefert haben.«

»Sagen Sie mir, weshalb Sie Fritz festgenommen haben«, wollte ich schwach wissen.

Er warf sich in die Brust. »Verdacht auf vorsätzlichen Mord. Mann, bin ich schlau. Ich habe dieses Skalpell auf Blut *und* Fingerabdrücke untersuchen lassen. Zu unserem Glück stand im Bericht über Laura Smiley, daß sie AB negativ hatte, was mit dem Blut auf der Klinge und dem Griff übereinstimmte. Aber das allerbeste war, daß ich einen Abdruck vom rechten Zeigefinger gefunden habe.«

Ich schaute ihn fragend an.

»Ich habe gedacht, er hat Chirurgenhandschuhe getragen. . .?«

»O Goldy«, fuhr Tom fort, »Sie haben noch einen langen Weg vor sich, bis Sie eine richtige Detektivin werden. Ganz davon zu schweigen, daß an Ihrer Fähigkeit, Befehle zu befolgen, gearbeitet werden muß. Mann trägt Chirurgenhandschuhe, faßt sich an die Stirn oder so, Fett mit irgendwelchen Enzymen drin bleibt haften, verdammt, so genau weiß ich das auch nicht. Jedenfalls, dann faßt er irgendwas an, und das Fett oder Enzym löst sich, und bingo, der Abdruck kommt durch den Handschuh.« Er lächelte stolz. »Ich habe das Skalpell für ein Laserbild nach Denver geschickt, es mit dem Abdruck von Fritz Kormans rechtem Zeigefinger auf seinen Zulassungspapieren für sein Auto vergleichen lassen. Und siehe da!«

Ich schloß die Augen und lehnte meinen Kopf gegen das Kissen.

»Toll«, sagte ich. »Nehmen Sie diese Schachtel mit Briefen auch mit. Sie sollten Ihnen bei Ihrem Fall helfen.«

»He, Sie haben doch noch was gefunden! Na so was.« Er glitt vom Hocker und sah in die Schachtel.

Ich sagte: »Ich glaube, damit hat Laura ihm gedroht. Vielleicht hat Vonette auch Bescheid darüber gewußt, aber sie hatte zuviel Angst, oder es war ihr zu peinlich, zu sagen, was sie wußte. Sie haben ihm vermutlich beide mit einer Bloßstellung gedroht. In Aspen Meadow wäre das der Todeskuß gewesen. Was es dann für die beiden auch war.«

»So ähnlich wie die Schließung eines Partyservice?« fragte er lächelnd. Er schwieg einen Augenblick. »Nach all dem, Miss Goldy Bear, sollte ich wenigstens ein Frühstück mit Ihnen in Erwägung ziehen«, sagte er mit einem breiten Clownsgrinsen. »Das heißt, einen Brunch. Bald bin ich hier fertig.« Er beäugte Pomeroy, der endlich das verrußte Imkerkostüm auszog. Dann fügte er hinzu: »Ich meine, weil unsere heutige Verabredung kein richtiges Ende hatte.«

Ich schaute Tom Schulz an.

Ich sagte: »Darauf können Sie wetten. Geben Sie mir fünf Minuten, dann können Sie Arch und mich nach Hause bringen, mit uns zum Frühstück ausgehen, wenn die Sonne aufgeht, was auch immer. Bis dahin muß ich mich kurz mit dem Imker unterhalten. Draußen.«

Pom warf mir einen reuevollen Blick zu und sagte: »Gehen wir.«

Wir gingen schweigend zum Bergbach. Das Gras unter unseren Füßen raschelte. Die Wolken waren vom Nachthimmel verschwunden, aber beißender Rauch hing noch in der Luft. In den Lichtern der blitzenden Feuerwehrautos sah Pomeroys müdes Gesicht aus wie ein Standbild auf einem großen Platz bei Nacht.

Ich sagte: »Vor ein paar Wochen hat ein Raubtier einen Ihrer Bienenstöcke geplündert. Vielleicht ein Stinktier. Deshalb konnten Sie mir vor der Beerdigung keinen Honig liefern, stimmt's?«

»Ja, ein Stinktier. Na und?«

»Arch hat nicht vergessen, was er von Ihnen gelernt hat«, fuhr ich fort. »Er hat darüber gesprochen, hat diese Fakten sogar in seine Spiele eingebaut. Wenn ein Zauberer widerrechtlich in eine geheime Höhle eindringt, wird er von einer Staffel Stachelrochen angegriffen. Wie Bienen. Man muß sich der Gefahr von der Seite nähern. Wie bei Bienen. Wenn man unerwünschte Tiere hat, ruft man beim Amt für Naturschutz an. Wie bei Bienen. Wenn man bei einem Spiel Schwierigkeiten mit Riesenwasserratten hat, schlägt man ein rohes Alligatorei auf und füllt gehackten Zitteraal hinein. Wie bei Bienen. Nur daß man bei Bienen, wenn ein Stinktier, eine Ratte oder eine Feldmaus sich über den Honig hermacht, ein Ei aufschlägt und das Eigelb mit Gift vermischt, stimmt's?«

»Ja. Und?«

»Ein Gift namens Nagertod, stimmt's? Das zufällig in Ihrem Schuppen im Regal steht. Immer noch richtig?«

Schweigen. Dann sagte er: »Es stimmt.«

»Und als eine ehemalige Partyserviceinhaberin, die Putzfrau geworden ist, Ihnen erzählt, sie wird im Club saubermachen, schleichen Sie sich hinüber und suchen nach dem giftigen Desinfektionsmittel, stimmt's?«

»Stimmt.«

»Aber Sie machen den Fehler, der Putzfrau Blumen ins Krankenhaus zu bringen, und Sie nennen sie auf einer Party ›Süße‹, was beides erstaunlich gut zu dem Bukett und der Karte paßt, die Sie ihr nach dem ersten Versuch, Dr. Fritz Niebold Korman zu vergiften, geschickt haben, stimmt's?«

»Goldy, ich habe nicht versucht, ihn umzubringen«, protestierte er. »Ich wollte ihm Angst machen, ihn zum Schwitzen bringen. Ich wollte, daß er eine Todesangst bekommt.«

»Mhm. Und Sie haben Ihrem Schützling gegenüber erwähnt, mit dem sich so leicht reden läßt, der wie ein kleiner Erwachsener klingt und zufällig mein Sohn ist, daß Laura sich nicht mit Fritz und Vonette vertragen hat und daß Fritz außerdem keine Achtung vor dem menschlichen Leben hat. Wieder richtig?«

Ein langes Schweigen entstand. Pom verschränkte die Arme und schaute auf den schwarzen, gurgelnden Bergbach.

Er sagte: »Nach der Abtreibung hat mich meine Frau verlassen. Ich konnte an nichts anderes denken als an den Tod. Und natürlich daran, ihm heimzuzahlen, was er getan hatte. Ich weiß, daß das kein Grund war, ihn zu verklagen. Sie hat getan, was sie wollte. Aber niemand hat an mich gedacht. Es war auch mein Kind, auch wenn sie Alkoholikerin war und das Kind vermutlich nicht ganz gesund gewesen wäre. Ich wollte, daß Korman eine Weile an den Tod denkt. Es tut mir leid, wenn Arch ernst genommen hat, was ich gesagt habe.«

»Wir sprechen über seinen Großvater.«

»Es tut mir wirklich leid. Rache macht einen ein bißchen verrückt. Das mit Ihrem Geschäft tut mir auch leid.« Im Mondschein sah ich seine gefurchte Stirn, die ernsten dunklen Augen. »Deshalb wollte ich Patty Sue das Fahren beibringen, damit sie Ihnen helfen kann –«

»Und das alles wegen der Abtreibung Ihrer Exfrau? Ich habe gedacht, bei Al-Anon soll man lernen, wie man sein Leben in den Griff bekommt, wie man sich von der Sucht in seinem Leben löst. Wenn ich nur früher herausbekommen hätte, was Sie in dieser Organisation gemacht haben, statt mich auf Laura zu fixieren.« Ich machte eine Pause. »Wachen Sie auf, und riechen Sie den Kaffee, Pom. Sie wollen Kinder, heiraten Sie und bekommen Sie welche.«

Wir sagten nichts. Ich verschränkte die Arme. Es war Zeit zu gehen.

Ich sagte: »Wissen Sie, was Paul Newman in *Der Clou* zu Robert Redford sagt? ›Rache ist was für Schwachköpfe.‹« Ich schwieg einen Augenblick, ehe ich sagte: »Ich muß es Schulz sagen. Falls Sie nicht bereit sind, reinen Tisch zu machen.«

Pom wandte sich von mir ab. Er stemmte die Hände in die Hüften und schaute auf den Bach. Er räusperte sich. Ich ließ ihm das Schweigen.

»Ich bin bereit«, sagte er schließlich. »Der Mensch, dem ich

weh tun wollte, wird bestraft. Sie brauchen mich nicht anzuzeigen. Das kann ich selbst.«
Ich berührte seine Schulter. Er ging zum Blockhaus zurück.

Später, obwohl ich nicht sagen kann, wieviel später, fuhr mich Tom Schulz in einem Polizeiwagen aus dem Naturreservat von Aspen Meadow. Wir holperten schweigend über den Feldweg. Trotz der ganzen Aufregung war Arch innerhalb von Minuten auf dem Rücksitz eingeschlafen.
Die Nacht war sehr ruhig. Über uns glitzerte ein Meer aus Sternen. Der Mond wanderte nach Westen, und der Wind hatte sich gelegt. Oder, dachte ich, weil die Dämmerung nahte und schon Allerheiligen war, der Wind hatte wie alles andere den Geist aufgegeben.
»Nehme an, Sie kehren ins Partyservicegeschäft zurück«, bemerkte Tom schließlich.
»Nehm' ich auch an«, erwiderte ich, »weil ich mir keine Sorgen mehr darüber machen muß, daß Leute bei meinen Partys schädliche Chemikalien in die Getränke der Gäste schütten.«
»Wissen Sie«, sagte er, »ich hatte so ein Gefühl, daß es Pomeroy war. Stille Menschen machen mich nervös.«
»Wie sind Sie darauf gekommen?«
»Mir war, als ob ich ihn gesehen hätte. Ich war nicht ganz sicher. Es war gleich, nachdem Sie sich so vertraulich mit ihm unterhalten hatten, da hat er sich gebückt, die Kopfbedeckung abgenommen und das Reinigungsmittel hervorgeholt. Manchmal schreitet man nicht gleich zur Festnahme, vor allem wenn auch noch vorsätzlicher Mord und andere Möglichkeiten hineinspielen. Jedenfalls«, sagte er mit einem selbstgefälligen Grinsen, »als Sie mit ihm weggegangen sind, habe ich mir gedacht, Sie wissen auch, daß er es war, und können sich so gut um ihn kümmern wie ich.«
»Ich habe geglaubt, Sie wollen nicht, daß ich die Party verlasse! War das alles bloß Theater?«
»Natürlich war es das. Wenn Goldy die Hauptverdächtige ist,

wird Pomeroy schon nicht davonlaufen, ehe ich Beweise habe. Oder ein Geständnis, vielen Dank. Macht Ihnen das was aus?«

»Das kann ich nicht glauben! Pomeroy hätte mich umbringen können!«

»Oh, ich war überzeugt, daß Arch und Sie sich schon verteidigen würden. Drei Feuerwehrautos und sechs Räuchertöpfe waren nötig, bis die Bienen und die Folgen des Molotowcocktails unter Kontrolle waren.«

Ich mußte wider Willen lächeln.

Tom Schulz bog auf den Highway ein.

Rache war etwas Seltsames.

Rache gegen Fritz Korman hatte Laura motiviert, wegen Bebe und Patty Sue, Vonette wegen Laura und Bebe, Pomeroy wegen seines Kindes, Arch wegen seiner Lehrerin und seiner Großmutter.

Und auch ich war nicht über jeden Vorwurf erhaben, mit meinem Haß auf John Richard Korman, den Kotzbrocken, mit dem ich verheiratet gewesen war.

Vor uns erstreckte sich die Straße wie ein glattes graues Band, das uns in den Tag hineinzog, an dem wir der Toten gedenken. Im Westen glühten die Berggipfel im Tageslicht. Schulz zeigte auf die Kiefern, deren Nadeln silbern glänzten.

Warum gedenken wir der Toten, hatte ich im Kindergottesdienst gefragt, als wir Allerheiligen durchnahmen. Damit wir sie gehen lassen können.

Tom Schulz hielt vor der Konditorei von Aspen Meadow. Der warme Duft nach Zimtbrötchen wehte in die Morgenkühle. Ich war glücklich, hier zu sein, glücklich, mit Tom Schulz zusammenzusein, glücklich, Punkt.

Er sagte: »Ich liebe diesen Laden. Fangen wir mit ein paar Brötchen an. Sind natürlich nicht so gut wie Ihre.«

»Schmeichelei wird Ihnen absolut nichts –«

»Immer noch die alte Goldy. Okay, weil das der Anfang eines neuen Tages ist und so weiter, fange ich besser damit an, Sie nur zu einer Tasse Kaffee einzuladen.«

Ich lächelte und sagte: »Klar. Schwarz. Wenn Sie irgend etwas hineintun, bringe ich Sie um.«

Janet Neel

Der leuchtende Engel des Todes

280 Seiten

Ein Mann wird in den Straßen Londons brutal mit einem Hammer erschlagen und ausgeraubt. Täter und Motiv sind unbekannt. Handelt es sich nur um einen alltäglichen Raubüberfall oder hatte jemand ein Interesse daran, den harmlosen Einkaufsleiter des Textilunternehmens Britex Fabrics aus dem Weg zu räumen? Detective Inspector John McLeish steigt in die nähere Untersuchung des Falles ein. Dabei lernt er Francesca Wilson kennen, die als Verwaltungsbeamtin der Industrie- und Handelskammer zufällig ebenfalls sehr an dem Mordfall interessiert ist. Gemeinsam kommen sie einer Gruppe von Wirtschaftsbetrügern auf die Spur – und am Ende ist es ein Wettlauf mit der Zeit, um einen zweiten Mord zu verhindern...

Janet Neel studierte Jura in Cambridge, arbeitete zunächst in der Gewerkschaft der Bauindustrie und dann als Verwaltungsbeamtin bei der Industrie- und Handelskammer. Darüber hinaus gründete sie zwei erfolgreiche Londoner Restaurants.
Für »Der leuchtende Engel des Todes« erhielt sie 1988 den John Creasey Award.

Carole Nelson Douglas

Neun Leben sind nicht genug

360 Seiten

Mitten auf der ABA in Las Vegas stolpert Temple Barr, 29, und für die PR auf der Buchmesse engagiert, über einen toten Taschenbuchverleger, als sie eine Katze verfolgt. Den einzigen Hinweis auf den Mörder gibt ein Zettel, den der Tote bei sich trägt und auf dem das Wort STET steht. Aber das ist noch lange nicht alles. Zwei Katzen, die Unternehmensmaskottchen der Firma Baker & Taylor, werden entführt und müssen noch lebend gefunden werden. Doch die etwas eisige Lieutenant Molina ist von der Dringlichkeit der Lage nur schwer zu überzeugen. So ist es ein Wunder, daß Temple bei ihren zeitraubenden Nachforschungen überhaupt noch dazu kommt, den interessanten Matt Devine zu bemerken.
Erzählt wird die spannende Handlung teilweise von einem hartgesottenen Kerl mit behaarter Brust – dem Detektivkater Midnight Louie, der Temple nicht nur zu der Leiche führt.

Carole Nelson Douglas wird eine der »First Ladies der Krimi-Szene«, prognostiziert die Romantic Times. Früher arbeitete sie als Journalistin, jetzt lebt sie als freie Schriftstellerin in Fort Worth, Texas.

Annette Meyers

Wall Street Blues

360 Seiten

Mitten im Broker-Milieu der Wall Street sind Smith und Wetzon als Headhunterinnen auf der Jagd nach Spitzenleuten. Eine Verabredung Wetzons jedoch mit einem smarten jungen Klienten nimmt ein eher ungewöhnliches Ende: Er wird tot in einer Telefonzelle des Hotels aufgefunden, während Wetzon im Restaurant mit seinem unerfreulichen und gefährlichen Nachlaß zurückbleibt: In seinem Aktenkoffer finden sich genügend Tabletten, um eine Apotheke zu eröffnen. Weiter enthält der Koffer noch eine besprochene Kassette, eine Waffe und einen Schlüssel , der offensichtlich zu einem Schließfach gehört. Doch zu welchem? Zusammen mit Smith versucht Wetzon diesen Fall, in den sie immer tiefer hineingerät, aufzuklären.

Annette Meyers war Senior-Vizepräsidentin bei Michael King Ass., einer Wirtschaftsforschungs- und Management-Consulting-Firma, die sich auf Wall-Street-Geschäfte spezialisiert hat. Die frühere Assistentin des Broadway-Produktionsdirektors Hal Prince arbeitete mit ihm an Projekten wie »Cabaret«, »Follies« und »Fiddler on the Roof«. Sie lebt in Manhattan und schreibt an ihrem vierten Smith-&-Wetzon-Krimi.